二 見 文 庫

その城へ続く道で

リンゼイ・サンズ／喜須海理子＝訳

Taming the Highland Bride
by
Lynsay Sands

おばあちゃんへ

その城へ続く道で

登　場　人　物　紹　介

メレウェン（メリー）・スチュアート	スコットランドのスチュアート領主の娘
アレクサンダー（アレックス）・ダムズベリー	イングランドのダムズベリー領主
エイキン・スチュアート	メリーの父
ブロディ・スチュアート	メリーの兄
ガウェイン・スチュアート	メリーの兄
ケイド・スチュアート	メリーの兄
ユーナ	メリーの侍女
ガーハード・アバナシー	アレックスの側近
ゴドフリー	アレックスの従者
エッダ・ダムズベリー	アレックスの継母
イヴリンド・ダンカン	アレックスの妹
カリン・ダンカン	スコットランドのドノカイ領主。イヴリンドの夫

プロローグ

メリーことメレウェン・スチュアートは縫い針を布地に突き刺し、いらだちもあらわに反対側にぐいと引き抜いた。いつものことながら、機嫌が悪いのは父親とふたりの兄のせいだ。あいにくスチュアート家のその三人の男たちは酒好きで、同じくあいにくなことに、しらふのときにはおとなしく、エールを飲んでも愚かでがさつな男になるだけの彼らが、ウイスキーを飲むとひどく粗暴な人間になった。当然ながら三人はウイスキーが何よりも好きだったので、しばしばメリーはそんな彼らと氏族《クラン》の者たちとのあいだに立たされることになった。彼女がスチュアート城の女城主になって初めて学んだのは、三人がそういう状態になったときに武装して対処することだった。幸い、そうすればたいていの場合は彼らはおとなしくなった。とはいうものの、ウイスキーに酔った彼らはときには辛辣《しんらつ》な言葉を口にするし、そうした瞬間あたりに漂う今にも暴力が振るわれそうな張りつめた空気はとても恐ろしいものだった。

この六年間、メリーはスチュアート一族が製造して売っているウイスキーを父親とふたりの兄に飲ませないようにするためにできるかぎりのことをしてきた。ウイスキーを食料庫にしまってその扉に鍵をかけ、ひとつしかないその鍵を肌身離さず持ち歩いた。けれども、そうしたところで三人は馬を走らせ、村の宿屋や隣人のコラン・ガウのもとに行ってウイスキーを飲んでしまう。そうなると、酔って帰ってきた彼らが起こす騒ぎを収めるのはメリーの役目となる。それが六年まえ彼女の母親が亡くなってからこれまでのお決まりのパターンだった。ところが先週、そのパターンに変化があった。先週三人は、帰り道によく馬から落ちて愚かな頭を支える首の骨を折らなかったものだとメリーが感心したほど、ひどく酔っ払って帰ってきた。しかもあきれたことに、さらにウイスキーを飲みたがった。

メリーは彼らに食料庫の鍵を渡さず、さっさと寝るよう言うと、召使たちを下がらせ、これで事態が収まることを願いながら自室に下がった。だが、その願いは叶わなかった。三人は食料庫の扉に斧《おの》を振るうことにしたのだ。すさまじい音にメリーがベッドを出てようすを見にいくと、彼らは分厚い木の扉を斧で叩き切って食料庫に入り、ウイスキーの樽を壊そうとしていた。メリーが止めに入ると、兄のブロディが彼女を押しのけ、手にした斧を振りあげて、じゃまするなとすごんだ。

もはや好きにさせるしかなかった。その後一週間近く、三人は大好きなウイスキーを思う存分飲み、そのあいだメリーと召使たちは彼らから遠ざかり、被害が及ばないようにしていた。三人は酔いつぶれて寝たかと思うと、目を覚ませばふたたびウイスキーを飲みはじめるのだった。

三日目、もう食料庫に入っても安全だとメリーが宣言するのを待たずに、厨房《ちゅうぼう》で働く少年が愚かにも入ってしまって、ブロディの不興《ふきょう》を買い、彼に殴られた。幸い近くにいたメリーが止めに入って二発目はまぬがれ、少年は鼻血を流すはめになったものの、貴重な教訓となったはずだ。入っても安全だと確信するまで、もう二度と厨房には入らないだろう。

四日目の晩、もうひとりの兄のガウェインが彼の馬が入れられた仕切りの干し草の山にたいまつを落として、危うく厩《うまや》が炎上しかけた。厩番頭がガウェインと彼の馬をどうにか無傷のまま連れ出し、火が仕切りの外に広がるまえに消し止めた。

けれども、メリーが何よりも許せなかったのは父親のエイキンが犯した罪だった。三人がウイスキーをしこたま飲む最後の日となった五日目、酔って感傷的になった彼は大広間の暖炉のうえにかけてあったメリーの母親の肖像画を外し、おまえが恋しいと涙を流さんばかりに訴えた。そのあとよろめいて炉辺に置かれた椅子のうえに倒れこみ、その拍子に肖像画をだめにした。椅子の背が肖像画の顔と上半身を剣さながらに切り裂くのを見て逆上した父親は、椅子を叩き壊して暖炉に放りこんだ。彼から見ればもう肖像画の役目を果たさなくなった絵がそのあとに続いた。

メリーは父親を止めようとしてはねのけられ、床に転んだ。ようやく立ちあがったときには肖像画は椅子のうえで燃え盛っていた。メリーは床に敷かれたイグサにふたたびがくりと膝をつき、今は亡き最愛の母マレード・スチュアートの唯一の肖像画が失われたのを悲しんで泣くしかなかった。

涙が涸《か》れると悲しみは激しい怒りに変わった。その怒りは父親だけでなくふたりの兄にも向けられていた。彼らのせいで何もかもがめちゃくちゃだ。メリーの心をはじめとして、スチュアート城には無傷のままのものはほとんどない。三人のうちのだれかに壊されたあとで修理されたものばかりだった。

その出来事のあと、父親は今度こそ酒をやめると誓い、三日まえにようやく酒盛りは終わった。とはいうものの、それからずっと三人は頭痛と胃のむかつきを訴え、うんうんとうなっている。メリーは苦しむ彼らに同情せず、いつもどおり城のなかを駆けずりまわって召使や兵士に指示を出したり、中庭で訓練する兵士たちを監督したりして過ごした。食料庫の扉を修理させ、新たに鍵をつけさせもした。

たいして役には立たないかもしれないけれど、とメリーは苦々しく思った。父親と兄たちは罪の償《つぐな》いはすんだと思ったらまたすぐにウイスキーを飲もうとするにちがいない。まるで長らく会っていない恋人に会いにいこうとするように。いつもそうなのだから。

「お父さまたちがいらっしゃいますよ」

メリーは侍女のユーナの言葉に繕《つくろ》いものから目を上げ、父親とふたりの兄が大広間を自分のほうに向かってくるのを見て唇を引き結んだ。

「ここはわたしに――」

「少しのあいだ厨房に行っていてちょうだい、ユーナ」メリーはユーナの言葉をさえぎった。ふたりの兄はふんぞり返って歩いている。酒を飲んでいるときの歩き方だ。

「いいえ、ここにいます」ユーナはきっぱりした口調で言った。「お嬢さまだけでは――」

「いいから行って」メリーもきっぱりと言い返した。

ユーナは少しためらったあとでいらだたしそうに舌打ちし、小声でぶつぶつ言いながら立ちあがった。「わかりましたよ。でも戸口のところから見ていますからね。人でなしのブロディさまがこのまえ斧でお嬢さまを脅したようにまたひどいことをしようとしたら、厨房にあるいちばん重いフライパンを持ってきて身のほどを思い知らせてやりますから」

メリーはやれやれと首を振り、厨房に向かうユーナを、愛情のこもった笑みを唇に浮かべて見守った。ストロベリーブロンドの髪に曲線的な体型、顔にはそばかす。ふたりはいっしょに育ち、侍女と女主人というより友だちのような関係だった。この何年か、メリーに何よりも力を与えてくれたのはユーナとの友情であり、メリーが今ユーナを厨房に追いやったのもその友情のためだった。ときにユーナはメリーを守ろうとして度を超した行動に出ることがある。そんなことになれば兄たちの反感を買い、状況が悪くなるだけだ。

「メリー」

メリーは仕方なく父親と兄たちのほうを向いた。父親が自信のなさそうな顔をしている一方で、ブロディとガウェインは熱のこもった表情をしている。三人で何かよからぬことをたくらんでいる証拠だ。メリーは彼らをにらみつけ、三人がもじもじしはじめたところでようやくぶっきらぼうに言った。「なんなの?」

父親が背後に立つ息子たちに目をやってから深く息を吸い、口ごもりながら言った。「いや――その――ほら――」

メリーは唇をきつく引き結んだ。父親はウイスキーを飲むために兄たちとでっちあげた嘘を口にすることすらできないのだ。唇をなめるだけで何も言えず、いっそうせっぱつまった表情になった父親の頬《ほお》を、張り飛ばしてやりたくなった。三人の相手をするのが心底いやになっていた。

「その――だな――」父親はおずおずと言いかけて、ふたたび口をつぐんだ。

どうやらまだ脳みそが酒漬けになっているようだ。もっとも、この先、父親の脳みそが酒漬けでなくなるときが来るのか怪しいものだけれど。メリーはうんざりしながら繕いものを脇に置き、いらいらと立ちあがった。「あててみましょうか。さっき、馬に乗った男がやってくると知らせる声を聞いたわ。やってきたのはわれらが隣人のコランなんでしょう? それでお父さまたちはウイスキーの樽を開けてもいいんじゃないかと思っている」

「ああそうだ」父親はそう小声で言ったあと、ブロディに背中を肘で小突かれて背筋を伸ばした。「いや、そうじゃない。つまり、その、コランは来たが、そのためにウイスキーの封を切ってもいいと思ったんじゃないんだ。コランが伝えにきた大事な知らせを聞いて、そう思ったんだよ」

「知らせって？」メリーはどうせたいした知らせではないだろうと思いながら、そっけなく尋ねた。コランが一週間まえに狩りでウサギを仕留めたと知らせにきたとしても、父親と兄たちは祝う価値があると思うはずだ。

「おまえのいいなずけがチュニスから戻ったそうだ」父親が先を続けるより早くガウェインが口をはさんだ。

　メリーはびっくりして、ベンチにすとんと腰をおろした。目を大きく見開き、ぼうっとした頭で、たった今聞かされた本当に大事な知らせの意味を理解しようとする。夢が現実になったのだ。はるか昔に抱いていた夢が。母親が亡くなるまえとあとの数年間、メリーは未来の夫はどんな容姿や性格をしているのだろうと思い描いて過ごした。想像のなかの彼はハンサムでたくましく、馬に乗ってスチュアート城にやってきて彼女をさっと抱えあげ、馬の背に乗せて、もっといい人生へと連れ去ってくれる。けれども、そうした夢を見たのはもう何年もまえのことだ。いくつもの夏が過ぎ、その年に彼が彼女を迎えにこられない理由を何度も聞かされるにつれて、夢は薄れ、ついには消え去って、メリーは、彼は永遠に迎えにこないのだと思うようになった。自分は未婚のまま年を取り、父親と兄たちか自分のどちらかが死ぬまで、彼らを追いまわして過ごす運命なのだと。

メリーは未来の夫が彼女を迎えにこられなかった理由の数々を思い出しながら目を細め、父親と兄たちを見つめて言った。「そんなの嘘よ」

「いや、嘘じゃない」ブロディとガウェインが声をそろえて言い、父親の横をさっとまわってきてメリーの両脇に腰をおろした。ふたりとも意気揚々として、うれしそうな顔をしている。

「父親が死んだと知らされて、跡を継ぐために戻ってきたらしい」ブロディが陽気に言った。

「それでお次は跡取りをつくらなきゃならないというわけだ」

「ついに身を固める準備ができたんだよ」ガウェインが言い添える。

「どうやらぬか喜びに終わることはなさそうね」メリーはつぶやいた。

「もちろんだとも」ブロディが応じた。メリーの声にひそむ皮肉に気づかなかったようだ。

「そんなわけですぐにもおまえをイングランドに連れていかなきゃならない。今夜お祝いをして明日の朝早く発《た》つ」

メリーははっとわれに返り、ふたたび三人をにらみつけた。「あらそう。ええ、お兄さまたちはそうしたくてたまらないでしょうね。一刻も早くわたしをイングランドに連れていって、ありがたくも帰ってきてくれた悪党と結婚させたいんだわ。お祝いして当然よね。まんまとわたしを追い払えるんだから」

ブロディがガウェインとすばやく目を見交わして言った。「そんなまさか、メリー。おれたちは喜んでなんかいないよ。だってほら、おまえがいなくなったら、だれが朝おれたちを寝床から叩き起こしてくれるんだ？」

「ああ、そうだとも。それにだれが、おれたちが酒をしこたま飲まないよう目を光らせてくれるんだい？」ガウェインも言う。

「それにいったいだれが、わしらに戦闘訓練をしたり狩りにいったりするようううるさく言ってくれるんだ？」最後に父親が言った。

メリーは険しい目で三人の顔を順番に見た。彼女を行かせたくないと口では言っているものの、うれしそうな笑みが、本心を物語っている。もちろん、メリー本人にとっても願ってもない話だ。父親と兄たちを追いまわし、三人が彼ら自身やほかのだれかを殺さないよう気をつけずにすむ暮らしはさぞかしすばらしいものだろう。とはいえ、メリーも父親と兄たちも、そこまで運がよくはなかった。「それはそうかもしれないけど、当分のあいだはそんな心配はしなくていいんじゃないかしら。わたしのいいなずけは十字軍の遠征からなかなか戻ってこなかったんだから、そうすぐにはわたしを迎えにこないと思うわ。彼が迎えにくるまで、三人ともわたしから逃れられないわよ」メリーはにこりともせずに言うと、ふたたび繕いものを手にした。

あたりに意味ありげな沈黙がおりた。きっと三人はあわてふためき、視線を交わしているにちがいない。メリーはそう思ったが、わざわざ目を上げて見ようとはしなかった。彼女を追い払うといういちばんの望みがもう少しで叶うときに、彼らがやすやすと引き下がるはずがない。

「ああ、でもな、メリー」結局、父親が口を開いた。「おまえをイングランドに連れていって結婚させるというのは、わしらの考えじゃなくてだな――」

「向こうがそう望んでいるんだ」ガウェインが唐突に言った。

メリーはゆっくり顔を上げ、三人の顔をいぶかしげに見た。「向こうがそう望んでいるですって？」

「ああそうだ。ほら、おまえの言うとおり、ダムズベリーは長いあいだ城を留守にしていただろう？　三年ものあいだ」ブロディが指摘した。「たぶん父親が死んだことも、継母が自分の代わりを務めていることも知らなかったんだろう。女は男のようには城を切り盛りできないから、きっと正さなければならないことがたくさんあるんだよ」

メリーは唇が見えなくなっているにちがいないと思うほど、固く口を結んだ。女は城を切り盛りできないですって？　彼女の今は亡き母親は生前ずっとスチュアート城を切り盛りしていて、母親の死後、メリーが十六歳でその仕事を引き継いだ。そうするしかなかった。父親と兄たちの面倒を見て、スチュアート城の切り盛りをすると、死の床につく母親に約束したからだ。父親が死んで長兄のケイド――家族で唯一まともな男――が領主になるか、彼女がほかの土地に嫁《とつ》ぐ日まで。

メリーはこれまでその約束を必死に守ってきた。とはいえ、城の切り盛りをして、父親と兄たちがウイスキーを飲まないよう目を光らせながら、彼らがエールも飲まないようにするのは無理な話だった。幸い、三人はエールを飲んだときにはウイスキーのときほど乱暴にはならないが、飲みすぎて二日酔いになり、分別がつかなくなることが多々ある。それに酔っていなくても、城のなかをうろつきまわり、ウイスキーを飲みたいと訴えて飲ませようとしないメリーを悪く言うだけで、なんの役にも立たない。三人は弱くて愚かな人間で、メリーにとっては厄介者にすぎないが、それでも家族であることには変わりなかった。

「ああ、そうだとも。ダムズベリーは今は時間がなくてこっちには来られないんだ」ガウェインが言った。「でも、すぐにもおまえと結婚したがっていて、おまえを連れてきてくれるようおれたちに頼んできたんだよ」

「願ってもない話だ」父親が割って入る。「つまり、あちらさんで婚礼の宴《うたげ》を設けてくれるということだからな。こちらの手間が省けるというものだ」

「そのとおり」ガウェインがすかさず言う。「おまえが自分でごちそうを用意したり、客を迎える準備をしたりせずにすむんだぞ」

「そういうわけで、明日の朝いちばんで発つからな。いいな?」ブロディが期待に満ちた顔で言った。

三人が固唾《かたず》をのんで彼女の返事を待っているようにメリーには思えた。彼女が同意するのを彼らが心から望んでいるのを感じ、それだけでノーと言いたくなった。けれども、もしそうして本来ならそうであるようにいいなずけに迎えにこさせたとしても、自分が大変な思いをするだけだ。実際のところ、大勢の酔っ払いの相手をするのは楽しいことではないし、あとに残った三人のことが心配になるだろうとはいえ、彼らが彼女に早く出ていってほしいと本心では思っているのと同じように、彼女もまた早くここを出ていきたかった。結婚生活、それも願わくは、父親と兄たちとはちがって、約束をきちんと守り、酒を飲まず、責任感のある男性との結婚生活は、天国にちがいない。とはいうものの、三人をすぐに安心させてやるつもりはなかった。この六年間、彼らのせいでこの世の地獄を味わってきたし、恥ずべきことかもしれないが、正直、彼らが困っているのを見るのは楽しかった。だから答える代わりに繕いものに注意を戻し、針を布地に刺してゆっくりと引き抜いた。

「メリー？」ブロディがしびれを切らして、返事をせがんだ。

「考えているの」メリーは繕いものから目も上げずにぴしゃりと言った。

「でもな、メリー、向こうはおまえを連れてくるよう言ってきているんだぞ」ガウェインが言う。

「そうだとも」父親が小声で言った。「それにおまえはもう婚期をだいぶ過ぎている」

「ああ、かなり過ぎている」ブロディが同意する。「おれたちは――」

「そうやいのやいの言われたら考えがまとまらないわ」メリーはきっぱりと言い、視線を繕いものに落としたまま、あとどのくらいじらしてから承知しようかと考えをめぐらせた。返事を長引かせれば長引かせるほど、長い時間、三人をウイスキーから遠ざけておける。彼らが今夜飲むウイスキーの量もその分少なくなるだろう。とはいえ、出発にそなえて荷物をまとめなければならない。そう思うと、ため息が出た。ときどき自分の人生が針の先でバランスをとろうとしているようなものに思える。どうやらこれまでの人生における最後の晩もいつもと変わりのないものになりそうだ。メリーは新しい人生が今より楽しいものであることを願わずにはいられなかった。

1

「早いところ鍛冶屋《かじ》に抜いてもらったほうがいいですよ」

アレックスことアレクサンダー・ダムズベリーは顎《あご》をさするのをやめて肩をすくめた。

「そんな時間はない」

ガーハード・アバナシーはいらだたしげに舌打ちした。「チュニスを発ってからずっと、その歯に悩まされているんだから。イングランドに戻ってすぐに抜いてもらえばよかったんです。そうすればこんなに長いあいだ痛みを我慢せずにすんだのに」

アレックスは年上の男に愛情のこもった笑みを向けた。ガーハードはアレックスの父親が最も信頼していた忠実な兵士のひとりだ。だから父親は、エドワード王子がアレックスといっしょにチュニスに行って十字軍に加わるよう求めたとき、ガーハードも同行するよう命じたのだ。ガーハードは父親の望みどおり快く彼についてきたが、ずっとそれを後悔しているのではないかとアレックスは思わずにはいられなかった。あんなにも長いあいだ故郷を離れることになるとはだれも思っていなかった。実際、ちょうど一年が経ったころ、王子は父王の死を受けて帰国し、王に即位した。だが、アレックスは自分の代わりに残るよう王子に言われ、臣下の者たちとともにあとに残って勝ち目のない戦いを続けるはめになった。そしてさらに二年間、暑さに悩まされ、砂と血にまみれた日々を過ごすことになったのだ。

そのあいだずっとガーハードはアレックスの友人にして相談役でありつづけ、ときには子守女の役目も果たした。アレックスがけがをしたり熱を出して寝こんだりしたときにはかいがいしく介抱し、戦いの際には彼が危険な目に遭《あ》わないよう気をつけて、重大な決断を下さなければならないときには知恵を授けてくれた。

正直なところガーハードがいなければ自分は生き延びられなかっただろうとアレックスは思っていた。父親がまだ生きていれば、ガーハードを同行させてくれたことに対して礼を言えたのに。今より若く傲慢だったアレックスは、自分と十歳しかちがわないガーハードを年寄り扱いしていた。ガーハードのせいで行動が遅くなるだろうし、いろいろと悩まされるだろうと思っていた。だが、それはとんでもないまちがいだった。一度ならず彼に命を救われ、ついにはよき友人同士になったのだ。

「いろいろとやることがあって、それどころじゃなかったんだ」アレックスは言った。「ドノカイから戻ったら抜いてもらうよ」

「妹君とその夫君であるドノカイの悪魔のもとを訪れるまえに抜いてもらうべきです」ガーハードが言いつのった。

「義弟の招待に応じると、もう向こうに知らせてしまったんだ。ここでこんなにやることがあるとは思わなかったからね」アレックスはそう言うと、顔をしかめて大広間を見まわした。広い室内にはほとんど人がいなかった。城の大きさとそこに住む人々の数を考えれば奇妙なことだ。アレックスが子どものころ、大広間はつねに大勢の人がいるにぎやかな場所だったし、母親が亡くなり父親がエッダと再婚したあとでさえ、それは変わらなかった。だが、今は人気《ひとけ》がなく、しんと静まり返っている。

「ドノカイからこちらに戻る途中に、いいなずけの方をもらい受けにいくつもりなんでしょう？」ガーハードが言った。

「そうだな」アレックスはぼそりと言って、手にしたエールに視線を落とした。いいなずけを迎えにいくのは心躍る仕事ではなかった。婚約は彼がまだ子どものころに整えられたものだった。本来ならチュニスに行くまえに結婚するべきだったのかもしれないが、どうにか先延ばしにできた。アレックスの予想に反して父親は反対せず、息子が結婚しなくてすむ口実を見つけたときにいつも言う言葉を口にしただけだった。「結婚するのはまだ先でいい。時間はたっぷりあるからな」と。そのことや、父親が一度もアレックスをいいなずけのもとに連れていかなかったことを考えると、父親は婚約を整えたことをいつしか後悔するようになり、できるものなら破棄《はき》したがっていたのではないかと思えた。だが、婚約を破棄した場合には多額の違約金を払うことになっていて、そんなことになれば彼らはすっかり貧乏になっていたはずだ。そしてそれは今も変わらない。そう思うと、アレックスはみじめな気持ちになった。

「どっちなんです？」ガーハードが尋ねた。「いいなずけの方をもらい受けにいくんです

か？　行かないんですか？」

「ああ、行くよ」結局アレックスは言った。「スチュアート城はドノカイからそう遠くない。

こちらに戻る途中に彼女をもらい受けにいくのが筋だろう」

「あまり乗り気じゃないようですね」ガーハードがおもしろそうに指摘し、からかうような

口調で続けた。「いいなずけと結婚するのがいやでたまらないような口ぶりです」

「彼女は〝スチュアートのがみがみ女〟と呼ばれているんだぞ」アレックスは冷ややかに応

じた。「そんなあだ名をつけられる女がやさしくて従順な花嫁になるとはとうてい思えない

し、よき伴侶《はんりょ》になるはずもない」

「そうですね。それにこれ以上面倒なことになっては、あなたもたまらないでしょうから」

ガーハードは同情するように言って、かぶりを振った。「この三年間ずっとわたしは故郷を

恋しく思っていた。それがこうして帰ってみると、チュニスの乾いた暑さや血にまみれた戦

いを懐《なつ》かしく思う自分がいるんです」

「エッダがそうさせているんだよ」アレックスはあたりを見まわして声の聞こえる範囲に継

母がいないことをたしかめてから、険しい声で言った。エッダを好きではなかったが、わざ

と失礼な態度をとる気はなかった。

「エッダさまはそれほど悪い方じゃありません」ガーハードがそう言うのを聞いて、アレックスは驚き、眉を大きく吊りあげた。ガーハードは肩をすくめて続けた。「エッダさまとお父上は似合いの夫婦ではなかった。お父上はあなたのお母上を心から愛していて、国王さまに再婚するよう強いられたあとも、悲しみを乗り越えて新たにもらった若い花嫁に心を移すことができなかったんです。エッダさまにしてみれば、宮廷でちやほやされ、思うままにふるまってきたあとで、自分に無関心な夫と北イングランドにいなければならないなんてみじめもいいところだ。お父上が亡くなって、城の切り盛りをしなければならなくなったとき、自分の肩にのしかかってきた責任の重さに圧倒されたにちがいない。わたしたちが留守のあいだエッダさまが使用人たちに厳しくあたったのは、だからなんですよ」

「それはどうかな」アレックスはつぶやいた。ガーハードが言ったことは、アレックスが城に戻ってきて、使用人の半数が逃げており、残りの半数も逃げる気でいるのを知ったときにエッダがおこなった申し開きそのものだった。望んでいたような帰郷にはならなかった。戻ってみると、父親は亡くなり、妹はドノカイの悪魔に嫁いでいたのだ。それから一週間、アレックスは城内の秩序を取り戻そうと奮闘した。使用人たちに、生活環境を改善し、これ以上エッダの好き勝手にはさせないと約束して、戻ってきてくれるよう説得した。

本来なら戻るよう命じるだけでよかった。使用人たちはダムズベリー家に忠誠を誓ったのだから。だが、不満を抱える者はいい働きをしないから、どんなに身分の低い使用人にも敬意を払わなければならないと、アレックスは父親から教えられた。だから、脅して言うことを聞かせようとはしないで約束をし、きちんと守るつもりでいた。幸い、まだ行き先のわからないふたりの者をのぞいて、逃げた使用人たちはみな城に戻り、もとの仕事に就《つ》いてくれた。アレックスは城内の秩序を正すことを最優先し、妹のイヴリンドのようすを見にいくのをあとまわしにしさえした。ダムズベリーに戻ってきて妹がドノカイの悪魔に嫁いだと知って以来、彼女のことが心配でならないのだが。正直なところ、今は自分が幸せになるよりイヴリンドが幸せになってくれることのほうが大切だ。

　イヴリンドがドノカイの悪魔のような卑劣漢に嫁がされるのをエッダが黙って見ていたのが、アレックスにはとても信じられなかった。ドノカイの領主であるその男は生まれつき悪魔と呼ばれていたわけではない。長じてそう呼ばれるようになったのだ。彼は戦いでは情け容赦なく、領民にはきわめて厳しいと言われている。すでに一度結婚していて、前妻は崖から落ちて亡くなったのだが、そのときの状況はかぎりなく怪しいものだったという。なんでも妻が亡くなったのとちょうど同じころ、彼が現場から馬に乗って走り去るのが目撃されたそうだ。イヴリンドがそういう男に嫁いでいくのをエッダは黙って見ていたのだ。

　アレックスはふたたびあたりを見まわして、継母の姿をさがした。彼女のことをどう考えればいいのかわからない。彼が知るエッダは心の温かい親切な人間ではなかった。ここでの暮らしがいやでたまらないように見えた。だが、アレックスが戻ってきてみると、彼女はいい人間になろうと努力しているように思えた。今のエッダなら好きになれそうな気さえするほどだ。けれども、イヴリンドがドノカイの悪魔と結婚するのをエッダが黙って見ていたという事実と、使用人たちがそろいもそろって彼女に警戒の目を向けていることが気になった。自分がいないあいだエッダはどれだけひどい態度をとっていたのだろう、新しく生まれ変わったように見える彼女をどれだけ信じられるのだろう、と思わずにはいられなかった。

妹と話せばそうしたこともいくらかはっきりするだろう。妹に会いにいきたいのはそのためでもあった。逃げた使用人を連れ戻し、留守のあいだだれに城を任せるか決める必要がなければ、すぐにも発てたのだが。普通に考えれば、いちばんの側近であるガーハードにあとを任せるべきだろう。彼なら城主の代わりを立派に務めてくれるにちがいない。だが、彼を置いていくのは気が進まなかった。賢い相談役に頼りきっていたし、〝ドノカイの悪魔〟やいいなずけの相手をする際には彼の助言が必要になるだろうと思ったからだ。

どちらとの面会もうまくいくとは思えなかった。自分がときにかっとなってしまうことは承知しているし、妹を心から愛している。イヴリンドがみじめな暮らしを送っていたり、夫から虐《しいた》げられたりしているのがわかったら、その場で彼を串刺しにしてやりたくなるにちがいない。そんなことをしたらドノカイの領主の従者に報復され、アレックス自身も殺されかねない。過去に早まった行動をとりそうになったときには、つねに冷静で、多角的にものごとをとらえられ、冷静さを失わないガーハードが思いとどまらせてくれた。妹の夫に会うときにも、そうしてもらわなければならないのではないかとアレックスは思っていた。

そしてその次はいいなずけとの対面が待っている。スチュアートのがみがみ女との。メレウェン・スチュアートはたしか十六かそこらでそう呼ばれるようになったのだ。彼女との結婚に乗り気でないのはそのせいでもある。そんなあだ名をつけられる女がやさしくて従順な花嫁になるとは思えない。きっと扱いにくい女だろう。そうなったときにもガーハードがいれば役に立つ助言をしてもらえるはずだ。

そう、ガーハードを置いていって、彼に城主の代わりを務めてもらうわけにはいかない。となると、発つまえに、ほかのだれかを訓練してその仕事を任せるしかなかった。まじめで信頼でき、良識もあるジョンに白羽の矢を立て、一週間かけて彼を仕込んだ結果、今では安心して任せられるようになっていた。昨夜アレックスは、今日ドノカイに向けて出発するとみなに告げており、なんとしても予定どおりにするつもりでいた。歯が痛もうが関係なかった。

侍女が彼とガーハードの朝食のチーズとパンをのせたトレイをテーブルに運んできた。アレックスは胃が鳴るのを感じながら侍女に礼を言い、出された食べものに視線を落とした。

「おはよう、おふた方」

目を上げると、エッダが大広間を突っ切ってテーブルのほうにやってくるのが見えた。継母はにこやかに微笑んでいた。以前には一度も見せたことのない表情だ。彼が戻って以来、継母の顔にはつねに笑みが浮かんでいるように思えた。実際そのために、彼女は思いのほか魅力的に見える。茶色い長い髪は奇妙な具合に薄くなっているし、歯も何本かなくなっているエッダがきれいに見えることはこの先もないだろうが、アレックスが十字軍の遠征に参加するまえによく見た、しかめつらをしているときの彼女は、じつに醜《みにく》いのだ。

「これから朝食のようね。よかったわ。寝坊したかと思ったけれど、そうじゃなかったのね。てっきり――」エッダはそこで言葉を切り、アレックスの顔をじっと見つめて驚いたように目をしばたたいた。「まあ、アレックス、顔が腫《は》れているじゃない。けがでもしたの?」

アレックスは自然と眉が吊りあがるのを感じながら手で頬をさすり、顔をしかめた。実際、少し腫れている。

「虫歯なんですよ」ガーハードが説明した。「発つまえに抜いてもらうよう言っているんですが、どうしてもうんと言ってくださらなくて」

「まあ、そんなことじゃだめよ、アレックス。膿《う》んでいるみたいじゃない」エッダが断固とした口調で言った。

「大丈夫です」アレックスは落ち着いた口ぶりで継母に請けあったが、そのあとチーズを嚙んだとたんに顎に走った痛みに顔をしかめ、それが嘘であることを明かしてしまった。

「なるほど、大丈夫なようですね」ガーハードが冷ややかに言った。

エッダが食べものを運んできた侍女に目を向けた。「ねえ、おまえ、ご主人さまのために鍛冶屋を呼んできてちょうだい」

「そんな必要はありませ――」アレックスは言いかけたが、エッダが彼の言葉をさえぎった。

「いいえ、ありますとも。ダムズベリーを発つまえにちゃんと抜いておもらいなさい。あなたよりもすぐれた人間のなかにだって、虫歯が原因で亡くなった人が何人もいるのよ」

アレックスはふたたび顔をしかめたが、それ以上反論しなかった。正直なところ、今朝は歯の痛みが耐えられないほどになっているし、体のなかのどこであれ、膿んでいるのを放っておくのは危険だ。彼はこのあとに待ち受けていることを考えて顔をゆがめながら、朝食に注意を戻し、口のなかの痛くない側に食べものを入れて嚙んだ。あいにく、たいした効果はなかった。痛む側で嚙んだときのような鋭い痛みは走らないが、なおも顎がうずき、少し動かすだけで痛みが増す。

ため息をつき、食べるのをあきらめた。

「鍛冶屋が来ましたよ」そう告げるガーハードの声に、アレックスは戸口に目をやり、大広間に入ってくる男を見て眉を吊りあげた。

「あの者が鍛冶屋だというのか？」驚いて尋ねる。「ボールドリック爺さんはどうしたんだ？」

「ボールドリックはわたしたちが留守にしているあいだに亡くなったそうです」ガーハード

は静かに言った。「あの男はボールドリックのあとを継いだグリフィンですよ」

アレックスはボールドリック爺さんが死んだという知らせに眉をひそめた。眉をひそめたのは、そのあとを継いだという男を見て不安になったからでもあった。ボールドリック爺さんは体の大きいたくましい男だったが、こちらにやってくる男は背も低く痩せていて、歯を抜くのに必要なだけの力があるようにはとうてい見えない。歯を抜くのにはかなりの力がいるとアレックスは経験から知っていた。チュニスにいるあいだ、従者のひとりの歯を抜くのを手伝わされたのだ。歯を抜くのは本当に大変だ。アレックスはつらい目に遭うことを覚悟した。

「虫歯に悩まされているとうかがいましたが、領主さま」

アレックスは自分のかたわらに立ったグリフィンに目を向けた。一瞬、抜かずにいようかとも思ったが、歯はずきずきと痛んでいるし、歯ぐきも膿んで腫れている。抜かないわけにはいかなかった。

黙ってうなずくと、椅子の向きを変えてテーブルに対して横になり、鍛冶屋のほうを向いた。グリフィンがすかさず彼に近づいて、指示した。「口を開けて、痛む歯を見せてください」

アレックスは口を開けた。

「どの歯ですか？」グリフィンは目を細めて彼の口のなかをのぞきこみながら尋ねた。

アレックスはできるだけ自分の手が彼の視線をさえぎらないようにして、痛む歯を指で示した。

「わかりました」グリフィンは小さな声で言うと、アレックスが指を動かすやいなや自らの指を彼の口のなかに入れ、問題の歯をつついた。

その瞬間、鋭い痛みが走り、アレックスはうめき声をあげそうになるのを必死でこらえた。そしてグリフィンがさらに歯をつつくあいだ、目を固く閉じていた。

「どんな具合だ?」ガーハードが椅子から立ちあがりながら尋ね、鍛冶屋の横に行ってアレックスの口のなかをのぞきこもうとした。

「しっかり埋まっていますね」グリフィンは険しい声で言った。「ちっともぐらぐらしていない。こいつは抜くのが大変そうだ」

彼の手が口から出ていくのがわかったが、アレックスは目を閉じたまま、しだいに弱まってはいるもののなおも押し寄せてくる痛みに耐えた。

「水差し一杯分のウイスキーがいります」グリフィンが続けた。

その言葉にアレックスが目を開けると、侍女が急ぎ足で厨房に向かうのが見えた。

「なんのために?」アレックスがきく間もなく、ガーハードが驚きもあらわに尋ねた。

「この方のためにですよ」グリフィンは親指でアレックスを指してそっけなく言った。「ウイスキーを飲めば、少しは痛みがやわらぎますからね」

アレックスはすぐに首を横に振った。「その必要はない。おまえの仕事がすみしだい、おれたちはドノカイに向けて出発する。旅のあいだ、頭をはっきりさせておかなきゃならない。とにかく歯を抜いてくれ」

グリフィンは声をあげて笑った。「いいや、必要ですとも、領主さま。水差し一杯分のウイスキーを飲み干すまで、その歯には指一本触れませんからね。北に向けて発つのは遅らせてください」

「ウイスキーは必要ない」アレックスは言い張った。もともとあまり飲むほうではない。ウイスキーの味が好きではないし、飲んでも酔って頭がぼうっとするだけだ。酔うのは嫌いだし、それ以上に飲みすぎたあとの状態がいやでたまらなかった。

「アレックスさま――」ガーハードが言いかけたが、体は大きくはないものの前任者と同じぐらい無愛想なグリフィンはだれの助太刀《すけだち》も必要としていなかった。

彼はアレックスの顔をつかんで自分のほうにぐいと向かせた。なんでもないほうの頬には四本の指が食いこみ、腫れているほうの頬には親指が押しつけられている。アレックスが激痛にかすれた悲鳴をあげると、グリフィンは満足げにうなずいてぶっきらぼうに言った。

「このままウイスキーを飲まずに歯を抜かせようとした男には、その最中に首を絞められて危うく殺されかけたんです」

テーブルの向こう端に立つふたりの男がうなずくのがアレックスには見えた。どうやらその出来事には目撃者がいたようだ。どういう状況だったのかきいてみたかったが、そのとき侍女のライアが、鍛冶屋の要求したウイスキーの水差しを持って駆け戻ってきた。アレックスが顔をしかめて見守るなか、侍女は水差しをグリフィンに渡した。「でも、おれは――」

「さっさとこいつを飲んで」グリフィンが彼の言葉をさえぎった。「一滴残らず。そのあとみんなにあなたさまを押さえていてもらいます。ご自分で歯を抜けるなら別ですけどね。問答無用！」ウイスキーの水差しをアレックスに突きつけて、自分の言葉を強調する。

アレックスはいらいらと歯ぎしりした。一瞬、自分で歯を抜こうかとも思ったが、歯ぎしりしたせいでまた激痛が走り、考えなおした。小さく悪態をつき、出発は遅らせるしかなさそうだと思いながら、水差しをつかんでウイスキーを飲みはじめる。飲みすぎて頭が痛くなっても、今の強烈な痛みよりはましにちがいない。

「いい飲みっぷりだ」アレックスが水差しを空《から》にし、テーブルに叩きつけるようにして置くと、グリフィンは小声で言った。

「早くすませてくれ」アレックスはうなるように言うと、椅子の背にもたれ、木の肘掛けをきつく握りしめて、口をぱっと開けた。ウイスキーを飲んだ影響はまだ出ていないが――一気に飲んだので、まだ体内にめぐっていないのだ――かまわなかった。とにかく痛む歯を抜いてしまい、今の苦痛から解放されたかった。

「どうしてゆうべのうちに旅を終わらせなかったんだ?」ブロディが不満そうな口調で言った。「ダムズベリー城のすぐそばまで来ていたのに。そうすれば明け方に起きて最後の一マイルを進む代わりに屋内で寝られたんだ」

「おまえの妹が未来の夫に会うまえに身なりを整えたがったからだ。文句を言うんじゃない。もうすぐ着くから」

ブロディの文句とそれに応じる父親の声が、彼らの数フィートうしろを馬で進むメリーのもとに風で運ばれてきた。メリーはまえを行く三人に目をやったが、だれも彼女のことなど気に留めていなかった。数日まえにスチュアートを発ってから、三人はずっと彼女と距離を置いてまえを行っている。きっとわたしにいらだちをぶつけられないようにしているのだろう、とメリーは思った。スチュアート城を発った朝、メリーは父親と兄たちに腹を立てていた。そのまえの晩、三人はエールを飲むだけで、前回のように食料庫の鍵を渡すよう彼女にせまりはしなかったものの、真夜中まで〝祝いの宴〟を続けたのだ。今に始まったことではなかったのでメリーは三人にこれっぽっちも同情せず、夜明けになると寝床から叩き起こして、彼らが朝食をとり、馬に乗って、一行を率いて城を出るあいだ小言を浴びせつづけた。

それ以来、三人はメリーを避けていて、旅の初日には二日酔いでがんがん痛む頭についてぼやきもしなかった。二日目には具合もよくなり、先を急ごうと言って、彼女の荷物を積んでいる荷馬車は大丈夫かとメリーが心配になるほどの速度で一行を進ませた。荷馬車はがたがたと音を立て、今にもばらばらになるのではないかとメリーは思ったが、結局そうはならず、無事なまま、昨夜遅く一行はダムズベリーを取り巻く森に到着した。父親と兄たちはそのまま城に行きたがったが、メリーは断固として反対した。もう遅い時間だったし、跳ね橋が上げられ、門も閉まっているのではないかと思ったのだ。夜警の兵の手を煩《わずら》わせ、騒ぎを起こして城に入るのはごめんだった。

それに、夜明けに起き、夜遅くまで馬を走らせて、わずかばかりの睡眠をとったあとふたたび起きて先を急ぐという旅を何日も続けてきたのだ。旅のあいだに土ぼこりにまみれた顔や体を洗い、きれいなドレスを身につけてからでなければダムズベリー城に入りたくなかった。

旅は終わりに近づいていた。おそらく城に住む人々が朝食を食べ終えるころには着くだろう。そう思うと、緊張のあまり胃がきりきりと痛んだ。気づくとメリーは下唇の端を嚙んでいた。いいなずけとの対面を控えて、自分でも驚くほど不安になっていたが、同時に興奮してもいた。ここ何日か、未来に思いを馳せて、旅の不快さや退屈さから気をまぎらわせてきた。心のなかに幸せな未来を思い描いてきた。結婚によってついに母親との約束から解放され、未来に目を向けられるようになったのだ。メリーはほっとし、未来に大きな期待を抱いていた。彼女が思い描くアレクサンダー・ダムズベリーは高潔なすばらしい人間で、夫としても申し分がなかった……彼女の父親やふたりの兄とは大ちがいの人物だ。知的で決して酒に飲まれることのない夫とイングランドで暮らす。自分が頼られる側にならずにすむ、頼れる相手と。メリーの胸は希望に満ちていた。

「そう言うけど、城に着いてからのほうが身なりを整えるのも楽だったはずだ。熱い湯に浸かれただろうし、居心地のいい寝床にもありつけただろうに」ガウェインがいらいらと指摘した。「それにダムズベリーはメリーとの結婚を断われないんだろう？」一瞬、間を置いてから、不安そうに続ける。「そうだよな？」

「なんだって？」エイキン・スチュアートは息子の言葉に驚いたようだった。「ああ。もちろんだとも。どうしてそんなことをきくんだ？」そう応じたが、彼自身も確信があるわけではないのが声の調子からうかがわれた。

「だって、なかなかメリーをもらい受けに来ようとしなかったじゃないか」ブロディが言った。認めるのはいやだが事実だから仕方がないとでもいうように。

「いいや、それはちがう」エイキン・スチュアートはすかさず否定した。「イングランドの王子に命じられて十字軍に加わっていたから来られなかっただけだ」

「でも王子は二年まえに帰国したのに、ダムズベリーは戻らなかった」ブロディは言いつのった。

「そうだとも」ガウェインが不安そうに言う。「うちのメリーが小うるさいがみがみ女だと伝え聞いて、結婚せずにすませようとしていたんだとしたら？」

「とにかく、ダムズベリーはメリーとの結婚を断われない」父親はきっぱり言った。「逃げようものなら地の果てまでも追いかけてやる。ダムズベリーにはなんとしてもあいつをもらってもらう。それで、めでたしめでたしだ。さあ、いいかげん黙るんだ。メリーのことを小うるさいがみがみ女だなんて言っているのをあいつに聞かれて、また腹を立てられてはたまらないからな」

メリーは三人が心配そうに振り返って彼女のようすをうかがっているのに気づき、表情を変えずに、一行が進んでいる森の前方を見つめつづけた。ひどく疲れていて、いつものように怒る気にさえならなかった。それに小うるさいとか、スチュアートのがみがみ女とか言われるのは初めてのことではない。ずいぶんまえに、そう言われても傷つかないようになっている。今も傷つきはしなかったが、ふと不安になった。実際のところ、いいなずけは彼女が小うるさいがみがみ女だと聞いて、結婚せずにすませようとしていたのだろうか？

それから数分間、メリーはその考えに悩まされた。彼女が思い描く未来には、いいなずけに結婚をいやがられるという状況はない。

「ほら、城が見えたぞ」

メリーは顔を上げ、手綱《たづな》を引いて、父親たちのうしろで馬を止めた。ふいに森が開け、目のまえに城がその姿を現わしていた。ダムズベリー城は大きな要塞《ようさい》だった。丘のうえに堂々とそびえ立ち、まわりの土地を見おろしている。スチュアート城よりはるかに大きく、それ自体はいっこうにかまわなかったが、父親はいったいどうやってこんなに条件のいい縁談をまとめたのだろうと不思議に思わずにはいられなかった。この縁談は先代のダムズベリー卿との友情がもたらしたものだと父親はつねづね言っている。ふたりは若いころに宮廷で出会い、長年にわたる友情を築いたのだと。先代のダムズベリー卿の息子のアレクサンダーはメリーよりも五年早く生まれたが、メリーが生まれるやいなや、両家の父親はそれぞれの息子と娘の婚約を整えて、自分たちの友情をたしかなものにした。

だが、その友情もそう長くは続かなかったのだろう。少なくとも両家の者が互いの城を訪ねあった記憶はメリーにはなかった。父親の飲酒癖が原因なのかもしれない。かつて母親から聞いたのだが、父親は若いころから大酒飲みだったが、本当に酒癖が悪くなったのはメリーが二歳のときに彼自身の父親を亡くしてからだという。深い悲しみと領主になったことで新たにその身に降りかかってきた責任が、彼に最後の一線を越えさせ、しらふの状態で厳しい現実に向きあうより酒に酔って楽しい気分でいるのを好むようにさせたのだろう。

「着いたぞ、メリー」父親が彼女のほうを向いて、にっこり笑った。兄たちの顔にも笑みが浮かぶ。父親は続けた。「ついにいいなずけと会える。これでおまえも人の妻だ。すぐに大勢の子どものあとを追いかけるようになるだろうな」

ええ、三人の酔っ払いのあとを追いかけるのではなくね、とメリーは思ったが、口に出しはしなかった。わざわざ口にするまでもない。もうすぐいやな役目から解放される。ついに夫を持てるのだ。その夫となる男は父親や兄たちとは似ても似つかない人間であればいいのだが。

メリーはそう強く願いながら馬を進めて父親たちを追い越し、丘をのぼった。午前中もなかばにさしかかり、跳ね橋はおろされ、門も開けられていたが、一行が近づくと警備の者に用向きを尋ねられた。メリーは馬を止めて、父親がそれに答え、用向きを説明するのに任せてから、父親のあとについて門を入り、城に続く階段に向かった。階段に着くころには、彼女たちがやってきたという知らせはすでに城内に届いているにちがいない。

メリーが馬からおりようとしていると、城の扉が開く音が聞こえた。地面におり立ったちょうどそのとき、百戦錬磨の兵士といった風貌の男が階段を駆けおりてきた。彼が彼女のいいなずけであるはずはない。いいなずけは彼女と五歳しか年がちがわないはずだが、目のまえの男は少なくとも十二から十五歳はうえに見える。いったい何者なのだろうと思いながら、メリーは父親のかたわらに立って、近づいてくる男を見つめた。

「スチュアート卿」男は地面におりると、そうあいさつして片方の手を差し出した。「お会いできて光栄です。わたしはガーハード。ダムズベリー卿の……従者です」

男が口ごもるのを聞いて、メリーは眉を吊りあげた。どうやら彼は自分の身分や立場をどう称したらいいものかわからないらしい。おかしな話だ。メリーがそう思いながら見守るなか、イングランド人の男は彼女の父親と握手し、そのあと彼女に目を向けてにこやかに微笑んだ。

「するとあなたがレディ・メレウェンですね。お会いできて光栄です。ダムズベリーにようこそ」

「どうもありがとう」メリーは小声で言って、父親が兄たちを紹介するのを辛抱強く待った。ガーハードはふたりの兄に礼儀正しくあいさつすると、すでに馬をおりて所在無く立っている一行の残りの者たちに目をやった。

「うちの者に命じて、すぐに荷馬車の荷物をおろさせます。馬の世話もお任せください。さあ、城のなかにご案内しましょう」

父親はうなずき、メリーの腕を取って階段に向かいながら尋ねた。「ダムズベリー卿はどうされた？　当然、出迎えてもらえるものと思っていたが。城にいないわけじゃないんだろう？」

「ええ、いらっしゃいます」ガーハードはふたりのあとについて階段をのぼりながら答えた。彼のうしろにはブロディとガウェインが続いている。「じつのところ、その点に関しては、あなた方は運がいい。こちらに着かれるのが明日になっていたら、わたしたちはすでにドノカイに向けて発っていたでしょうから」

「ドノカイですって？」メリーは驚いて足を止め、ガーハードに向きなおって尋ねた。ドノカイはダンカン家の領地で、スチュアート城からは半日もかからずに行ける。

「ええ。アレクサンダーさまの妹君のイヴリンドさまが、つい最近ドノカイの悪魔と結婚されたんです。領主さまは妹君のようすを見にいきたいと思っておられるんですよ」ガーハードが言うと同時に、父親が早く階段をのぼれとメリーをうながした。「じつを言うと、今朝発つ予定だったんですが、領主さまの……その……気分がすぐれなくて」

ガーハードの言葉の選択にメリーは不安になった。〝気分がすぐれない〟というのは、彼女が、ひと晩――あるいは数日間――酒を飲んだあと二日酔いに悩まされている父親や兄たちのようすを説明するのに用いる言葉だ。それに今朝発つはずだったというのはどういうことだろう？　ダムズベリーの領主は彼女を連れてくるよう言ってきたのではなかっただろうか。それなら彼女が着くまで出発しようなどとは思わないはずだ。

「終わりよければすべてよし、だろう？」メリーが疑問を口にする間もなく、父親が言って威勢よく笑ってみせ、ふたたび彼女の腕を引っぱって、最後の数段をのぼらせた。

「ええ、もちろんです」ガーハードはすかさず同意した。「でもその、お話ししなければならないことが――」

「いや、けっこう。話ならダムズベリー卿から直接聞く」エイキンは彼の言葉をさえぎり、扉を引き開けてメリーをなかに入れた。彼女を急《せ》き立てて数歩進んだが、そこで足を止めて、暗がりに目を慣らそうとまばたきをした。メリーもそれにならった。たいていの城がそうだが、ダムズベリー城の大広間も日の光が降り注ぐ外よりかなり暗く、明るいところからふい見えた。

に暗いところに入ったせいで、ふたりとも一瞬目が見えなくなった。そういうわけでメリーは大広間にいる人々を目にするまえに、その存在を音で知った。耳に飛びこんできた騒々しい叫び声や歓声がするほうに目を凝らすと、大勢の男たちがひとところに集まっているのが見えた。

「ダムズベリー卿はあのなかにいるのかな?」エイキン・スチュアートが自分たちを出迎えた男のほうを振り返って尋ねた。

ガーハードがふたりに追いついてきて、うなずいた。「ええ、ですが――」

父親はそれだけ聞けば充分だった。手を振ってガーハードを黙らせると、ふたたびメリーを急き立てて、架台式テーブルのそばにいる男たちのほうに向かった。

ガーハードがあわててあとを追ってくる。「ですが、領主さまは――くそっ!」

メリーが肩越しに振り返って見ると、ガーハードはイグサのなかにあった何かにつまずいたらしく、足を止めてそれを拾いあげていた。注意をまえに戻したとたん、メリーは父親に立ち止まらされた。ふたりはすでに男たちが集まっているところまで来ていた。父親がいちばん近くにいた男の肩を叩くと、体の大きさが小さな建物ほどもあるその男は振り返り、じゃまするなというようにふたりをにらみつけたが、父親が威勢よく口にした言葉を聞いて、にらむのをやめた。「わしはスチュアートの領主で、これはじきにここの領主夫人になる娘のメリーだ。娘のいいなずけのアレクサンダー・ダムズベリーはどこかな?」

男は大きく目を見開いてメリーに視線を移し、わずかに目を細めて微笑んだが、父親の質問には答えずに隣に立つ男のほうを向いて、その体をつついた。そうして隣の男の注意を引くと、耳もとで何かささやいた。隣の男は驚いたようすであたりを見まわしてから、別の男をつついた。ほどなくして、そこにいる男たちの全員がメリーのほうを見たが、だれもまえに進み出て、自分が彼女のいいなずけだと言いはしなかった。

メリーが男たちに見つめられて落ち着かない気持ちになりはじめたとき、ガーハードがようやくふたりのそばに来た。

「スチュアート卿、お願いですから、わたしの話を――」ガーハードはふたたび言いかけたが、男たちの輪のなかから怒りに満ちた叫び声があがったので言葉を切った。男たちがもぞもぞと体を動かして、それまで注意を引かれていたもののほうに向きなおる。メリーはつま先で立って、いったい何が起こっているのか見ようとしたが、何も見えなかった。するとガーハードが彼女の脇を通って男たちのあいだをかき分けていったので、すかさずそのあとに続いた。ガーハードが足を止めると、またつま先立ちになって、彼の肩越しにのぞきこんだ。今度はそこで起こっていることが目に入った。ふたりの男が床のうえを転げまわっている。小柄で痩せているほうが、自分より大きな男に絞め殺されそうになっているのを、必死で防いでいるようだ。ガーハードはその光景に驚いたらしく身をこわばらせたが、すぐにまた歩きはじめ、まわりの男たちを怒鳴りつけた。「押さえていろと言ったはずだぞ!」

そして、彼に叱責されて進み出た数人の者たちとともに、ふたりの男を引き離しにかかった。彼らは少々てこずりはしたものの、結局ふたりを引き離すことができた。たぶん大きいほうの男がいいかげん喧嘩《けんか》に飽きていたのだろうとメリーは思った。そもそもの初めに小さいほうの男に襲いかかった理由を忘れてしまったのかもしれない。彼女の目には、大きいほうの男があっさり喧嘩をやめて、男たちに引き離され、助け起こされるままになったように見えた。小さいほうの男は急いで相手の手の届かないところまで逃げ、やれやれと首を振った。ガーハードがすばやくまえに進み出て、大きいほうの男の服のほこりを払い、しわを伸ばしながら言った。「いいなずけの方がお着きです」

　メリーははっと息をのんだ。男たちに支えられてかろうじて立ち、ゆらゆらと体を揺らしているこの男が、彼女のいいなずけなのだ。驚いているのはメリーだけではなかった。アレクサンダー・ダムズベリーもひどく驚いたようで、あえぎながら言った。「スチュアートのがみがみ女が？　いったいここで何をしているんだ？」

　まわりの男たちが大きく目を見開き、いくぶん申しわけなさそうに彼女のほうを見る。メリーは恥ずかしさのあまり顔が赤くなるのがわかったが、きっと顎を上げた。ガーハードが押し殺した声で言った。「今ここにいらしているんですよ。あなたの目のまえに」

　そして主人を彼女のほうに押し出した。いいなずけの足もとがふらついているのに気づき、メリーは目を細めた。ガーハードは彼の二の腕をつかみ、倒れないよう支えてやらなければならなかった。

「領主さま、いいなずけのレディ・メレウェン・スチュアートです」ガーハードはメリーをそう紹介して、アレクサンダー・ダムズベリーの腕を引っぱり、彼女のまえに立たせようとした。いや、そうしようとしたのだが、アレクサンダーの足にそのメッセージが伝わるのが遅れ、彼は危うくメリーにぶつかりそうになったところを引き戻されて、ぶざまにくるりとまわりかけた。ガーハードがとっさに彼の両腕をつかみ、言うことを聞かない男の子を相手にするような態度でメリーのほうを向かせると、険しい声で繰り返した。「レディ・メレウェン・スチュアートです」

アレクサンダーはガーハードの怒りに満ちた顔には気づかず、とろんとした目でメリーを見つめ、ウイスキー臭い息を盛大に吹きかけて言った。「なんだ。きれいじゃないか。とてもがみがみ女には見えないな」

まわりの男たちがいっせいにはっと息をのんだ。エイキン・スチュアートが何か言おうとするかのようにぐっと背筋を伸ばしたが、メリーは父親の腕に手を置いてそれを押しとどめ、そっけなく言った。「ありがとうございます」

ほかにどう言えばいいだろう？　アレクサンダー・ダムズベリーはすっかり酔っ払っているようだ。非難の言葉を浴びせても、あとになれば何も覚えていないだろう。

「どういたしまして」彼はメリーににっこり笑いかけたかと思うと、次の瞬間、顔をしかめ、ガーハードに向きなおって言った。「気分が悪い」

そう口にしたとたん、まえのめりになり、顔から床に倒れた。

一瞬、室内が静まり返り、だれもが気を失っている男を見おろした。けれどもメリーの心のなかは静けさとはほど遠かった。彼女の心は深い悲しみと怒りに泣き叫んでいた。ここに着くまでのあいだ思い描いていた夢が、またたくまに跡形もなく打ち砕かれたのだ。彼女は煮えたぎる鍋から炎のなかに飛びこんだにすぎなかった。酔っ払いの住む家を離れて、別の酔っ払いの住む家に来ただけなのだ。しかも状況はさらに悪くなった。目のまえで伸びている酔っ払いには、彼女とベッドをともにし、その体を自由にする権利がある。それに彼はつい先ほどまで酒に酔って暴れ、別の男を絞め殺そうとしていた。どうやら酒乱のようだ。

メリーは目を閉じた。気持ちが沈み、みじめでならない。自分は大酒飲みや愚か者から逃れられない運命なのだ。少しのあいだ自分をあわれんでから、背筋を伸ばして目を開けた。そして、まわりの人々が床に伸びている男ではなく彼女を見ていることに気づくと、動揺が顔に出ないようにして頭をしゃんと上げた。

「ねえ」メリーは冷ややかな声で言った。「ろくでなしの領主さまをベッドに運んであげたほうがいいんじゃなくて?」

その場にいた男たちは目を見合わせたかと思うと、いっせいにまえに進み出た。とはいえ、そんなに人手はいらなかった。結局、四人の男が腕と脚をそれぞれ持って彼女のいいなずけを階段に運んでいき、ほかの男たちはぞろぞろとそのあとに続いた。メリーが大広間に入ってきたときに彼に絞め殺されそうになっていた男でさえも。

メリーは彼らを見送ってから、父親に視線を移そうとしたが、そこで初めて、男たちがいた場所の向こう側に女性がひとり立っているのに気づいた。黒っぽい茶色の髪をしたその女性は、メリーより十五歳は年上に見えた。大柄で彼女よりも背が高く、小さな目を考えこむように細めて、男たちに運ばれていくアレクサンダーを見ている。いったいだれなのだろう？　メリーは好奇心をそそられて、その女性を見つめた。すると女性は彼女のほうを見て不安そうに微笑み、急ぎ足で近づいてきた。

「はじめまして、メレウェン。わたしはエッダ。アレクサンダーの継母です。ダムズベリーにようこそ」

「ありがとうございます」女性の大きな力強い手に両手を包まれながら、メリーは小声で言った。「どうかメリーと呼んでください」

「ありがとう、そうさせてもらうわ」エッダは微笑んだが、その笑みはどこか不自然でなおも不安そうだった。エッダは間を置かずに続けた。「あんなところを見せてしまってごめんなさい。ガーハードが事情をお話ししたかしら？」

「ええ」メリーは淡々と言った。「わたしたちを出迎えてくれたときに、わたしのいいなずけは気分がすぐれないと教えてくれました」

「それならよかったわ」エッダはほっとしたようだった。「あなたが誤解したんじゃないかと不安だったの。でも本当のところ、アレクサンダーは三年ほど城を留守にしていたけど、そのあいだにお酒を飲むようにはなっていないみたいだし、普通なら朝早くに水差し一杯のウイスキーを飲んだりしないのよ。今日は特別なの」唇をゆがめて笑い、メリーをテーブルのほうにうながす。「さあ、みなさまもどうぞおかけください。朝食はもうおすみですか？」

「いいや」メリーの父親が彼女たちとともに架台式テーブルにつきながら答えた。「ゆうべ遅くにこちらの森に着いて、ひと晩外で過ごしたんだが、メリーは今朝早く起きて、わしらが起きたときにはすでに顔や体を洗い終えていたから、そのまますぐにこちらに来たんだ」

エッダはうなずいて、少し離れたところをうろついていた侍女に目をやった。「ライア、レディ・メレウェンにハチミツ酒をお持ちして」そこで言葉を切って、エイキン・スチュアートのほうを見る。「お三方には何をお持ちしましょうか？」

「ハチミツ酒を」メリーはきっぱりと言った。

「メリー」エイキンが抗議した。「一滴のウイスキーも飲まずに何日も旅してきたんだから――」

「――ここにいるあいだも飲まずにすませられるはずよ」メリーは険しい口調で言うと、父親のほうに身を乗り出し、エッダには聞こえないよう声をひそめて続けた。「ここにいるあいだわたしに決まり悪い思いをさせたら承知しないわよ。お父さまたちに飲ませるウイスキーはないわ」

父親は顔をしかめたが、それ以上何も言わなかった。メリーはエッダに向きなおって、にっこり笑ってみせた。「父たちもハチミツ酒でけっこうです」

「じゃあ、殿方にもハチミツ酒をお願い、ライア。それから何か食べるものも」侍女が急ぎ足で去ったとたん、エッダはふたたびメリーたちのほうを向いて微笑んだ。「ここまでの旅が楽しいものだったのならいいんだけど」

メリーは顔をゆがめた。「何日も続けて夜明けから夜遅くまで馬を進めるのは、とうてい楽しい旅とは言えませんわ。でも、幸いわたしたちは盗賊にも襲われなかったし、困った目にも遭いませんでした」

「夜明けから夜遅くまでですって？」エッダは驚いて尋ねた。

「いやその、ほら、わしも息子たちもこうしてここに来ているだろう？」父親が弁解するように言った。「留守のあいだ、城は側近の者に任せてきたが、わしと同じようにはいかないだろうからね」

メリーはふんと鼻を鳴らした。父親は彼女をにらみつけてから続けた。「わしも息子たちも、この子を自分たちでここに連れてきて、結婚するのを見届けてからスチュアートに戻りたかったんだ」

「まあ、もちろんですとも」エッダはよくわかるというように言った。「でしたら、できるだけ早くお戻りにならなければなりませんわね。ほかの者に城を任せてまでメリーが結婚するのを見届けにいらっしゃるなんて、お三方がどんなにメリーを愛していらっしゃるのかわかるというものですわ」

父親と兄たちが褒《ほ》められるのを聞いて、メリーはまた鼻を鳴らしそうになるのをかろうじてこらえた。彼女をここに連れてきたのは愛しているからではなく、一刻も早く厄介払いしたいからだとわかっていたが、そうは言わずにおいた。

「ああ、そうなんだよ」父親はきっぱりと言って続けた。「だから、早いところおたくの司祭を呼びにいかせて――」

「お父さま」メリーは険しい声で父親の言葉をさえぎった。

「なんだっていうんだ？」父親は身がまえて言った。「おまえのいいなずけはドノカイに行きたがっているし、わしらもスチュアートに帰らなきゃならない。式を先延ばしにする理由はないだろう」

「花婿《むこ》が伸びているというささいな点を別にしてね」メリーは辛辣に言った。

「そうね、それはちょっと問題よね」エッダがそう言ったあと、目をきらめかせて続けた。「でも、アレックスは夕食の時間か、遅くても明日の朝には気分がよくなっているでしょうから、明日の朝いちばんで結婚式を挙げられない理由はないわ。そうすればお父さまたちは領地にお帰りになれるし、あなたたちもドノカイに発てる」

父親と兄たちがすかさず同意したが、メリーは黙っていた。すでに結婚したくなくなっていたが、事実、結婚を先延ばしにする理由はなかった。婚約は破棄できないのだから、どうせいつかは結婚しなければならない。エッダがいぶかしげに彼女を見て、同意を求めているのに気づき、メリーはため息をついてうなずいた。

「よかったわ!」エッダはほがらかに言った。「じゃあ、あなた方が朝食を食べ終えたら、わたしがギボン神父に事情を説明しにいくから、そのあいだにあなたは料理人と話をしてちょうだい」

「わたしがですか?」メリーは驚いて尋ねた。

「ええ、そうよ。あなたは明日にはここの領主夫人になって、城に住む者たちに責任を負うようになるんだから。今その仕事を始めて悪いことはないでしょう? それに式を挙げるのはあなたなのよ。ちょっとあわただしいけれど、祝宴のメニューやら何やらを決めるのは、あなたしかいないわ」

メリーは自信なく微笑んだが、ふたたびうなずいた。そう言われてみると、料理人と話すのが自分であっていけない理由はないように思える。彼女がまだ領主と結婚しておらず正式には領主夫人になっていないにもかかわらず、料理人がそれに同意して指示に従ってくれることを願うのみだった。

2

頭のなかで痛みは大きな怪物となり、すさまじい勢いで鎚矛《つちほこ》を振りおろしていた。アレックスはうめき声をあげて、とっさに目をいっそう固く閉じ、このまま目覚めず、襲ってくる痛みをはっきり感じなくてすむようにしようとした。

「目を固く閉じるのは勝手ですけど、そんなことをしても痛みは治まりませんよ」

しわがれ声にぱっと目を開け、ベッドのかたわらに立って木のマグの中身をかきまわしている腰の曲がった老婆に向かって顔をしかめた。だが、その老婆がかつて彼の子守をしていたベットだとわかると、顔をしかめるのをやめて、また固く目を閉じた。「最悪の気分だ」

「朝いちばんの空っぽの胃に水差し一杯のウイスキーを流しこめば、そうもなりますよ」老婆はそれほど同情していないようだった。「それに顔から床に倒れて、額《ひたい》に大きなこぶまでつくったんですから。気分がいいはずがありません。さあ、起きて、これをお飲みなさい。痛みがやわらぎますよ」

「顔から床に倒れただって？」アレックスはうなり、ふたたびぱっと目を開けた。目のまえに木のマグが差し出されている。一瞬ためらったあと、起きあがってマグを受け取った。

「ええ」ベットは答えた。「それもいいなずけの足もとに。さぞかしすばらしい第一印象を与えられたことでしょうね。ほら飲んで」アレックスがさらに質問しようと口を開き、ひどいにおいがする液体がたっぷり入ったマグを下におろしかけると、老婆は少しいらだった口調で言った。

アレックスはベットに自分の立場や彼が主人であることを思い出させようかと思ったが、効果はないだろうとわかっていた。赤ん坊のときおむつを換えてくれた相手を権力や地位で恐れ入らせるのはむずかしい。顔をしかめ、頑固な老婆に言い返すのをやめて、すばやくマグの中身を飲んだ。当然ながら、においと同じように味もひどかったが驚かなかった。ベットが調合した薬は昔からすさまじくまずいが、よく効くのだ。チュニスでベットのまずい薬と愛情たっぷりとはいえない態度を恋しく思ったことが一度ならずあった。

薬を二回に分けて飲み干し、そのまずさに顔をゆがめながらマグを返すと、うなるように言った。「おれのいいなずけがここに来ているのか？　いったいどういうわけなんだ？」

「グリフィンがあなたの虫歯を抜こうとしているときに、ご家族とともに到着されたんですよ」ベットが言う。しわが寄った顔にはおもしろがっているような表情がたしかに浮かんでいた。

アレックスはとりあえずそれは無視することにした。その朝の記憶がぼんやりとよみがえり、思わずしかめつらになる。問題の歯をつつかれるだけでも耐えられないほど痛かったが、鍛冶屋にやっとこではさまれて顎から抜かれるのは地獄の苦しみだった。あまりにも強烈な痛みだったので、初めはうなり声をあげるために息を吸うことさえできなかった。だが、やがて彼を押さえていた男たちの注意がほかの何かに向かったため、その隙に男たちから逃れ、グリフィンの喉をつかんで苦痛を終わらせようとした。鍛冶屋はやっとこを取り落として、逃げだした。やっとこが虫歯から離れるやいなやアレックスは息を吸い、怒りに満ちたうなり声をあげてグリフィンのあとを追った。そして、足をもつれさせて転んだ彼とともに床に倒れたのだった。

うなり声をあげてよかったとアレックスは思った。そのおかげで男たちの注意を引き、自分の役目を思い出させることができたのだ。そうでなければ、きっと彼はグリフィンをぶちのめしていただろう。歯を抜くのは三十分経ってウイスキーの効き目が出てからにしようとグリフィンが言い張ったのもよかった。ウイスキーで麻痺しながらも感じた痛みより強烈な痛みなど経験したくもない。じつのところ、チュニスにいるあいだに剣で刺されたり切りつけられたりしたときのほうがよっぽど痛かった。

そこまで考えて、舌で口のなかを探ってみると、問題の歯があったところには穴が開いていた。アレックスはほっとした。

「あなたがベッドに運ばれたあとでグリフィンが虫歯を抜いたんですよ」ベットが言った。

「抵抗されずにすんだので、とても簡単だったと言っていました。あなたが伸びているあいだに、あっというまにすませたんです」

アレックスは顔をしかめて、かぶりを振った。覚えているのは、階下の大広間で彼の歯を抜こうとしたグリフィンに襲いかかったことだけだ。メレウェン・スチュアートが到着したのはまったく覚えていなかった。「どうしておれのいいなずけがここにいるんだ?」

「あなたと結婚するためですよ。ほかにどんな理由があるというんです?」ベットは薬種袋を片づけながら、肩をすくめて言った。

アレックスはベットをにらみつけた。「おれがもらい受けにいくまで待つべきなのに、いったいなんだって――」

「なかなか行こうとしなかったじゃないですか」ベットはそっけなく言った。「いいかげん待つのにうんざりして、自らあなたに結婚してもらいにこられたんですよ」

アレックスは不愉快な思いで唇をすぼめた。結婚する心の準備などできていない。充分に時間をかけて城内の問題を片づけてから妹を訪ね、その帰りに彼女をもらい受けにいくつもりだったのに。いや、必ずそうしようと思っていたわけではない。何も急ぐことはないのだから。どうやら向こうはそう思っていないようだが。

「もっとも」アレックスが黙っているのを見てベットが続けた。「わたしが見たり聞いたりしたところによると、ご家族のほうが彼女を早く嫁がせたがっているようですけどね」

「まあ無理もないだろうな」アレックスはつぶやいた。未来の妻について伝え聞いていることを考えると、不安がこみあげてきた。ベットが彼のほうを見て眉を吊りあげたのに気づいて説明する。「スチュアートのがみがみ女とあだ名をつけられるぐらいなんだから」

ベットはうなずいて、淡々と言った。「あなたもそう呼んだそうですね」

「なんだって？」アレックスは鋭い声で尋ねた。

「なんでもあなたは、到着したいいなずけの方を見るやいなや、がみがみ女には見えないと言ったそうですよ」ベットが説明する。その目は今や、楽しそうにきらきらと輝いていた。

「まさかそんな！　嘘だろう？」アレックスはびっくり仰天して言った。老婆が首を横に振る。うなじがぞくりとした。この三年間のほとんどを男に囲まれて過ごしたとはいえ、自分の花嫁となる女性をそんなふうに出迎えるのは失礼にもほどがあるとわかるぐらいには、マナーを忘れていなかった。そんなことでは、いい関係を築けるはずもない。

「いいえ、嘘じゃありません」ベットは言って、冷ややかにつけ加えた。「未来の妻にかける歓迎の言葉として、もっといいものがいくらでもあったでしょうけど」

「なんてことだ」アレックスは呆然と言ってから尋ねた。「向こうはどうしたんだ？」

ベットはくすくす笑いながら答えた。「わたしはその場にいたわけではありません。これは全部、侍女から聞いた話なんです。なんでも、あなたのいいなずけは平然とした顔で、ありがとうございますと言ったそうですよ……するとあなたが顔から床に倒れたんで、男たちに命じて、ベッドに運ばせたんだとか。そのあとグリフィンが虫歯を抜いたんです。男たちはウイスキーで酔いつぶれたあなたを寝かせて出ていきました」

アレックスは愕然《がくぜん》としてベッドに背中を沈めたが、ふいに起きあがってきいた。「今何時だ？」

「もうすぐ夕食の時間です」ベットは持ってきた道具をしまいながら答え、扉に向かった。

「そろそろ目を覚ますころだから、頭痛を楽にする薬が必要なんじゃないかと思ったんですよ。それにあの娘がこの城を思いのままにしてしまうまえに、あなたを起こしたほうがよさそうだったから」

「なんだって？」アレックスは上掛けをはいだ。頭は痛むものの、幸い服は着たままだったので、不可解な言葉を残して部屋を出ていこうとした老婆を追いかけることができた。

「ちょっと待て、ベット」声をあげて戸口に走り、彼女が背後で閉めようとした扉を押さえた。ベットの腕をつかみ、老いてもろくなった骨を折らないよう気をつけながら部屋のなかに連れ戻す。老婆はすなおについてきたが、驚くにはあたらなかった。ベットのことならよく知っている。きっと一部始終を楽しんでいるにちがいない。昔から少々意地の悪いところがあり、何か騒ぎが起こるたびにそれを楽しんできたのだ。「どういうことか説明してくれ。おれのいいなずけはこの城を思いのままにしようとしているのか？」

「いいえね、あの娘が〝ろくでなしの領主〟をベッドに運ぶよう男たちに言ったあと——」

「ろくでなしだと?」アレックスは嚙みつくように言った。

「ええ。そう言ったそうですよ」ベットは歯を何本か失ってできた隙間を見せて微笑みながら応じた。「男たちがあなたを運んでいったあと、エッダが現われて、少しのあいだあなたのいいなずけと額を寄せて何か話していたんだとか」

アレックスは身をこわばらせた。いい兆候とは思えない。

「それからというもの、あなたのかわいいメリーは城内を駆けまわって、あれこれ用事をすませているんです。まるでもうすでにここの領主夫人になったかのように」

アレックスはベットがメレウェンではなくメリーと言ったことに気づいたが、こう尋ねるにとどめた。「いったい何をしているんだ?」

ベットは小さく肩をすくめた。「領主夫人がするようなことですよ。料理人やほかの使用人たちと話したりね。明日の結婚式のあとの祝宴の準備を始めて――」

「明日の結婚式だって?」アレックスはうなった。恐怖が全身を駆けめぐった。展開が早すぎる。

「ええ。そして今は訓練する兵士たちを監督しています」

アレックスは顔をこわばらせ、声を荒らげて言いかけた。「そんなことをする権利は――」

「本人に直接そう言ってやったらどうです?」ベットはアレックスの言葉をさえぎって、そっけなく言うと、彼につかまれていた腕を引き抜いて扉のほうを向いた。「わたしは忙しいんです。こんなところに突っ立って、あなたのいいなずけのことで怒鳴られている暇はないんですよ」

アレックスはベットをにらみつけた。老婆は部屋を出たところで足を止め、振り返って言った。「いいなずけをさがしにいくまえに、服を着替えて、少しばかり身ぎれいにしたほうがいいかもしれませんね。そんなふうにウイスキーのにおいをぷんぷんさせていたら、いい印象を与えるはずもないですから。聞いた話では、あの娘は酒飲みのお父さまやお兄さまたちにうんざりしているそうですよ」

アレックスは着ているチュニックを見おろし、ベットの背後で扉が閉まるのと同時に持ちあげてにおいを嗅いだ。そしてすぐさま鼻にしわを寄せた。たしかにウイスキーのにおいがする。つんと鼻につく、じつにいやなにおいだ。

顔をしかめて急いでチュニックを脱ぎ、ベッドの足もとに放り投げた。そのあと窓辺に行って、小さなテーブルのうえに置かれた洗面器の水で顔や手を洗ってから、身のまわりのものを入れているふたつの衣装箱のひとつからきれいなチュニックをさがし出した。そうして身なりを整えると、部屋を出て階段を駆けおりた。

まっすぐ中庭に出ていいなずけをさがすつもりだったが、気づくと階段のいちばん下の段で足を止めて、架台式テーブルにつく男たちを見つめていた。全部で十人はいるだろうか。みなプレードを身につけ、薄汚れた顔をしている。いいなずけの父親や兄や、彼らが連れてきた兵士たちにちがいない。今日の午前中に着いたそうだが、それからずっと架台式テーブルに腰を据えて、ただひたすら酒を口に運んでいたように見えた。すでに酔っ払っているらしく、大声をあげて騒いでいる。アレックスはいい気持ちはしなかったが、驚きもしなかった。噂は風に乗ってやってくる。香辛料や異国の品々を売る商人や旅芸人によって伝えられることも多い。彼が長年のあいだに伝え聞いた話によると、エイキン・スチュアートとそのふたりの息子は酒に目がないという。アレックスの酒だろうが、ほかのだれの酒であろうが、おかまいなしのようだ。アレックスの父親であるジェイムズはそれほど酒を飲むほうではなかった。おそらくスチュアート卿が大酒飲みであることが父親とスチュアート卿の友情が終わりを迎えた原因のひとつなのだろう。父親がメレウェン・スチュアートとの結婚を急かさなかったのも、そのせいなのかもしれない。

いいなずけに考えが及んだところで、アレックスはそもそも何をしにおりてきたのか思い出し、向きを変えて扉のほうに行こうとしたが、足を踏み出すやいなや見つけられ、呼び止められた。「おおい、領主さま！　ちょっとこっちに来いよ。これから親戚になる者同士、仲良くしようじゃないか」

アレックスはもう少しで気づかれずにすんだのにとため息をつきながら向きを変え、仕方なくテーブルに向かった。メリーをさがしにいくところだと説明して許してもらうつもりだったが、そう口にする暇もなく、テーブルに近づいてもいないうちに、エイキン・スチュアートとおぼしきいちばん年長の男が言った。「うちのメリーよりまえにきみと話ができてよかった」

「そうですか？　それはまたどうしてです？」アレックスは足を止めて、用心深く尋ねた。エイキン・スチュアートは六十近くに見えた。太鼓腹で、硬そうな白髪まじりの髪が奇妙なほどに大きな頭からもじゃもじゃと伸びている。酔って赤くなった顔は、細められている小さな目と薄い唇と団子鼻ぎみの鼻からなっていた。もうだいぶ飲んで、すっかりできあがっているらしい。ろれつもまわっていないし、二脚しかない椅子の大きなほうに納まっているその体は、強い風に揺れる若木のようにゆらゆらと揺れている。二脚しかない椅子は城の主人とその妻が座るためのものだった。ほかの者はベンチに座る。エイキン・スチュアートとおぼしき男が座っているのは、チュニスから戻って以来、アレックスが使っている椅子だった。小さいほうの椅子にはエイキン・スチュアートを若くしたような男が座っていた。

「いやなに、そのな」エイキン・スチュアートはアレックスの顔に目を戻して言った。「きみが戻ったと聞いたもんだから、わしらでメリーをここに連れてきて、きみがうちまで来る手間を省いてやろうと思ったんだ。でも、あいつが反対するのはわかってた。ほら、本来ならそうあるように、きみにもらい受けにきてほしがっていたからな。だから、ちょっと嘘をついたんだ」

アレックスはいぶかしげに眉を吊りあげた。

「きみのほうから、あの子を連れてくるよう言ってきたと言ってやったんだよ」エイキンはそう説明すると、ずる賢く続けた。「きみがそう言ってくるのはわかってたからね。だって、きみとあの子はもうとっくに結婚していていいはずなんだし、きみだって、結婚せずにすませようとしてるなんて言われたくないだろうからな」

エイキンの声が非難するような調子を帯びる。アレックスは顔をしかめたくなるのをかろうじてこらえた。

「結婚を先延ばしにしていた気持ちは理解できる」エイキンは親しげな口調で続けた。「きみの歓迎の言葉から考えるに、きみはメリーがスチュアートのがみがみ女と呼ばれているのを知ってたんだろう？ そんなあだ名をつけられる女を妻になんかしたくないよな。でも、あの子もそう悪い娘じゃないんだ」

アレックスは黙っていた。いいなずけがそう呼ばれているのは知っていたが、彼女の父親がそのあだ名を口にするとは思ってもみなかった。

「あの子がそんなふうに呼ばれるようになったのは、わしらのせいなんだ」エイキンは後悔しているような口ぶりで言った。

「ああそうだ」もうひとつの椅子に座る男が言った。父親にそっくりだが髪は赤毛だ。彼は後悔しているというよりおもしろがっているような口調で続けた。「おれたちがあいつにそのあだ名を授けたんだよ」

「息子のブロディだ」エイキンは息子をにらみつけながらそう言うと、続けて反対側に座る、最初に紹介された男とふたごといってもとおりそうな男を紹介した。「そしてこっちがガウエイン」

息子たちが会釈し、アレックスもいくぶんぎこちなくうなずき返した。ふたりとも父親と同じぐらい酔っているようだ。父親とほぼ同じタイミングで体を前後に揺らしている。アレックスは荒波にもまれる船のうえにいるような気分になった。

「ああ、わしらがそうあだ名をつけたんだ」エイキンは認めた。「メリーはわしらのことを心配しすぎなんだよ。男は酒を飲むものだということがわかっていない。母親の影響だな。妻のマレードは、わしらがほんの少しウイスキーを飲んだだけで文句を言っていた。でも、あの子に対する不満はそれだけだ。メリーはいい娘だよ。気立てもいいし、いつも進んで人に手を貸して、いろんなことの面倒を見てくれる」エイキンはアレックスにそう請けあってから続けた。「そうとも、今だって中庭で、訓練する兵士たちをきみの代わりに監督しているんだ。きみは……その……気分がすぐれないようだったからね」

エイキンはにやりとした。「さっきのようすからすると、ずいぶん長いあいだ祝杯をあげていたようだね。わしらもそうするのは好きだから理解できるが、メリーはちょっと怒っているかもしれないな。いや、でも心配することはない。あの子は怒っていたとしても、面倒を見なきゃならないことがあればちゃんと見るし、その必要があればきみの代わりを務めるから」

アレックスは彼の言葉に眉をひそめた。どうやら彼らは、今朝アレックスがウイスキーを飲んだのは歯を抜いてもらうためだとは知らず、ただ飲みたくて早い時間から飲んでいたのだと思っているらしい。彼らがそんなふうに考え、そうした行動をすんなり受け入れたことを、アレックスは嘆《なげ》かわしく思った。長い年月のあいだに、酒に目がない男を大勢見てきた。彼に仕える従者のなかにも酒の問題を抱える者が少なからずいた。アレックスは疑わしい者がいたら、まずは酒をやめるように言い、それでもだめならその者の任を解いた。飲んだくれを従者に持つのはごめんだ。酒におぼれた兵士は注意力散漫になって信頼できなくなるし、自分自身やほかのだれかを殺しかねない。

「きみを見あげているうちに首が痛くなってきた」スチュアートの領主はそう言うと、隣の椅子に座る息子のほうを向いて、その体を押した。「椅子を空けるんだ。領主さまに座ってもらう」

「その必要はありません」アレックスはすかさず言った。彼らの仲間に加わりたくはなかった。「兵士たちの訓練を監督しにいくところだったんです」

「でもな、領主さま、さっきも言ったとおり、そいつはメリーに任せておけばいい。あの子は男たちの扱いには慣れてるんだ」

アレックスは顔をこわばらせた。「でも、それはわたしの仕事で――」

「大丈夫」エイキンは彼の言葉をさえぎった。「メリーは母親によく仕込まれている。いい伴侶になるだろうよ。きみが望むままになんでも面倒を見てくれる。スチュアート城でも何から何までやっていたんだ」

「それじゃあ、あなた方は何をなさってたんです？」アレックスは興味を引かれて尋ねた。

「おれたちのやりたいことをしてた」ガウェインが笑い声をあげて答えた。

「ああそうだ。あんたもこれからそんないい暮らしができる」ブロディがそう口にして、おもしろい冗談でも言ったかのようにくすくす笑い、父親からにらまれた。

「きみもこれからそんないい暮らしができるというわけだ」ブロディが黙ると、エイキンが静かに息子の言葉を繰り返した。「うちのメリーは働き者だからな。だれかが面倒を見なきゃならないことがあれば、たとえそれがどんなことでも、放っておかずに面倒を見る」

「そういうときに、こっちが何か悪いことでもしたみたいににらみつけるのをやめてくれたら、もっといいんだがな」ブロディが口をはさんだ。妹が褒められているのが気に入らないらしい。

「そうだな」ガウェインが同意して、警告するように言った。「あいつににらまれると尻の毛が焦《こ》げちまいそうになる」

「それに、あのさかな顔」ブロディが言い、父親に脇腹を肘で突かれた。体がふらついていたところにそうされて、危うく椅子から落ちそうになったが、テーブルの縁をつかんでことなきを得た。

「さかな顔？」アレックスは当惑して尋ねた。

「そうそう」椅子にきちんと座りなおそうとしているブロディに代わって、ガウェインが答えた。「何か気に食わないことがあると、あいつは目を細めて唇をこんなふうにとがらせるんだ。その顔がさかなそっくり——うっ」ガウェインは小さく叫んで言葉を切った。彼もまた父親に脇腹を肘で突かれたのだ。ブロディのようにはいかず、椅子からイグサのうえに転がり落ちると、自分がそこまで酔っていることを情けなく思うどころか、おもしろくてたまらないとでもいうように声をあげて笑いだした。笑い声はやがて小さくなって消えた。ガウェインは目を閉じて、いびきをかきはじめた。

「こいつのことは気にしないでくれ」スチュアートの領主は平然と言った。「ここに着いてからずっときみたちの結婚を祝って祝杯をあげていたもんだから、すっかりできあがってしまったんだ。でも明日の式までにはしゃっきりするから」

アレックスがエイキンに目を向けると、彼は続けた。

「まあ、たしかにメリーはにらんだりおかしな顔をしたりするが、悪いところといえばそのぐらいだ。こいつはだれが考えてもすばらしいことだぞ。なんたって、あの子はきみの代わりにどんなことでも面倒を見てくれるんだからな。いい妻になるだろうよ」

アレックスはエイキンからブロディに視線を移し、またエイキンに戻した。ブロディはさも不満そうに顔をしかめていた。やはり妹が褒められているのが気に入らないのだ。一方エイキンは少し悲しげで残念がっているように見える。自分が失うものの大きさに気づいているにちがいない。スチュアート城に戻った彼らが酒を飲んで泥酔したら、だれが城の切り盛りをするのだろう？　アレックスはこれまで伝え聞いたことから、メリーの母親が亡くなってからは彼女がその役目を負っていたと知っていた。少なくとも父親は娘を失うことの大きさをわかっているようだ。それなのに、どうしてあらゆる手を尽くして娘の結婚を遅らせようとせずに、嘘をついてまで彼女をここに連れてきたのだろう？　それは彼にもまだ良識が残っていて、娘を失えば自分に負担が降りかかってくるのを承知のうえで、彼女が結婚して幸せになるのを見たがっているからだと、アレックスは思いたかった。だが本当のところは、彼女を追い払えることを見るからに喜んでいるふたりの息子の要求に屈しただけなのではないかと考えた。

実際、この面倒ばかり起こしていそうな三人の男と暮らすには、にらみつけたり変な顔をしたりするだけではすまなかっただろう。この六年間のメリーの暮らしがどういうものだったのか、アレックスには想像もつかなかった。ほんの数分間、彼らといっしょにいただけで不愉快でたまらなくなっていた。

「失礼します」アレックスはそう言って向きを変え、扉に向かった。エイキンに呼び止められても立ち止まらず、振り返りさえしなかった。

一刻も早く兵士たちが訓練している場所に行って、いいなずけと話がしたかった。メリーはあの三人にさんざん苦労させられてきただろうから、酒飲みを忌み嫌っているにちがいない。それなのに彼女がここに着いたとき、自分はべろんべろんに酔っていたのだ。いい印象を与えられたはずがない。メリーがすでに事情を聞かされていて、酔っ払いだらけの城からまた別の酔っ払いが住む城へと来たにすぎないのではないかと思っていないことを願うのみだった。

とにかくメリーを見つけて、歯を抜いたあと気分がすぐれなかった自分の代わりを務めてくれた礼を言おう。彼女の反応を見れば、すでに事情を聞かされているかどうかわかるはずだ。もし聞かされていないようなら自分の口から説明すればいいし、そのあとで彼女をもっとよく知ることができるにちがいない。アレックスはメリーの父親と兄たちの酔ってろれつのまわらない口調や、彼女のことを話すようすにうんざりしていたものの、彼らと話せてほっとしてもいた。メリーがスチュアートのがみがみ女と呼ばれるようになったいきさつを知り、そのあだ名が彼女のよくない性格を表わしているというよりも、父親と兄たちのよくない性格を表わしていることがわかったからだ。

認めたくはないが、彼女がそう呼ばれていることが、結婚を先延ばしにしていた理由のひとつだったのは事実だ。アレックスは結婚するのをできるだけ遅らせようとしていた。それが今は、ひどく乗り気ではないにしろ、少なくともそのことを考えただけで胃が引っくり返ることはなくなっている。

訓練場は活気に満ちていた。アレックスは訓練場の端で足を止めて、そこにいる者たちをながめた。それぞれ剣や槍や鎚矛を手に訓練に励んでいる。だが、みなブライズを穿《は》き、鎖かたびらを身につけている男だった。いいなずけがどんな容姿をしているのかアレックスは知らなかったが、女はひとりしかいないだろうからすぐにわかるだろうと思っていた。それなのに女の姿は見あたらなかった。もしかすると中庭にいたのかもしれない。ここに来るまで知らない人間には会わなかったが、考えごとをしながら歩いていたので、じつのところ周囲にはあまり注意を払っていなかった。

小さく悪態をつきながら向きを変え、来た方向に戻りかけたが、そのとき聞こえてきた叫び声に足を止めた。「ちゃんと盾をかまえて！　そんなことじゃ串刺しにされるわよ！」

スコットランド訛《なま》りの強い女の声。ふたたび訓練場に目をやってドレス姿の者をさがしたが、なおも見つけられず、困惑して顔をしかめた。そのときまた声がした。

「そう、それでいいわ！　あなたは優秀な戦士よ、アルバート。いつもちゃんと盾をかまえることを忘れないで。刺されたら、せっかく磨いた剣の腕もすべてむだになるんだから。ウィリアム、次はあなたの番よ」

声は訓練場の端から聞こえてきた。アレックスは目を凝らしたが、そこには男たちがいるだけで、依然としてドレスを身につけた女の姿は見あたらなかった。体の大きな六人の男たちが、木の剣で戦うこれまた大きな男と、ブライズを穿いて鎖かたびらを身につけヘルメットをかぶった小柄でほっそりした若者を取り囲んでいる。

「ちょっとウィリアム、ためらうのはやめなさい。さっきヘンリーと戦っていたときもそうだったわ。だからここに呼んだの。さあ突いて。わたしはけがしたりしないから。これが本当の戦いなら、あなたはもう死んでいるわよ」

アレックスは愕然として目を丸くした。ブライズを穿いた小柄な人物が自分のいいなずけだと気づいたのだ。とても正気とは思えない。男たちの訓練を監督するだけでは飽き足らず――それだけでも充分に悪いのだが――自ら訓練に参加しているとは。

「くそ、なんてことだ！」大声で悪態をついて駆けだすと、並んで立つふたりの男を押しのけて、戦っているふたりのそばに行き、初めはほっそりした若者だと思ったほうの腕をつかんで自分のほうに向かせた。

まぎれもなく女だった。大きな目をぱちくりさせて、驚いたように彼を見あげている。まっすぐな小さな鼻に、ふっくらした官能的な唇。メレウェン・スチュアートは反射的に木の剣をかまえて突き出そうとしたが、彼の顔を見てふと動きを止めた。彼がだれなのかわかったらしく、緑色の目をきらりと光らせると、その目にいらだちの色を宿して彼の手を振り払い、嚙みつくように言った。「あなたどうかしているんじゃない？　もう少しで刺されるところだったのよ。木の剣でもけがすることはあるんだから」

アレックスは彼女の非難を無視してふたたび腕をつかみ、その場から動けないよう押さえつけて、さっとヘルメットを取った。艶《つや》やかな栗色の髪がハート型の顔のまわりにこぼれ落ちる。アレックスは目を見張った。豊かに波打つ髪は腰近くまであり、彼女の腕をつかむ手の甲にあたるその感触は、まるで絹のようにやわらかかった。彼女の容姿は父親ではなく母親から受け継いだもののようだ。アレックスはうれしく思った。

「何をじろじろ見ているの？」メレウェン・スチュアートは言った。いらだった声だが、顔を赤らめ、目を合わせないようにしているところを見ると、戸惑いを覚え、恥ずかしささえ感じているようだ。「放してちょうだい。訓練を続けさせて」

「それはきみの仕事じゃない」アレックスは顔をしかめて言うと、抗《あらが》う彼女を引きずるようにして訓練場の外に出た。

「何する気？」彼女は金切り声をあげた。怒っているというより警戒しているようだ。

「きみはプライズを穿いている」アレックスは何人かの男たちが訓練を中断して自分たちを見ているのに気づき、食いしばった歯のあいだから言葉を押し出すようにして言った。

メリーはいらだたしげに舌打ちした。「そうよ。ドレスを着ていてはまともに戦えないでしょう？　転んだりしたらスカートがひるがえって、なかが全部見えちゃうもの。スコットランドの男がくるりとまわるたびにお尻を見せるのはかまわないけど、わたしが――」

アレックスは唖然《あぜん》として立ち止まり、彼女のほうを向いた。メリーは言おうとしたことをのみこんで彼をにらみつけた。アレックスはひと息ついて、彼女の言葉を聞いて脳裏に浮かんだ光景を消し去ってから言った。「つまりだな――おれはその――きみが――」

何を言おうとしているのか自分でもわからずにいると、メリーがもどかしげにため息をついた。「うまく話せないんでしょう？ わたしの父がお酒を飲みすぎたときと同じね。頭がぼんやりして考えがまとまらないんだわ。ここにいると危険だから、彼らの訓練はわたしに任せて城に戻ってちょうだい」

アレックスは少しのあいだ目を閉じて、忍耐が続くことを祈ってから、ふたたび目を開けて精いっぱい冷静な声で言った。「ここは女性が来る場所ではない。訓練を監督するのはおれの仕事だ」

「でもあなたは、とうてい監督なんてできない状態だったじゃない」メリーは指摘した。「だから、わたしが代わりを務めたの。それから、そんなふうに大声を出すのはやめて。わたしは目のまえにいるんだから」

「大声なんか出していない」アレックスは歯をぎりぎりさせて言った。

「いいえ、出したわ」メリーは子どもに言い聞かせるようにまじめな口調で言うと、これまた子どもをなだめるように彼の腕を軽く叩いた。「とにかく頭がはっきりするまで城で休んでいてちょうだい。彼らの面倒はわたしが見ておくから」

「頭ははっきりしている」アレックスはすかさず反論して続けた。「それに彼らの面倒を見てやる必要はない」

「いいえ、あるわ」メリーは言った。「あそこにいるアルバートは戦っているあいだ盾をおろす癖がある。せっかく剣の達人なのに、そんなことじゃ殺されてしまうわ。ウィリアムは自信がなくて、敵に切りかかるまえにいつもためらっている。あのままでは最初の戦いで死ぬわね。それからトム。彼は腕はいいようだけどもっと筋肉をつけるか、体に合った小さな剣を持ったほうがいいわ。今の剣は彼には重すぎて、長いあいだ振りまわせない」

アレックスは目を見張った。メリーが言ったことはどれも事実だ。彼自身気づいていて、時間ができたときにどうにかしようと思っていたことばかりだった。あいにく今はドノカイに行くまえにいろいろと片づけなければならないことがあるので、スコットランドから戻ったら取り組もうと思っていたのだ。

「まちがっているかしら?」メリーが挑むように言う。

「いや」アレックスは言った。「それらの問題にはおれも気づいていた。ドノカイから戻りしだい対処するつもりだ」

メリーはゆっくりうなずいてから言った。「あなたが留守にしているあいだに城が攻撃されたらどうするの? あなたが義務を怠って、彼らをちゃんと訓練せずに妹さんに会いにいったせいで彼らが死んだらどうするつもり?」

そう責められてアレックスは身をこわばらせたが、ぶっきらぼうに言い返すだけにした。

「攻撃される可能性は低い」

「でもゼロではないわ」メリーはきっぱり言った。「それに兵士たちが自分の身とあなたの城を守れるようちゃんと訓練するのは、領主であるあなたの務めよ」

アレックスは唇をきつく引き結んだ。自分は責任感のあるいい領主だと思いたいが、兵士たちが抱える問題に対処するのを先延ばしにして妹のようすを見にいくのは、たしかに少々身勝手に思える。どれも一日か二日で解決できそうなものとあればなおさらだ。アレックスはそう考えているうちに、彼がウイスキーを飲んで酔いつぶれているあいだに代わりを務めた彼女が、顔を上気させ、汗をかいているのに気づいた。そして唇をいっそうきつく引き結んだ。

「ドノカイに発つまえに彼らを訓練しよう」静かに言う。「だが、あくまでもおれがやる。きみには任せない。この先きみには城のなかのことに専念してもらう。今日のところは城に戻り、顔や手を洗って着替えてから、父上や兄上といっしょにテーブルについて夕食を待つんだ」

「父と兄たちはまだテーブルについているの？」メリーが目を細めて尋ねる。

「ああ」

「お酒を飲んでいるわけじゃないわよね？」

「いや、飲んでいる。どうやら、うちにあるいちばんいいウイスキーを飲んでいるようだ」

アレックスは冷ややかに言った。

　すると、メリーは、彼に仕える兵士たちが口にするのは何度も聞いたことがあるものの、よもや女の口から発せられるとは思わなかった悪態をつくと、くるりと向きを変え、急ぎ足で城に向かった。

　アレックスがふいに心配になってそのあとを追おうとすると、ガーハードがそばに来て言った。「どうにかして訓練場から出ていってもらおうとしたんですが、なんとも頑固な方で」

　アレックスはうなった。彼が何か言う暇もなくガーハードが続けた。「今朝、あの方たちが着かれたとき、あなたが歯を抜いてもらうためにウイスキーを飲んだことを説明しようとしたんですが、あの方のお父上にじゃまされてできなかったんです」

「きみが何か言って、おれが彼女を連れてくるよう言ったんじゃないってことがばれるのを恐れたんだろうな」アレックスは淡々と言った。

「彼女はあなたが自分をここに連れてくるよう言ったと思っているんですか？」ガーハードは驚いて尋ねた。

　アレックスはうなずいた。「そういうことにすれば彼女もすなおにここに来ると、父親と兄たちは思ったんだろう。自分たちが酒を飲むのにいい顔をしない彼女を追い払いたくてたまらないんだ。どうやら彼らはかなりの酒飲みで、この何年かはメリーがスチュアート城を切り盛りしていたらしい」

ガーハードは驚いたようすも見せずにうなずいた。「それだけの能力は充分にありそうですからね。訓練の監督をなんとかしてやめさせようとしたんですが、実際、彼女は有能でした。兵士たちが抱える問題や弱点をすぐに見つけて、自分で彼らを訓練すると言ったんです。武器の扱いも驚くほどうまい」

「ああ、それにはおれも気づいた」アレックスはそう言うと、目を細めていいなずけの姿を追った。彼女の足取りは城に一歩近づくたびに、より断固とした好戦的なものになっていっている。スチュアート家の男たちは彼女ににらみつけられ、さかな顔をされるだけではすまないだろう。ふいにその場にいたくなり、ガーハードを見て言った。「今日はもう訓練は終わりにするようみんなに言ってくれ。どうせすぐに夕食の時間だ」

ガーハードがうなずくのを待って、急いでいいなずけのあとを追い、彼女と同じぐらい足早に歩いた。遅れをとってはいたものの、彼のほうが脚が長かったので、メリーが城に着くころにはだいぶ差が縮まっていた。

彼女が城の玄関扉のまえに立ったとき、アレックスはちょうど階段をのぼりはじめたところだったが、扉が開いたとたんになかから悲鳴が聞こえてきたのがはっきりとわかった。彼が不安になって階段を駆けのぼると同時に、メリーが悪態をついて城のなかに飛びこんだ。アレックスが階段をのぼり終えるまえに彼女の背後で扉が閉まり、悲鳴は聞こえなくなったが、彼が扉を開けるとまた聞こえてきた。アレックスはひと目で状況を見て取った。メリーの家族以外のスコットランド人たちは、彼女が入ってきたことに気づいて押し黙り、警戒するような顔をしている。ガウェインはなおも架台式テーブルのそばの床に伸びており、エイキンもテーブルに突っ伏して寝ているようだ。だが、ブロディはまだ起きていて、いやがるダムズベリーの侍女のひとりを膝に乗せてキスしようとしていた。そう簡単にはいかず、侍女は彼から逃れようと必死にもがいていたが、ふいにもがくのをやめて口をぽかんと開け、驚きの表情を浮かべた。メリーがふたりのもとに行くやいなや兄の頭に盾を振りおろしたのだ。ごつんと大きな音がして、アレックスは思わず顔をしかめた。

ブロディの頭蓋骨は頑丈にできているらしい。彼は首を横に振ったかと思うと、侍女を床に振り落として立ちあがり、くるりと向きを変えて自分を殴った人物に向きあった。

アレックスは足を速めた。その必要があればメリーを守らなければならないと思ったのだが、彼女は助けなど必要としていなかった。ブロディが振り返って体を揺らしながらメリーのまえに立ち、怒りに満ちた顔で怒鳴りつけようとすると、彼女はまた盾で彼の頭を殴った。

「このばか、いったいどういうつもり？」嚙みつくように言う。ブロディは手を上げて頭をさすった。「いやがっているじゃないの。ちょっかい出すのはやめなさい」

「ちょっと楽しんでいただけじゃないか」ブロディは怒鳴った。根もとを斧で叩き切られ今にも倒れそうになっている大きなオークの木のように、ゆらゆらと体を揺らしている。

「その子は楽しんでいなかったわ」メリーは怒鳴り返し、ふたたびブロディを盾で殴った。

三度目はさすがに効いた。一度目と二度目は彼の注意を引くのに役立っただけのように見えたが、三度目でついに彼を殴り倒すことに成功した。ブロディはイグサのうえにがっくりと膝をつき、戸惑ったように目をぱちくりさせると、顔から床に倒れた。

アレックスは歩調をゆるめ、メリーに視線を移した。彼女は兄を見おろして恥ずかしさと怒りと嫌悪がないまぜになった表情を浮かべてから、侍女に目を向けた。

「エール以外は飲ませないでとお願いしたわよね」

「はい。でも、みなさんお客さまですし、ウイスキーが飲みたいとおっしゃられたので――」

メリーは侍女の腕をつかんで小さく揺さぶり、彼女を黙らせた。「この人たちが何を飲みたがっていようが関係ないの。これからはわたしの言うことを聞きなさい。この人たちにもうウイスキーを飲ませないで。わかったわね？」

「はい、承知しました。申しわけありません」侍女はすばやく言った。

メリーは侍女の腕をそっと叩くと、だらしなく伸びているスチュアート家の三人の男たちに目をやってから、テーブルについたままでいる兵士たちのほうを向いた。「ちょっと、何をぐずぐずしているの？　さっさとこのろくでもない領主さまとお兄さまたちを階上に運んでちょうだい。ここで寝られたら迷惑だわ」

兵士たちはすぐに立って、彼女の命令に従った。アレックスは彼らを興味深く見守った。

領主やその息子たちと同じぐらい酔っているものと思っていたが、どうやらそうではなかったらしい。三人を運びはじめた兵士たちのなかに足もとがふらついている者はひとりもいなかった。主人たちといっしょにいたことはいたが、だれも彼らのように泥酔するほど飲んではいないようだ。兵士たちがメリーに敬意を払っていることにもいやでも気づかされた。兵士たちがメリーにうなずいてみせるようすや、彼女に向ける視線を見て初めて、彼女の父親や兄たちとテーブルを囲んでいたときには、彼らはそうした敬意を示していなかったことに気づいた。あからさまに失礼な態度をとっていたわけではないが、メリーに接するときとは明らかにちがっていた。

兵士たちが厄介者の領主とその息子たちとともに階段のうえに姿を消すと、アレックスはメリーに視線を戻した。するとと彼女は大きな荷がのしかかってきたかのように首を垂れ、肩を落とした。彼があとをついてきたことに気づいていないのだろう。普通なら、強くて有能な自分以外は人に見せないだろうし、家族の愚かなふるまいのせいで打ちのめされたり疲れたりしているのを表に出さないだろうから。とはいえ、アレックスは彼女のそういう姿が見られてうれしかった。本来なら見られなかったはずの彼女の弱い一面をかいま見られたのだから。

だが、メリーが弱さを見せたのはほんのわずかのことだった。大きなため息をつくと、次の瞬間には背筋を伸ばして階段に向かった。思わずアレックスは彼女のしなやかな体に視線を這わせていた。彼女には大きい鎖かたびらからブライズに包まれた尻へと目を移す。ブライズを穿いた女性を見るのはこれが初めてだった。その姿はじつに……アレックスは唇をなめながら、メリーが一歩踏み出すごとに動く尻のふくらみを見ていたが、彼女が階段をのぼりはじめたところで自分のしていることに気づき、かぶりを振って向きを変えた。テーブルに足を運んで椅子に座り、自分が置かれている状況について考えた。

どうやら明日結婚することになりそうだ……彼のことを自分の父親や兄たちのようなろくでなしの酔っ払いだと思っている女性と。彼女を座らせて事情を説明し、自分は酒を飲まないと話してもいいが、これまで酔っ払いとつきあってきた経験から、酒飲みは酒に目がないことを隠そうとするものだとわかっていた。だから、ただ口で言っただけで彼女に信じてもらえるとは思えなかった。行動で示すのがいちばんいいだろう。一週間かそこらいっしょに暮らせば、彼は酒を飲まず、彼女の父親や兄たちとはちがうことをわかってもらえるにちがいない。

3

わたしの夫は酔っ払いだ。メリーは目の端で彼の姿をとらえながら、みじめな気持ちでそう認めた。

昨日、父親たちとともにダムズベリーに着いてから一夜明け、今は晩餐《ばんさん》の時間だった。彼女の結婚を祝う宴なのだが、昨日の夕食とちがっているのはそれだけではなかった。昨日の夕食はとても静かだった。父親と兄たちはあてがわれた部屋で酔いつぶれて寝ており、メリーは彼らのことが恥ずかしくてならなかったので、くつろげもしなければ、彼女を会話に引きこもうとするアレックスの努力に報いられもしなかった。食事が終わってひとりになれるときがくるとほっとして、長旅で疲れていることを理由に、与えられた部屋に下がった。だからと言って、すぐに眠れたわけではない。気づくと心のなかには明日の結婚式やそのあとに続く初夜への不安が渦巻いていて、ようやく眠りに落ちたのは夜もだいぶ更けてからのことだった。

今朝は侍女のユーナに起こされてゆっくりめに起床した。ユーナはイングランドに住むことに乗り気ではなく、スチュアート城を発って以来ずっと口数が少なかった。それは今朝も変わらず、メリーが入浴し身支度を整えるのを手伝いながらも、初夜への不安をまぎらわすようなことは何も言ってくれなかった。メリーが階下におりていくと大広間にはだれもいなかったが、やがてエッダがやってきて、彼女が朝食をとるあいだいっしょにいてくれた。メリーはエッダから、アレックスは午前中は兵士の訓練をして過ごすが、正午には戻ってきて入浴し、式の準備をするはずだと聞かされた。

そのあとのことは緊張のあまりぼんやりとしか覚えていない。昼食をとり、司祭とアレックスの準備が整うのを待ったことや、肝心の式のことも……式のことでただひとつ覚えているのは、誓いのしるしにアレックスから唇にキスされたときのことだ。顔を手ではさまれてすっかり硬くなっていたものの、あらゆる感覚がとぎすまされていた。鼻腔に漂ってくるさわやかな男のにおい、左右の頬にやさしく添えられた手の温かさ、唇にそっと押しつけられた彼の唇の感触。キスのあとで神経質に唇をなめたときにした彼の味でさえも、はっきり思い出せた。

今、父親の質問にろれつのまわらない口調で答える夫を見て、メリーの心は沈んだ。宴の初めに期待させられただけに失望も大きかった。初めのうちアレックスはテーブルにつく人々にふんだんにふるまわれる酒を飲もうとしなかった。少なくとも今夜は酒を飲まないつもりなのだとメリーはほっとし、初夜がすんなりとはいかないまでも、こちらに着いて、いいなずけが父親や兄たちと同じろくでなしの酔っ払いだとわかって以来ずっと恐れていたほどつらいものにはならないのではないかと思った。けれども、やがて父親が乾杯の音頭をとるために立ちあがり、アレックスも飲まなければスチュアート家の人間を侮辱したことになると主張した。アレックスは仕方なく、それまでハチミツ酒を飲むのに用いていたマグにウイスキーを注がせた。そのときはほんの少ししか注がせなかったように見えたが、そのあとでたっぷり注がせたにちがいない。今ではすっかり酔っ払っているようだった。ろれつがまわっていないのに加えて、椅子のうえでゆらゆらと体を揺らしているし、テーブルのうえの何かを取ろうとして取りそこねたことが二度あった。

こんなことで初夜がうまくいくとはとうてい思えなかった。もちろん確信があるわけではない。メリーは十六歳のときに母親を亡くしているし、母娘のあいだで結婚初夜のことが話題にのぼったことはなかったのだから。それでも、夫が酔っていてはうまくいかないような気がした。

メリーは肩を軽く叩かれて物思いから覚めた。振り返るとエッダがいた。どこかはっきりしない、ゆがんだ笑みを浮かべている。彼女のうしろには侍女たちがいて、みなにっこり笑っていた。

「そろそろ床入りの儀をおこなう時間よ」エッダは告げた。メリーがそう告げられて喜ぶかどうかわからないでいるような口ぶりで。

〈正解は〝喜ばない〟だったが、メリーは〝いやよ〟と叫べればどんなにいいかと思いながらも、唇に笑みを浮かべて立ちあがった。すかさず兄たちが歓声をあげ、大声で笑いながら卑猥《ひわい》なことを言いはじめる。メリーは頬が赤くなるのを感じた。それについてはどうすることもできなかったが、兄たちを無視し――ふたりの横っつらを殴りたくなるのをこらえて――ありったけの威厳をかき集めてしゃんと頭を上げ、背筋を伸ばして、エッダたちとともに自室に下がった。

メリーは何人もの侍女の手によってあっというまにドレスを脱がされ、入浴させられた。香水をつけられオイルを塗られて串焼きにされる豚のような気分になったところで、ようやくベッドに入るのを許された。侍女たちは浴槽を持って部屋を出ていったが、ユーナとエッダはあとに残った。ユーナが手早く室内を掃除し、メリーの衣類を片づけているあいだに、エッダはベッドの端に腰をおろしてメリーの両手をとった。

「メリー、わたしたちはまだお互いのことをよく知らないけれど、わたし自身、何が起こるのか知らずに初夜を迎えて、必要以上に怖くてつらい思いをしたものだから。あなたはお母さまを早くに亡くしているから、結婚初夜についてお母さまから何も聞かされていないかもしれないし」エッダはそこで言葉を切り、軽く唇を噛んでから続けた。「何が起こるかわかっている?」

一瞬、メリーは嘘をつこうかと考えた。スチュアートの女城主として、彼女は病気やけがをした者の治療を手伝ってきた。少年の裸を見たことはあるし、けがをした大人の男の裸も一度か二度見たことがある。お産の手伝いも数え切れないほどしてきた。だから男と女の体のちがいは知っている。実際に何が起こるかについても少しは知っていたが、さらに詳しく教えてもらえるのならそれを断わる理由はなかった。「いいえ」

エッダはうなずいた。「そう、それなら教えるけど……」そこでまた言葉を切って唇を噛み、顔をしかめると、小さく笑いながら言った。「わたしの母がどうしてちゃんと説明してくれなかったのか、今ならわかるわ。母はこう言ったの。〝何をどうするかは向こうが知っている。ただ夫に従って、言われたとおりにすればいいのよ〟って」

メリーはこわばった笑みを浮かべて言った。「気まずい思いをされるなら、教えてくださらなくてけっこうですよ」

「いいえ、大丈夫よ」エッダはメリーの手を軽く叩いた。「何が起こるのか知っていたほうがうまくいくわ」

メリーは重々しくうなずいて待ち……さらに待った。

「その」エッダはようやく口を開いた。「つまり、男の体はわたしたち女の体とはちがうの。男には……」ふたたび言葉を切り、唇を噛んでから、ぱっと顔を輝かせて言った。「スチュアート城の厨房で料理人が鶏をさばくのを見たことがある？」

メリーは鶏がなんの関係があるのかわからず目をぱちくりさせながらも、とりあえず答えた。「ええ」

「じゃあ、料理人が小さく切ってスープに放りこむまえの鶏の首を想像して。男の脚のあいだにはあれと似たようなものがついているの」

「鶏の首ですか?」メリーはぽかんとして尋ねた。彼女なら、少ないながらも見たことがある男性の性器をそうはたとえなかっただろう。

「ええ、まあそれに近いものよ」エッダは完全には満足していないような口ぶりで言った。「もっとまっすぐだけど。少なくとも男が興奮しているときにはね。骨ばった筋もないし、鶏の首より少し大きいかもしれない」

「まあ」メリーは小さな声で言った。

エッダはまじめな顔でうなずいた。「それにとてもおかしな姿をしているの。男の体から変な場所についている鼻のように突き出しているのよ。でも、見ても絶対に笑わないこと」そう警告し、強調するようにうなずく。「笑ったりしたら、ひどく怒らせてしまうから。どういうわけか男の人は自分の鶏の首をとても誇らしく思っているの」

「はあ」メリーは笑いそうになるのをこらえながら、息をつまらせて言った。真剣に彼女の力になろうとしてくれているのに、笑ったりしたら失礼だ。幸いエッダはメリーが笑いそうになっているのは男が性器を誇りに思っているのがおかしいからだと思ったようだった。

「ええ、ほんとばかげているわよね。でも、じつのところ、男の人はそれを軍旗のように誇らしげに振りまわして歩いているの。まるで世界でいちばんすばらしいものでもあるかのように。悲しいことだわ」エッダは少し腹立たしそうに首を振ってから続けた。「そしてわたしたち女には——そう、男が持つ鶏の首を収めるさやのようなものがあるの。実際、男たちは女のそこをさやのように使うのよ。鶏の首をまるで剣のようにそこに収めるの」

メリーは唇をすぼめて感情が顔に出ないようにした。軍旗にさやに剣？　エッダが戦いを連想させる言葉を用いていることにいやでも気づかされた。話の続きを待ったが、ほどなくして、エッダがすでに話し終えたかのように満足げな表情をしていることに気づいた。

「それだけですか？」驚いて尋ねる。「夫がこの部屋に入ってきて、鶏の首をさやに収めるだけ？」

「いえその、それだけというわけではないわ」エッダは認めた。メリーがひどく驚いたことに、頬を赤く染め、彼女から目をそらしている。「彼は一度か二度あなたにキスして、一度か二度あなたの胸をもむはずよ。そして鶏の首が興奮して硬くなったら、あなたのさやに収める」

「そうですか」メリーはいくぶん失望してつぶやくように言った。エッダの言葉に衝撃を受けもしなければ怖くもならなかった。

「それからこれは言っておいたほうがいいと思うんだけど、初めてなら痛いわよ。いえ、もちろん初めてでしょうけど」エッダはあわててつけ加えた。

「ええ」メリーはまじめな顔で請けあった。エッダが戸惑いのあまり言い方を誤っただけで彼女を侮辱しようとしたわけではないとわかっていた。

エッダがうなずく。「処女膜を破られるのはかなり痛いわ。さやのなかにある膜のことだけど」そうつけ加えると、メリーの下腹部を身ぶりで示して続けた。「それから血も出るわ。朝になったら血のついたシーツを取りにくるから。階段の手すりにかけて、あなたが処女だったことをみんなに示すの」彼女は口早に話し終えた。

かなり痛いというのはどのぐらいだろうとメリーが思っていると、ふいに扉が勢いよく開けられ、男たちがアレックスを抱えてどやどやと入ってきた。待つのに飽きたか、階下におりた侍女たちから、彼女はすでに用意ができ、ベッドに入っていると聞かされたのだろう。あまりうれしくはなかった。痛みや血についてもっと詳しく聞きたかったのだ。痛いうえに血も出るなんてまったく心が躍らない。それをいうならすべてがそうだ。キスされて、またキスされて、胸をもまれて、またもまれて、鶏の首を体のなかに入れられる？　この世で最も興奮する行為とはとうてい思えない。スチュアート城の侍女たちが兵士や彼女の兄たちにどうしてそんなことをさせるのか、ちっともわからなかった。

メリーがとめどもないことを考えていると、夫が床におろされ、その足で立ったと思った次の瞬間、顔から倒れた。男たちは笑ったが、メリーは歯ぎしりして夫をにらみつけた。

「あらまあ。床入りの儀をおこなえないほど酔っていないといいんだけど」エッダが小声で言う。

メリーは何も言わなかったが同じことを思った。大広間に血のついたシーツを掲げられず気まずい思いをするのがいやだからではない。明日もまた今日と同じように夜のことを心配して過ごしたくはないからだ。夫となった男が男たちに床から起こされ、体を支えられたまま服を脱がされるのを不安な気持ちで見守った。

そうして見守るうちに、彼がじつにすばらしい体をしていることに気づいた。この三年間、戦争に行っていただけのことはある。暇があれば酒を飲んでいる父親や兄たちの体についた贅肉《ぜいにく》や余分な脂肪はいっさい見あたらなかった。広くてたくましい肩にほっそりした腰。そして……一瞬、メリーは何も考えられなくなった。あれは鶏の首なんかじゃない。夫の脚のあいだにそそり立つものを見て、そう結論づけた。

夫を興奮させるために一、二度キスされたり胸をもまれたりする必要はなさそうだ。彼の興奮のあかしはすでに大きく太く育ち、硬く張りつめている。それに気づいたのはメリーだけではなかった。男たちも気づいていて、にやにやと笑い、みだらな冗談を口にしている。かたわらにいるエッダがほっとした顔になり、メリーの肩を叩いてささやいた。「すべてうまくいくわ。ウイスキーを飲んでいても床入りの儀はできそうね」

ふいにメリーはそれがいいことなのかどうかわからなくなった。実際のところ、夫のそれは鶏の首というより小さな丸太というほうが近い。あれを体に突き入れられても気持ちよくもなければ楽しくもなさそうだ。

男たちが夫の服を脱がせ終え、彼をベッドに運んで彼女の隣に寝させようとしているのに気づいて、メリーはとりあえず、あれこれ心配するのをやめた。そしてこれから起こることに対して覚悟を決めたが、上掛けをめくられ、自分の体がみなの目にさらされると、顔が赤くなるのがわかり、気づくと歯を食いしばっていた。ほどなくして夫は彼女の隣に寝させられ、ふたりのうえに上掛けがかけられた。男たちとエッダはふたりを残して部屋を出ていきはじめた。

メリーは出ていく彼らを見送り、エッダが戸口で振り返って励ますような視線を送ってくると、どうにか微笑んでみせた。最後に部屋を出たのは兄のブロディだった。兄が背後で扉を閉めたのを見てメリーはほっと息をついたが、すぐにまた扉がほんの少し開いたので顔をしかめた。ちゃんと閉めなかったのだ。

それに気づいたのはメリーだけではなかった。夫はろれつのまわらない口調で小さく悪態をつくと、上掛けをはねのけて起きあがり、扉を閉めにいった。少しふらつきながらも戸口までたどりつき扉を閉めたが、帰りはそうすんなりとはいかなかった。メリーは夫の脚のあいだで揺れるものをじっと見つめていたので、男たちが床にまき散らしていった彼の衣類に夫が足をとられると、本人に負けず劣らずびっくりした。彼女が目を大きく見開いてベッドのうえに起きあがると同時に、彼はわらのつまったマットレスの頭の部分に倒れこんだ。少なくとも下半身はそうだった。まえのめりになり、体勢を立てなおそうと身を起こした拍子にベッドの支柱に頭をぶつけた。

アレックスは悲鳴はあげずに、口から低いうめき声をもらしてうつ伏せに倒れた。上半身と腕はベッドのうえにのり、脚は縁から飛び出している。

メリーは目を丸くして夫を見つめ、彼が顔を上げて何か言うのを待ったが、何も起こらなかった。アレックスはそのままじっとしている。メリーは少ししてから咳払いし、ためらいがちに声をかけた。「ねえ、あなた？」

返事がないので、手を伸ばして彼の腕をつついた。

なんの反応もない。

メリーは上掛けをはねのけ、反対側に向いている夫の顔を見ようと四つん這いになった。身を乗り出してのぞきこむと、彼は精気のない顔をして目を閉じていた。メリーは心配になって夫の腕を揺すった。「あなたったら」

あいかわらず返事はなく、まぶたもぴくりとも動かない。メリーはどうすればいいのかわからなくなり、マットレスのうえに座った。自分で頭をぶつけて倒れるなんてばかもいいところだ。しばらく彼を見つめていたが、やがて裸で座っているのが落ち着かなくなり、ベッドをおりて、すばやくシュミーズを身につけた。それからベッドのまわりをまわって夫のそばに行った。どうやら気を失っているようだ。少なくともそうであることを願った。ベッドの端に突っ伏している今の状態では、息をしているのかどうかたしかめるのはむずかしい。

メリーは大きく息を吐き出すと、夫に近づき、その体を仰向けにさせてベッドにちゃんと寝かせようとした。思いのほか大変だった。身長六フィートはある筋肉質の体はとてつもなく重い。さんざん苦労し、息を切らしながら、なんとか夫を仰向けにした。そして彼の興奮のあかしが彼女を非難するように自分に突きつけられたのを見て、思わずあとずさった。

そそり立つものをにらみつける。持ち主が意識をなくしているように見えるにもかかわらず、それがなおも硬く、準備ができていることに驚いた。張りつめたものから無理やり目をそらし、夫の胸に向ける。胸が上下するのを見て、メリーの唇から安堵《あんど》のため息がもれた。彼は生きている。自分で頭をぶつけて気を失っているだけなのだ。

そもそも床に衣類が散らばったままにしておいたのがいけないのだし、一歩まちがえば自分が足をとられて転んでいたかもしれないが、彼がこれほど酔っていなければこんなことにはならなかっただろうと思わざるを得なかった。

メリーは顔をしかめて視線を彼の顔に移した。起きているときのアレクサンダー・ダムズベリーは魅力的だ。長いブロンドの髪に、いかめしい表情が浮かぶことの多い、力強く感じのいい顔。けれども、眠っているといかめしいところは消えて、いっそう魅力的に見えた。実際、彼はとてもハンサムだ。顔をしかめたり、眉をひそめたり、不機嫌な顔をしたりするのをやめれば……

メリーは肩をすくめて、それ以上考えるのをやめた。ハンサムだろうがそうでなかろうが、たいした問題ではない。醜くてもやさしくて酒を飲まない夫なら大歓迎だ。あいにく自分の夫はそうではないらしい。気持ちが沈み、暗い気分になってきたので、彼をそのままにして自分の側にまわり、ベッドにのぼった。そして座った姿勢のまま夫を見つめた。初夜についてあれこれ心配したのがすべてむだになったようだ。今日一日、式を待つあいだも、そのあとの祝宴で食べものをつついていたときも、メリーは初夜のことを思い悩んでいた。考えないようにしようとしても、胸の奥にはつねにそのことがあった。それがすべてむだに終わり、明日一日また思い悩むはめになりそうだ。とにかく今夜は眠るしかなかった。

メリーはいらいらとかぶりを振って、ベッドに横になり、上掛けを引きあげた。横向きになって夫のほうを向き、その姿をながめながら、気持ちを楽にして眠りにつこうとする。だが、すぐには眠れそうもないと気づくのにそう長くはかからなかった。今度は明日の朝のことが心配になっていた。床入りの儀をおこなわなかったとみなに話すのは、さぞかし決まり悪いにちがいない。

小さく舌打ちして起きあがり、怒りに満ちたまなざしで夫をにらみつけた。わたしが眠れずにこうして悩んでいるというのに、この人は裸で横たわり——

メリーは顔をしかめ、何かかけてあげたほうがいいかもしれないと思ったが、すぐにはそうしなかった。認めたくはないが、彼が風邪をひいてそれがもとで死に、未亡人になったとしてもかまわないという思いが頭をよぎった。もっとも、床入りの儀をおこなったあかしとなる血のついたシーツもない状況で、未亡人として認められるのかどうかわからないが。

そこまで考えて、メリーはみじめな気持ちで唇を引き結んだ。彼がこのまま目を覚まさず、彼女を妻にしないまま結婚初夜に死んだとしたら、自分は運が悪いにもほどがある。きっとスコットランドかどこかの別の酔っ払いのもとに嫁がせられるだろう。歯もなければ息もくさい、ぞっとするような老人の妻にさせられるかもしれない。メリーは胸が悪くなり、小さく舌打ちして、ふたたび夫を見た。今度はそそり立つものに目が留まった。なおも硬く張りつめていて、まるで熟《う》れたプラムのように握りしめれば今にも破裂しそうに見える。ふくれあがった鶏の首を見つめているうちに、彼女自身で床入りの儀をおこなってはいけない理由はないという突拍子もない考えが浮かんだ。

その考えが脳裏をよぎった瞬間、メリーは首を振って打ち消した。いけないわ。どちらにしても、わたしには無理かもしれないし。そもそも――

どうしていけないの？　心のどこかで声がした。わたしはものごとを処理するのに慣れているし、これもほかのことと変わらない。ただ……そう、あれのうえに腰をおろして処女膜を破ればいい。それでおしまい。そうすればもう初夜について思い悩まずにすむし、朝になれば血のついたシーツを掲げられる……

考えれば考えるほど、いい考えのように思えた。彼女は気分がすぐれないアレックスに代わって男たちを訓練した。今度も彼の代わりを務めて何が悪いだろう?

メリーには完全に筋がとおっているように思えた。

そうと決まればぐずぐずしていられない。メリーはすぐにベッドをおりて夫の側にまわった。鶏の首にまたがるには、彼の足をベッドにのせる必要があった。少なくとも彼女には、脚がベッドの縁から垂れているより、体が平らになっていたほうが、やりやすそうに見えた。彼の足のまえに立ち、身をかがめて足首をつかむと、彼の体をずらして下半身全体をベッドにのせようと奮闘しはじめた。簡単にはいかなかった。夫はかなり重いし、脚をベッドにのせようとすると、上半身が端のほうに動いて今にも落ちそうになる。慎重にやらなければならなかったが、脚を少しずつ動かしてベッドにのせてから、場所を移動して上半身を押し戻し、どうにかやり遂げた。

夫の全身が無事ベッドのうえにのると、メリーは彼を見つめてこの先の手順を考えた。ほどなくして、今のままではベッドの端に寄りすぎていてまたがれないと気づき、彼の体を中央に向かって押した。このへんでいいだろうと思う場所まで押したところで、少し疲れたので彼の腰のそばに座って休んだ。自然と目がそそり立つものに向く。あいかわらずぴんと立っていて、しおれてもいなければ、だらりとしてもいないことに驚いた。持ち主が気を失っているのに、そんなふうになっているのが、メリーには奇妙に思えた。それこそ鶏の首のようなぐにゃりとした状態に戻るのではないかと思っていたのだ。とはいえ、彼女はこの手のことには詳しくない。たぶん使い終わるまで硬いままなのだろう。それならちょうどいい。これから使おうとしているのだから。

メリーはためらいがちに手を伸ばしてそそり立つものをつつき、それが前後に揺れるのを興味深く見守った。揺れていたものが止まると、唇を噛んで躊躇《ちゅうちょ》した。つついたとき、硬いような気がしたが、実際にはどんな感触なのかさわってみたくなったのだ。さわってもなんの問題もないだろう。彼は彼女の夫なのだし、これからさわる以上のことをしようとしているのだから。

それでもすぐにはさわらず、彼の顔に視線を移して、なおも気を失っているのをたしかめてから、手を伸ばしておずおずと指でなぞった。硬いが、皮膚はビロードのようになめらかだ。メリーは興味をそそられてふたたびそれに触れ、手でつかんでその太さと長さを測ってから、どのぐらい曲がるのかたしかめようと前後に動かした。

するとふいにアレックスがうめき声をあげた。メリーははっと動きを止めたが、その拍子に手に力が入り、気づくと彼のものをきつく握りしめていた。次の瞬間、それはメリーの手のなかでびくりと動き、彼女が驚いて目をやると、先端から液状のものを噴き出しはじめた。メリーはあわてて手を離して立ちあがった。とっさに折ってしまったのではないかと思ったが、そうなのか、自然のなりゆきでこうなったのかわからなかった。けれども、これで床入りの儀をおこなえなくなったことははっきりとわかった。それまで張りつめていたものが、ついにしぼみだしたからだ。

メリーは悪態をついて向きを変え、ベッドのかたわらを行ったり来たりしはじめた。彼女の頭はめまぐるしく回転していた。彼は彼女にキスし、その胸をもんで興奮したら鶏の首を入れてくるだろうとエッダは言っていた。つまり興奮したら鶏の首が硬くなるのだ。それならもう一度、彼を興奮させればいい。

明るい気持ちになって、もといた場所に戻り、今ではすっかりしなびている鶏の首を見つめた。とはいえ、どうしたら男性を〝興奮〟させられるのか、さっぱりわからなかった。スチュアート城の暗い隅で侍女がひざまずき、男に何かをしてやって、先ほどアレックスが出したようなうめき声をあげさせているのを見たことはあるが、実際に何をしていたのかは知らなかった。おそらく気持ちがいいことをしていたのだろうとメリーは思い、自分は何をされれば気持ちがいいか考えた。暖炉のまえで侍女に髪をとかしてもらうのは気持ちがいいが、あれは興奮させられるというよりも気分がゆったりしてくる。痛む足をもんでもらうのも気持ちがいいが、あれもまたくつろいだ気分になるだけだ。

メリーは別の方向から攻めてみようと思い立ち、父親や兄たちを興奮させるものはなんだろうと考えた。思いつくのはウイスキーだけだが、男性器にウイスキーを注いでも何も起こりそうにない。

ふたたび夫の鶏の首をつつき、いらいらとにらみつけた。実際のところ、どうしたらいいのかさっぱりわからないが、どうにか彼を興奮させて、硬くなったもののうえにまたがり、処女膜を破って血を出さなければならない。

あるいは——メリーはふと思った——自分で体のどこかを切り、そこから出た血をシーツにつけて、床入りの儀がすんだことにしてはどうだろう。とたんに気持ちが浮き立った。そうすれば、今夜アレックスがぽっくり死んでくれたとしても別の男と結婚させられずにすむだろうし、死ななかったとしてもしばらくのあいだはベッドで彼に煩わされずにすむはずだ。男がどれぐらいの頻度で妻と床をともにしたがるのかわからないが、彼女の父親は侍女や村の女たちをそれほど頻繁には困らせていないようだ。もちろん父親は年を取っているが、ブロディとガウェインもそれほど頻繁には女を煩わせていない。せいぜい月に一度といったところだろうか。とはいうものの、三人が酒を飲んでいるときは、メリーは使用人たちを遠ざけておくようにしているし、三人は酒を飲んでばかりいる。

けれども、今はそんなことはどうでもいい、とメリーは思った。とにかくここの領主夫人としての地位を確立しなければならない。そうすれば、アレックスが今夜死のうが、明日の朝、階段を転げ落ちて首の骨を折ろうが、別の酔っ払いのもとに嫁がされずにすむだろう。自分で体のどこかを切って、そこから出た血をシーツになすりつけ、明日の朝、そのシーツを階段の手すりにかければ、夫が今夜死のうが死ぬまいが、彼女のレディ・ダムズベリーとしての地位はたしかなものになる。

メリーはその考えに満足してベッドを離れ、自分の衣装箱に足を運ぶと、ユーナが入れておいてくれた短剣を取り出した。短剣を持ってベッドに戻り、じゃまにならないよう上掛けを足もとに寄せてから、夫の横にあぐらをかいて座り、体のどこを切ろうかと考えた。最初は手にしようと思ったが、すぐに気づかれて、いったいどうしたのだろうと思われそうなのでやめた。

全身に目をやって、どこにしようかと考える。ドレスで隠れる場所がいいだろう。脚に目を向け、真顔でじっと見つめてから、左の内腿に短剣をあてて手を止めた。メリーは臆病者ではないが、正直なところ、わざと自分を傷つけるというのは心躍ることではない。それでも、やらなければならなかった。

深く息を吸いこんで止めてから、刃をすばやく肌に走らせ、それがやわらかな肌を切り裂いて浅い傷をつくると痛みにあえいだ。すぐに傷口からにじみ出てきた血を指につけて、シーツになすりつける。何度かそうしているうちに血が固まり、浅い傷はふさがった。

メリーはシーツに目を向けた。清潔なシーツに小さな濃いしみができている。それほど大量に出血したようには見えない。メリーは顔をしかめた。こんなに浅い傷しかつくれないなんて臆病にもほどがある。とはいうものの、これで充分なのかもしれない。問題は、メリーにはわからないということだ。処女膜が破れると、どのぐらい血が出るのだろう？　エッダはそれについて話さなかったし、彼女もきこうと思わなかった。メリーはベッドのうえでいらいらと体を動かした。血が少なすぎれば本当のことがばれてしまうかもしれない。ふと夫の鶏の首に目が留まった。きれいなままのそれを見て、メリーは唇を嚙んだ。処女膜を破って彼女に血を流させたのなら、その血が彼にもつくはずだ。だれかを刺したナイフには血がついている。

メリーはその論法にいらだち、小さく舌打ちした。どうやら、もう一度どこかを切らなければならないようだ。血が少なすぎるより多すぎるほうがいいような気がするし、やはり彼にも血をつけなければならない。ふたたび短剣の柄を握りしめ、今度は右の腿の内側に刃をあてると、目を閉じてひと息に切りつけた。今回は痛みにあえぐだけではすまず、悲鳴をあげそうになるのを舌を嚙んでこらえなければならなかった。血もにじみ出てくるのではなく、傷口から噴き出てきた。どうやら思いのほか深く切ってしまったようだ。

まあでも、これで血が足りないことはないはずよ。メリーは自分にそう言い聞かせてベッドの中央に移った。その拍子に腰がアレックスの体に触れ、彼のものに血をつけなければならないことを思い出したが、それがすむと彼を無視して、内腿をつたってシーツに流れ落ちる血を指で広げることに集中した。そうしているうちにようやく血が止まった。じつのところ、かなり長いあいだ血が流れていたので、止まるころには心配になっていた。傷口に何かを巻きつけておこうかとも思ったが、へたに動きまわってまた血が出てはいけないので、そのままベッドに横になって上掛けを引きあげ、眠ろうとした。

あいにく緊張がほぐれていないようで眠ることができなかった。メリーは緊張をほぐすために思いつくことをすべてしたが、どれも効果がなかったので、ついにはあきらめてただ静かに横たわり、過去や現在や、この先彼女を待っているように思える暗い未来について考えた。

夜明け近くになってようやく睡魔に襲われると、小さく安堵の息をついて、身をゆだねた。明日が今日よりいい日になることを願いながら。

アレックスはふたたび痛む頭を抱えて目が覚めた。うなり声をあげて目を固く閉じ、横向きになって頭を枕の下に入れようとする。寝ぼけていたので、それが枕ではないことに気づくのにしばらくかかった。困惑して目をしばたたき、上掛けのシーツと毛皮を押しのけると、自分が花嫁の豊かな胸のふくらみをつかんでいるのが見えた。そうとわかったとたん完全に目が覚め、がんがん鳴っているのは頭のなかだけでないことに気づいた。背後のどこかからも大きな音が聞こえてくる。

仰向けになって扉のほうを見た。だれかが扉を叩いているのだと脳がゆっくり認識する。アレックスは顔をしかめて花嫁に目を戻した。これだけうるさいのにぴくりとも動いていない。真っ青な顔をして目の下にはくまをつくり、ぐっすり眠っている。何が起ころうがすぐには目を覚ましそうにない。

ノックの音がいっそう大きくしつこくなって、再度彼の注意を引いた。無関心な目で扉を見つめるうちに、彼が応じるまでノックはやまないとようやく脳が導き出した。アレックスはベッドを出て、よろよろと扉を開けにいった。

「なんだいたのか！」扉が開いた瞬間、スチュアートの領主が必要以上に大きな声でほがらかに言った。「わしらが気づかないうちに、ふたりで出ていったんじゃないかと思いはじめたところだったよ」

アレックスは彼を殴りたくなったが、むだな労力を使いたくなかったので、こう不機嫌に言うにとどめた。「なんの用です？」

「シーツを取りにきたんだよ」エイキンはこの世でいちばんわかりきった答えであるかのように言った。

アレックスは眉をひそめ、どうしてそんなものが欲しいのだろうと考えていると、エッダがおだやかに言って、エイキンはひとりではないことを示した。「床入りの儀がおこなわれたあかしのね」

アレックスは目をしばたたいた。司祭とメリーの兄たちもいることをぼんやりと心に留める。頭のなかでは床入りの儀がおこなわれたあかしに関する情報がめまぐるしく処理されていた。シーツ。あかし。処女膜が破れて出る血。アレックスはくるりと振り返ってベッドに目をやった。メリーは暗がりを求めるモグラのように、ふたたび上掛けのシーツと毛皮の下にもぐりこんでいる。彼女が起きているのかどうか彼にはわからなかったが、そんなことよりも、自分が床入りの儀をおこなったのかどうかまったく覚えていないという事実のほうがよっぽど気になった。それどころか、昨夜どうやってこの部屋に来たのかすら思い出せない。覚えていて当然なのに。酒を飲まずにいようという計画は、乾杯の際に飲まなければスチュアート家の人間を侮辱したことになると義理の父親に言われてだめになったものの、マグにはほんの少しのウイスキーしか注がせず、すぐに手でふたをした。夜のあいだそれをちびちび飲んでいただけだ。あの程度で記憶をなくすほど酔うはずはない。

義理の父が彼の気づかないうちにウイスキーを足していなければの話だが。アレックスはふいにそう思いあたり、実際のところそうだったにちがいないと確信した。それ以外に説明がつかない。

「ちゃんとすませたんだろうね？」エイキン・スチュアートは突然怖い顔になって尋ねた。

「ゆうべはだいぶ酔っていたみたいだが――」そこでふいに言葉を切り、息子たちのほうに目をやる。ブロディに脇腹を肘でつつかれたのだ。ブロディが耳もとで何かささやくと、エイキンは眉を吊りあげ、アレックスの股間に視線を落とした。「ふむ、どうやらちゃんとすませたようだな」

アレックスも下を向き、なかば勃起しているものに乾いた血がついているのを見て眉を吊りあげた。たしかに無事、床入りの儀をおこなったようだとほっとしていると、スチュアート家の男たちが彼を押しのけるようにして部屋に入ってきて、エッダと司祭がそれに続いた。みな早くシーツを取っていきたがっているようだったが、メリーがベッドのまんなかで寝ているのを見て足を止めた。

「あんなにうるさく扉を叩いていたのによく眠れるな」ブロディがみなとともにベッドのかたわらで足を止めて、あきれたように言った。

エイキンは眉をひそめ、心配そうな顔をしたあと、アレックスを見て言った。「それだけ疲れているんだろう。この子をどかしてくれないか？　シーツを取ったらすぐに出ていくから」

アレックスはかぶりを振って彼らのまわりをまわり、ベッドのかたわらに立った。昨夜、床入りの儀をすませていないなら、みんなには出ていってもらって今すませればいい。すませていたのなら……正直言って、そのほうがよかった。こんなふうに痛む頭を抱えていては、床入りの儀などとてもできそうにないからだ。

「メリー？」やさしく声をかけて彼女の腕を揺する。なんの反応もなかったので、今度は少し強く揺すった。「メリー？　起きるんだ。お父上たちが来ている」

アレックスがほっとしたことに、メリーは眠ったまま小声で何か言うと、うるさいハチでも追い払うかのように彼の手を叩き、上掛けの下で身を丸めた。

アレックスは心のなかで肩をすくめて彼女を起こすのをあきらめ、上掛けごと抱きあげてベッドの足もとのじゃまにならないところに運んだ。その体を上掛けでちゃんと覆うことに気をとられるあまり、室内がふいに静まり返ったことに気づくのに少しかかった。顔を上げると、みなベッドを見つめてぞっとしたような顔をしていた。アレックスもベッドに目をやった。

次の瞬間、彼は愕然として息を吸いこみ、恐怖に目を見開いた。シーツの中央に大きな血のしみが広がっている。

「なんてことだ。いったいわしの娘に何をした？」エイキン・スチュアートは呆然としたあとで怒りがこみあげてきたのを感じさせる口調で言うと、メリーに駆け寄り、その顔を自分のほうに向かせた。「メリー？　メリー？　生きているのか？」

メリーは目をしばたたいて顔をしかめ、父親の手を払いのけながら不機嫌に言った。「放してよ」

エイキンはむっとしたようすも見せず、安堵のため息をもらした。「生きていたか」

「もちろん生きてますよ」アレックスは噛みつくように言った。彼らがそうではないと思ったことを腹立たしく感じたが、ふたたびシーツに目をやると、いらだちは消えて恥ずかしさと不安がこみあげてきた。あんなに血が出るなんて、きっとひどく乱暴にしたにちがいない。もしかするとけがさせてしまったのかもしれない。そう思うといやな気分になった。アレックスはこれまで女性を乱暴に扱ったことはなかった。それなのに、よりにもよって結婚初夜に、今自分の腕のなかにいる温かくていいにおいのする女性に乱暴なまねをしたかと思うと胸が悪くなった。

ふいに怒りを感じ、無言のまま彼を責めるように見ている人々をにらみつけてうなった。

「早くシーツを持って出ていってください」

一瞬の沈黙のあと、ギボン神父がベッドからシーツを引きはがしはじめた。エッダがすかさず進み出てそれを手伝い、一同はアレックスが妻を乱暴に扱った証拠を手に部屋を出ていきはじめた。アレックスは彼らがまるでメリーをアレックスのもとにひとり残していくのは気が進まないとでもいうようにのろのろ出ていくのにいやでも気づかされ、羞恥心《しゅうちしん》がふくれあがった。ようやく彼らの背後で扉が閉まるとほっとしたが、気持ちは休まらなかった。血染めのシーツが脳裏に焼きついている。アレックスは後悔と自己嫌悪に駆られながらメリーを見おろした。

眠っている彼女は美しかった。起きているときにその表情を形づくっているいらだちや怒りや不満や悲しみは見あたらず、安らぎに満ちている。メリーがつねに今のようにおだやかな顔ができるよう、彼女の傷ついた心を癒《いや》して幸せにしてあげたいと、心から思った。あいにく昨夜はいいスタートが切れなかったようだ。だが、必ずその埋めあわせはする。アレックスはそう心に誓った。つねにやさしく触れ、きつい言葉は口にせず、彼を信頼するよう説いて、彼が初夜に与えたにちがいない肉体的及び精神的な苦痛を忘れさせるのだ。

メリーが腕のなかで身動きし、顔をアレックスの胸にうずめて、むき出しの肌に向かって息を吐いた。

頭がガンガンするにもかかわらず、肌にかかる息に体が反応するのがわかり、アレックスはたった今自分に誓ったことを守りたいのなら、しばらくのあいだ彼女と距離を置いたほうがよさそうだと思った。少なくともメリーの傷が癒《い》え、彼が結婚初夜にしたことを許してくれるまでは。

メリーをベッドに運んでそっと寝かせ、時間をかけてその体を上掛けのシーツと毛皮で覆った。それがすむと身を起こしてうしろ髪を引かれる思いでその場を離れ、この先の予定を変更しなければならないと思いながら服を身につけた。予定では今日、従者を十人ほど連れて、メリーとその父親と兄たち、そして彼らの兵士とともにスコットランドに発つつもりだった。スチュアート家の一行といっしょに旅をし、スチュアートへと向かう彼らと最後の日に別れて、自分たちはドノカイに向かう気でいた。

それが今や問題外となった。今日メリーに旅をさせるわけにはいかない。シーツについていた血の量から考えるに、彼が乱暴に扱ったせいで彼女が負った傷が癒えるまで何日かかかるだろう。もしかすると一週間ほどかかるかもしれない。妹のようすを見にスコットランドに行くのはそれからだ。

妹のイヴリンドは今まさにつらい目に遭っていて、自分のふるまいのせいでさらに一週間苦しまなければならないかもしれないと気づき、アレックスは罪悪感を覚えたが、すでに罪の意識にさいなまれ、自分が恥ずかしくてしょうがない今となってはたいしたちがいはないと思いなおした。身支度を終えて、両手で物憂げに顔をこすると、最後に一度、ベッドに眠る女性に目をやってから扉に向かった。なんとしても彼女に償いをするつもりだった。

4

メリーが目を覚ますと、ベッドに寝ているのは彼女ひとりだった。身を起こし、寝ぼけまなこであたりを見まわして夫の姿をさがしたが、彼はどこにもいなかった。上掛けのシーツを払いのけてベッドからおりようとしたとたん、右の太腿に鋭い痛みが走り、昨夜のことを思い出した。下を見ると、驚いたことに敷かれていたシーツがなくなっていた。脚に注意を向けると、不注意に動いたせいで、思いのほか大きい内腿の傷からふたたび血がにじみ出していた。腿についた血から判断するかぎり、眠っているあいだも出ていたようだ。

メリーは顔をしかめてそっとベッドからおり、窓辺に置かれた小さなテーブルに向かった。洗面器に入った冷たい水ですばやく顔と手を洗い、最後に内腿の血を拭き取ると、湿った布を傷口に押しあてて血を止めようとした。そうしながらベッドに視線を戻し、気づくとわたしを起こさずにどうやってシーツを取ったのだろうと考えていた。なおも不思議に思いながら洗面器のまえを離れ、今日着る清潔なドレスをさがした。

シュミーズとドレスを身につけ、ドレスのひもを結んでいると、扉が小さく開き、ユーナが顔をのぞかせた。

「ああよかった！　目を覚まされたんですね」侍女はほっとしたような口調で言うと、扉を大きく押し開けてなかに入り、脇に寄って、あとに続く召使たちに道を空けた。

メリーが手を止めて見守るなか、ふたりの男が昨夜彼女が使った浴槽を運び入れた。そのあとには湯の入った手桶を持った召使たちが続いた。メリーは目を丸くし、入浴したくないと言おうと口を開きかけたが、何も言わずにすぐにまた閉じた。彼女のために浴槽や湯を階上まで運んでくれた召使たちの労をむだにはできない。言いかけた言葉をのみこみ、入浴するしかなさそうだと思いながら、暖炉のそばの椅子に座ってユーナが召使たちに指示を出すのを見守った。召使たちが仕事を終えるとほっとして、静かに礼を言った。召使たちはユーナを残して出ていった。

メリーは好奇心に駆られ、最後のひとりが出ていきユーナが扉を閉めるのを待って尋ねた。

「だれがわたしをお風呂に入れるよう言ったの？」

「最初にそうおっしゃったのはご主人さまです」ユーナは扉から振り返りながら答えた。

侍女の険しい声と表情にメリーは眉を吊りあげたが、こうきくにとどめた。「最初に？」

「ええ、ご主人さまはこの部屋から出てこられて、外の廊下にいたわたしにそう言われました。お嬢さまをもう少し寝かせてあげて、目を覚ましたらお風呂に入れるようにと。次に階段の下でエッダさまに呼び止められ、お嬢さまが目を覚ましたらお風呂に入れてあげたほうがいいかもしれないと言われました。そのあとわたしが朝食をとっていると、お父さまがいらして同じことをおっしゃいました。それから少しして、こちらにようすを見にこようと階段に向かっていると、ブロディさまが近寄ってこられて、また同じことをおっしゃったんです」

侍女が話し終えるころにはメリーの目は大きく見開かれていた。今朝、彼女は入浴したほうがいいとだれもが思っているらしい。どうしてなのか見当もつかなかった。最後に入浴してから、眠っていた以外に何もしていないのに。

「どうしてみなさんがそうおっしゃるのかさっぱりわかりませんでした」ユーナがメリーの気持ちを代弁した。「階段の手すりにシーツがかけられるのを見るまではね」

侍女の声がいっそう険しくなったので、メリーは驚いた。彼女が同情するような表情を浮かべているのを見て心配になり、唇を噛む。もっと血をつけたほうがよかったのだろうか。

「シーツがどうしたの?」

「シーツがどうしたですって?」ユーナはあえいだ。「血まみれだったんですよ?」

メリーは平然と手を振って、その言葉を退けた。「そうなって当然でしょ? ゆうべ彼はわたしの処女膜を破ったんだから」

「ええ、そうでしょうよ。でも、それだけであんなに血が出るはずはありません。けだもののようなまねをしたに決まってます。さっき扉を開けて、お嬢さまが立たれているのを見て驚きましたよ。歩いても痛まないんですか？」

実際のところ痛むが、それは太腿の傷のせいで、ユーナが考えているような理由からではない。メリーは眉をひそめて尋ねた。「そんなに血がついていたの？」

「ええ」ユーナは言った。「普通はほんの少しつくだけです」

メリーはいらいらと舌打ちし、身につけたばかりのドレスを脱ぎはじめた。「昨日そう教えてくれればよかったのに。二度も自分の体を切ることはなかったんだわ」

「自分の体を切るですって？　あれは床入りの儀で出た血じゃないんですか？」

「夫はかなり酔っていて、みんなが部屋を出ていったすぐあとに自分で頭をぶつけて気を失ったの」メリーは冷ややかに言った。頭から脱ごうとして顔のまえに引きあげたドレス越しにくぐもった声で続ける。「とても床入りの儀ができるような状態じゃなかったわ。でも、みんなはわたしたちが床入りの儀をすませると思っているだろうし、朝になったらそのあかしのシーツを掲げなきゃならないのはわかっていたから、自分の体を切って出た血をシーツになすりつけたの」ドレスを脱ぎ、いらだちに顔をゆがめて、いちばん近くにある衣装箱のうえに放り投げた。「どのぐらい血をつければいいのかわからなかったけど、最初に切ったときはあまり血が出なかったから、もう一度切ったの。そうしたら思ったより深く切っちゃって、血がたくさん出ちゃったのよ」

話しながらシュミーズを脱ぎ、ドレスのうえに放り投げてから、ユーナの顔に目をやった。

彼女はぞっとしながらも感心しているような表情を浮かべつつも、じつのところは笑いだしそうになるのをこらえているように見えた。太腿が今でも痛くなければ自分でもおかしく思うにちがいないとメリーは思った。

「ご主人さまはなんておっしゃったんです?」侍女は笑いを噛み殺して尋ねた。

メリーは肩をすくめた。「何も。さっきも言ったように気を失ってたから」

ユーナは手を振って、彼女の言葉を退けた。「でも、今朝シーツを見て、何かおっしゃったでしょう?」

メリーには今朝目を覚ましてベッドから出た記憶がまったくなかったが、シーツを持っていかれたのだから、まちがいなく一度は起きたのだろうと思った。

「わからないわ」仕方なく打ち明ける。「一度は起きたはずなんだけど、何も覚えていないの」

ユーナは少し考えてから言った。「起きなかったのかもしれませんよ。シーツを取れるよう、ご主人さまがお嬢さまを抱きあげて、そのあとまた寝かせたのかも」

メリーは眉を吊りあげた。もしかしたらそうなのかもしれない。起きていたのなら、たとえぼんやりとでも覚えているはずだから。とはいえ、そうだとしたら夫は、彼女が通常酒飲みには無縁だと考えているやさしさや思いやりを持ちあわせていることになる。酒飲みは得てして自分勝手で思いやりのない行動をとるものだ。少なくともメリーにはそう思えた。しらふのときの父親や兄たちは、ときにやさしさを見せて彼女を驚かせることもあるけれど。

メリーは肩をすくめてその件について考えるのをやめると、浴槽に足を運び、身をかがめて、香りがつけられた湯の温度をたしかめた。ちょうどいい湯加減だったので、そっと浴槽の縁をまたいだ。脚を上げた拍子に傷が引きつれ、思わず顔をしかめる。湯が傷にしみるかもしれないと思い、息を吸って身がまえたが、浴槽に腰をおろして太腿が湯に浸かると、ふたたび息を吸いこまずにはいられなかった。思っていたよりはるかに痛い。メリーは歯を食いしばり、目をぎゅっと閉じて涙が出そうになるのをこらえながら、痛みがひくのを待った。

するとユーナが隣で心配そうに舌打ちしたので、ぱっと目を開けた。

「いったい何をなさったんです？　お湯に血がまじっていますよ。立ってみてください」

下を見ると、たしかに湯に血が流れていた。彼女の右腿から出た血だ。メリーは顔をゆがめて立ちあがり、ユーナに傷を見せた。

「まあ、いったい何を考えていたんですか？　脚を切り落とそうとでも？」

「見た目ほどひどい傷じゃないのよ」メリーは少し腹立たしく思いながら答えた。正直なところ傷はひどく痛むし、立ちあがるのもひと苦労だったが、また腰をおろして湯に浸けたらますます痛くなるだろう。こんなに深く切るつもりではなかったとはいえ、いざシーツが掲げられ、二度も切る必要はなかったとわかってみると、自分がまるでばかのように思えた。

侍女は首を振って身を起こし、入浴を続けるよう手ぶりで示した。

メリーはふたたび腰をおろし、歯を食いしばって痛みに耐えながら湯に浸かった。

ユーナは少しのあいだ黙って見ていた。そして言った。「今朝、シーツについた血を見てご主人さまはどう思われたんでしょう？　床入りの儀はすんだと思われたんでしょうか？　それともそうじゃないとわかっていて、お嬢さまが血を出してシーツにつけたと気づかれたのかしら？」

「さあ、わからないわ」メリーは言った。ようやく痛みがやわらいできた。

「きっと床入りの儀はすんだと思われてますよ」ユーナは言った。「お嬢さまをもう少し寝かせてあげて起きたらお風呂に入れるようわたしにおっしゃったとき、罪の意識にさいなまれているような顔をしていらしたもの」

メリーはその可能性を考えて、一瞬、罪の意識を覚えたものの、肩をすくめて応じた。「それならちょうどいいわ。彼はお酒のせいでそうなったんだと思って、今度わたしと床をともにしようとするときには、あまり飲まないようにするでしょうから」

ユーナはそれはどうだろうというようになってから言った。「そもそもイングランドに来ること自体乗り気じゃなかったんですけど、いいなずけの方が酔っ払ってるのを見たときには、お嬢さまを城から連れ出して馬に乗せそうになりましたよ。神さまと運命がこんなにも残酷になれるなんて、とうてい信じられません。ウイスキー漬けの父親のもとからウイスキー漬けの夫のもとに移すなんて」

「本当よね」メリーは浮かない口調で言った。

「こうなったら、運命がちゃんと考えてくれていて、ご主人さまが早く亡くなってお嬢さまがいくらか安らぎを得られるのを祈るばかりです」

それはまさに昨夜メリーが考えていたことだったが、侍女の口から出るといかにも冷酷で思いやりのかけらもないように聞こえた。メリーは自分が恥ずかしくなり、湯のなかで身をよじった。

「与えられた状況で最善を尽くすしかないわ」小声で言って、つけ加えた。「レディ・エッダはいい方のようだし」

「さあ、どうですかね」ユーナがぼそりと言う。メリーは思わず彼女のほうを見た。侍女はメリーのドレスを拾いあげて振ると、しわにならないようそっと置いた。

「レディ・エッダにつらくあたられでもしたの？」メリーは小さく眉をひそめてきいた。

「そんなまさか」ユーナは安心させるように言ったが、そのあと唇をすぼめ、考えこむような目をして続けた。「ただ、少し妙な気がするんです」

「レディ・エッダが？」メリーはゆっくり尋ねた。彼女の経験によると女は聖人で男は罪人だ。それはここでも同じように思える。エッダはやさしくて親切だが、アレクサンダーは酔っ払いの愚か者だ。ちょうどメリーの母親と家族の男たちがそうであるように。

「いいえ、レディ・エッダに妙なところがあるというわけではありません」ユーナは慎重に言ってから認めた。「わたしにもよくわからないんです。エッダさまはいい方に見えますし、お嬢さまにもよくしてくださってますけど、エッダさまに対するここの使用人たちの態度がちょっとおかしいんですよ」

メリーは眉を吊りあげた。「おかしいって、どんなふうに?」

ユーナはためらってから答えた。「エッダさまがいると押し黙って警戒するような顔になるんです……それにあのベットとかいう老婆はどうやらエッダさまを嫌っているようですし。理由は教えてくれそうにありませんけど」

メリーは少し考えてから尋ねた。「使用人たちから何か聞いているの?」

「そんなまさか」ユーナは手を振ってその考えを退けた。「わたしはここに来たばかりなんですよ。信用できる相手だとわかるまで、何も話してくれませんよ。ただそういう気がするだけなんです。何かがおかしいって」

メリーはふたたび考えた。ユーナの〝気がする〟はあてにならないことが多い。たとえばメリーの母親が最後に体を壊したとき、病気は治るような〝気がする〟と彼女は言ったが、母親は亡くなった。さらにユーナは、スコットランドを離れてイングランド人だらけの見知らぬ土地に住むのはいやだとさんざん言っていたものの、スコットランドを発つときには、イングランドにはメリーにとって明るい未来が待っている〝気がする〟と言った。結婚すればスチュアートにいたときよりずっと幸せになれると。これまでにわかったことからすると、それは明らかにまちがいだったようだ。

メリーはかぶりを振ってユーナとその〝気がする〟を頭から追いやり、自分に対するレディ・エッグの態度をもとに判断することにした。これまでのところ彼女は親切でやさしくもしてくれる。だから友人と思ってもいいだろう。

本来なら必要のない入浴を手早くすませ、まだ湯が熱いうちにもう充分だと判断して立ちあがった。ユーナに渡された亜麻布でさっと体を拭き、彼女が自分でつけた傷について侍女がぶつくさ言うのを立ったままで辛抱強く聞いてから、服を身につけた。ユーナが髪を整えてくれるのをじれったく思いながら待ち、燃えあがる厩から飛び出す馬のように部屋を飛び出して階下におりた。また傷口が開かないよう注意した結果、少し奇妙な歩き方になっていた。

もう朝も遅い時間なので大広間にはだれもいないだろうと思ったが、意外にも父親と兄たちとレディ・エッグがテーブルについて額を寄せあい、静かな声で話していた。メリーは彼らが重々しい顔をして身をこわばらせているのを見て興味を抱きながらテーブルに足を運んだ。四人は会話に気をとられていたので、メリーがすぐそばに行くまで気づかなかった。だが、気づいたとたんに話をやめて背筋を伸ばし、見るからにつくり笑いとわかるにこやかな笑みを向けてきた。

「おはよう、メリー」父親が席を立って近づいてきた。メリーが驚いたことに、彼は彼女をきつく抱きしめ、その両手をとってテーブルに案内した。兄たちもメリーがこれまでに見たことのない礼儀正しさを見せて立ちあがり、ブロディなどは城の女主人が座る椅子を空けて彼女に勧《すす》めさえした。メリーは彼らの態度をいぶかしく思ったが、とりあえず椅子に座ってあたりを見まわした。すると四人はいっせいに口を開き、彼女に朝のあいさつをし、よく眠れたのならいいのだがと言った。

メリーはあいさつを返し、よく眠れたと答えた。そこで言葉を切り、椅子の背に身をあずけると、若い侍女がハチミツ酒とパスティ（具入りのペストリー）を持って厨房から急ぎ足でやってきて、何かほかに欲しいものはないかと尋ねた。

「いいえ、ないわ。どうもありがとう」メリーはそう言って、侍女がうなずき、膝を曲げるお辞儀をして厨房に戻っていくのを見送ってから、椅子のうえで振り返った。侍女はハチミツ酒とパスティをテーブルに置き、何かほかに欲しいものはないかと尋ねながらも、メリーの頭上後方にある何かをちらちらと見ていたのだ。そこにあったのはみなに見えるよう階段の手すりにかけられたシーツだけだった。メリーはシーツに広がる乾いた血に目を留めて顔をしかめた。たしかにかなりの量の血だ。眠りについたときより多くなっている。どうやら寝ているあいだに傷口が開いて、さらに出血したらしい。今朝、脚に乾いた血がついているのを見たときに、すでにわかっていたことだけれど。

メリーは首を横に振ってテーブルに向きなおり、四人の顔に浮かぶ表情を見て眉を吊りあげた。彼らもシーツを見ていたようだ。エッダが不愉快そうに顔をゆがめている一方で、父親と兄たちはひどく怒っているような顔をしていた。

「アレックスは兵士たちとともに訓練場にいるわ」エッダがメリーの好奇心に満ちた目に気づいて言うと、椅子のうえでもぞもぞと体を動かして立ちあがった。「わたしは席を外したほうがよさそうね。出発するまえに何か話したいことがあったら、階上にいるから」

メリーはうなずき、ハチミツ酒を口に運びかけたが、エッダの言葉が脳裏にしみ入ると同時に手を止めた。出発するまえに？　わたしは今すぐどこかに行くのだろうか？　エッダを呼び止めようと首をめぐらせたが、父親が腕に触れてきたので顔をテーブルに戻し、片方の眉を問いかけるように吊りあげて彼を見た。

「あいつはおまえを傷つけたんだな」エイキン・スチュアートはうなるように言った。

父親の顔が激しい怒りに満ちているのを見て、メリーは目を丸くした。めったに感情を表に出さない父親がそんな顔をしていることに驚き、少しのあいだ唖然として見つめたあと、ハチミツ酒をおろし、パスティに目を向けて、気まずい思いで言った。「わたしなら大丈夫よ」

「いや大丈夫じゃない。あのシーツがその証拠だ。あの男はけだものだよ。おまえが結婚を取り消してわしらといっしょにスチュアートに戻りたいというのなら、わしがなんとかするぞ」

父親がそう言うのを聞いて、メリーはぱっと顔を上げた。父親の表情は険しく、決意に満ちていた。兄ふたりも父親の言葉に同意するようにうなずいている。どう考えたらいいのかメリーにはわからなかった。三人とも、ダムズベリー卿がチュニスから戻ったとわかって以来ずっと彼女を一刻も早く嫁がせようとしていたのに。だから、そんなことを言われてひどく驚いた。一瞬、唖然としてから、どうにか考えをまとめ、咳払いして指摘した。「あのシーツは結婚を取り消せない証拠でもあるのよ」

「おまえが自分の脚を切ったことにすればいい。月のものがきたことにしてもいいな。ダムズベリーはひどく酔っていたから、昨夜のことは何も覚えていないだろう」

メリーは父親の顔をまじまじと見つめた。この段階で結婚を取り消せば持参金は返してもらえない。父親がそんな申し出をするとは、とても信じられなかった。この数年間、父親と兄たちは酒びたりの日々を送っていて、自分たちのことしか考えていないとばかり思っていた。驚いたことにそうではなかった。彼女のことも考えてくれていたのだ。メリーは思わず泣きそうになったが、これで何かが変わると思うほど愚かではなかった。父親の申し出を受けて結婚を取り消したいのはやまやまだが、そんなことをしてもスチュアートに戻ってまた父親と兄たちの面倒を見るはめになるだけだ。いつの日か父親が一念発起して、ふたたび彼女の縁談をまとめてくれるまで。そういう日がくるとしての話だが。

それにたとえそういう日がきたとしても、今より幸せな環境に身を置けるという保証はない。少なくともダムズベリーではしなければならないことがわかっている。夫は酔っ払いかもしれないが、酔っ払いの相手は慣れているし、ここにはエッダもいる。母親を亡くして以来、メリーは女性のやさしさや知恵や教えを恋しく思ってきた。ここでは義理の母からそれらが得られる。それにエッダはメリーの今は亡き、いとしい母親にいくらか似てもいた。容姿が似ているわけではない。マレード・スチュアートは死んでもなお美しかったが、エッダは……そう、母親ほどきれいではない。メリーは歯切れ悪くしめくくった。心のなかでもエッダを侮辱したくはなかった。

それにエッダの容姿はそれほど重要ではない。大事なのはエッダはイングランド人で、メリーの母親はスコットランド人の父とイングランド人の母のあいだに生まれ、イングランドで育ったということだ。エッダが何か話すたびに、メリーはその言葉に母親と同じリズムや抑揚があることに気づき、子どものころ母親の保護のもと安らぎと安心を得ていたことを思い出す。ここでの不幸な状況から抜け出して、ここ以外のどこかでさらに不幸な状況に置かれる危険を冒すつもりはなかった。

「いいえ、わたしなら本当に大丈夫よ」結局メリーはそう言って、父親を安心させるように続けた。「それほど乱暴にはされなかったわ。血が出やすいたちなのかもね」

エイキン・スチュアートは彼女の言葉を聞いて疑うように目を細めてから言った。「おまえの気が変わるかもしれないから、もうしばらくここにいよう」

メリーはふたたび驚いて目をぱちくりさせた。結婚式の前夜、アレックスは大人数のほうが安全だから式の翌日に彼女の父親や兄たちとともにスコットランドに向かうつもりだと言っていた。けれども今の父親の言い方では、まるで——「今日、みんなで北に向かうものだとばかり思っていたけど」

エイキン・スチュアートは憤慨しているような顔をした。「いくらダムズベリーでも今日おまえに旅をさせるほどひどい男ではないようだ。ああそうとも」かぶりを振って続ける。「おまえの亭主は今朝ここにおりてきて、おまえの体が癒えるまで一週間はかかるだろうから、わしらだけで出発するよう言ったんだ」

メリーは唇を嚙んだ。自分のせいで夫が悪く思われていることを申しわけなく思った。明らかに血の量をまちがえたようだ。あいにく、自分がしたことを認める以外に、夫に対する見方を変えさせる方法は思いつかなかった。

「でも」父親は続けた。「出発は延ばすことにする。そうすればあいつも次のときにおまえを殺したりしないだろうからな」

メリーは鼻にしわを寄せかけた。三人がこのままここにいたら、彼らが酒を飲んで彼女を煩わせたり何かを壊したりしないよう、目を光らせていなければならない。

「いいえ、その必要はないわ」真顔で言うと、父親が反論しようと口を開くのを見て続けた。「わたしの体が癒えしだい、わたしたちはドノカイに向かって出発する。ドノカイはスチュアートに近いから、そのときわたしの気が変わっていたらスチュアートに帰れるわ」

父親は不満そうだったが、少しするとうなずいて、ふうっと息を吐き出した。「それじゃあ、わしらは出発するとしよう」

突然のことにメリーが目をぱちくりさせていると、三人は立ちあがった。「今すぐに?」「ああ、ほら、もともと今日発つ予定だっただろう?」父親は言った。「準備はできているんだ。おまえの気持ちをたしかめたくて待っていただけなんだよ」

メリーはユーナに身支度を手伝ってもらっていたときに、アレックスがウイスキーをしまってスチュアート家の男たちには祝宴で飲みつくしたと言うよう命じたと聞かされたことを思い出した。そして父親が早く帰ろうとしている本当の理由はそれなのではないかと思った。そう考えると、父親が出発を延ばそうと言い、兄たちもそれに反対しなかったのがますます驚くべきことに思えた。

ふいに父親と兄たちが立ったまま何かを待っているのに気づき、三人をいぶかしげに見てから立ちあがった。すると次の瞬間、父親に愛情たっぷりに抱きしめられた。父親はメリーをきつく抱きしめてささやいた。「わしが必要なときは、いつでも呼んでくれ」そして彼女を放し、脇にどいた。

メリーが父親の予想外の行動に驚いて目をしばたたいていると、今度はブロディに強く抱きしめられた。彼の言葉は父親のそれとは少しちがっていた。ブロディはメリーを放し、その胸を指差して言った。「やつのことがいやでたまらなくなったら、ここにナイフを突き刺してひねるんだぞ。そうすればやつは終わりだ」

メリーは唇をゆがめて微笑み、指摘した。「そんなことをしたらわたしも終わりよ。人殺しの罪で絞首刑になるもの」

「それもそうだな」ブロディはそう認めてから提案した。「じゃあ階段から突き落とすんだ。そうすれば事故に見えるから」

「ろくでもないことを吹きこむのはよせ、ブロディ。こいつを絞首刑にしたいのか？」ガウェインがそう言ってブロディに代わり、メリーを抱きしめてささやいた。「おれたちがおまえにとって悩みの種だったのはわかっている。それでもおれたちはおまえを愛しているんだ。ひと月に一度は手紙を書いて無事を知らせてくれ。わかったな？」

メリーは黙ってうなずいた。ふいに喉が締めつけられたようになり、声が出せなくなっていた。三人ともまるで人がちがったように見える。いや、むしろ、少しのあいだ本当の父親と兄たちが戻ってきたのかもしれない。酒におぼれるまえの姿の彼らが。そう思うと胸が痛んだ。ウイスキーが彼らの頭をもうろうとさせ、自分勝手で扱いにくい人間にさせていなければ、父親と兄たちはずっと今目のまえにいるような人間だったのかもしれないのだ。

「さあ行くぞ」スチュアートの領主がうなるように言い、気づくとメリーはガウェインとブロディにはさまれ、父親のあとを追って城の玄関扉に向かっていた。外に出ると、メリーの昼からすすり泣きまじりの笑い声がもれた。父親と兄たちの馬にはすでに鞍が置かれ、ここまで彼女の荷物をのせてきて今は何ものせられていない荷馬車のまわりにはスチュアートの兵士たちが顔をそろえている。三人が本心から出発を延ばそうと言ったのはまちがいないにしても、どうやら彼らはメリーの答えを予想していたらしい。メリーは三人をそれぞれの馬のまえまで送り、最後に一度ずつ抱きしめると、涙でかすむ目をいらいらとこすりながら一行が出発するのを見送った。

三人から逃れたいと何年ものあいだ願っていたにもかかわらず、いざ彼らがいなくなろうとしているのを見て離れがたく感じているのが、とても信じられなかった。とはいえ、これからはいったいだれが彼らの面倒を見るのだろうと思わずにはいられなかった。

「さぞかしつらいでしょうね。気持ちはわかるわ」

声がしたほうに目をやると、エッダが横に立っていた。いつ来たのか気づかなかったが、そばにいてくれるのはありがたかった。

エッダはやさしく微笑んでメリーの手をとり、元気づけるようにぎゅっと握りしめてから城に続く階段へといざなった。「わたしがここに来たときも家族やお友だちと別れなければならなかった。とてもつらかったわ。父親といってもいいぐらい年の離れた人と結婚するのは気が進まなかったし、それにも増して華やかな宮廷から遠く離れた場所で暮らすのがいやでたまらなかった」かぶりを振って続ける。「ひとつ助言させてちょうだい、メリー。わたしのようにはならないで。辛辣で意地悪な人間になってはだめよ」

「意地悪ですって？」メリーは小さく笑って尋ねた。「あなたはとてもやさしい方だと思いますけど」

「ええまあ……」エッダは言葉を切り、唇をゆがめた。「あなたはまだここに来て日が浅いから。そのうち使用人や従者たちから何か聞かされるにちがいないわ。もう長いあいだわたしはひどい人間だったから。今ではみんなに嫌われているけど、それも無理はないの。わたしのこれまでのおこないが招いたことよ。あなたはそんなふうにはならないで。自分の運命を受け入れて、ここでの居場所をつくってちょうだい」

メリーは黙ってうなずいた。エッダがひどい人間だったとはとても信じられないが、彼女自身、父親と兄たちのふるまいに驚かされたばかりだ。まったくの悪人やまったくの善人は存在しないのかもしれない。だれにでも悪いところといいところがあるのだ。彼女自身も含めて。

「メリー？」エッダが静かに言った。

メリーは問いかけるような目をエッダに向け、彼女が気まずそうな顔をしているのに気づいて、ゆうべの床入りについて何か言おうとしているのだろうと思った。そのとおりだった。

「ゆうべはさぞかし恐ろしい思いをしたんでしょうね。アレックスが乱暴なまねをするなんて、とても信じられないけど——」

「みなさんが思っているようなことは何もなかったんです」メリーは罪の意識を覚えて急いでさえぎった。どれだけ血をつければいいのか彼女が知らなかったせいで、アレックスは床入りの儀でひどく乱暴にしたとだれもが思っているにちがいない。夫は酒飲みかもしれないが、彼のことを実際より悪く言うつもりは彼女にはなかった。あいにくエッダは父親や兄たちとはちがって、自分は血が出やすいたちらしいと言っても納得してくれなさそうだ。しばらく考えたすえ、腿の傷をだれかに見られたときにそなえて、できるだけ真実に近いことを言おうと決めた。腿の傷をだれかに見られることはありそうにないが、まったくないとも言い切れない。傷のことをすっかり忘れて、侍女のまえで着替えるか何かしてしまうかもしれないのだ。そうしたら傷に気づかれて、そのことがエッダの耳にも入るだろうし、床入りの儀は本当にすんだのだろうかと疑われることにもなりかねない。

「月のものがきているの？」エッダが尋ねた。あれほど血が出た理由をほかに見つけようとしているようだ。

「いいえ、それは二週間まえに終わりました」メリーはそう答えてから、自分の頭を殴りたくなった。そのせいにすればいいと、なぜ思いつかなかったのだろう？　とはいえ、もう手遅れなので、こう言った。「腿のうえのほうに傷があるんです。ゆうべは自分でも気づかないうちに傷口が開いたみたいで」

「まあ」エッダは小さく言うと、目を丸くした。そしてしばらくためらってから、慎重に言った。「じゃあ、ゆうべ彼はあなたを傷つけはしなかったの？　やさしくしてくれたの？」

エッダがきいているのは床入りの儀がすんだのかどうかということだとメリーにはわかっていた。その点については真実が明らかになる可能性はなかったので、メリーは真顔で嘘をついた。「ええ」

「よかったわ」エッダは言ったが、なおも確信が持てないでいるような顔をしていたので、メリーは嘘を重ねることにした。

「床入りの儀のあいだ、彼はとてもやさしくしてくれました……あっというまにすみましたし」彼のものに触れたときのことを思い出してつけ加える。

「まあ」エッダは大きく目を見開いて、メリーの手をそっと叩いた。「それはよかったわね。これから先はそうはいかないかもしれないけど。きっとあなたとするのは初めてだから興奮しすぎて早く終わったのよ」

メリーはそれを聞いて鼻にしわを寄せた。ゆうべはあんなことになって床入りの儀はできなかったが、たとえできていたとしても早く終わらせてもらいたいと思っただろう。楽しい行為だとは思えないし、楽しくないことは早く終わらせるに越したことはない。

「まあとにかく」エッダはふたたびメリーの手を叩いた。「うまくいったと聞いてほっとしたわ。あのシーツを見たときには……」最後まで言わずにかぶりを振ると、城の玄関扉を開けて、メリーになかに入るよううながした。「さあ入って。料理人がこれから一週間の献立

について あなたの意見が聞きたいと言っているの」

メリーはどうにか笑みを浮かべて、エッダに手を引かれるまま大広間を突っ切った。できるだけ普通に歩こうとしたが、腿の傷がこすれないようにすると自然とおかしな歩き方になった。エッダが彼女を気の毒そうに見ているのに気づき、彼女が苦痛に耐えているとエッダが考えている理由に思いあたって頬を赤らめたが、何も言わなかった。とはいうものの、旅に出るまえに傷を癒す時間が持てるのはありがたかった。そのあいだにダムズベリーでの暮らしにも慣れることができるだろう。それもまたありがたく思った。

5

アレックスはマグに手を伸ばしかけ、どういうわけかその位置を見誤り、危うく倒しそうになった。手の位置を修正してどうにかマグをつかみ、口に運びかけたが、視界に妻が入ってきたので手を止めた。当然ながら彼女は夫がマグを倒しそうになったのに気づいて、彼を非難するような目で見ながらため息をついていた。ブロディが言っていたとおり、その顔はさかなによく似ていた。

ふたりが結婚してから三週間が経っていたが、まだドノカイに向けて出発してはいなかった。あいにく出発は延びに延びていた。まず結婚初夜の傷を癒すための一週間があった。出発が延びるのは腹立たしかったが、アレックスは自分が決めたことをあくまでも守った。メリーは三日後にはすっかり快復したように見えたにもかかわらず。

だが、出発を予定していた日の前日に城で病が発生し、ふたたび出発を延ばさなければならなくなった。その症状はひどく、それにかかった者は食べたものを吐き、残りの時間は便所に駆けこんで過ごすはめになった。病はときをずらして人々に襲いかかり、最初に十人の者がそのえじきになって、ようやく治りはじめたころに、別の十人の者がえじきになるという具合だった。

アレックスはそのときのことを思い出して顔をしかめたが、すぐに首を横に振り、あれぐらいですんでよかったのだと思いなおした。彼自身も含めてみな病に倒れた者の分も働かなければならなかったが、少なくとも全員が同時に倒れることはなく、城が完全に機能しなくなることはなかった。それでも人手が足りない状態の城をあとにしてスコットランドに向かうことはできなかった。だが、発生から二週間経った今、ようやく病は終息に向かい、みなの体調もよくなってきた。ただひとりアレックスを別にして。アレックスは結婚初夜以来、三週間ずっと具合が悪かったが、彼の症状はほかの者たちとはちがっていた。胃の調子は悪くないし、便所に駆けこむこともない。その代わりに、毎晩、おかしな気分になって頭が混乱し、ときにはめまいさえしてくる。ろれつがまわらなくなって、マグや食べものをつかみそこねたり、足もとがふらついたりした。つまり、まるで酒に酔ったようになるのだ。どういうわけか酔っ払った結婚初夜と同じように。

ある時点で、夜になると症状が出ることから、だれかが夕食のときに彼のエールに薬を入れているのではないかと思った。そうなるといちばん怪しいのは妻だ。彼女がここにやってきて、結婚初夜にどうやら彼に乱暴に扱われたあとで、症状が出はじめたのだから。彼女には充分な動機がある。アレックスはそうにちがいないと判断し、二日続けて夕食のときに何も飲まなかった。だが、それでも症状は出た。アレックスは安心し、やはり何かの病気にかかったにちがいないと思いなおして、城内ではやっている病に自分もかかったのだと思いさえした。そうだとしたら、夜しか症状が出ないのは、一日じゅう走りまわって病に倒れた者たちの代わりを務めたあと、すっかり疲れ果て、体が弱っているからだろう。

あいにく彼が新妻に会うのも夜のことが多く、アレックスは彼女が彼の症状を酒を飲みすぎた結果だと勘ちがいしているのではないかと恐れていた。結婚して以来、毎晩メリーは彼を監視している。何かを取りそこねたり、よろけたり、ろれつがまわっていなかったりするのを見逃さず、それらすべてを彼が彼女の父親や兄たちのように酔っ払っているからだと思っているようだ。運が悪かった最初の出会いを考えれば無理もないが、彼には都合が悪かった。自分は彼女の父親や兄たちとはちがうことを行動で示すつもりでいたのに、このいまいましい病気のせいで、夫は父親や兄たちと同じだという彼女の考えを裏づける結果になっている。自分はウイスキーを飲んでいないし、おかしな症状が出ているのは病気のせいだと思われると説明しようかとも思ったが、信じてもらえそうになかった。そもそもアレックスは妻に話しかけられなくなっていた。結婚初夜に乱暴に扱ったことを申しわけなく思うとともに恥じていたし、何を言っても信じてもらえないような気がしたからだ。メリーは酔っ払いに囲まれて育ち、彼らがつく嘘に慣れているはずだ。アレックスがテーブルについているときにウイスキーを飲んでいないと指摘しても、事前に宿屋で飲んできているにちがいないと決めつけるだろう。

だが、アレックスが妻に話しかけられないでいる理由はほかにもあった。結婚初夜の彼のふるまいと同じぐらい恥ずかしく、彼が彼女に嫌われているのと同じぐらいまぎれもない事実のせいだ。メリーがそばにいると彼のものが死んだ鶏さながらに硬くなってしまうのだ。毎晩夕食の際に彼女の横に座るたびに、欲望の炎が燃えあがり、偶然腕や手が触れたり、彼女がエッダと話す小さな声が聞こえたり、彼女のにおいが漂ってきたりするたびに大きくなる。結婚初夜に彼から苦痛を与えられたメリーが、彼に触れられるのを恐れ、いやがることはわかっていたので、アレックスは欲望と戦った。だが、心のなかで戦いに勝ち、夜ベッドをともにして彼女に触れずにいられても、体は完全に負けていた。この三週間、気づくと彼のものは大きく張りつめ、絶えることのない欲望にうずいていた。これほどまでに激しい欲望はもっと若かったころにも感じたことはない。しかも、日を追うごとにいっそう強くなっている。

普通の場合ならアレックスはすばらしいことだと思っただろう。本人たちが子どものときにまとめられた縁談で、彼が今抱いているような欲望を夫が妻に抱くのはまれなことだ。結婚初夜にすべてをだいなしにしていなければ、自分は運のいい男だと思っていたにちがいない。だが今アレックスは彼を明らかに嫌っている妻に欲望を抱いている。最悪なのは、彼女に腹を立てることもできなければ、責められもしないことだ。結婚初夜の自分と、彼女にあんなにも血を流させたその行為が憎かった。いくつかの疑問が、まるで毒ヘビのようにアレックスの心に巣食っていた。そんなに乱暴にしないでと彼女は懇願したのだろうか？　彼に押さえつけられて、逃れようともがいたのだろうか？　泣いたのだろうか？

　まったくなんということだろう。アレックスはこれまで一度も女性を虐待したことなどなかった。少なくとも覚えているかぎりでは。とはいえ、またいつか酔っ払って女性を傷つけるかもしれない。彼はめったに酔っ払わないが、酔っ払って自分よりか弱い者を傷つけるようなまねは、たとえ一度でもしてはならない。いったいどうやって償えばいいのだろう？

　とにかく、どんなことをしてでも償わなければならなかった。冷たい戦争と化した結婚生活には耐えられない。そうした生活を三週間送ったせいでアレックスの心はすでにすり減っていたが、自分が与えた損害をどうすれば修復できるのか、彼にはわからなかった。

　彼が妻に目をやると同時に、彼女は部屋に下がると言って立ちあがった。アレックスは階段に向かう彼女をみじめな気持ちで見守り、背中のカーブから腰のまわりで揺れるドレスへと視線を移した。自分も席を立って妻のあとを追いたかった。寝室までついていって彼女のあとからなかに入り、手首をつかんで自分のほうを向かせながら背後で扉を閉める。まぶたにキスして目を閉じさせ、もう二度と唇をとがらせなくなるまでその唇にキスしてから、服を脱がせて白い肌にキスを浴びせ、彼は彼女が考えているような怪物ではないことを示したかった。

だが、たとえそうしようとしても、メリーは身をこわばらせて身がまえるだけだろう。彼を拒みはしないだろうが、体の力を抜いてリラックスすることはないにちがいない。彼女がリラックスしていなければ、どんなに甘い言葉をささやいても情熱の炎をかき立てることはできない。ふたりのどちらにとっても、ぎこちなく不愉快な行為となるだろう。それは彼の望むことではなかった。

アレックスはマグに目を戻し、なかのエールを見つめて、いったいどうすればいいのだろうと考えた。さらなる緊急事態が起こらなければ、明日彼らはドノカイに向けて出発する。妹が嫁いだ城に着くまで数日間旅をすることになる。この三週間過ごした冷たい沈黙のなかで旅をするのはごめんだった。つねに勃起《ぼっき》しているとなればなおさらだ。結婚して以来、それに悩まされずにいられたのは、妻と離れている昼のあいだだけだったが、旅に出たら一週間近くつねにいっしょにいることになる。そんな状態で馬に乗るのはさぞかしつらいだろう。それに見るからに不幸そうな花嫁とともにドノカイに着くのはいやだった。

とはいえ、そうした事態を避けるには妻との関係を修復するしかないし、そのためには彼女が彼に対して張りめぐらしている壁を取り払わなければならない。当然ながら妻に酒をふんだんに飲ませるのは問題外だが、彼女が彼に対して身がまえていないのは眠っているときだけで……

そこまで考えて頭のなかでふと立ち止まり、さらに深く考えた。眠っているときのメリーは温かくやわらかで、小さく寝言をつぶやきながら身を寄せてきさえする。彼女のにおいを嗅ぎ、彼に押しつけられたその体の温かさややわらかさを感じて横たわりながら、勃起したものが命じることを抑えるのは拷問にも等しかった。だが、そうする必要はないのかもしれないと今になって思った。彼女が眠っているときにキスしたり愛撫したりすれば、彼女は興奮して目を覚まし、結婚初夜のことは例外で夫婦の営みからは歓《よろこ》びと幸せを得られるものだと示せるかもしれない。

「あなたも今日は早く寝たら、アレックス？」エッダの言葉に彼が視線を向けると、彼女は続けた。「明日は早く発つんでしょう？」

「ええ」アレックスはうなるように言って立ちあがった。硬く張りつめたものがブライズのまえを押しあげているのを思い出していたら、反対側を向いてテーブルを離れていただろうが、あいにく思い出さなかったので、エッダの顔のまえに股間を突きつけることになった。エッダが目を大きく見開いて頬を赤く染め、食べものにさっと視線を戻したのでそれに気づき、顔をしかめてテーブルを離れた。そそり立ったものに導かれるようにして階段をのぼりながら、頭のなかではこれからのことをめまぐるしく考えていた。とにかくやさしくして、彼女の情熱をかき立て——

神さま、どうかうまくいきますように。声に出さずにそう祈りながら寝室のまえに立ち、扉をゆっくり開けた。妻が部屋に下がってから二十分も経っていないにもかかわらず、彼女がすでにベッドでぐっすり眠っているのを見ると、アレックスの唇から小さな安堵のため息がもれた。きっとうまくいくにちがいない。

アレックスは胸に希望を抱きながら、扉の脇のたいまつの火をすばやく消し、今にも消えそうになっている暖炉の火だけを残して——できるだけ静かに——武器を外し、衣類を脱いで、寝ている妻の横にそっとすべりこんだ。

メリーはゆっくり目を覚ました。どうして目が覚めたのかわからなかった。初めは気持ちのいい夢を見ているのかと思ったが、これまでに見たどの夢ともちがっていた。目を開けると、彼女は暖かな薄暗い闇に包まれ、今にも消えそうな暖炉の火がつくる小さな影が壁にちらちらと踊っていた。眠気に負けてふたたび目をつむったが、何か温かいものが尻をなでおろし、太腿に触れるのを感じて、小さな歓びの声をもらし、わずかに体を動かした。今度は尻をなであげられて、ふたたび唇から歓びの声がもれたが、そのまま腰をなでられ胸のふくらみの下の部分をなぞられてから、片方のふくらみをつかまれ、やさしくもまれたので、低くうめいた。

本能がふたたび目を開けて完全に目覚めるよううながしていたが、メリーはそれに逆らった。あまりにも気持ちよかったので、目を覚まして終わりにしたくなかった。だから唇がそっと首筋をかすめるのを感じても、かすかに首をのけぞらせるだけにした。胸のふくらみをもまれて、全身に奇妙な興奮が走った。気づくとメリーはあえぎ声をもらし、背中に押しつけられている下腹部に尻をすりつけて、硬くこわばったものを刺激していた。すると彼女の頬を伝って唇に向かっている別の唇からうめき声がもれ、メリーはもはや眠っているふりをしていられなくなった。目を開けて首をめぐらし、夫――すでにそうにちがいないとわかっていた――の顔を見る。彼女が何か言うより早く、彼の唇に唇を覆われ、口のなかに舌を差し入れられた。

メリーは驚いて身をこわばらせた。彼に愛撫されキスされて全身に強烈な興奮が走るのを混乱した頭で意識する。じっとしたまま彼の唇が彼女の唇を探るのに任せ、胸のいただきをつままれ舌を吸われると、両手を腰の横で握りしめた。そのあと彼の手は彼女の下半身におりていき、太腿のあいだの突起をそっと覆った。メリーの全身にいっそう強烈な興奮が押し寄せ、欲望がつのって情熱の炎が燃えあがった。メリーはびくりと動き、彼の手に腰を押しつけた。すると秘めた部分のひだのあいだに指が差し入れられるのがわかった。興奮が怖くなるほどに高まり、メリーは彼の手をつかんでその動きを止めさせようとした。

アレックスはすぐに手を止めたが、それと同時にキスもやめて顔を上げた。

「おれはきみの夫だ」

メリーは唇のまえでそうささやかれ、ふたたび身をこわばらせた。ふいに不安がこみあげる。彼はたしかに彼女の夫で、彼女を思うままにできるし、実際のところこれは……

「やさしくするから」アレックスが静かに続ける。恐怖と不安が頭のなかに渦巻いていたにもかかわらず、彼の唇と息が唇をかすめると体の奥で歓びがわきあがった。「結婚初夜はすまなかった」

メリーは本当のことを言おうと口を開いた。してもいないことのために罪の意識を抱かせたくはない。それに彼が今しようとしていることをこのまま続けたら、きっと彼自身で真実に気づくはずだ。だがメリーが言葉を発するより早く、アレックスが言った。「あの晩、おれはウイスキーをほんの少ししか飲むつもりはなかった。たぶんおれが気づかないうちにきみの父上がウイスキーを注ぎ足したんだろう。それで思っていたより飲んでしまったんだ。すまないと思っている」

そのとたんにメリーは結婚初夜について誤解を解こうという気がなくなり、気づくと疑わしげに唇の両端を下げていた。「あなたがわたしがここに来た日に酔いつぶれていなくて、この三週間、毎晩酔っていなければ、きっとその言葉を信じられたでしょうね」

硬く冷ややかな声が出た。アレックスは叩かれでもしたようにはっと顔を上げ、彼女の顔を見た。薄暗い光のなか、彼が彼女をにらみつけているのが見え、メリーもまたにらみ返した。彼の嘘を信じるふりをするつもりはなかった。彼が自分自身をだまそうとするのは勝手だが、彼女のこともだませると思ってもらっては困る。

しばらくのあいだ、ふたりは黙ってにらみあった。メリーが見守るなか、アレックスの顔にいくつかの表情がよぎった。失望、あきらめ、悲しみ。メリーは彼が始めたことをやめて背を向けるのではないかと思い、心のどこかで失望している自分に驚いた。するとアレックスが何かを決心したような表情になって言った。「たしかにおれはきみがここに来た日に酔っていた。それはもうひどく酔っていた。歯を抜くまえにウイスキーを飲むよう鍛冶屋に言われたからだ。でもその一度きりだ。おれはいつもはウイスキーを飲まない」

　メリーはとても信じられないというようにかぶりを振って、彼の言葉を自分がどう思ったのか言おうと口を開きかけたが、アレックスは手で彼女の口を覆い、まじめな顔で続けた。

「嘘じゃない。いったいどういうことなのか自分でもわからないが、これだけは言える。おれは毎晩、酔っ払うほど酒を飲んではいない。実際、きみも見て気づいているだろうが、毎晩おれはエールを一杯しか飲んでいないし、この何週間かのあいだに二日、まったく何も飲まない日があった。ハチミツ酒ですら飲まなかったんだ。それなのに、ろれつがまわらなくなって、方向感覚がおかしくなった」

　メリーは黙って考えた。実際、彼女は彼が何をどのぐらい飲んでいるか気づいていて、不思議に思いもしたが、きっと夕食のまえに男たちと外で飲んでいてテーブルにつくころには酔っ払っているのだろうと結論づけたのだ。「それならいったいどういうことなの？」

「城内ではやった病にかかっているんじゃないかと思うんだ。ウイスキーを飲んでもいないのにああした症状が出るのはそうとしか考えられない」アレックスは重々しく言ってから、苦笑いして打ち明けた。「ある時点で、だれかがおれの飲みものに毒でも入れているんじゃないかと思ったんだが、ふた晩何も飲まなくても状況は変わらなかった。だから……」力なく肩をすくめる。「疲れと病のせいだとしか思えない」

メリーがその言葉に目を細めると、アレックスは続けた。「メリー、きみがおれの言うことを信じられないのはわかる。おれもきみを納得させようとは思っていない。ただおれの考えを話しているだけだ。ようやく病の流行も収まってきたから、おれの調子がおかしいのも治って、じきにもとの状態に戻るだろう。とにかく……おれにチャンスをくれ、メリー。おれは酔っ払いでもなければ、結婚初夜になってしまったような野蛮なけだものでもないということを、行動で示させてほしい」

アレックスの言葉は懇願というより真剣な要求に聞こえた。メリーはもう少し部屋が明るければ彼の表情がもっとよく見えるのにと思いながら、黙って彼を見つめた。今夜も、夕食のテーブルについたアレックスはろれつがまわっておらず、マグを二度取りそこねた。また酔っ払っているのだとばかり思っていたが、彼はそうではないと言う。しかもさんざん唇にキスされたが、彼の息は少しもウイスキー臭くなかった。それに結婚初夜に彼は野蛮なけだものになったりしなかったのだから、その点に関しては彼の言うとおりだ。

メリーはさらに少しのあいだアレックスを見つめた。頭はめまぐるしく回転していたが、実際のところ考える余地はなかった。彼は彼女の夫であり、好きなときに彼女を抱く権利がある。彼が酔っ払いなのかそうでないのかは、ときが経てばわかるだろう。

ゆっくり息を吐き出して彼の手を放し、体の力を抜こうとしたが、それが精いっぱいだった。彼によってもたらされためくるめくような興奮はすでに消え去り、これから起こることへの不安がつのっていた。

アレックスはそれに気づいたらしく、メリーが黙って身を任せようとしているのに対してすぐには反応しなかった。彼が太腿のあいだから手を抜いたとき、そのまま背を向けるのではないかとメリーは思ったが、そうはならなかった。アレックスはわずかに動いてベッドのうえにスペースをつくると、彼女を仰向けにさせようとした。

メリーは抵抗せずに仰向けになったものの、彼の顔がおりてくるのを油断ならぬようすで見守った。彼の口が彼女の口をかすめると、じっと横たわって待ったが、彼は最初のときのようにキスを深めようとはせず、頬から耳へと唇を這わせた。彼が耳や首筋をやさしく噛みはじめたので、メリーは驚いて目をぱちくりさせ、ふたたび両手を握りしめた。しだいに興奮がつのっていく。簡単な愛撫によって引き起こされた反応に戸惑うあまり、彼の手がまた下腹部におりていっていることに気づくのにしばらくかかった。下腹部をそっとなでる手にようやく気づいたとき、彼がふたたび唇を重ねてきた。今度は彼女の唇に二度軽く触れてから、唇を開かせて舌を差し入れてきた。

メリーは自分の夫はどういう人間なのだろうと不安に思いながらも、気づくと彼のキスや愛撫に心と体がとろけそうになっていた。彼女がキスを返そうとすると、彼は唇を離し、首筋から鎖骨へと這わせた。メリーは首をめぐらして彼のほうを向いたが、片方の胸をつかまれてはっと唇を嚙んだ。どうやら先ほどの興奮は消え去っていなかったようだ。彼と言葉を交わしているあいだも、情熱の炎は熾《お》き火となって消えずに残っていたらしい。今それは彼がキスしたり触れたりする場所で、ふたたび燃えあがっていた。歓びの波が彼の唇の動きを追って鎖骨から胸のふくらみへと押し寄せ、彼が乳首を口に含んで赤ん坊に吸いつかれるより気持ちがいいことを示すと、白い閃光となってはじけた。

メリーは胸のいただきを吸われながら自分でも気づかないうちにアレックスのやわらかな髪に手を差し入れ、その頭を引き寄せていた。彼が手をもう片方の胸に移してふくらみをもみはじめると、メリーは二重の攻撃にうめき声をあげそうになるのを唇をきつく嚙んでこらえなければならなかった。とはいうものの、彼に口と手で奉仕されて、体が弓なりになったりくねったりするのは、どうしても止められなかった。

アレックスが顔を上げてふたたび唇にキスしてくるころには、メリーの頭は結婚や夫について心配するのをやめていた。すべてが新しく強烈な経験で、何ひとつまともに考えられない。だから考えるのはやめて、キスを返した。自分がうまくやれているのかどうかわからなかったが、精いっぱい彼のやり方をまねて、技術がともなわない分は情熱がおぎなってくれることを願った。

アレックスの反応はメリーに自信を持たせてくれた。彼は彼女の口のなかにうめき声をもらすと、髪に手を差し入れて頭を引き寄せ、顔を傾けさせて、より激しく性急なキスをしてきた。メリーは口をいっそう大きく開けて彼の肩にしがみつき、全身を震わせてさらなるキスを求めた。アレックスが体の位置を変え、片方の脚を彼女の脚のあいだにすべりこませてきたので、うえに乗られるのだと思い本能的に脚を開いてスペースを空けたが、彼がそこに置いたのは片方の脚だけだった。メリーが戸惑っていると、彼はその脚をすべらせて彼女の秘めた部分にあてた。彼が脚を動かすたびに情熱の炎が燃えあがり、メリーは腰をはねあげて、彼の脚にその部分を押しつけた。

アレックスはなおもキスを続けていた。両手はいつしか彼女の胸に戻り、先端をつねったり引っぱったりしている。三方から攻められてメリーは興奮に身もだえし、背中を弓なりにして、彼女にはわからない何かへと突き進んだ。切ないまでの欲求が体のなかを駆け抜ける。メリーはこの狂おしいまでの状態を一刻も早く終わらせたくなり――結婚初夜のことはすっかり忘れて――腰に押しつけられている硬いものを本能的につかんだ。それがこの甘い拷問を終わらせてくれると、どういうわけかわかっていた。

メリーの手がそれに触れると、アレックスは身をこわばらせ、はっと息をのんで唇を離した。手を伸ばして彼女の手をつかもうとしたが、ひと足遅く、メリーはすでに彼のものを握っていた。それは結婚初夜と同じように反応し、彼女の手のなかでびくりと動いて――まるで雌牛の乳房のように——ミルク状のものを噴き出した。

メリーが身を硬くして夫の顔に目をやるのと同時に、彼はぐいと首をのけぞらせて叫び、悪態をついた。それを聞いて、メリーはしてはいけないことをしてしまったと気づき、彼のものを放して唇を嚙みながら、苦しむ彼を見守った。彼のものを傷つけてしまったのではないかと思い、つい先ほどまでのめくるめくような体験をだいなしにした自分を心のなかで叱りつけた。するとアレックスがメリーのうえに倒れこみ、その肩に顔をうずめて息を整えた。

メリーはこれ以上よけいなことをしてしまわないよう、じっと横たわっていた。ようやくアレックスが顔を上げると、怒られるにちがいないと思いながら恐る恐る目を向けたが、驚いたことに彼の口から出たのは謝罪の言葉だった。

「すまない、メリー」彼は苦々しく首を振ってささやいた。「こんなことはまえにはなかったんだが」

「あやまらなきゃならないのはわたしのほうよ」メリーは静かに言った。「傷つけるつもりはなかったの」

アレックスは目をわずかに見開いた。「傷つけるだって?」驚いたように言うと、ふたたび首を横に振る。「きみはおれを傷つけたりしていない。すばらしかったよ」

戸惑いが顔に出たにちがいない。アレックスはまた首を振ってから言った。「きっと刺激が強すぎたんだな。結婚初夜から毎晩勃起していたが、どうすることもできないでいた。そこをきみにさわられて……」顔をしかめる。「どうにも我慢できなくなった。さわらないように言っておくべきだったよ」

「わたしのしたことが気に入ったの?」メリーは驚いて尋ねた。「でも、とても苦しそうにしていたから、てっきり――」

アレックスは彼女をキスで黙らせてささやいた。「許してほしい。きみがこの手のことに詳しくないのを忘れていた。初めてのとき、さぞかし痛かったんだろう。だからおれもそうだと思ったんだな。でも、必ずしもそうじゃないってことを教えてやる。おれがたった今感じたのは痛みじゃないってことを」そこで言葉を切り、苦笑いして続けた。「あまりにも苦しそうで見ていられなかったか? あんなにみっともない姿を見せたのは久しぶりだよ。でもこれで気をそらされずにすむから、きみだけに集中できる」

彼が何を言っているのかメリーにはさっぱりわからなかった。彼がたった今感じたのは痛みではないということも。アレックスは悪態をついていたし、あのミルク状のものは血の一種にちがいない。血が出ていながら痛くないということがあるだろうか? メリーは考えをめぐらせたが、彼がふたたびキスしてきたのでそれ以上考えられなくなった。叫び声をあげ悪態をついたばかりだというのに彼のキスは情熱に満ちていた。激しい攻撃にメリーは体じゅうのあらゆる感覚を刺激され、情熱の炎が大きく燃えあがるのを感じた。今度は先ほどとはちがっていた。先ほどアレックスはメリーが今にも身を引いて、どうかやめてくれと泣きながら頼むと思っているかのように慎重でためらいがちともいえる態度をとっていたが、今は使命に燃え、彼女の欲望を駆り立てて夢中にさせることだけに集中している。アレックスはメリーに熱っぽくキスしながら彼女の肩に手をやり、自分のまえに膝を折って座るよううながしてから、彼女の全身に手をすべらせた。背中と腕をなでおろし、左右の胸のふくらみを手で包む。メリーはびくりと背筋を伸ばし、唇から小さなあえぎ声をもらして、彼の手に胸を押しつけた。アレックスはさらにキスを深めて彼女の胸をもむと、唇を離して頭を下げ、硬くとがった乳首を口に含んだ。

メリーは驚き、唇からあえぎ声をもらした。思わず彼の頭をつかむと、張りつめた乳首を攻めるようになめられ、尻の下に敷いていた足のつま先が丸まった。すると彼が空いた手を下におろして彼女の尻をつかみ、膝立ちになるよううながして、胸のふくらみが自分の顔のまえにくるようにした。そうさせておいて下半身を引き寄せ、彼女の腰と骨盤を自分の胸に押しつけた。

メリーはアレックスの頭と肩をつかんで体を支えた。胸をもまれたり吸われたりしているうちに彼女の息は小さなあえぎ声になっていたが、彼がふいに手をうしろから腿のあいだに差し入れていちばん敏感なところをなでてきたので、一瞬、息が止まった。彼が同じところをまたなでてくると、歓びに満ちたあえぎ声が唇からもれ、気づくとメリーは彼の肌につめを立てていた。アレックスはひたすら彼女の興奮を駆り立てようとしていた。少しするとメリーの脚はがくがく震えだして今にも力が抜けそうになり、息は荒い息とあえぎ声と切ないうめき声が入りまじったものになった。床入りにはこういうことも含まれているということをエッダは言い忘れたにちがいないとメリーは思い、それでよかったのだと考えた。アレックスが結婚初夜に自ら頭をぶつけて気を失ったときに、彼女が何を失ったのかわかっていたら、夫に対してもっと腹を立てていただろうから。

そのときアレックスがそっと乳首を噛んだ。痛くはなかったが、メリーを物思いから覚まし、その注意を彼に戻させるには充分な強さだった。うつむいてアレックスを見ると、驚いたことに彼は目を開けて彼女を見つめていた。彼女がほかのことに気をとられていたのが気に入らないらしい。メリーは説明しようと口を開いたが、その瞬間、アレックスは体をうえにずらした。そうするには手を彼女の腿のあいだから抜かなければならず、メリーは一瞬がっかりしたが、彼はすぐにその手を今度はまえから腿のあいだに差し入れ、ぷっくりふくらんだ部分を執拗になでながら、唇にキスした。

メリーは彼の口のなかにうめき声とあえぎ声をあげて、本能的に腰をまえに突き出した。バランスをとろうとして彼の腰に手を伸ばしたが、まちがって硬くこわばったものに触れてしまい、はっと目を開けた。どうやら夫はまた興奮しているようだ。彼がメリーの頭に添えていた手をおろして彼女の手をつかみ、尻のうしろにひねりあげると、彼女は驚いて息をのんだ。夫は彼のものに触れさせないようにしているのだ。アレックスはメリーの手をつかんだまま、その手で彼女の尻をまえに押して、いっそう自分の体に密着させた。今やメリーはアレックスの思いのままになっていて、彼によって駆り立てられた強烈な欲望に圧倒され、恐れすら抱いていた。アレックスの口に覆われている口から、手で熱っぽく愛撫されている部分まで、まるで一本の長い糸のように張りつめた快感が走っている。快感が紡《つむ》ぐ糸は一秒ごとに張りつめ、今にも切れそうになっていた。この先どうなるのかわからず、怖くてたまらなかったが、彼女の体は飢えている者が食べものを欲しがるように、その未知の体験を強く望んでいた。メリーは心と体でもがきながら、腰を彼の手に押しつけると同時に彼の愛撫から逃れようと身をよじった。

アレックスはメリーの葛藤を無視して愛撫の手に熱をこめ、目もくらむような快感をもたらすと、彼女のなかに指を一本差し入れた。メリーは初めての感覚に驚いて身をこわばらせ、次の瞬間、悲鳴をあげて、彼の腕のなかでびくりと体を動かした。快感の糸が切れ、歓びの波が次から次へと押し寄せてくる。メリーは彼の腕に抱かれたまま、泡立つ快楽の海にのみこまれた。

アレックスが唇を離し、彼女の鼻にそっとキスするのを、メリーはぼんやりと意識した。そのあと彼は彼女を毛皮のうえに寝かせたが、彼女の心はなおも体じゅうを満たす感覚にとらわれていた。けれどもアレックスが彼女の脚のあいだに身を置き、つい先ほどまで手で触れていた部分を硬くこわばったもので突いてきたので、彼に少し注意を戻した。

まばたきして目を開け、今度は何をするつもりなのだろうと思いながら、アレックスをぼんやり見る。彼は彼女の表情を見て微笑んだ。

「ほら、痛くなかっただろう？」静かに尋ねる。

メリーは気だるくうなずいた。アレックスが叫んで悪態をついたのは自分が彼を傷つけたからではないとようやくわかった。しかも彼女が彼に叫ばせるほうが、彼が彼女に悲鳴をあげさせるよりはるかに簡単だったようだ。そのことについてさらに考えたかったが、気づくとアレックスが話していた。

「次にすることも痛くない。初めてじゃないんだから」彼は彼女に請けあった。

ふいに頭がはっきりし、メリーは彼が次にしようとしていることと、それが自分にとって初めてであることに思いあたった。結婚初夜に本当は何があったのか説明しようと口を開いたが、彼が突然、彼女のなかに押し入ってきたので悲鳴をあげた。処女膜が破れたにちがいない。

アレックスは驚いた顔をして、すぐに動きを止めた。少しのあいだ彼女の顔を見つめてから身を引きはじめたが、メリーはまた痛くなるのを恐れ、彼の腰をつかんで引き止めた。彼女が止めるより早く彼は少し動いていたが、驚いたことに、彼のものにこすられて痛いどころかふたたび強烈な快感が走った。メリーは彼の問いかけるような目を避けて視線を自分たちの体に向けると、恐る恐る腰を動かした。体の角度が変わって、また彼のものにこすられた。今度も痛みはなく、すさまじいまでの快感がよみがえった。

「動かないでくれ、メリー。さもないとどうなるか――」メリーがふたたびアレックスの下で体を動かし、彼の言葉はあえぎ声で終わった。体じゅうに興奮が駆け抜けたばかりか、彼のものが彼女のなかでいっそう硬くなるのを感じた。目を上げると、彼は引きつった顔をして、痛みをこらえるかのように固く目を閉じていた。

メリーは好奇心に駆られて、ふたたび腰を動かした。アレックスは唇からうめき声をもらして目を開けた。

「動くなと言っただろう」彼はかすれた声で警告したが、メリーは無視することにした。さらに体を動かして彼の腰の両脇で膝を立て、腰をうえに突きあげて、彼のものを体の奥に導く。それが決め手となった。アレックスの自制心は吹き飛び、彼は低いうなり声をあげると、メリーの腿のあいだに膝をついて、彼女を抱いたまま身を起こした。気づくとメリーは夫の膝のうえに彼と向きあって座り、両脚を腰に巻きつけていた。彼のものが体のなかが裂けるのではないかと思うほど大きくなって彼女を満たしている。

「いったいどうするつも――」メリーはこの体勢で――正直なところ、どんな体勢でもだが――何をするのかわからず言いかけたが、そのときアレックスが彼女の腰を持ち、その体をわずかに持ちあげた。「ああ」メリーの唇からかすれた声がもれる。彼女の体から彼のものがなかばすべり出たが、アレックスはふたたび彼女をおろして、そのなかを満たした。

アレックスは何度か同じことを繰り返し、メリーのいちばん感じやすい部分をこすってから、ふいに彼女を仰向けに寝かせた。すぐに自分も覆いかぶさってきて、激しく動きはじめる。メリーはどうすればいいのかわからなかったが、ベッドに踵《かかと》をめりこませ背中を弓なりにして彼の動きに応じた。両手で彼の尻をつかんで自分のほうに引き寄せると、アレックスはいっそう激しく動いて彼自身とメリーを絶頂へと導いた。

6

「おれたちの結婚初夜のことだが」

メリーがゆっくり目を開けると、目のまえに夫の胸があった。どうしてこの体勢になったのか、はっきりとは覚えていなかった。先ほどはちょっとつかんだだけで精を放ったにもかかわらず、ふたたび硬くなると、彼はかなり長いあいだその状態を保ち、自分は精力旺盛な恋人であることを証明した。アレックスが満足の叫び声をあげるころには、メリーは少なくともそれより三回は多く叫び声をあげていて、彼が彼女の体からおりたのにもすぐには気づかなかった。たぶんそのあとアレックスは彼女を胸に抱き寄せたのだろう。のろのろと目を上げて夫の顔を見ると、彼は険しい表情をしていた。どうやら説明しなければならないときがきたようだ。

「あの晩――」メリーは言いかけたが、アレックスに鋭い目を向けられて言葉を切った。本当のことを知ったら夫はきっと怒るだろう。彼もほかのみんなも、シーツについた血を見て、彼がひどく乱暴にふるまったにちがいないと結論づけたのだから。もっと早く夫に事情を説明するべきだった。だけど――

「メリー」アレックスがうなった。

メリーは顔をしかめ、彼の胸に目を向けて、そこに生えている毛をいじりながら口早に説明した。「あの晩、みんなが部屋を出ていったあと、扉がちゃんと閉まっていなかったの。あなたはそれを閉めにいって、その帰りに服に足をとられ、ベッドの支柱に頭をぶつけて気を失ったのよ」

「そうなのか？」彼は驚いて尋ねた。

「ええ」メリーは重々しくうなずき、急いで言った。「朝になったらみんながシーツを取りにくるとわかっていたけど、あなたは……その……できなそうだったから……」肩をすくめて続ける。「自分の体を切って、そこから出た血をシーツにつけたの」

「傷口からあんなに血が出たのか？」アレックスがいっそう驚いた声になって言う。

メリーはおずおずとうなずいたあと、彼に突然仰向けにされてはっと息をのんだ。彼は起きあがって彼女のかたわらに膝をつき、その裸の体に視線をさまよわせた。

「どこを切ったんだ？」

メリーは顔をしかめながらも片膝を立てて、腿の傷がよく見えるようにした。夫の目が傷に吸い寄せられ、恐怖に大きく見開かれた。

「なんてことだ！　いったい何をしたんだ？　短剣で切りつけたのか？」

アレックスはもっとよく見ようと太腿に顔を寄せていたので、メリーが彼に向けた表情を見逃した。あれから三週間経っている。傷はすでに治って、ただの傷痕になっていた。あいにくやや大きくて醜いが、傷痕には変わりない。この先、傷痕を見ても、結婚初夜ではなく今夜のことを思い出すにちがいないと思っていると、彼に傷痕をそっとなでられ、背中に震えが走った。

メリーは彼の顔が脚のあいだにあることを意識しないようにしながら、咳払いして説明した。「処女膜が破れたらどれぐらい血が出るのかわからなかったから、少ないより多いほうがいいと思ったの」

アレックスはさっと首をめぐらせて、彼女を責めるように見た。「そうしておいて、きみにあれだけの血を流させたのはおれだと思わせたのか？」

メリーは唇を嚙んだ。「本当のことを話すつもりだったんだけど、あなたはいつも酔っ払っているみたいだったから——」

彼が手を上げて黙るよう合図したので、彼女は口を閉じた。沈黙が続き、話す気にもなれないほど腹を立てているのだろうと思ったが、彼は少しすると物憂げに髪をかきあげて姿勢を変え、ベッドの頭のほうの壁を背に座った。それから彼女の腰を持って抱えあげ、自分の膝のうえに座らせた。メリーは自分の手を見つめて待った。彼が怒っているのかどうか彼女にはわからなかった。すると彼が怒っているようには聞こえない声で尋ねた。「ひどく痛かったか？」

メリーは困惑してアレックスに目をやり、彼が彼女の股間に目を向けているのを見て、ぱっと頬を染めた。処女膜が破れたときのことを言っているのだ。恥ずかしさのあまり顔が熱くなるのを感じながら、首を横に振って答えた。「つねられるのとそう変わりなかったわ」

「悲鳴をあげたじゃないか」彼が静かに指摘する。

メリーは肩をすくめた。「驚いただけよ。あなたが何をするつもりなのかはわかっていたけど、実際に体のなかに入られたら、すごくおかしな感じだったから。それにすごく痛いものだとばかり思っていたのに、そうじゃなかったから驚いたの」

「そうだったのか」アレックスはふたたび静かな声で言った。

メリーはゆっくり息を吐き出して自分の手に目を向け、自分がまるで心配事を抱える老婆のように手をもみあわせていることに気づいたが、それほど驚きはしなかった。アレックスが怒っていないようなのはよかったが、お互い裸のまま、こうして彼の膝に座っているのは気まずくてならない。あれほど親密な行為をしたあとでそんなふうに感じるのはばかげているかもしれないが、感情は理屈では説明できないものだし、そもそも彼女は普段から侍女のまえで裸で座ったりしないのだ。ましてや裸の男の膝に裸で座るなんてとんでもない。あくまでも自然に彼から離れて上掛けの下にもぐりこむにはどうしたらいいだろうと考えていると、アレックスが片方の手で彼女の背中をなでているのに気づいた。気持ちが落ち着き、と

ても いい気分になった。

「メリー」

「何？」仕方なく目を上げ、アレックスが微笑んでいるのを見て少し驚いた。彼の目にはどこか謎めいたやわらかな光が宿っていた。

「ありがとう」

メリーはわけがわからなくなって彼の顔を見つめた。「何が？」

「結婚初夜にシーツに血をつけてくれて」アレックスは低い声でやさしく言った。「それに今夜のことも」

メリーは頬がますます赤くなるのを感じ、肩をすくめて目をそらした。今夜は彼のしたいようにさせただけ。いい妻なら当然のことをしたまでだ。もっとも彼女自身も楽しんでいたけれど。

「おれたちの結婚生活の始まりは最悪だったが、これを機に新たに始められればいいと思っている。ドノカイへの旅をお互いをよく知る機会として利用しようじゃないか。そのチャンスを与えてもらえないかな？」

メリーはためらった。先ほどアレックスは自分はウイスキーを飲んでおらず、この三週間のあいだにろれつがまわらなくなったり、足もとがおぼつかなくなったりしたのは、城内ではやった病に自分もかかったからにちがいないと言った。もしそうなら、ほかの者たちとはちがう症状が出たことになる。とはいえ、本当に病のせいだとしたら、それに越したことはなかった。彼女はたった今、彼としたことを楽しんだ。どうやら夫婦の営みはつらいものではなさそうだ。それにこの三週間アレックスを見ていて、彼が働き者であることもわかっていた。彼は城のなかを駆けまわり、病に苦しむ兵士たちに代わって四人分もの働きをしたのだ。それだけでも、彼が少なくともひとつの点においては、彼女の父親や兄たちとはちがうことがわかる。アレックスが本当のことを言っていて、この三週間の彼のふるまいがウイスキーを飲んで酔っ払ったせいでないとしたら……そう、彼女はすばらしい夫を持ったことになる。ここは彼の望みどおりにするのが理に適《かな》っているように思えた。

メリーは目を上げて、重々しくうなずいた。「ええいいわ。あなたの言うとおりにしましょう」

アレックスは笑みを浮かべると、彼女の頬を両手ではさんで自分のほうに引き寄せ、その唇にキスをした。メリーが驚いたことに、彼がキスを深めてくると、先ほどと同じ興奮がよみがえってきた。それより驚いたのは、彼もまた興奮し、彼女の尻の下にあるものが硬くこわばってきたことだった。もう一度できるのだろうかと思っていると、彼が彼女の腰をつかんで抱えあげ、膝のうえにまたがるようにうながした。そして彼のものがちょうど彼女の秘めた部分にあたるように座らせた。

「もう一度だけ」アレックスはキスをやめてそうささやくと、彼女の頬に唇を這わせながら、両手で全身をまさぐりはじめた。「ひとりの女をこんなに何度も欲しくなったのは初めてだ。でも、もう一度で終わりにする。それがすんだら明日からの旅にそなえて休むとしよう」

「わかったわ」彼に胸のふくらみをつかまれて、メリーはあえいだ。彼がもう片方の手で彼女の腰をまえに押すと、秘めた部分が硬くこわばったものにこすれて、ふたりに快感をもたらした。「もう一度で終わりよ。それがすんだら明日からの旅にそなえて休みましょう」


「おはよう」

レディ・エッダがそう言って彼女の椅子の隣に置かれたベンチに腰をおろすと、メリーは笑みを浮かべて応じた。おはようございます。よく眠れましたか?」

「ええ、とてもよく眠れたわ。エッダはそう答えてから、メリーの顔を見つめて眉を吊りあげた。「そういうあなたはあまりよく眠れなかったようね。大丈夫なの?」

「ええ、大丈夫です。ちょっと寝不足なだけですから。今日からの旅のことで興奮してよく眠れなかったんだと思います」メリーはそう応じて、決まり悪く感じながら、エッダが来るまえに食べていたパンとチーズに目を戻した。眠れなかったのは今日からの旅のことで興奮していたためではなく、飽くことを知らない夫のせいだ。約束した〝もう一度だけ〟を終えたあと、ふたりはベッドに倒れこみ、少しのあいだ眠ったが、ほどなくしてメリーはやさしい愛撫と情熱的なキスに起こされた。ゆうべは短いうたたねをはさんで少なくとももう三回〝もう一度だけ〟があり、今朝のメリーは疲れ果てていた。だからといって文句を言うつもりはない。ゆうべはあらゆる瞬間を楽しんだ。実際、ただひとつの不満は、ふたりが今日からの旅のためにベッドを離れなければならず、それまでしていたことを続けられなかったことだった。

「城内ではやった病にかかったんじゃないでしょうね」エッダが言って、ふたたび彼女の注意を引いた。

「いいえ、本当に大丈夫ですから」メリーは安心させるように言った。そのとき扉が開いたので、そちらに目をやった。夫が入ってきてこちらに向かってくるのを見ると、唇に自然と笑みが浮かんだ。ゆうべのことがあったあとでアレックスも彼女のように疲れているはずだったが、彼はうまくそれを隠していて、長時間ぐっすり眠ったかのように生き生きとし、力がみなぎっているように見えた。アレックスも微笑んでいて、彼がそばに来ると、メリーは自分の笑みが大きくなるのを感じた。

「おはようございます」アレックスは視線をメリーに向けたままエッダに向かって言い、そのあとすぐに続けた。「兵士たちの準備はできている。もうすぐ食べ終わるかい？」

「あなたはもう朝食をすませたの？」メリーは驚いて尋ねた。今朝アレックスは彼女を起こすまえに顔と手を洗って服を身につけ、彼女のために風呂の支度をさせていた。メリーはゆっくり湯に浸からずに体を洗うだけにして手早く入浴をすませたのだが、大広間におりてきたときにはだれもテーブルについていなかった。だから、てっきりアレックスは朝食をとるまえに兵士たちのようすを見にいったのだと思ったのだ。

「ああ、階下におりてきてすぐにパンとチーズをもらって、旅の支度がすんでいるかどうかたしかめながら食べた」彼は答えた。

「まあ、そうだったの」メリーは最後のパンのかけらを口に放りこんで嚙み、飲みこみながら立ちあがった。「わたしもいつでも出発できるわよ」

アレックスは微笑んで彼女の手をとり、扉へと向かった。

「お見送りするわ」エッダが言って立ちあがり、ふたりのあとをついてきた。

メリーは彼女に目をやって、感謝の笑みを浮かべた。この三週間、エッダはとても親切にしてくれた。ダムズベリーでのメリーの暮らしが快適なものになるよう、あらゆる手を尽くしてくれたのだ。だからメリーは彼女にさよならも言わずに出発したくなかった。アレックスがメリーを城の外に連れ出し、馬のまえに連れていって抱きあげようとするのを見て、彼女は馬から離れ、エッダをすばやく抱きしめた。

エッダはメリーの愛情のこもった行為に驚いたようだったが、彼女の背中をそっと叩いて旅の安全を祈ってからうしろに下がり、アレックスが彼女を抱えあげて馬に乗せるのを見守った。そのあとすぐにアレックスも馬にまたがり、一行は出発した。アレックスが先頭でその次がメリー、そのうしろに兵士たちが続いた。兵士たちはアレックスが必要だと主張した荷馬車を取り囲んでいた。メリーはその荷馬車に彼女のドレスを二着入れた小さな袋がのせられているのを知っていたが、防水布の下のほかの包みがなんであるのかはわからなかった。考えられるのはただひとつ。アレックスの妹のイヴリンドへの贈りものだ。

城門を出ると、ガーハードがメリーに小さくうなずきかけながら彼女を追い越し、アレックスの横に並んだ。一行はそれから三時間、一定の速いペースで進み、そのあいだメリーは夫の背中に目を向けて、この先どういう未来が待ち受けているのだろうと思い、いくらか慎重になりながらも彼との未来が明るいものになることを願った。自分は大酒飲みではないという夫の言葉を完全に信じたわけではないが、彼が嘘をついているというたしかな証拠が出てくるまでは彼に有利に考えてあげてもいいように思える。ときが経てばおのずとわかるはずだ。さらにメリーは、自分はすでに身ごもっているのだろうかと考えた。ゆうべあれほど何回も夫婦の営みをしたのだから、その可能性は充分にある。

そう思って自然と笑顔になりながら、先週エッダにそのことをほのめかされたり質問されたりしたことを思い出した。初めはメリーの胃の調子がおかしくなって、兵士たちと同じ病にかかったのではないかと思ったときのことだった。エッダはそれはないと言い、何か別の可能性があるのではないかとほのめかした。メリーは彼女が何を言おうとしているのかわからなかったので、そのまま聞き流した。そのあともう一度同じようなことを言われて初めて、彼女が身ごもっているのではないかとエッダが思い、そう願ってさえいることに気づいた。もちろん、その可能性はなかった。ゆうべまで床入りの儀はおこなわれていなかったのだから。とはいえ、エッダはそれを知らなかったし、メリーも本当のことは話したくなかったので、彼女の言葉や質問をやりすごして、いったいどうして彼女はわたしが妊娠したかもしれないと思うのだろうと不思議に思った。

その答えがわかったのは数日まえのことだった。エッダがやってきて、メリーが結婚初夜の晩に、月のものが二週間まえに終わったと話したことを思い出させ、それから数週間経っているのにまだ月のものが来ていないと指摘したのだ。エッダはメリーは身ごもっていると確信しており、くれぐれも用心して健康に気をつけるよう注意してきた。おなかの赤ん坊のことを考えて今回の旅は見あわせてはどうかと言いさえした。

メリーはとてつもなくばつの悪い思いをした。何よりもまず、その時点ではまだ処女だったので妊娠しているはずがないとわかっていた。そして月のものに関していえば、もともと不順なほうで、ふた月も来ないこともあれば、いつもの倍も長く続いたりするのだ。今より若いころはそれが不安でならなかったが、あるとき母親から自分も昔からそうだったし、何も心配するようなことはないと教えられた。さらに長年の経験からわかったことだが、月のものの周期は気分に影響されるらしく、大きなストレスにさらされているときにはふた月も来ないことがあるとも言われた。そうしたことを説明するのは恥ずかしかったので、メリー

とにした。


は何も言わずにエッダには好きなように思わせておくことにし、口実を見つけてその場をあ
とにした。

　今メリーは昨夜アレックスが放った精が自分のおなかにとどまっているのではないかと思い、もしそうなら今度の旅で振り落とされてしまうかもしれないと心配になった。思わず下腹部に目をやった。

「なんだか浮かない顔をしているな」

　メリーが目を上げると、夫が馬の歩調をゆるめて横に来て、彼女を心配そうに見つめていた。

「何か気がかりなことでもあるのか？　気分が悪いわけじゃないだろうね？」アレックスが言う。

「いいえ、大丈夫よ」メリーはすかさず答えて、鞍のうえでわずかに背筋を伸ばした。そして浮かない顔をしていた理由を次のように説明した。「少し疲れただけ」

「おれのせいだな」アレックスは顔をしかめて言った。「あやまるよ。今日旅に出るのはわかっていたんだから、もっと――」

「わたしが何かゆうべのことで文句を言った？」メリーは夫の謝罪の言葉をさえぎると、衝動的に手を伸ばして鞍の前部に置かれた彼の手を握りしめた。「わたしなら大丈夫。今夜よく眠ればいいだけだから」

「そうか」アレックスはそう言いはしたものの、なおも申しわけなさそうな顔をしていた。ふいに手を伸ばしてメリーの手から手綱を取りあげ、もう片方の腕を彼女の腰にまわして鞍から抱きあげた。

「何するの?」メリーは驚いて尋ねた。彼は彼女を自分の膝のうえに横向きに座らせた。

「おれの馬に乗っていけ」アレックスは言って、自分の鞍の前部にかけてある袋から一本のロープを取り出すと、その端をメリーの馬の手綱に結び、もう片方の端を自分の鞍の前部に結びつけて、彼女の馬が彼の馬のうしろを適切な距離でついてこられるようにした。

メリーは彼の肩越しに自分の馬を見た。「ひとりで乗れるわ。わたしは馬を操るのがうまいのよ」

「わかっている」アレックスはなだめるように言った。「今朝ずっと見ていたが、たしかにきみは馬を操るのがうまい。でもこうすれば、いつでも好きなときに眠れる」

「まあ」メリーはそんなふうに気づかわれるのに慣れておらず、居心地が悪くなって、彼のまえでもぞもぞと体を動かしてから言った。「でも、あなたも疲れているでしょうし、わたしだけ休むのは――」

「きみの母上のことを話してくれないか」アレックスがふいにさえぎった。

メリーは目をぱちくりさせて首をめぐらし、彼の顔をいぶかしげに見た。「どうして?」

「きみが人の助けを借りるのに慣れていないようなのはどうしてなのか知りたいからだ」ア

レックスは率直に言った。

「そんなことは――」メリーの否定の言葉はすばやく激しいキスで封じられた。

「いや、そうだ」アレックスは唇を離して真顔で言ってから繰り返した。「母上のことを話してくれ」

メリーが彼に言われたことを否定しなおそうか、それともすなおに彼の求めに応じようかと迷っていると、アレックスが続けた。「きみの父上や兄上がどういう人なのかはわかっている。彼らが長年にわたってあまりきみを助けてくれなかっただろうことも。でも、きみの母上はどうだったんだ？　亡くなるまでスチュアートを切り盛りされていたと聞いたが」

「ええそうよ」結局メリーは言った。「父は領主ぶるのが好きだったけど、本当のところは名ばかりの領主だった。使用人も兵士も心配事やわからないことがあると、わたしか母のところに来たものよ」

「母上が生きておられたときも、きみのところに来たのかい？」アレックスが尋ねる。

メリーは少しのあいだ黙っていたが、やがてゆっくりうなずいた。「母は長いあいだ体を壊していたから。自分にできることはしていたけど、最後のほうは体が弱って疲れやすくなっていた。でも頭はつねにはっきりしていたわ。だからわたしが母からやるべきことを教えてもらって、代わりにやっていたの」

「じゃあ、これまでずっと本当の意味で頼れる人はいなかったんだね」

メリーは憤慨した。「母は頼れる存在だったわ」

「でも体を壊していた。きみが母上を助けるほうが、その逆より多かったはずだ」アレックスがおだやかに指摘する。

メリーは首を横に振った。「ずっと体を壊していたわけじゃないわ。わたしが子どものころは健康で元気だった。それに体を壊したのは母のせいじゃない。母はやれるだけのことはやっていたわ」

「ああ、そうだろうな。でも——」

「それにケイドもいた」メリーはすばやく彼の言葉をさえぎった。

アレックスは口をつぐんだ。メリーはその表情から、彼がたしかに聞き覚えのある名前だがいったいだれだっただろうと思っているのに気づいて説明した。「三人いる兄のなかでいちばん年がうえの兄よ。三人のなかでいちばんまともでもある」

「ああ、そうだった」アレックスは言った。失われた記憶のかけらが戻ってきたらしく、明るい表情になって続ける。「たしか、きみのおじ上に育てられたんだったな」

「ええ、そうよ。まだほんの子どもだったときに、母がサイモンおじさまにあずけたの。きっと父のもとで育って悪い影響を受けるのを恐れたのね。ブロディとガウェインがどんな大人になったのかを考えると、そうして正解だったと思うわ」

アレックスはうなずいた。「ケイドはおれより年上だったよな?」

メリーは少し考えてからうなずいた。「ええ、たしか二歳年上よ。ケイドお兄さまが生まれた二年後にブロディお兄さまが、そのまた二年後にガウェインお兄さまが生まれて、そのあとわたしが生まれたの」

「きみが生まれて、おれときみの父親がおれときみとを婚約させたとき、ブロディとおれはどちらも五歳だった」アレックスはうなずいて言ってから尋ねた。「どうしてケイドはブロディやガウェインのように、きみといっしょにダムズベリーに来なかったんだい？」

「あなたと同じように十字軍に加わったの」メリーはそう答え、悲しく思いながら言った。「それ以来、なんの連絡もなくて」

そのあとに続いた沈黙は口にされない言葉に満ちていたが、メリーはそれをアレックスに話させようとはしなかった。もう二年ものあいだケイドからはなんの連絡もない。状況が状況だけにめったに便りは来ないだろうと覚悟していたが、まったく来ないとは思ってもみなかった。心のどこかでは兄は死んだのではないだろうかと思っていたが、彼とともに出征した男たちのだれかが彼女のもとにやってきてそう言うまでは、生きていると信じることにしていた。そうせずにはいられなかった。メリーはケイドが大好きだったからだ。母親とともに少なくとも年に一度はおじのもとにいる彼を訪ね、彼も年に一度はスチュアート城に帰って一週間ほど滞在した。そうしていっしょにいるあいだ、ケイドはつねにやさしく、メリーの力になってくれたし、離れているあいだもふたりは頻繁に連絡を取りあっていた。

父親とブロディとガウェインは酒癖のせいでつねに弱くて愚かな人間に見え、母親はやさしくて聡明だが病のせいで弱っている。そんななか、メリーにとってケイドは家族の輝く星だった。強くて聡明で、決して酒にのまれたりしない。メリーはケイドを慕《した》い、尊敬していて、母親が亡くなったときには、どうか彼がおじのところから戻ってきて、父親と兄たちを監督しつつスチュアート城の切り盛りをするという難業を受け継いでくれるよう心から願い、膝がひび割れるくらいひざまずいて祈った。実際に手紙を書いて、戻ってきてくれるよう頼みさえしたが、そのあとすぐにケイドがスチュアート城を訪れて手伝いを申し出ると、父親が城の切り盛りは領主の自分がすると言って断わった。一日の半分は酔っ払っているくせに何を言っているのだろう、とメリーはうんざりしたが、領主はエイキンだったので、彼がそうするのがいちばんいいと言う以上ケイドは城を去るしかなかった。そのあとケイドは船でヨーロッパに渡り、そこでの冒険をつづった手紙をメリーに頻繁に送ってきてくれたが、十字軍に加わってからは一度も手紙をよこしていない。

「きっと戻ってくるよ」

夫のやさしい言葉にメリーは彼に目を向け、そのとき初めて涙で視界がぼやけていることに気づいた。自分の弱さを見せてしまったことが恥ずかしくなり、いらだたしく思いながら涙をぬぐおうとすると、アレックスがメリーの手を払いのけ、彼女の代わりに涙をぬぐった。そのあと顎をつかみ、うえを向かせて唇にキスした。

メリーはアレックスのやわらかな唇を感じながらじっとしていたが、ふいに彼が唇を離したので目を開けた。彼女が彼の表情を見るより早く、彼は彼女の顔を自分の胸に押しあててささやいた。「眠るんだ。きみは疲れているんだから」

けれども彼が手を離した瞬間、メリーは顔を上げた。疲れてはいたものの、眠ることのできないアレックスをひとり残して眠るわけにはいかない。アレックスも疲れているとなればなおさらだ。言うことを聞こうとしない彼女を彼がにらみつけているのがわかったが、目を合わせないようにして言った。「ご家族のことを話して」

アレックスはためらった。一瞬、メリーはまた眠るよう言われるのかと思ったが、彼は彼女のうしろで体の力を抜き、話しはじめた。メリーが熱心に耳を傾けるなか、彼は両親と妹と、彼女のものとは大きくちがう子ども時代について話した。彼の子ども時代は、大酒飲みでもなければ、病気で人に世話してもらわなければならない状態でもない両親の愛をたっぷり受けた、幸せなものだったようだ。ところがアレックスが十代のときに母親が亡くなった話になると、彼の口調は変わった。アレックスは慎重に言葉を選んで話していたが、母親の死後の生活が以前のように牧歌的なものでなくなったのは明らかだった。彼がエッダを侮辱したり何かを彼女のせいにしたりすることはなかったが、王が彼の父親と彼女を結婚させたあとダムズベリーでの暮らしがそれまでのように楽しいものではなくなり、緊張をはらんだものになったのがメリーにはわかった。メリーはたいして驚かなかった。宮廷から遠く離れた北イングランドに嫁ぐのがいやでたまらなかったとエッダから聞かされていたからだ。とはいえ、アレックスの口調の変わりようからすると、エッダがダムズベリーに嫁いだことで不幸になったのは彼女だけではないようだった。

馬の背に揺られながらアレックスのおだやかな声を聞いているうちに、気づくとメリーは彼の胸にすっぽり収まってうとうとしていた。彼が黙ったので、話を続けてもらおうと目を開けて何か質問しようとしたが、どうにもまぶたが開けられなかった。結局あきらめて眠りに身を任せた。

しばらくしてメリーははっと目を覚ました。初めのうち、どうして目が覚めたのかわからなかったが、少しすると自分が寄りかかっている胸が笑ってでもいるように小さく震えていることに気づいた。好奇心に駆られて目を上げ、夫の顔を見ると、驚いたことに実際に彼は静かに笑っていた。

「どうしたの?」メリーは言って、あたりを見まわしたが、近くにはだれもおらず、何がそんなにおかしいのか見当もつかなかった。すると彼が首を振って言った。「いびきをかいていたぞ」

「なんですって?」メリーは背筋を伸ばし、恥ずかしさに頬が赤くなるのを感じながら首を横に振って否定した。「そんなはずないわ。わたしはレディだもの。レディはいびきをかかないのよ」

アレックスはふたたび笑いはじめ、メリーはいらだちもあらわに彼をにらみつけて言いつのった。「いびきなんかかいていないわ」

「いや、かいていた」アレックスはそう言って続けた。「それもかなりはでにね。きみは自分のいびきで起きたんだ」

メリーが顔をしかめると、彼は身をかがめて、安心させるようにキスしてきた。「心配するな。おれもいびきをかくそうだから」

「とにかく、わたしはかかないの」メリーは頑《かたく》なに言った。「もしかいていたとしたら――かいていたと言っているわけじゃないのよ――こんな姿勢で寝ていたからよ」

「そうかもな」アレックスはすかさず同意し、さらにこう続けて彼女をなだめた。「きみがベッドでいびきをかいているのは聞いたことがないから、さっきいびきをかいていたのはきっと座って寝ていたからなんだろう」

メリーはそう言われて少しほっとしながらも、なおも恥ずかしく思いながら彼のまえで背筋を伸ばし、前方の道に目をやった。「今どのあたりなの?」

アレックスはあたりに目をやってから答えた。「スコットランドとの境までの道をちょうど半分ほど来たところだ」

メリーはうなずいたが、アレックスは後方に目をやり、ふたりのあとに続く兵士たちと荷馬車のほうを見た。彼女が彼の視線を追うと、いつしかうしろに下がっていたガーハードが荷馬車の横で数人の兵士たちと笑い声をあげて話していた。アレックスは彼がふたりのほうを向くのを待って、まえに来るよう合図した。ガーハードはすぐに話をやめて馬を駆り立て、ふたりの横に来た。

「何かご用ですか?」

「この先に開けた場所がある。川の近くだ」アレックスは静かに言った。

「ええ、どこのことをおっしゃっているのかわかります」ガーハードはすかさず言った。

「まえに野宿した場所ですよね」

アレックスはうなずいた。「今夜もそこで野宿して、明日スコットランドとの境を目指す。兵士たちを連れていってテントを張っておいてくれ」

「あなた方は?」ガーハードは驚いて尋ねた。

「おれはその先の川にメリーを連れていく。そうすればだれかに見られる心配なく体を洗えるから。それがすんだら合流するよ」

「わかりました」ガーハードはそう言うと、馬の向きを変えてあとから来る者たちを待った。アレックスは馬を早足で進めた。

メリーは馬に揺られながら、あたりをものめずらしそうに見た。少しするとアレックスは馬を脇道に入れた。すぐにまわりの木々がなくなって、ふたりは開けた場所に出た。先ほど彼とガーハードが話していたのはここのことなのだろうかとメリーは思ったが、アレックスは今や飛ぶように馬を走らせていたので、何か言おうとしたら舌を嚙み切ってしまうかもしれないと思い、質問するのをやめた。その場所のまわりには木がまばらに生え、草が生い茂っていた。アレックスはメリーが直前までそこにあることに気づかなかった細い道に入った。道の右側に生えている木はまばらで、そのあいだから川が見えるが、左側はまるで壁のように木がうっそうと茂っている。

アレックスは馬を右に曲がらせて、しばらくのあいだ川と並行して走らせたが、やがて草の生えた細い道は終わり、先ほどとは別の開けた場所に出た。先ほどの場所ほど広くはなかったが、絵のように美しい小さな滝があり、ふたりが通ってきた道と川をのぞいてまわりを崖に囲まれていた。

メリーの唇から歓びの声がもれた。なんてすてきなのだろう。まさに秘密のオアシスだ。一日じゅう馬に揺られた疲れを癒すのに、これ以上の場所はないように思えた。

「十字軍に加わるまえに旅をしていて見つけたんだ」アレックスが彼女のうしろで馬をおりながら言った。「少しまえに思い出して、きみが気に入るかもしれないと思ったんだよ」

「気に入ったわ」メリーはにっこりして言った。アレックスに抱えあげられて馬からおろされるやいなやあたりを探検しようとしたが、引き止められた。振り返って、問いかけるように夫を見ると、彼はかすかに笑みを浮かべて言った。「少しのあいだ脚を慣らしたほうがいい。一日じゅう馬に乗っていたんだから」

「わたしの脚はなんともないわ。わたしは馬を走らせていたわけじゃない。あなたの膝のうえで寝ていただけなんだから」メリーはそう指摘して彼の手を振りほどこうとしたが、その拍子に〝なんともない〟脚から力が抜けて地面に膝をついた。思わず顔をしかめ、兄たちと同じようにわたしを笑うにちがいないと思いながらアレックスに目をやる。けれども驚いたことに彼はまじめな顔をして、心配しているようすさえ見せながら、彼女に手を差し伸べてきた。

「きみは人の助言や助けを受け入れることを学ばなければ」アレックスはメリーの手を引いて立たせながら静かに言った。「だれでも人の助けが必要なときがある」

その言葉はあくまでも静かに口にされ、親が子どもを叱るときのようなものではなかったが、怒鳴り声さながらの威力を持っていた。メリーはふいに強烈な恥ずかしさと恐怖を覚えた。問題なのは恐怖のほうだった。アレックスに人間として劣っていると思われているのではないかと突然心配になり、自分でも不思議なほど気になってならなくなったのだ。ほんの少しまえまで、彼女は彼を父親や兄たちとそう変わらない人間だと思っていた。その彼にどう思われようが気にすることはない。そう思いはしたものの、実際には気になってならず、それがいやでならなかった。

自分を弁護するための辛辣な言葉が口から出そうになるのをこらえて支えられるままになり、アレックスがもう大丈夫だと判断して手を離すと、急いで彼から離れた。

「おれは馬の面倒を見ているから」アレックスが川に向かう彼女に声をかけた。「よかったら先に水を浴びていてくれ」

ほかのときなら自分の馬の面倒は自分で見ると言っていただろうが、彼のやんわりした叱責とそれに対する自分の反応で意気消沈していたのでそうは言わず、そのまま水辺に足を運んで服を脱ぎはじめた。ドレスを脱いで近くの岩のうえに置いてから、手を止めて夫のほうをちらりと見る。彼が彼女に背を向けて馬の世話に専念しているのをたしかめると、すばやくシュミーズを脱いでドレスのうえに放り投げ、川に駆けこんだ。

メリーはアレックスが彼女のほうを見るまえに全身水に浸かろうとして急ぐあまり、注意がおろそかになっていた。水中に沈む岩につま先とむこうずねをぶつけて、思わず立ち止まった。

アレックスが叫ぶのを聞いて初めて、自分が悲鳴をあげたことに気づいた。急いで振り返ると、彼が水辺に駆け寄ってくるのが見えた。メリーは自分が生まれたままの姿でいることに気づき、あわてて水のなかにしゃがんだ。

「わたしなら大丈夫よ。なんでもないの」水の冷たさにはっと息をのみながら、あえぐように言う。

「どこかぶつけたか切ったかしたのか?」アレックスは心配そうに尋ねたが、水際で立ち止まり、彼女の予想に反して川には入ってこなかった。

「いいえ」メリーは嘘をついた。「水がびっくりするほど冷たかっただけ」

アレックスは彼女の嘘を信じているようには見えない顔で彼女をじっと見つめていたが、やがてうなずいて馬のほうに戻りながら言った。「もう少しで終わる。そうしたらおれも水を浴びるから」

メリーは彼の背中に向かって顔をしかめた。今度は彼の言葉が約束というより脅しに聞こえたのだ。向きを変え、先ほどより注意してもっと深いところに向かった。メリーは自分が悪いと思うことに慣れていなかった。長いあいだ彼女はスチュアート城でただひとり正しい人間だったのだ。少なくとも、たいていの場合はそうだった。だから夫に欠点を指摘されたのが気に入らなかった。たとえそれが彼女は人の助言や助けを受けつけないというささいなことでも。

首を横に振って物思いを振り払い、冷たい水に体が慣れてくるのを感じながら、水のなかで腕をこすった。しばらくのあいだ肌をなでる水の冷ややかな感触を楽しんだあと、息を吸って頭から水に飛びこんだ。体は冷たい水に慣れていたものの顔と頭はそうではなく、水にもぐった瞬間メリーは口を開けてあえぎそうになった。どうにかこらえて川底までもぐり、両手いっぱいに土をすくう。そのあと水中ででんぐり返しをして水面に浮かびあがり、夕早い時間の空気のなかに頭が出ると、安堵の息をついた。

さらに何度か息をしてから、首をめぐらせてアレックスが馬のそばに戻ったのをたしかめると、両手を水から出して自分がすくったものを見た。ほっとしたことに、それは何の役にも立たない泥ではなく、じゃりじゃりした砂だった。メリーはその砂を用いてすばやく全身を洗い、腕や胸をこすって、旅のあいだについた汚れや垢《あか》を洗い流した。

「きみは天然の石鹸のことを知っていたんだな」アレックスが感心したように言うのを聞いて、メリーはくるりと向きを変えた。すると水のなかを裸で近づいてくる彼が見えた。すでにすぐそばまで来ている。

「わたしの母もそう呼んでいたわ」メリーは彼に警戒の目を向けて言った。「子どものころ、初めてケイドお兄さまに会いにいったときに教えてくれたの。香りのいい石鹸と同じぐらい汚れが落ちるって言っていたわ。もちろん香りのいい石鹸を使うほうが好きだったと思うけど」

アレックスは黙ってうなずくとそのまま進み、メリーのまえに来た。彼女の手をとって自分のほうに引き寄せながら言う。「そんなふうに傷ついた目でおれを見ないでくれ。きみは人の助言や助けを受けつけないと叱った自分が、まるで鬼のように思えてくる」

彼が叱るという言葉を使ったことにメリーは驚いた。先ほどの彼の口調はメリーがだれかを叱るときのものとはまったくちがっていた。とはいえ、静かな口ぶりだったにもかかわらず彼女が叱られたように感じたのはたしかだ。メリーはそう認め、自分はずっと父親や兄たちへの接し方をまちがえていたのかもしれないと思った。きっとにらみつけて、低いきっぱりした声で言い聞かせたほうが効果があったのかもしれない。

いや、そんなことはない。メリーはすぐにそう思いなおした。たとえそうしていたとしても彼女が怒鳴ったり、ののしったり、がみがみ言ったりしたときと同じように、たいした効果《こう》はなかっただろう。父親と兄たちはどうしようもない人間なのだ。けれども彼女自身は滑稽《けい》なほど繊細な人間だったらしい。思いもよらないことだった。父親や兄たちにがみがみ女と言われてもなんともなかったのに、アレックスに静かな声や表情で失望や非難を示されただけで傷ついている。いったいどういうわけなのか、さっぱりわからなかった。

「そんなに考えこむな」アレックスが言い、メリーはすぐに考えるのをやめた。とはいうものの、彼にそう言われたからではなかった。水のなかで彼の温かい体に抱き寄せられ、それ以上何も考えられなくなったのだ。

アレックスがキスしてくると、メリーの頭はますます働かなくなった。彼は彼女の体を少し持ちあげて顔の高さが同じになるようにしていた。そのおかげで彼は身をかがめずにすんでいるのだが、彼女の足は川底を離れて水中を漂い、彼の脚にぶつかった。それと同時に胸のふくらみが彼の胸をこすり、体内から強烈な欲望がわき起こるのを感じてメリーは驚いた。

「みんなのところに戻ったほうがいいんじゃない？」アレックスが唇を離すとメリーはあえぎながら言った。彼は彼女をさらにうえに持ちあげ、その首筋に唇を這わせはじめた。「夕食の準備や何かで人手を必要としているかもしれないわ」

アレックスはメリーの胸のふくらみに唇を這わせ、乳首を口に含むことで、その言葉に応じた。

メリーはそれ以上抗議するのをやめて冷たい水のなかで身を震わせ、首をのけぞらせてうめいた。夫がまた夫婦の営みをしたいと言うのなら、それに従うのが妻の義務だ。そんな考えが脳裏をよぎったとき、彼がふいに彼女を腕に抱いて岸に運びはじめた。

「みんなのところに行くの?」メリーは驚いて尋ねた。

「いや、おれは飢えているんだ」

その答えはメリーを戸惑わせただけだったが、すでにふたりは岸にあがっていた。彼女がドレスとシュミーズを置いた岩の隣にあるそれより大きな岩にアレックスが彼女を寝かせたので、メリーはますますわけがわからなくなった。初めに川に入ったときには水を冷たく感じたが、こうして外に出てみると夕方の空気はさらに冷たく感じられ、彼女は身を震わせてすばやく起きあがり、ドレスに手を伸ばした。

「おれが温めてやる」アレックスがそう言ってドレスを取りあげ、近くの岩に放り投げると、彼女を岩のうえに寝かせて温かい体で覆いかぶさってきた。

「飢えているって言ったじゃない」メリーはささやき声で指摘した。彼は彼女の両手をつかんで頭のうえに上げさせた。

「ああ、そのとおり。おれはきみに飢えているんだ」低いうなり声でそう説明すると、彼女をむさぼり食おうとしてきた。少なくともメリーはそう感じた。アレックスは唇を重ねてくると彼女の手を放し、激しく欲望に満ちたキスをしながら、まだ水に濡れている胸のふくらみに手をすべらせた。

メリーはアレックスの口のなかにあえぎ声をもらし、背中を弓なりにしたが、彼がキスをやめて彼女の体に唇を這わせはじめたのでがっかりしてうめいた。けれども彼が胸のふくらみを唇でなぞりはじめると、欲望と歓びに満ちたうめき声や泣き声にも似た弱々しい声が唇からもれた。だが、彼が唇をそのまま下に這わせつづけたのでふたたびがっかりし、そのあと戸惑いを覚えた。アレックスは彼女の腹部を唇でなぞって、そこの筋肉を踊らせた。メリーはぱっと目を開けて視線を下に向け、うろたえながら彼を見た。どうしてそんなところにキスするのだろうと不思議に思ったが、彼がさらに唇を下に這わせ、彼女の腰から太腿へとなぞりはじめたのを見て、不安がこみあげてきた。

「ねえ、あなた――」メリーはどういうわけかふいに自分が弱い存在になったような気がしておずおずと言いかけたが、次の瞬間、はっと息をのんだ。彼が彼女の脚のあいだに頭を入れて、太腿を唇でなぞりはじめたのだ。驚きのあまり口もきけないでいると、彼が彼女の秘めた部分にたどりつき、唇を押しあててきたので、完全に言葉を失った。メリーは髪の毛をつかんで彼を引き離したくなる衝動と、それと同じぐらい強い、髪の毛をつかんで彼の顔をさらに自分のほうに押しつけたくなる衝動に同時に駆られた。こんなふうにされるのは初めてだし、男と女のあいだでこんなことが起こるとは思ってもみなかったけれど……

「ああっ」アレックスが歓びの中心に唇をつけ、舌を這わせてきたので、メリーはあえぎ、岩に背中をつけて、何かつかまるものはないかと手を伸ばした。彼は彼女を今まさにむさぼっている。メリーはそれが気に入った。

ああ、こんなことをしていいはずがないわ。ひどく興奮した頭でそう考えたが、彼が彼女の腰を持って岩の端に引き寄せ、脚のあいだに顔をうずめて口にはできないことをしはじめたので、それ以上考えるのを放棄した。じつのところ、彼がしていることを言葉で言い表わすことはできなかった。実際に彼が何をしているのかはっきりとはわからなかったが、メリーの体は耐えられないほどに熱くなり、頭のなかには熱くとろりとしたものがつまっているだけになっていた。

気づくとメリーは硬い岩のうえで激しく首を横に振り、岩をつかもうとしてその表面をつめで引っかきながら、彼につかまれている脚を乱暴に動かして、彼の愛撫から逃れようとすると同時に秘めた部分をいっそう押しつけようとしていた。

そのとき彼によって高められた情熱が体内で一気に爆発した。メリーは安堵にも似た気持ちを抱きながら、押し寄せる快感に悲鳴をあげた。目の奥で白い光が炸裂《さくれつ》し、頭のなかが真っ白になる。全身を駆け抜ける歓びに、メリーは激しく身を震わせた。歓びの旅から戻ると、アレックスが彼女の脚のあいだに立ち、腰を持って、岩の端まで引き寄せた。メリーがそそり立ったものを見ながら彼のために脚を広げると、彼はなかに入ってきてふたたび彼女の情熱をかき立てた。

メリーはすかさず身を起こして彼の体に両脚を巻きつけた。先ほど絶頂を迎えたときの興奮冷めやらず、息を切らしてあえぎながら必死にしがみついていると、彼はふたたび彼女をめくるめくような歓びが待つ世界へと送りこんだ。ただし今回その世界に行ったのは彼女ひとりではなかった。

7

「そろそろみんなのところに戻らないと」アレックスは川から上がってくるメリーを見ながらしぶしぶ言った。彼女は愛を交わしたあとほとんど休まずに川に駆けこんだ。彼はすぐには動きたくなかったので、岩に座ったまま、冷たい水のなかで水しぶきをあげる彼女を見守った。そして今、急いで岸に戻ろうとしている彼女の全身に視線を走らせ、寒さで乳首が硬くとがり、沈みゆく太陽が最後に投げかける光のなか、肌につく水滴がダイヤモンドのようにきらきらと輝くのを目に留めた。

ほどなくして、昨夜とつい今しがた、あれだけ親密な行為に及んだにもかかわらず、妻がなおも彼のまえで恥ずかしがっていることがわかった。メリーは手で体を隠しこそしなかったが、足早に戻ってきて彼に背を向けると、シュミーズで体を拭きはじめた。彼女が手早く全身を拭くあいだ、豊かな胸が見られなくなったアレックスは、知らず知らずのうちに尻に目を向けていた。丸いふくらみに手で触れたときの感触を思い出しながら視線を這わせていると、メリーがシュミーズを放り投げて、頭からドレスを着た。

淡いブルーのドレスがカーテンのように垂れ下がり、彼の視界をさえぎると、アレックスは落胆のため息をついたが、それと同時にこれでよかったのだと思った。裸の彼女を少しのあいだながめていただけでふたたび興味がわいてきて、欲望のあかしがそそり立ってきたからだ。これ以上見ていたら、岩から腰をあげて彼女のもとに歩み寄り、また体を洗わなければならなくさせてしまうにちがいない。

だからといって、そうして悪いというわけではないが、とアレックスは思ったものの、すでに暗くなりはじめているし、空腹でもあった。兵士たちがふたりをさがしにくるまえに戻らなければならない。今ごろはもうテントも張られ、食事の支度もすみつつあるだろう。それにあとになれば、プライバシーが守られた居心地のいいテントのなかで、いつでも妻を抱くことができる。ここのような屋外ではプライバシーはないも同然だ。夕食の材料にする獲物や個人的な用事をすませられる場所をさがす兵士たちが、いつやってくるともわからない。

そのときメリーが何か言ったのでアレックスは彼女のほうに目をやり、彼女が森に入っていくのを見て顔をしかめた。呼び戻そうとしたとき、メリーは個人的な用事をすませてくるとかなんとか言ったのだと気づき、用を足せる場所をさがしにいくのだと思いあたって、あまり遠くへ行かないよう声をかけるだけにした。そのあとようやく岩から腰を上げて少しのあいだ水に浸かり、裸の妻をながめているうちにそそり立ってきたものを落ち着かせてから、体を拭いて服を身につけはじめた。そしてブライズを穿き終えたとき、自分も用を足す必要があることに気づいた。

　アレックスは服を着るのを中断して、あたりを見まわした。プライバシーを求める気持ちより、妻が用を足しているところに出くわして気まずい思いをさせたくないという気持ちのほうが強かったので、肩をすくめて、今いる場所を囲む低い崖のふもとの茂みに足を運んだ。用を足して自分のものをブライズにしまいはじめたとき、頭上から何か重いものがこすれるような音が聞こえてきた。アレックスは手を止めて、うえを向いた。けれども、そこからは壁面しか見えなかったので、うしろに下がりはじめたちょうどそのとき、崖のうえから岩が落ちてきた。アレックスははっと息をのんで向きを変え、駆けだした。

　だが、ひと足遅く、どうにか頭は直撃されずにすんだものの、肩に岩があたった。アレックスは痛みにうめきながら倒れ、その拍子に頭を何か硬いものに打ちつけて、さらにうめき声をあげた。


　個人的かつ恥ずかしい瞬間をだれかに見られてはたまらないので、メリーは時間をかけて場所をさがした。普通なら入らないような森の奥まで進んだが、滝の音がするほうに行けば道に迷うことなく夫のもとに戻れるとわかっていたので心配はなかった。とはいえ、用を足してその場を離れるころには、アレックスはすでに服を身につけて、彼女が戻ってくるのをいらいらしながら待っているだろうと確信していた。謝罪の言葉を用意して森から足を踏み出したものの、何か重いものがこすれるような音がして、崖のふもとに立つ夫がうえを見あげるのが目に入ると、口に出さずにのみこんだ。彼の視線の先をたどり、岩が彼のうえに落ちてくるのを見て、恐怖に目を見開いた。

崖のうえで木々のあいだに消える人影を見たような気がしたが、そちらにはあまり注意を払わなかった。岩は夫の肩にあたり、彼はその衝撃で地面に倒れた。

メリーは悲鳴をあげて夫のもとに駆けつけ、静かに横たわる彼のかたわらに膝をついた。彼はブライズしか身につけていない姿でうつ伏せに倒れていた。最初に目に飛びこんできたのは肩から腕にかけての傷だった。皮膚が削り取られていて、痛むだろうし、明日の朝には痣《あざ》になっているかもしれない。だが、それよりも、かろうじて見えている額の横に血がついているのが気になった。メリーは彼の頭の下から大きな岩が突き出しているのに気づいて悪態をついた。肩に岩があたっただけでも大変なのに、倒れた拍子にあの岩に頭をぶつけたのだ。

メリーはアレックスを仰向けにしようとしたが、かなりの力が必要だったので、無事そうし終えたときには少しばかり息を切らしていた。実際のところ、夫は大男だし、こんなふうに体の力が抜けているときに向きを変えるのはじつに大変だった。けれどもどうにかやり遂げ、夫の顔に顔を近づけて額の傷を調べた。それほどひどい傷には見えなかったが、頭の傷は油断できないし、さんざん押したり突いたりして体を動かしたにもかかわらず彼が目を覚まさなかったのは問題だった。

メリーは心配になって眉をひそめ、身を起こしてあたりを見まわすと、立ちあがって彼女の馬に駆け寄り、その背にかかっていたシュミーズを取った。アレックスがかけておいたにちがいない。戻ってきたら拾うつもりで、地面に放り投げたままにしておいたのだから。メリーはシュミーズを持って川に行き、急いで水に浸して夫のもとに戻った。

血を拭き取って現われた傷をまじまじと見る。たいして深くもなく、血が拭き取られた今となってはそれほどひどい傷にも見えなかったが、心配なのは変わらなかった。頭の傷は軽く考えてはいけないし、彼はいっこうに目を覚ましそうにない。メリーは冷たく湿ったシュミーズを夫の額に押しあてて名前を呼んだが、彼はぴくりとも動かなかった。彼女は同じことを何度か繰り返してから、身を起こして、ふたたびあたりを見まわした。

太陽は今まさに沈もうとしていて、あたりは暗くなりはじめていた。ふたりがここに来たときには暖かく、日の光に満ちていたこの場所も、今ではすっかり寒くなり、暗闇に包まれようとしている。メリーは不安になった。ほどなく真っ暗になるだろう。明るいうちならアレックスが野宿するつもりでいたとおぼしき場所に戻れる自信はそこそこあるが、暗くなってからでは戻れるかどうかわからなかった。夜の森ではたやすく道に迷ってしまう。

そのうえ、彼が野宿するつもりでいた場所が実際に彼女が思っている場所なのかどうかもわからなかった。彼にたしかめたわけではなく、そうではないかと思っただけなのだから。

兵士たちがキャンプを張っている場所があそこではなくて、あらためてさがさなければならないとしたら？　暗いなかで見つけられるだろうか？　そしてたとえ見つけられたとしても、夫を運ぶために兵士たちを連れてこの場所に戻ってこられるだろうか？

そこまで考えたとき、この場所に戻ってきたときに何か重いものがこすれるような音を聞き、崖のうえで木々のあいだに消える人影を見たような気がしたことを思い出した。メリーは唇を噛んで見あげた。あれは岩を押していた音にちがいない。彼女が逃げていく人影を見たと思ったのは気のせいではなかったのだ。あいにくはっきりとは見えなかったので、男なのか女なのかもわからないが、いずれにしても岩が落ちてきたのは事故ではないということになる。アレックスをここにひとり残して助けを呼びにいくのは、いい考えとは思えなかった。

メリーは思い悩みながらアレックスを見た。裸に近い恰好で気を失っている彼はとてつもなく無力な存在に見える。彼をひとり残して助けを呼びにいけないのなら、彼とともにここにいるか、どうにかして彼を連れていくかのどちらかだ。

ふたたびあたりを見まわすと、気のせいかもしれないが、先ほどよりいっそう暗くなったように思えた。さらにメリーは森のなかからがさがさという音が聞こえてくることに突然気づいた。彼女のなかの理性的な部分は小動物が一日の最後に食べものをさがして動きまわる音だと告げていたが、それほど理性的でない部分は夜のとばりがおりた瞬間に彼女に襲いかかろうとして身をひそめる悪党や森の小鬼の姿を思い描いていた。

冷たい風が肌をなで、まるで彼女をあざけるかのように髪を乱した。メリーは知らず知らずのうちに唇を固く引き結んでいた。このままこの場所で気を失っている夫が目覚めるのを待つのも、夜になるのを待つのもまっぴらだ。どうにかして彼を馬に乗せ、兵士たちがテントを張っている場所をさがさなければならない。だが、いったいどうすればいいだろう?

メリーは何かヒントになるものはないかと、ふたたびあたりを見まわした。自分で彼を馬に乗せるのは不可能だ。仰向けにさせるだけでもひと苦労だったのに。彼を抱えあげて鞍のうえに乗せる……いや、絶対にできない。

そのとき低いいななきが聞こえ、メリーがそちらに目を向けると、彼女の馬のビューティーと夫の馬が、ご主人さまが乗りにくるのを辛抱強く待っているのが見えた。メリーは目を細めて二頭の馬を見つめながら選択肢を検討し、ふいに立ちあがって馬たちのもとに向かった。

馬たちにやさしく声をかけ、その体をなでてやりながら、アレックスが木に結びつけておいた手綱をすばやくほどいた。ビューティーはおとなしくされるままになっていたが、アレックスの馬は何度も頭を振りあげ、落ち着かないようすで斜め横にステップを踏んだ。メリーは馬の名前を知っていたらよかったのにと思った。彼女がいるまえで夫が馬の名前を呼んだことがあったとしても、メリーは注意を払っておらず聞き逃していたので、はやる気持ちを抑えながら彼の馬をなだめ、二頭の馬を引いて夫のもとに戻った。そしてアレックスの馬の手綱を近くの木に結びつけ、そこから少し離れた場所に彼女の馬を引いていって、馬体の大きな彼の馬がアレックスと彼女の馬のあいだに立つようにした。

その日の早い時間にアレックスが彼女の馬の手綱に結びつけたロープはそのままになっていた。メリーはロープのもう片方の端を持って雄馬の背のうえから反対側に放り投げると、急いで馬のまわりをまわり、夫が倒れている地面までロープの端が届いているのを確認した。そしてほっとしながらロープの端をつかみ、夫を見つめた。

メリーの考えはこうだった。ロープの端をアレックスに結びつけてビューティーに彼の馬から離れさせる。そうすればアレックスの体はロープに引っぱられて地面を離れ、彼の馬の鞍のうえに乗る。雄馬がそのあいだじっとしてくれていて、ビューティーが彼女の言うことを聞き、命令どおりにうしろに下がったり止まったりしてくれればの話だが。そうしてくれなければ、すべてが水の泡だ。

メリーは悲観的な考えを頭から押しやってアレックスの左右の手首を合わせ、そのまわりにロープを巻きはじめたが、そこで手を止めてロープをほどき、まずは彼女のシュミーズを巻きつけた。ロープが肌にこすれて彼がけがするかもしれないと気づいたのだ。夫がこれ以上けがすることのないようできるだけのことをすると、メリーは満足して身を起こし、自分の馬のもとに行って彼の馬から離れるよううながした。ビューティーをまえに進ませながら夫のようすをたしかめようとしたが、雄馬がじゃまになって見えなかったので、わずかに二歩進んだところでビューティーを止まらせて、走って彼のようすを見にいった。アレックスの両腕は上がっていたが、それだけだった。

メリーは顔をしかめて自分の馬のもとに駆け戻り、今度は六歩まえに進ませてから、ふたたびようすをたしかめにいった。今度はたしかめにきてよかったと思った。彼女の計画はうまくいきつつあり、アレックスの体はなかば地面を離れ、手首は鞍のうえまで来ていたが、彼はがっくりと頭を垂れていて、そのすぐうえに馬の腹部があった。ビューティーがもう一歩か二歩まえに進んでいたら、彼は後頭部を自分の馬の腹にぶつけていただろう。そしてメリーがそのままビューティーを進ませて、彼の体をうえに引きあげていたら……ビューティーを止まらせてようすを見にきて本当によかった。

メリーは計画を実行するあいだ少しも動かずにじっとしてくれている雄馬の体をなでてから、アレックスのそばに行き、馬の腹にぶつからないよう、頭を少しうしろに傾けた。だが、彼女が手を離すやいなや、アレックスはまたがっくりと頭をまえに垂れた。

悪態をついてあたりを見まわすと、数フィート離れた場所に落ちている枝が目に留まった。長さ三フィートはあるし、太さも一インチほどある。あれならきっと大丈夫だろう。メリーはアレックスの頭をまえに垂れさせたまま、走って枝を取りにいき、彼のそばに戻ってくると、ふたたび頭を上げさせた。意識のない夫に小声であやまり、髪をつかんで顔を上げさせておいて、左右の二の腕のあいだに枝をわたす。彼の頭がまえに垂れ、枝にぶつかって止まると、彼女の唇から安堵のため息がもれた。

メリーはみごとに問題を解決したことに満足してビューティーのもとに行き、またまえに進むよううながした。そうして雌馬を一歩か二歩進ませては、走ってアレックスのようすをたしかめにいくことを繰り返した。思っていたより時間がかかり、夫を無事、雄馬の背に乗せたときにはすでに太陽は空から姿を消し、今にも消えそうなぼんやりとした光が残るだけとなっていた。

その最後の光が消えるまえに出発したかったので、メリーは彼女の馬の手綱からすばやくロープを外すと、身をかがめてその端をアレックスの馬の腹の下を通して反対側に持っていき、彼の左右の足首をいっしょに縛った。これで、途中で彼が馬から落ちて、もう一度同じことを繰り返さなければならなくなるのを恐れなくてもよくなった。メリーは自分の仕事ぶりに満足し、アレックスの馬の手綱を持って、自分の馬にまたがった。

太陽は沈んでいたが、月が出ていたので、メリーが馬の脇腹を蹴ってゆっくり進みはじめたときには、あたりは充分に明るかった。とはいえ、川と並行する道の片側には深い森が広がり、反対側の川沿いにも木が生えていたので、光はわずかしか入ってきていなかった。あたりは暗く、歩くのと変わらない速さで馬を進ませているメリーには少々恐ろしかった。もう少し速く走らせたいが、そんなことをすれば夫が馬の背からすべり落ちてしまうかもしれない。手首と足首をロープで結んでいるので、もしそうなっても馬の腹の下にぶら下がるだけですむが、そんな体勢でいては馬にひづめで蹴られることにもなりかねない。それはなんとしても避けたかった。

とはいうものの、もっと速く馬を進められたらいいのにと思わずにはいられず、気づくとあたりの暗がりを不安そうに見まわしていた。先ほどアレックスを馬の背に乗せようとしていたとき、だれかに見られているような気がした。崖のうえに見た人影のことを思い出し、森にちらちらと警戒の目を向けたが、そんなことをしているとはかどらないので結局気にしないことにして、そのときしていたことに意識を集中したのだ。けれども今、メリーは不安な思いを抱きながら、四方を囲む暗闇に目をやっていた。

何か重いものがこすれるような音を聞いたことが頭から離れなかった。あれを聞いていなかったら、ただの事故だと納得できていたかもしれないが、あの音は岩が簡単には動かなかったことを示している。だれかが岩に寄りかかり、偶然崖から落としてしまったということはありえない。だれかがわざとアレックスのうえに落としたのだ。どうしてそんなことをしたがるのか見当もつかないが、それがいちばん筋のとおった答えに思え、胸のなかが不安でいっぱいになった。どうしてアレックスを殺そうとしたのだろう？ そして、こちらのほうがさらに重要だが、犯人は彼女がいても襲ってくるだろうか？ 彼女とアレックスは危険にさらされているのだろうか？

メリーは何度か深呼吸して気持ちを落ち着かせ、もし犯人が彼女を襲う気でいたのなら、アレックスを馬に乗せようとして夢中になっているところを襲ったはずだと自分に言い聞かせた。暗がりのなか、あたりの景色に目を凝らす。アレックスがいつ森を出て川に並行する道に入ったのかメリーは注意を払っていなかったが、滝のあった場所までこれほど長くかかったようには思えなかった。来たときよりはるかに遅く馬を進ませているからだと思いなおしたが、来た道に気づかずに通り過ぎてしまったのではないかと不安になった。

馬を止めて引き返したほうがいいかもしれないと思いはじめたとき、何者かが目のまえに現われた。その者が手にしている剣が月の光に光らなければ、あたりが暗すぎて気づきもしなかっただろう。神経が張りつめていたメリーは、驚きのあまり短い悲鳴が唇からもれるのを止められなかった。手綱をぐいと引いて馬を止めた。

「奥方さまですか？」

メリーはその声が夫の従者のものであることに気づき、決まり悪く感じながら、長々と息を吐き出した。

「ゴドフリーね」ほっとして言う。

「はい、奥方さま」彼は剣を収めて、彼女が乗る馬の頭の横に来た。「どうしてひとりなんです？　領主さまはどこに――」ふたつめの質問は、はっと息をのむ音で終わった。もう一頭の馬の背に主人が乗せられていることに気づいたのだ。すばやく領主のそばに行き、意識のない彼の頭を抱えてその顔をのぞきこむと、恐怖に声をうわずらせて尋ねた。「いったい何があったんです？」

「水浴びをしていた場所で、何者かに崖のうえから岩を落とされたの」メリーはありのままに言った。

「なんですって？」ゴドフリーは恐怖に満ちた顔を彼女に向けた。

メリーは悲しそうにうなずいた。「その岩がアレックスの肩にあたって、倒れた拍子に地面から突き出ていた岩に頭をぶつけたのよ」

「まさか――」ゴドフリーは主人に目を戻した。死んでいるのではないかという不安を口にするのもためらっているようだ。

「いいえ、もちろん生きているわ」メリーはすかさず言って、急いで馬をおりると、少年の横に行って、自分の言葉が正しいことをたしかめた。滝のある場所をあとにしたときにはまちがいなく生きていたが、頭に傷があるのだからどんなことになっていてもおかしくない。ありがたいことに彼はまだ息をしていた。顔のまえに手を掲げると温かい息がかかったので、そうとわかった。

メリーは手をおろしてゴドフリーを見た。「あなたが来てくれてよかったわ。開けた場所に出る道を通り過ぎてしまったんじゃないかと思いはじめたところだったの」

「いいえ、そんなことはありません。このすぐ先です。もう少し行くと木々のあいだから火が見えますよ」

メリーはその言葉に好奇心を引かれ、片方の眉を吊りあげて尋ねた。「どこに行くところだったの？」

「しょんべんしにいくところでした」ゴドフリーはなおも主人に気をとられながらぼそりと言った。そして自分が何を言ったかに気づいて、はっと彼女の顔を見た。「いえその――」

「かまわないのよ」メリーは夫が気を失って以来初めて笑みを浮かべて安心させるように言った。「わたしの兄たちはわたしがいるまえでもっとひどい言葉を使っていたわ」

少年はそう言われても気が楽になったようには見えなかった。メリーは彼の肩をぽんと叩いて向きを変え、自分の馬の手綱を手にした。用を足しにいくところだったのなら、どうして剣を抜いていたのかとはきかなかった。彼女自身、暗い森のなかをここまで進んでくるあいだ、剣があればどんなに心強かっただろう。きっと恐怖もやわらいだにちがいない。ゴドフリーが剣を手にしていたのはだからなのだろうと思った。彼にそう認めさせてさらに気まずい思いをさせたくなかったので、メリーはじゃあ気をつけてと言って馬たちを歩かせはじめたが、彼が彼女のそばを離れようとしないので驚きの目で見た。

「お連れします」ゴドフリーは言った。そうすれば男らしく見えると思っているのだろう。胸を張って肩をそびやかし、頭を高く上げている。

「その必要はないわ。このすぐ先なら、簡単に見つけられるでしょうから。あなたは用を足してきてちょうだい」メリーは静かにうながしたが、彼が彼女の言うことを聞かず、そばを離れようとしないのを見ても驚かなかった。

ゴドフリーとともに六歩ほど歩くと横道があり、木々のあいだから火明かりが見えてきた。横道に入ってさらに二歩歩くと、肉の焼けるにおいが漂ってきて、気づくとふたりは森を出て開けた場所に足を踏み入れていた。

メリーは目を大きく見開いてあたりを見まわした。彼女とアレックスが滝のそばにいたあいだに野宿の準備はすっかり整っていた。馬はつながれ、とらえられたウサギが何匹か火のうえで焼かれていて、向こう端にはテントが張られている。メリーはそのテントの立派さに驚き、いっそう目を大きく見開いてから、ふいにそれまでしていたことをやめて彼女と同じぐらい目を大きく見開いて彼女を見つめている男たちのもとに行った。するとだれもがいっせいに動きはじめ、彼女に向かって話しだした。

矢継ぎ早に質問を浴びせられて、メリーは戸惑い、一歩あとずさった。すると、彼女がほっとしたことにガーハードが横から現われて、だれよりも大きく威厳のある声で尋ねた。

「いったい何があったんです?」

「わたしたちが水浴びを終えたあと、何者かが崖のうえからアレックスのうえに岩を落としたの」メリーが答えると、ガーハードはアレックスの頭を持ちあげてその顔を見つめた。彼女はそのあとどうなったのか説明してつけ加えた。「岩を落とした人間をはっきり見たわけじゃないんだけど……」残念そうに肩をすくめる。

ガーハードは険しい顔でうなずくと、アレックスの頭を離し、身をかがめて彼の手首と足首に結びつけられたロープをほどき、シュミーズを外した。何人かの男たちがまえに進み出てアレックスを馬からおろすのを手伝い、問いかけるようにガーハードを見た。

「テントに運んでちょうだい」メリーはガーハードが何か言うより早く言った。

男たちは主人を抱えてすぐにテントに向かい、メリーはそのあとをついていった。

メリーたちが入ったとき、テントのなかはろうそくのやわらかな光に満ちていた。ちょうどユーナが床に毛皮を敷いて寝床をつくり終え、立ちあがったところだった。彼女は振り返って男たちが気を失っているアレックスを運んできたのを見ると、驚いて目を丸くし、問いただすようにメリーを見た。

「わたしの薬種袋をちょうだい」メリーは静かに言って、男たちが夫をおろして出ていくのを待った。幸い、彼らはぐずぐずすることなく、アレックスを寝かせるやいなや、そろってテントを出ていった。メリーはすぐに夫のかたわらに膝をついた。青ざめた顔をして身じろぎひとつしない彼のことが、いっそう心配になっていた。

「どうぞ」

振り返ると、ユーナが彼女の薬種袋を差し出していた。メリーはほっとして袋を受け取り、その口を開けて、さまざまな鎮痛剤や膏薬《こうやく》を取り出した。

「ご主人さまが元気になられるようお祈りしたほうがいいですか？　それとも元気になられないようお祈りするべきでしょうか？」ユーナが冷ややかに尋ねた。

メリーはその質問に驚いたが、驚くことではないのかもしれないと思いなおした。この三週間、彼女自身も夫と結婚したことを喜んでいたわけではないし、結婚初夜に同じことを尋ねられたら答えは決まっていただろう。〝夫が死んで、わたしがこの結婚から自由になれるよう祈って〟と。けれども状況は変わった。メリーは自分でも気づかないうちに彼のことが好きになっていた。もしかすると愛しはじめているのかもしれない……それに彼女は夫とふたりで新たにやりなおす機会を持つと約束したのだ。

メリーはゆっくり息を吐き出してうなずいた。「元気になるよう祈ってちょうだい」

「こうなることはわかっていましたよ」

侍女の唇に笑みが浮かぶ。メリーはいぶかしげに目を細めて尋ねた。「こうなることって？」

「お嬢さまがご主人さまを好きになるということです」

メリーは顔をこわばらせた。「わたしはただ――」

「いいえ、否定してもむだですよ。この三週間、お嬢さまがずっとご主人さまを見ていたのを、わたしもずっと見ていたんですから。ご主人さまは夜になるとお酒を飲まれて、ろれつがまわらなくはなりますが、お嬢さまのお父さまやお兄さまたちとはちがいます。ご主人さまはちゃんとした方です。ご自分の責任を果たすことを放棄して、お嬢さまに肩代わりさせたりしないし、使用人や従者たちにも公平な態度で接して、彼らのことを気づかっている。それはご主人さまのなさっていることを見ればわかります」ユーナは重々しくうなずいて、メリーの肩をそっと叩いた。「完璧な人なんていません。ご主人さまは酒飲みかもしれないけれどいい方です。きっとお嬢さまを大切にしてくださいますよ」

ユーナがそう言い終えるのと同時に、テントの出入り口にかけられた垂れ布がめくられて、ガーハードが入ってきた。

「領主さまの具合は？」ガーハードは尋ねた。

「まだ目を覚まさないわ」メリーは険しい声で答えると、鎮痛剤や膏薬に目を戻して、使えそうなものをさがした。肩の傷の痛みをやわらげ、治りを早める膏薬はあったが、問題なのは頭の傷だった。あいにく冷たい布をあてて腫れが治まるようにするぐらいしかできることはなさそうだ。あとはアレックス本人にかかっていた。

自分はのろわれているのかもしれないとアレックスは思いはじめていた。この三週間、彼は頭痛に悩まされていた。ほぼ毎朝、目が覚めると後頭部ににぶい痛みがあった。もちろん、どのときも、歯を抜くために水差しいっぱいのウイスキーを飲んだ日の午後に目覚めたときほど痛くはなかったが……今回はそうではなかった。目が覚め、無理にまぶたを開けたときに襲ってきた頭痛は、そのときと同じぐらいひどかった。ただし今回は痛みが頭の左前部に集中していて、痛みをやわらげようとして目を閉じた瞬間に低いうなり声をあげてしまうほど強烈だった。

「目が覚めたのね」

その的を射た言葉は妻の愛らしい唇から発せられたもののように聞こえたので、ふたたび目を開けると、彼女が彼のうえにかがみこんでいた。その顔を見て、アレックスは眉をひそめた。彼女が安堵の表情を浮かべていたからではない。目の下に黒いくまをつくっていたからだ。

どうしてそんなに疲れた顔をしているのかと尋ねかけたとき、何かが風にはためくような音がした。アレックスは彼女の背後に目をやり、自分たちが旅用のテントのなかにいることに気づいた。普通ならわざわざテントなど持ってこないのだが、旅のあいだ妻が少しでも快適に過ごせるよう、今回にかぎって持ってきたのだ。そう考えたのがきっかけになって記憶がよみがえり、メリーを滝に連れていったことやそのあとのことを思い出した。突然、岩が落ちてきたことも。

「気分はどう？」メリーが何度目かに尋ねた。その声がじつに心配そうであることにアレックスは驚いた。昨夜ついにほんものの夫婦になってからは比較的うまくいっているものの、そのまえの三週間ずっとふたりの関係はよくなかった。メリーが彼を気づかうような声を出す代わりに傲慢な態度をとったとしても、アレックスは驚かなかっただろう。

「頭が痛い」正直に言って尋ねた。「今何時だ?」

「たぶん夜明けまえよ」メリーは言って、テントの出入り口に目を向けた。垂れ布が上げられていて、外の景色が夜明けまえの灰色の光に包まれているのが見えた。すると彼女がふいにうしろを向いて何かを取った。まえに向きなおった彼女が手にしていたのは、何かの液体が入ったマグだった。メリーはアレックスの頭の下に手を入れてその体を起こさせると、唇のまえにマグを持ってきて言った。「これを飲めば楽になるから」

アレックスは少しためらったあと、口を開けて薬とおぼしき液体を飲んだ。すぐに顔をしかめて唇を閉じ、マグを押しのけたいという強い衝動に駆られたが、どうにかそれをこらえてできるだけ多く飲もうとした。やがて胃が反乱を起こしそうになったので、手を上げてもうこのぐらいで充分だとメリーに示し、彼女がすぐにマグを下げて彼をもとどおりに寝かせるとほっと息をついた。

そのあと実際に顔をしかめて唇をすりあわせ、舌を歯や口のなかにこすりつけて、それらの表面に残るいやな味を消そうとした。

「味はひどいけどよく効くのよ」メリーが同情するように言った。

アレックスは黙ってうなずくと、目を閉じて頭痛がやわらぐのを待った。メリーの薬がベットのそれと同じようなものならば、十五分もすれば効いてくるはずだ。ベットの薬と同じようにひどい味だったから、たぶんよく効くだろうとうんざりしつつ、どうして良薬はつねに口に苦いのだろうと思った。

時間の経つのが遅く感じられた。ききたいことがいくつかあったが、襲ってくる痛みのことで頭がいっぱいだったので口を閉じていた。かなりの時間が経ったと思われるころ、メリーが額のけがをしてないほうの側をそっとなでているのに気づいた。どうやら薬が効きはじめたようだと思い、恐る恐る目を開け、激しい痛みがぶり返してこないのがわかると小さく安堵の息をついて、ふたたび目を閉じた。だが、しばらくすると、用を足す必要があることに気づき、そろそろ起きなければならないと思った。

「何をしているの？」アレックスが起きあがろうとすると、メリーがびっくりして尋ねた。「寝てなきゃだめじゃない。頭を強く打って、ひと晩じゅうずっと目を覚まさなかったんだから。体が回復するまで、じっと横になっていないと」

「きみの言うとおり、おれはひと晩じゅうずっと目を覚まさなかった。それだけ長いあいだ寝ていれば体も回復するだろう。そろそろ起きて動きまわらなければならない」アレックスはきっぱり言った。

「起きて動きまわるなんてとんでもないわ」メリーはぴしゃりと言って彼の両肩に手を置き、その体を押してふたたび仰向けにさせようとした。アレックスが驚いたことに、彼女はたやすくそれをやってのけ、気づくと彼はシーツと毛皮のうえに横になっていた。だが、それだけ体が弱っているという事実は、彼をなんとしても起きあがろうという気持ちにさせただけだった。アレックスはすぐにまた起きあがろうとしたが、妻がそれを押しとどめるには両手で彼の胸を押さえるだけでよかった。彼は自分がすっかり弱っていることにうんざりしながら言った。「用を足したいんだ」

「あら」メリーは唇を嚙んであたりを見まわしてから、明るい顔になって手にしているマグを見おろした。「よかったら——」

「よしてくれ」アレックスは険しい声で言った。彼女がマグのなかにするよう言おうとしていたのは明らかだ。たしかに弱っているかもしれないが、そんなことをするつもりはさらさらない。

メリーはマグを脇に置くと、彼をにらみつけていらだたしげに言った。「いいでしょう、それならわたしが手を貸すわ」

その声はかなり不機嫌そうだった。頭が痛いのは彼のほうだというのにあんまりではないかとアレックスは思ったが、そのときまたメリーの目の下のくまと青白い顔が目に留まり、彼女が不機嫌になるのも無理はないのかもしれないと思いなおした。きっと、ひなを見守るめんどりのように、ひと晩じゅう寝ずに看病してくれていたにちがいない。

そのことをどう思えばいいのかアレックスにはわからなかった。彼の一部はメリーがそれだけ彼を気づかってくれていることを感謝するとともにうれしく思い、残りの部分はいらだたしく感じて、彼女は寝ずの番などせずに、もっと自分を大事にするべきだと思った。アレックスは相反する思いに困惑して首を横に振りかけたが、すんでのところで思いとどまり、ふたたび鋭い痛みに襲われるのをまぬがれた。

「じゃあ、起こすわね」メリーが言った。

彼女の手を借りるのを拒もうかと思ったが、身を起こした瞬間にテントがぐるぐるまわりだしそうになったので、いさぎよくあきらめてされるままになった。立ちあがりさえすればそのあとはひとりでも大丈夫かもしれないと思っていたが、そうではなかったので彼女に支えられてテントを出た。

「どこに行く?」ふたりがよろめきながらテントを出ると、メリーが小声できいた。低い出入り口から出るためにはふたりとも身をかがめなければならず、その拍子に地面にくずおれそうになった。アレックスが転びかけたときにメリーがとっさにまえに出て背中で受け止めてくれなければ、彼はきっと地面に倒れていただろう。

自分のぶざまな姿にやれやれと首を振りながら、メリーの背中を支えにして立ちあがり、彼女がふたたび彼の脇に手を入れてその体を支えるのに任せた。

「テントの裏で充分だ」アレックスはぼそりと言った。早く用を足してテントのなかに戻りたかった。少なくとも横になるのに彼女の手を借りる必要はない。実際、今の彼がいちばんうまくできるのは倒れることかもしれないと、みじめな気持ちで認めた。そう考えなければならないなんて、とても耐えられなかった。ひとりでまともに歩くこともできないとは。だが、ふと視線を下に向けて妻に目をやると、豊かな胸の谷間から目が離せなくなり、アレックスは自分の分身が目を覚まして頭をもたげ、ブライズのまえを押しあげているのに気づいた。

なんてことだ。おれはいったいどうしてしまったのだろう？　アレックスは自己嫌悪に陥った。妻を求めるのはもっともなことだが、今こんな状態になるのはばかげている。どう考えても異常だ。先ほどよりやわらいだとはいえ、なおもひどい頭痛がするし、体は赤ん坊のように弱っている。その手のことに関心を抱くはずがない。実際、彼の心は関心を抱いていないが……体はそうではなかった。

「ここはどう？」

アレックスが自分の体が抱くばかげた欲求のことを考えるのをやめてあたりを見ると、彼が物思いにふけっているあいだに、妻がテントの裏の茂みに連れてきてくれていたことがわかった。

「ああ、ここでいい。あとはひとりで――いったい何をしているんだ？」メリーがブライズのひもをほどきはじめたのを見て、アレックスはびっくりして言った。すぐに彼女の手を押しのけようとしたが、手に力が入らず、うまくいかなかった。

「手を貸そうとしているだけよ」メリーは淡々と言った。「どうか信じてちょうだい。疲れ果てていて、それ以外のことなんてとても考えられないし、あなたにそんな元気がないこともわかって――あら」ブレイズのひもをほどいた瞬間、なかから飛び出してきた硬く張りつめたものを見て、言葉を切る。「どうやら――わたしが思っていたより元気になっているようね」彼女はつぶやいた。

「あとはひとりでできるから」アレックスは気まずさといらだたしさを同時に感じながらうなった。頭と肩はひどく痛み、長い時間寝ていたとはいえ今すぐに立ったまま眠れそうなほど眠かったにもかかわらず、彼の分身は夜明けまぢかの空気のなか、軍旗を掲げる旗ざおのようにそそり立っていた。「テントのなかに戻っていてくれ。用を足したら戻る」

メリーは少しためらったのちにアレックスの脇から手を抜き、彼が顔から倒れたりしないのを見届けると、軽い衣擦《きぬず》れの音を立ててその場を去った。

アレックスはこれで恥ずかしい姿をだれにも見られずにすむとほっとして、すばやく用を足した。妻が彼の言うことを聞かず、テントに戻っていなかったことを知ったのは、そのあとになってからだった。彼が自分のものをしまい、ブライズのひもを結ぼうとして苦戦していると、ふいにメリーが現われて手を貸そうとした。

「ありがとう。でもひとりでできるから」彼はぶっきらぼうに言った。

メリーは彼の言葉を無視してひもを結び終えると、体を起こし、彼を真顔で見つめて言った。「あなたは人の助言や助けを受け入れることを学ばなければならないわ。だれでも人の助けが必要なときがあるのよ」

アレックスは彼女をまじまじと見た。唇の端をゆっくりと上げて笑みを浮かべ、小さくお辞儀をする。「これは一本取られたな」

一瞬メリーの唇に笑みが浮かんだような気がしたが、あたりは暗く、はっきりとは見えなかった。メリーはすぐに下を向いて、彼の脇に手を差し入れ、その体を支えてテントに向かった。テントのなかに入るころには、アレックスは彼女が手を貸してくれたことを感謝していた。ひとりではとても戻れなかっただろう。彼の両脚はかき鳴らされたハープの弦のようにぶるぶると震えていた。

毛皮のまえに着くやいなや、アレックスはほっとしてそのうえに倒れこんだ。へとへとになっていたので、メリーがかたわらに来て彼の上体を起こし、まずい薬が入ったマグを唇に押しあてても文句を言わなかったばかりか、なかに入った薬を飲み干しさえした。そして彼女が彼をもとどおり毛皮のうえに寝かせると、目を閉じて、すぐに眠りに落ちた。

8

目が覚めると、メリーは夫の腕に抱かれて馬の背に揺られていた。夢うつつに、まだ旅の初日だと思っていたが、やがて顔を上げると、彼の額の痣と傷が目に入り、一部始終を思い出した。彼女はあわてて背筋を伸ばし、責めるような目で夫を見た。

「いったい何をしているの?」

「馬に乗っているんだ」アレックスはもっともな答えを口にしたが、その唇がひきつるのをメリーは見逃さなかった。どうやらおもしろがっているらしい。メリーはますます頭にきた。

「昨日あんな目に遭ったばかりなのに、起きあがって動きまわるなんてとんでもないわ」

今度は彼もおもしろがっていることを隠そうとせず、愛情がこもっていると言えなくもない笑顔を彼女に向けて言った。「がみがみ女になっているときのきみはかわいいな、メリー・スチュアート」

「今はメリー・ダムズベリーよ」メリーはいっそう声をとがらせて彼に思い出させてから警告した。「それにわたしはがみがみ女になっているんじゃなくて、もともとがみがみ女なの。

だから、どういうことなのかちゃんと説明してくれないと、後悔することに――」

「もうなんともないんだよ」アレックスはおだやかに彼女の言葉をさえぎった。「実際、生まれ変わったようないい気分だ。きみが飲ませてくれたひどくまずい薬のおかげだろう。あれはまさに奇跡の薬だな。あれから一時間か二時間寝て起きたら、痛みはすっかりなくなっていたんで、今日旅しても大丈夫だと思ったんだ。だからこうして馬に乗っているんだよ。もう半日進んできたから、半日分ドノカイに近づいたことになる」

彼は嘘をついているにちがいないとメリーは思った。彼女が飲ませた薬が効いていくらか気分がよくなったのはたしかだろうが、生まれ変わったようないい気分になるなどありえない。頭はまだ少しは痛むだろうし、肩もさわれば痛いだろう。とはいえ、明らかに彼はそう認める気はないようだ。メリーはどう考えればいいのかわからなかった。わずかな痛みや小さな傷でもおおげさに騒ぎ立て、ぐずぐず泣き言を言って……酒を飲む口実にする男たちに慣れていたからだ。

「きみは夜通しおれの看病をして疲れていた」アレックスが続ける。「だからきみを起こさずにテントをたたみ、昨日と同じようにおれの馬に乗せたんだ。そうすれば睡眠不足を取り戻すことができるから」

メリーは顔をしかめた。そのあいだずっと眠っていたなんて、かなり疲れてでもいなければありえない。けれども実際、かなり疲れていたのだろうと思いなおした。旅に出るまえの晩は夫に何度も求められ、ほとんど寝かせてもらえなかった。昨日の午後、彼の膝のうえでほんの数時間寝たぐらいでは、その埋めあわせにはならなかっただろう。そしてゆうべはひと晩じゅう起きて彼の看病をしていたのだ。彼が従者たちにテントをたたませ、彼女を自分の馬に乗せてここまでくるあいだずっと寝ていたのも無理はないと思った。

メリーは顔を上げてふいに尋ねた。「だれがあなたのうえに岩を落としたのか、ガーハードたちは突き止めたの？」

アレックスは長いあいだ何も言わなかったので、答える気がないのではないかとメリーは思ったが、しばらくすると彼は言った。「いや。ガーハードが従者たちにあのあたりを捜索させたが、何もわからなかった。ひとりでいるおれを見て、簡単に仕留められると思った盗賊のしわざかもしれない。きみの姿を見て逃げたんだろう」

メリーはそれはどうかしらというようにアレックスを見た。彼女の姿を見て逃げだす人間がいるとは思えない。とはいうものの、彼はひとりだと思っていたところに彼女が現われたので、ほかにもつれがいて、今にも現われるかもしれないと思ったということは充分に考えられる。

「もう正午をだいぶ過ぎている」アレックスが言って、彼女を物思いから覚ました。「おなかが空いていないか？」

メリーは彼を見て、質問に答えようと口を開きかけたが、食べもののことを考えたとたんにおなかが大きく鳴ったので、そのまま閉じた。彼女は恥ずかしさに真っ赤になったが、アレックスは笑みを浮かべ、鞍の前部にかけてあった小さな袋を手に取った。

「このなかにきみの食べものが入っている」アレックスは静かに言って、袋を彼女に渡した。

メリーは危うく布の袋を引き裂いてしまうところだった。ゆうべはアレックスを看病していて何も食べておらず、ひどくおなかが空いていた。けれども袋のなかから次から次へと食べものが出てきたので、びっくりして手を止めた。パンにチーズにリンゴに、昨夜の残りの焼いたウサギの肉とおぼしきものまで。

「それはウズラだ」メリーが肉を包む布を開くと、アレックスが言った。たしかにそれは丸ごと一羽分の太った小さな鳥の肉だった。「今朝、だれよりも早く起きてウズラをつかまえて羽根やなんかを取り、従者たちがテントをたたんでいるあいだに、火にかけて焼いたんだ。きみが起きたら食べたがるかと思ってね」

彼が自分のためにそこまでしてくれたと知ってふいに喉にこみあげてきた熱いものを、メリーはごくりとのみこんだ。そしてほかにどうしていいかわからず、ウズラの肉を彼に差し出した。

アレックスは首を横に振った。「それはきみのだよ。いいから食べるんだ」

メリーは少しためらったあと、差し出した手を引っこめて、肉を食べはじめた。とはいえ彼が袋のなかに入れておいてくれた食べものをすべて食べるのは無理そうだった。そのことが明らかになると、アレックスは鳥の脚を一本受け取った。ふたりが食べ終え、残った食べものがふたたび袋にしまわれると、アレックスはまたメリーの子ども時代について尋ねた。彼女はきかれたことに喜んで答え、お返しに彼にも質問した。ふたりは次から次へといろいろな話をして、驚くほど楽しい午後を過ごした。メリーは彼と話しながら、スチュアートからイングランドに向かったときとは大ちがいだと思わずにはいられなかった。あれは沈黙に満ちた、つらくて不愉快な旅だった。父親と兄たちは彼女の気分や体調を気づかうどころか彼女と話そうとさえしなかった。アレックスが彼らとはちがうことをメリーはふたたび思い知らされた。結局、結婚してまえより幸せになったのかもしれない。

突然アレックスが手を上げ、メリーが首をめぐらすと、ガーハードが馬を駆り立てて彼女たちの横に来ようとしているのが見えた。メリーが目を覚まして以来、ガーハードはずっとふたりのうしろにいて、彼女が彼のほうに目をやると、決まってアレックスを見つめていた。するとアレックスが十字軍に加わっていたときのことを少しばかり彼女に話し、ガーハードはチュニスでつねに彼の身の安全に気を配ってくれ、一度ならず命を救ってくれたと語った。どうやらアレックスはガーハードを尊敬しているらしく、ガーハードのほうもイングランドに戻ってきたにもかかわらず、アレックスの身に危険が及ばないよう依然として目を光らせているようだった。

「野宿するのによさそうな場所をさがしてくれないか」ガーハードが横に来るとアレックス

は言った。「もうすぐスコットランドとの境だが、今夜はイングランドでひと晩過ごして、明日スコットランドに入りたい」

ガーハードはうなずいた。「先に行って見てきます」

アレックスがうなずくのを待って、彼は馬を先に進めた。

「ゆうべガーハードはあなたのことをとても心配していたわ」ガーハードがカーブした道の向こうに姿を消すと、メリーは言った。「少なくとも二十回はテントにようすを見にきていた。自分がそばにいるから少し休むよう、わたしに言ってくれさえしたのよ」

「きみもガーハードも、おれがひと晩じゅういびきをかいて眠っているのを見るために、ずっと起きていることなんてなかったんだ」アレックスはつっけんどんに言った。「だれかがあなたのそばにいる必要があったわ」

「頭の傷は油断ならないもの」メリーは断固として言った。「だれかがあなたのそばにいる必要があったわ」

「それならガーハードと半分ずつ交代でそばにいてくれればよかったんだ。そうすればきみたちふたりとも少しは眠れたのに」

メリーは鼻を鳴らした。「そうかもしれないわね。あなたのことを心配しながら眠れればの話だけど。それにわたしはきっとあなたの隣で横になっていたでしょうから、そばにいるガーハードのことが気になってどちらにしろ眠れなかったわ」

「それもそうだな。きみがいびきをかいているのをガーハードに聞かれるわけにはいかないし」アレックスが重々しく言う。

メリーは夫をにらみつけたが、彼の目にからかいの色が浮かぶのを見て仕方なく笑顔になった。とはいうものの、次の瞬間には笑みを引っこめて、しかつめらしく言った。「こんなことを言うのはいやなんだけど、あえて言わせてもらうわ。あなたは冗談を言っているつもりなのかもしれないけど、少しもおもしろくないわよ」彼が片方の眉を吊りあげるのを見て続ける。「イングランド人にユーモアのセンスがないことはよく知られていることだもの」

「そうなのか？」アレックスは平然と尋ねた。

「ええそうよ。イングランド人はとにかく気むずかしくて、あらゆることを嘆き悲しみ、たった今兄弟を埋葬してきたばかりのような顔をしているとだれもが知っているもの」

「なんだって？」アレックスが信じられないというように言う。

メリーは肩をすくめた。「反論できるものならしてみせてよ。本当のことなんだから。イングランド人は人生を楽しむすべを知らないのよ」

「はっ！」アレックスは笑い飛ばした。「おれにはそれはスコットランド人のことを言っているように聞こえるな。いつも不機嫌な顔をして気むずかしくて何かを嘆き悲しんでいるのはスコットランド人のほうだ。われわれイングランド人はユーモアのセンスがあることで知られているんだよ」

「自分たちはそう思っているかもしれないけど、世界的には常軌を逸していて陰気なことで知られているのよ」メリーはあざけるように言ってつんと鼻をそびやかしたが、アレックスがあんぐりと口を開けたので、そのまま傲慢な態度をとっているのがむずかしくなった。

「どうしてきみは――」アレックスは言いかけたが、突然ガーハードがふたりのまえに現われたので言葉を切った。

「ここからあまり遠くないところによさそうな場所を見つけました」ふたりが近づくとガーハードは言った。「川沿いだし、広さも充分にあります」

「それはいい」アレックスはうなずいた。「案内してくれ」

ガーハードが向きを変えて、見つけてきた場所に一行を案内しはじめると、彼はメリーを見おろして言った。「よくもおれの同胞を侮辱したな。あとで罰を与えてやる」

燃えるようなまなざしに断固とした口調。メリーの背に小さく震えが走った。彼は彼女の尻を叩くと言っているわけではない。ふたりはただふざけて言いあいをしていただけなのだから、彼があとで罰を与えると断言し、たとえそれに尻がからんでいたとしても、その〝罰〟は彼女を満足させ笑顔にしてくれるものだとメリーにはわかっていた。

ほどなくして一行はガーハードが見つけた場所に着いた。アレックスは馬をおり、メリーが馬からおりるのに手を貸してから、あたりのようすをすばやくたしかめて、ここでいいとうなずいた。そのあといくつか命令を下してからメリーの手をとって川沿いを歩き、人目につかない場所をさがした。午後遅くとはいうもののまだ日が暮れるには早かったが、空はどんよりと曇り、今にも雨が降りだしそうだった。ふたりが手早く水浴びをすませて戻ると、ちょうどテントが張られたところだった。アレックスはその場所で野宿する準備をする男たちに手を貸し、メリーはユーナが寝床を整えるのを手伝おうとテントに急いだ。出入り口の垂れ布に手をかけたとき、ついに雨が降りだした。

振り返ると、男たちが雨をものともせずに忙しく動きまわっているのが見えた。メリーは顔をしかめたものの、肩をすくめただけで、すぐに身をかがめてテントに入った。雨ばかりはどうすることもできない。降るときには降るのだから、鳥や森の動物たちと同じように我慢するしかないのだ。とはいうものの、メリーは彼らが気の毒になった。スチュアートの一行がスコットランドからイングランドに向かったときも二度ほど雨に降られたが、彼らは油を塗ったプレードを持っていたので、それを頭からかぶって雨をやりすごせた。だが、イングランド人はプレードを持っていない。幸い、イングランドではそれほど強い雨は降らないし、一度に長いあいだ降ることもない。だからこそ頻繁に降るのかもしれない。じきに雨はやむだろう。そうしたら男たちは、イングランドではおなじみの霧に悩まされるだけですむ。

「ろうそくの光のなかで見るきみは一段ときれいだな」

夫の言葉にメリーは驚いて目を上げた。ふたりはテントのなかで、食べものをまえに座っていた。雨が降っていたにもかかわらず、男たちは獲物をつかまえてきて、雨がやむやいなや火を熾《おこ》し、その肉を焼いた。だが、メリーが外に出て彼らとともに火のそばで食事をとろうとすると、アレックスがまたいつ雨が降るかわからないからテントのなかで食べようと提案した。メリーはすぐに同意した。そういうわけで今ふたりは焼いた肉とチーズとパンとワインをまえにして、寝床にしている毛皮の横に敷かれた毛皮のうえに腰をおろしているのだった。

「どうもありがとう」メリーは小声で言って、アレックスの顔に踊る光と影に目を留めた。ろうそくは城のなかでも使っているが、普通城内には暖炉の火やたいまつもあって、夜の闇を追い払うのにひと役買っている。今ここで夜の闇を追い払っているのは、メリーがそばの衣装箱のうえに置いた小さな二本のろうそくだけで、闇が光とともに踊り、今にも光をのみこもうとしていた。ろうそくの光はアレックスの目鼻立ちの印象をやわらげ、すべてのものを赤っぽく見せている。メリーはこの光のなかで裸になっている彼を見たかった。ろうそくの光が彼のむき出しの肌のうえで踊るのを見られたらどんなにいいだろう。けれども、先ほど彼が彼女に罰を与えると断言したにもかかわらず、その望みは叶いそうにないとわかっていた。昨日アレックスがった傷はまだ痛むだろうし、彼女の頭にあるような、体力を必要とすることができるようになるには、もう少し時間がいるだろうから。

「どうして顔をしかめているんだ?」

メリーはうしろめたく思いながら夫を見たが、彼女の不謹慎な頭が考えたことを告げる代わりに言った。「昨日、滝のそばで起きたことを考えていたの」

その言葉を聞いて、アレックスは小さく顔をしかめた。メリーは急いで続けた。「今までききそびれていたんだけど、あなたは崖から岩を落とした人間を見たの？」

「ああ、そのことか」彼は肩をすくめてワインをひと口飲んでから言った。「いや、見なかった。おれに向かって落ちてくる岩を見ただけだ。逃げようとしたんだが……」そのときのことを思い出して顔をゆがめる。

メリーは黙って彼を見つめ、唇を軽く嚙みながら考えた。岩を落としたとおぼしき人間をもっとはっきり見てさえいれば……たまたまあの場にいあわせた盗賊がどういうわけか彼のうえに岩を落としただけなのかもしれないけれど……

「食べるんだ」ふいにアレックスが言った。

メリーは少しためらったあと、ひとまず考えるのはやめにして、パンを少し口に入れて嚙んだ。そして夫に目を移し、彼が彼女に食べろと言っておきながら何も食べていないことに気づいて眉を吊りあげた。

「おなかが空いていないの？」パンを嚙み終え、ごくりとのみこんでから尋ねる。

「ああ。おれの飢えを満たすのは食事を終えてからでいい」アレックスはゆっくり笑みを浮かべて言った。

メリーは目を大きく見開いた。頰が真っ赤に染まるのがわかる。頭と肩の傷がまだ痛むにちがいないと心配する必要はなさそうだ。視線を下に向けると、大きなふくらみが彼の組んだ脚のあいだの布を押しあげていた。頭と肩はなおも痛むかもしれないが、体のほかの部分にはなんの影響も与えていないらしい。メリーは口に入れた肉をのみこむと、あわててワインに手を伸ばして飲み、今夜これから起こることを考えてふいに渇いた喉を肉が通過するのを助けた。

そのとき外から大きな咳払いが聞こえ、彼女の物思いをさえぎった。メリーは垂れ布がかかったテントの出入り口に目を向けた。

「入れ」アレックスが声を張りあげた。

彼とメリーが首をめぐらせて見守るなか、垂れ布が外に持ちあげられて、ガーハードが姿を現わした。ガーハードはテントのなかにすばやく視線をさまよわせ、アレックスを見つけて言った。「雌馬にちょっと問題が起きたとアランが言っているんですが」

「ビューティーがどうかしたの？」メリーは驚いて尋ねると、あわてて立ちあがった。

「きみはここにいて夕食をすませるんだ」アレックスがなだめるように言い、彼女のかたわらで立ちあがった。「おれが代わりに見てくる」

メリーは鼻を鳴らしてその申し出を断わった。ビューティーは彼女の愛馬だ。ビューティーが母親の胎内からこの世に生まれ出たときメリーはその場にいた。難産で母子ともに命を落とす危険があったが、母親を亡くしたばかりだったメリーは厩番頭にそう言われても受け入れられず、自ら厩に行って母子を励ましたのだ。無事子馬が生まれ雌だとわかると、メリーは自分の馬にすると宣言した。ビューティーの世話をしてその体を丈夫にし、訓練して、人を乗せられる年齢になってからは、どこに行くにもいっしょだった。ビューティーが体の具合を悪くしたのなら、その看病をするのは彼女以外にありえない。

メリーが決意もあらわに出入り口に向かうと、アレックスはやれやれとかぶりを振り、彼女のあとを追って外に出た。湿った地面を進んでいると、たき火のそばにいる男たちのひとりがガーハードを呼んだ。

「行ってやれ」アレックスは言った。「話はアランから聞く」

「アランは……その……森を散歩しにいったもんで」ガーハードは顔をしかめて締めくくった。メリーはうんざりして首を横に振った。ガーハードもまた、人は用を足す必要があると認めることを決まり悪く感じている。たしかにレディのまえでするにはふさわしくない話題かもしれないが、メリーの父親や兄たちは彼女のまえで言葉に気をつけたりしなかったし、生理現象を話題にするのを気まずく感じるなんてばかげているように思えた。ガーハードは続けた。「でも問題の箇所はご自分でおわかりになると思います。ここに小さな傷ができているんです」自分の肩を身ぶりで示す。「膿んでいるわけじゃありませんが、アランはそうならないように膏薬をつける許可を欲しがっているんです」

アレックスはうなずいた。「とにかく見てみるよ」

ガーハードはうなずき返すと、たき火のほうに向かって歩きだした。メリーとアレックスは森の手前の馬がまとめてつながれている場所に急いだ。

ガーハードが言ったように、ビューティーは具合が悪いわけではなく、首のつけ根の右側に小さな傷がひとつできているだけだった。実際、かなり小さかったので、メリーとアレックスはすぐには見つけられなかった。ようやく傷を見つけるとメリーは顔をしかめた。小さくてまっすぐな細長い傷。枝で引っかいてできたにちがいないが、剣で刺されたといってもとおりそうだ。アランはよく気づいたものだと感心すると同時に、見つけてくれたことをありがたく思った。人間と同じように動物も傷が膿んで取り返しのつかないことになりかねない。そうならないよう、すぐに手当てしなければならないのだ。

「膏薬をつければ治るだろう」アレックスがメリーとともに傷を見ながら言った。

「ええ、そうね」メリーは同意して、ビューティーの脇腹をなでた。「でも、わたしが持っている膏薬を使いたいわ。今から取りにいってくる」

「いや、きみはテントに戻って膏薬を用意するだけでいい。ゴドフリーに取りにいかせるから」アレックスは断固として反対した。

「でも――」

「でもじゃない」アレックスは頑なにさえぎった。「どうやらまた雨が降ってきたようだし、きみが風邪をひいたら大変だからな。アランにだって膏薬ぐらい塗れる。ゴドフリーにあずけて持っていかせるんだ」

　メリーはいらだちを隠せなかったが、とりあえずテントに戻った。自分で膏薬を塗りたいのはやまやまだが、言い争うほどのことでもない。この旅で馬の世話に責任を負っているアランがあれほど小さな傷を見つけたという事実は、彼が馬の健康に気を配るとともにその世話に長《た》けていることを示している。膏薬を塗るのもお手のものだろう。とはいえ、夫が彼女に命令したことへの怒りがおさまったのは、そのためではなかった。夫の言葉は彼女の健康を気づかってのものだと気づいたからだ。ただメリーを自分に従わせたくて命令したのではなく、彼女が雨に濡れて風邪をひくのを心配してあ言ったのだ。なんてやさしいのだろうとメリーは思った。彼女は人に健康を気づかわれるのに慣れていなかった。たいていの場合は彼女がみんなの面倒を見ているのだから。それが今変わりつつある。とてもいい傾向だった。

　テントに入るとすぐ、衣装箱に足を運んで薬種袋を取り出した。必要と思われる量の膏薬を布に塗り、少しいらいらしながら待っていると、出入り口の垂れ布の向こうで咳をするのが聞こえて、ゴドフリーがやってきたのがわかった。重苦しく湿った咳だったので心配になり、出入り口に行って垂れ布を上げると、膏薬を渡す代わりに彼をなかに引き入れた。

「領主さまに言われて――」ゴドフリーはそこで言葉を切り、長々と咳きこむと、あえぎながら続けた。「――膏薬を取りにきました」

メリーはゴドフリーをもっとよく見ようと身をかがめてろうそくを手にし、彼の顔に血の気がなく唇が青くなっているのを見て唇を固く引き結んだ。「どうやら風邪をひいたみたいね。胸も苦しいはずよ」

ゴドフリーは責めるように言われて顔をゆがめたあと、力なく肩をすくめた。「おれなら大丈夫です、奥方さま。少し眠ればすっかり元気になります」

「さあ、どうかしら」メリーは冷ややかに言って、薬種袋を取りに戻った。「それに夫はわたしに風邪をひかせたくないと思っているの」

「それはなんですか？」ゴドフリーが尋ねて、ふたたび激しく咳きこんだ。

メリーはきかれたことには答えずに薬種袋のなかから必要なものを取り出すと、毛皮のうえに身をかがめて、近くに置かれていたほうのマグを手にした。身を起こし、ワインの入ったマグのなかに薬種袋から取り出した薬草を入れてすばやくまぜてから、ゴドフリーに差し出した。

「飲みなさい」断固とした口調で命令する。「ひどい味がするけど、力がわいてきて病を撃退できるわ」

ゴドフリーは首を横に振りかけたが、途中で動きを止めてまえかがみになり、ふたたび苦しそうに咳きこんだ。そのあと身を起こして薬を受け取った。ひと口飲んだところで飲むのをやめて口を開けたが、何を言おうとしたにしろ、メリーの険しく頑なな表情を見たとたん

握りしめて、意気揚々と出入り口に目を向けたが、入ってきたのは夫ひとりだった。「ゴドフリーは?」

「寝にいかせた」

メリーはそれを聞いて眉をひそめた。「わたしは彼にここで寝るよう言ったのに——」

「そのことなら知っている。彼に聞いた」アレックスはかすかに微笑んで言った。「でも、ゴドフリーは気後れしているようだったから、ユーナといっしょに荷馬車のうしろで寝るよう言ったんだ」

メリーは明るい顔になった。男たちが昼のあいだ荷物にかけていた防水布で荷台のうしろの部分を覆い、テントのようにして、そこで寝られるようにしてくれたと、ユーナから聞いていたのをすっかり忘れていたのだ。メリーたちのテントや衣装箱がなければ、荷馬車のうしろには、ユーナとゴドフリーが気まずい思いをせずに寝られるだけの空間があるはずだった。

彼女が何か言うのをアレックスが待っているのに気づき、うなずいて言った。「すばらしい思いつきだわ」

「ゴドフリーはきみにここで横になって寝るよう言われたのに、命令にそむいておれのところに駆けてきたとも言った。おれは彼を叱らなかった」アレックスが言い、メリーが顔をこわばらせるのを見て続けた。「きみの命令はおれの命令と相反するものだったから」

メリーが戸惑いの表情を隠せずにいると、彼は説明した。「おれはゴドフリーにきみの膏薬を取りにいかせたんだ。きみの命令に従えば、おれの命令にそむくことになる。おれの命令に従えば、きみの命令にそむくことになる。彼はまさに困った立場に立たされたのさ」

「そのとおりね」メリーはアレックスの言うとおりだと気づいて同意した。「荷馬車もテントと同じぐらい快適だと思うわ。少なくとも雨に濡れずにすむし」

「そうだとも」アレックスが言って、彼女の手をとり、自分のほうに引き寄せた。「それに彼がここにいないおかげで、おれはこうすることができる」

彼が顔を寄せてきて彼女にキスしたので、メリーは大きく目を見開いてからまぶたを閉じた。甘くさぐるようなキスがしだいに情熱的なものになる。彼女の手から空のマグがすべり落ちた。夫が服を脱ぐのを手を伸ばして手伝いながらメリーは思った。どうやら頭も肩もそれほど心配ないようだ。ゴドフリーがここにいなくて本当によかった、と。

9

「これはどこに置きます？」

　メリーは最後の毛皮を敷き終えて身を起こし、ユーナに目をやった。その日の朝、起きたときから侍女は機嫌が悪かった。ついに境を越えて故郷のスコットランドに入っても彼女の機嫌は直らず、メリーはその不機嫌な態度にうんざりしはじめていた。今ユーナが手にしているのは彼女の薬種袋だった。

「衣装箱のうえに置いておいてちょうだい、ユーナ」メリーは答えた。どうにか声は平静に保ったが、そのあとすぐに唇を引き結び、ユーナが向きを変えて衣装箱のうえに袋を無造作に放り投げるのを見ると、とうとう我慢できなくなって言った。「気をつけてよ、ユーナ。そのなかには薬が入っているってあなたも知っているでしょう？」

　そのおだやかな叱責の言葉にユーナは顔をしかめはしたものの、衣装箱のまえに足を運んで薬種袋の中身に異常がないかたしかめた。「いったい今日はどうしたの？　朝起きたときからずっと機嫌が悪いじゃない」

「ゆうべ一睡もできなかったんです」

メリーは眉をかすかに吊りあげた。「荷台はそんなに硬いの？　もしそうなら今夜はここから毛皮を何枚か持っていったら？」

「いいえ、わたしを寝かせてくれなかったのはわたしの体のうしろ側じゃなくて、ゴドフリーの体のまえ側ですよ」ユーナはつっけんどんに言うと、衣装箱のうえに薬種袋を手荒く置いた。

「いびきがうるさかったの？」メリーはことの真相を突き止めようとして尋ねた。「それとも咳かしら？」

「いいえ、たしかに咳はうるさかったけど、そのせいで眠れなかったんじゃありません」ユーナは冷ややかに言った。

メリーはいらいらと舌打ちし、左右の腰に手をあてた。「いいから言ってみなさい。こっちは朝からずっと不機嫌な顔を見せられているんだから。理由ぐらい聞かせてくれてもいいはずよ」

「初めのうちはゴドフリーから身を守るのに忙しくて寝られなかったんです。そのあとようやくあの子から逃れて荷馬車の下にもぐりこみ、いざ眠ろうとしたら今度は寒さと湿気のせいで寝られなかったんですから。不機嫌にもなりますよ」

メリーの手が腰から落ち、目が驚きに大きく見開かれた。「ゴドフリーから身を守るですって？」

「そうですよ」ユーナは顔をしかめ、低い声でうなるように説明した。「あの小僧はまるでヤギみたいに欲情してたんです。しかも、これまたヤギみたいに〝だめ〟って言葉が理解できないんですから。あんなに酔っていなかったら、とうてい逃げられなかったでしょうね」

「なんですって？」メリーはびっくりして尋ねた。「でも、あの子はゆうべ具合が悪かったのよ。だからアレックスが荷馬車で寝かせたんだもの」

「それほど悪くはなかったようですよ。脚のあいだのものをおっ立てて、男になろうとしたぐらいですから」ユーナはそこで間を置き、唇を噛んでから打ち明けた。「それはそうと、あの子のあそこはなかなか立派でしたよ。たいていの男のものは短剣なのに、あの子は脚のあいだに大剣を持っている。もっとも、ゆうべはそれを折ってやりましたけどね」

メリーはユーナの話を聞いて唇を噛み、首を横に振った。「そんなまさか――ゴドフリーはいい子だと思っていたのに。いったいどうして――」

「ええ、まったくです」ユーナも首を横に振る。「わたしにも信じられませんよ。あの子らしくないですからね。あの子はわたしも含めて女たちのまえに出ると、まるで小鳥みたいにおとなしくなるんですから。今日になって考えてみると、熱で正気を失っていたのかもしれません……そんなに熱が高かったようには見えませんでしたけど」そう言ってから、自分の意見を口にした。「熱とお酒がいっしょになってああなったのかもしれませんね」

「お酒ですって？」メリーは驚いて尋ねた。

「ええ。彼はワインのにおいがしました」

メリーは首を横に振った。「アレックスはこの旅にワインを二本しか持ってきていないわ。妹さんへの贈りものよ。でもそのうちの一本はゆうべ彼が開けて——」そこで言葉を切ってから続けた。「ゆうべわたしはワインに薬を入れてゴドフリーに飲ませたの。ほかに入れるものがなかったから。でもワインはマグに半分しか入っていなかったわ。それだけのワインでそんなふうになるかしら？」

ユーナは肩をすくめた。「何かのせいであんなふうになったのはたしかですよ。ろれつがまわらなくなっていて、動きも牛みたいににぶくなっているのに、あそこを硬くこわばらせて襲いかかってくるんですから」顔をしかめる。「まったく別人のようでしたよ」

メリーが眉をひそめていったいどういうことなのだろうと考えていると、従者のひとりがやってきて、夕食の用意ができたからいっしょに食べるつもりなら来るよう告げた。メリーは礼の言葉を口にしてユーナのあとからテントを出たが、頭のなかではゴドフリーのことを考えていた。彼がそんなにひどいことをするなんてとても信じられないが、ユーナがそんなことで嘘をつかないのはわかっている。どう考えたらいいのか、さっぱりわからなかった。

メリーがたき火のそばに行くと、アレックスが立ちあがって彼女の頬にキスをした。メリーはどうにか笑みを浮かべたが、目はゴドフリーをさがしていた。「ゴドフリーはどこ？」

「ここに着いたときに、荷馬車で休むよう言った。今日は昨日より具合が悪いように見えたし、睡眠も足りていないようだったから」

夫は心配そうな顔をしている。ゴドフリーはひどく具合が悪いのだろう。メリーは少しためらってから言った。「ようすを見てきたほうがよさそうね」

「食事が先だ」アレックスはきっぱり言った。「まずは自分の体のことを考えてほしい。きみまで病にかかってしまうぞ」

メリーはうなずいて夫の隣に腰をおろした。ユーナからゆうべあったことを聞かされていなければ、食事のまえにゴドフリーのようすを見にいくと言い張っていたかもしれないが、今は……そう、正直なところ、彼のことがよくわからなくなり、戸惑いを覚えて、どう声をかければいいのかわからなくなっていた。

食事が終わるのがやけに早く感じられた。メリーはその場を辞して少年のようすを見にいった。ゴドフリーがぐっすり眠っていて、ゆうべのふるまいのことで彼を叱らずにすむことを心から願った。いつかは彼と話さなければならないのはわかっていたが、どうにも気が進まず、できるものなら先延ばしにしたいと思った。けれども、防水布がかけられた荷台のうしろの部分をのぞいてゴドフリーがいないのがわかると、ほっとするより先に心配になった。うしろを振り返ってたき火を囲む男たちのほうを見ていると、背後で小さな咳が聞こえたので、身をこわばらせて荷馬車に向きなおった。依然として荷台のうえにはだれもいなかった。

ふたたびうしろを向きかけたとき、また咳が聞こえた。今度は、荷馬車からではなく、その下から聞こえてきたのがわかった。メリーはすばやく地面に膝をつき、ゴドフリーが荷馬車の下で薄い毛布にくるまって震えているのを見て、眉を吊りあげた。

「ゴドフリー、そんなところで何をしているの?」驚いて尋ねる。「湿った土のうえで寝るなんてとんでもないわ。ますます具合が悪くなるわよ」

毛布のなかから小さなうめき声が聞こえたかと思うと、ゴドフリーが顔をのぞかせて彼女を見た。あまりにも恥ずかしそうな顔をしていたので、メリーは彼が何か言うまえから気の毒になった。ゴドフリーは何かとてつもなく悪いことをしていたところを見つかって、恥ずかしく思っているような顔をしていた。

「おれならここで大丈夫です、奥方さま」ゴドフリーは言った。その声を聞いて、メリーはますます心配になった。普段はいい声なのに、今はかすれたうなり声だ。きっと喉がひどく腫れているのだろう。じきに声が出なくなるにちがいない。「ここなら雨が降っても大丈夫ですし――」

「だめよ、ゴドフリー」メリーは重々しく言った。「そこから出てきて荷台のうえで寝なさい。風邪にやられるまえに撃退しなきゃ」

沈黙が流れたあと、ゴドフリーがかすれた声で言った。「無理です」

「無理って何が?」そう尋ねたあと、メリーは心配になって荷馬車の下にもぐりこみ、彼の額に手をあてた。額はかなり熱かった。「動けないぐらい弱っているの？　だれか呼んできて――」

「そうじゃありません、奥方さま」ゴドフリーはあわてて言った。「荷台のうえでは寝られないという意味です。おれがゆうべしたことのせいで、眠っているあいだにユーナに殺されるでしょうから」

メリーは少したのらったあと、ユーナから聞いていたにもかかわらず尋ねた。「あなたがゆうべしたことって？」

「その……」ゴドフリーは口ごもった。荷馬車の下は薄暗かったが、彼が暗い顔をしてごくりと唾をのみこむのがメリーには見えた。彼は心を決めたように言った。「よく覚えていないんですけど、どうやらユーナを無理やり……」最後まで言えず、恥ずかしそうにうなだれて首を横に振る。口に出すこともできないようだ。

メリーは意気消沈し自己嫌悪に陥っているゴドフリーを見て唇を噛み、静かに尋ねた。

「いったい何を考えていたの？」

「何も考えていませんでした」ゴドフリーはつらそうにため息をついて言った。「そうでなければあんなことは……嘘じゃありません、奥方さま。どうしてあんなことになったのか、自分でもわからないんです。おれはただ――」力なく首を振って押し黙る。その表情は苦痛に満ちていた。

メリーは彼の気持ちを楽にする言葉をさがしたが、正直に言うと、彼女自身どう考えたらいいのかわからなかった。するとゴドフリーが顔を上げて言った。「おれが申しわけなく思っているとユーナに伝えてもらえませんか？　本当に、あんなことをするなんて、どうかしてたんです」

メリーはためらった。重荷をおろしてやりたくなったが、思いなおして言った。「直接あやまったほうがいいと思うわ」

ゴドフリーはうろたえた顔になり、首を激しく横に振った。「ユーナはおれの顔を見るのもいやなはずです」

メリーはゴドフリーが心底かわいそうになって言った。「大丈夫よ。あなたがゆうべ具合が悪かったことはユーナも知っているんだから、きっと許してくれるわ」

「ええ、許します」メリーとゴドフリーがそろって声のしたほうに目をやると、侍女が荷馬車のそばでしゃがんでいるのが見えた。どうやら少しまえからそこにいたらしい。

「お嬢さまがゴドフリーと話しにいかれるのが見えたもので、何かあったら大変だと思って来てみたんです」ユーナは説明した。「ゴドフリーがまたおかしくなって愚かにもお嬢さまを襲ったりしたら、まちがいなくご主人さまに細っこい首を折られるでしょうからね」

「ユーナ、どうか許して――」ゴドフリーがまじめな顔で言いかけたが、侍女は手を振って彼を黙らせた。

「全部聞いていたから、もう何も言わなくていいわ。今回は許してあげる。今夜、荷台のうえで寝てもいいわ。でも、またおかしなことをしようとしたら、ブライズのなかに隠し持っている大剣を失うことになるわよ」

ゴドフリーは恥ずかしさで顔を真っ赤にした。メリーは思わず吹き出しそうになるのを唇を噛んでこらえた。ゴドフリーはおそらく童貞なのだろうと思った。ゆうべのことを話すにも、自分の股間についているもののことをユーナが口にするのを聞くにも、童貞まるだしで顔を赤らめずにいられない彼が、ユーナを襲ったとはとても信じられない。実際、どうにも理解できなかった。これまでなら、夫の従者のなかで最も女を襲いそうにないのはゴドフリーだと自信を持って言えただろう。まったくわけがわからない。どうやらユーナもそう思っているようだった。そうでなければゴドフリーを許すはずがない。

「さあ早く」メリーは言った。「湿った地面で寝るのはやめて、荷台のうえで横になりなさい」

「はい、奥方さま」ゴドフリーはかすれた声で言ってうつ伏せになり、ぼろぼろの毛布を引きずりながら、荷馬車の下から這い出た。

彼が荷馬車のかたわらで立ちあがると、メリーはひどいありさまの毛布を見て唇を噛み、ユーナに目をやった。するとメリーが何か言うより早く、ユーナが彼女を安心させるように言った。「荷台に毛皮と毛布があります。ゴドフリーのことは心配いりませんよ」

メリーはうなずいてから尋ねた。「あなたは？　もしそうしたいなら、わたしやアレックスといっしょにテントで寝てもかまわない――」

「ああ、そうですね。ゴドフリーにとってもそのほうがいいかもしれません」ユーナが平然と言うと同時に、ゴドフリーの口から屈辱に満ちたうなり声がもれた。ユーナは彼をちらりと見てから、首を振って言った。「いいえ、大丈夫そうです。ゴドフリーの目は澄んでいるし、ゆうべとはちがって言葉もはっきりしていますから」

メリーは眉を吊りあげた。ユーナがどうしてゴドフリーの目のことを口にしたのかきこうとしたが、そのときアレックスが自分のほうに向かってきていることに気づき、その足もとがわずかにふらついているのを見て目を細めた。

ユーナが彼女の視線を追って冷ややかに言った。「でも、ご主人さまの目は澄んでいないようですね。地面に倒れて寝こむまえに寝床に連れていったほうがいいですよ」

メリーはとっさにアレックスの顔に視線を移し、彼の目におかしなところがあるのに気づいて身をこわばらせた。黒い部分が大きくなって瞳のほとんどを占め、青い部分はそのまわりを縁取る薄い線と化している。

「あなた――」メリーは心配になって言いかけたが、口にできたのはそれだけだった。アレックスが目のまえに来て、ふいに彼女を抱きあげたので、残りの言葉はあえぎ声にのみこまれた。メリーは彼の肩にしがみついた。無事、地面におろされるまえに、落とされるか、彼とともに転ぶのではないかと思った。アレックスの足もとはそれぐらいふらついていた。

アレックスが歩きはじめると、メリーは彼の目に視線を移し、澄んだ青い瞳の大半が黒くなっているのを見ていっそう心配になった。結婚してから三週間のあいだ、メリーは夫の目をまっすぐに見ようとしなかった。もっぱら横目で見て、何かを取りそこねるとか、ふらつくとかいう、酔っ払っている証拠をさがしていたのだ。ここにきて、夫の顔、特に目をもっとよく見ていればよかったと後悔した。そうすれば瞳の黒い部分が広がるというこの奇妙な現象が、彼がしらふでいるように見えた昼間にも起きていたのか、それとも酔っているように見えたときにだけ起きていたのかわかっていたはずだ。それによって話は大きく変わってくる。酒に酔ってこうなることはないし、メリーが知るかぎりではこういう症状が出る病もないが、こういう症状を起こす薬草や強壮剤があるのは知っていたからだ。

アレックスはメリーを抱えたまま身をかがめてテントに入ると、突然バランスをくずしてまえのめりになり、よろめきながら数歩まえに進んだ。

メリーはうめき声をあげて固く目を閉じた。きっと大けがをするにちがいないと思った。先に地面に倒れるのは自分で、そのうえに彼がのしかかってくるだろうから。けれどもアレックスはどうにか体勢を立てなおし、メリーはほっと息をついて目を開けた。彼は彼女を毛皮を敷いてつくった寝床に運んだ。

メリーがほっとしたことに、アレックスは彼女を毛皮のうえに立たせた。メリーはすぐに夫と向きあった。彼の今の気分をたしかめて、目の黒い部分を大きくし、彼女が今まで酔っ払っている証拠だと思っていた症状を起こさせているものはなんなのか突き止めたかった。けれども、いちばん初めにききたいことをきこうとして口を開きかけると、彼が唇を重ねてきた。顔をそむけようとしたが、彼はそれを許してくれず、彼女の口をぴったり覆って舌を深く差し入れてきた。

メリーはキスから逃れてききたいことをきこうと、両手で彼の胸を押したが、まるで山を動かそうとしているかのようで、彼の体は少しも動かなかった。そのうちに彼の体は動いていないが手はそうではないことに気づいた。アレックスはメリーにキスしながら、両手でドレスのうえから尻をつかみ、彼女の体を持ちあげて、脚のあいだの硬くこわばったものに押しつけた。片手で彼女の体を支えながら、もう一方の手を胸に移し、左右のふくらみをドレス越しにもみしだく。次の瞬間、アレックスは彼女を毛皮のうえにおろし、じゃまなドレスを脱がせはじめた。

メリーは圧倒され、恐怖すら感じた。彼の舌が口のなかを埋めつくしているせいで息ができず、苦しくてならないし、アレックスの行為は彼女が彼から受けるのに慣れている官能的な攻撃ではなく正真正銘の攻撃のように思えた。

アレックスはなかなかドレスを脱がせられないことにいらだち、メリーの口から口を離して、脱がせることに専念した。メリーは不足していた空気を吸いこむと、彼の両手をつかんであえぎながら言った。「あなた、ちょっと落ち着いて」

メリーの訴えは無視された。アレックスは彼女がそう言ったことに気づいてもいないようだった。布地を引き裂く音があたりに響き、ドレスが足もとに落ちて、シュミーズ一枚にされると、彼女の恐怖は怒りに変わった。メリーは考えるより早く片手をこぶしにして夫の顔に打ちつけた。

それはみごと夫の注意を引き、彼は驚いた顔を彼女に向けた。黒い部分が大きくなっている目がうつろになっていることにメリーは気づいた。

「アレックス？」心配になって尋ねた。怒りはいくらか薄れていた。「いったいどうしたの？　何が起きているの？」

彼は夢から覚めようとするかのように首を横に振って、彼女を抱き寄せた。「きみが欲しいんだ、メリー。今すぐに」

「大丈夫よ」メリーはなだめるように言って、アレックスの腕のなかから逃れようとした。あまりにも強く抱きしめられているので、肺に息を送りこめなくなっていた。彼のこんな姿を見るのは初めてだし、だれかがこんなふうになっているのを見たこともなかったが、明らかにアレックスは正気を失っているように見えた。「大丈夫だから」

彼をなだめようとしてそう言ったのだが、アレックスは承諾の言葉ととった。「ああ、よかった」と彼が耳もとでうなるように言い、ふいに彼女を毛皮のうえに横たえたので、メリーはようやくそのことに気づいた。

驚きに身をこわばらせ、両手を上げて彼を押しのけようとしたが、すでに彼は身を起こし彼女のまえに膝立ちになって服を脱ぎはじめていた。

「あなた、落ち着いてよく考えてちょうだい」メリーは毛皮のうえに起きあがりながら、心配そうに言った。「何かがおかしいわ。まるで正気を失っているみたいよ」

「ああそうとも」アレックスはうなるように言ってチュニックを頭から脱ぎ、脇に放り投げた。「きみがそうさせているんだ。おれの正気を失わせているんだよ」

「いいえ、そうじゃないわ」メリーが急いで言うと同時にアレックスはブライズのひもをほどきはじめた。「あなたは何かを飲まされたんじゃないかと思うの。どう見てもまともじゃないもの。たぶん――」

メリーの言葉はあえぎ声で終わった。彼がひもをほどき終え、ブライズが膝まで落ちるのに任せながら、彼女を毛皮のうえに押し倒したのだ。次の瞬間、アレックスはごちそうに飛びつく飢えた男さながらに襲いかかってきた。彼女の唇に唇を重ねて黙らせ、両手をいたるところに這わせながら、両脚のあいだに脚を差し入れて開かせようとする。けれども、自分には彼を迎える準備ができていないことがメリーにはわかっており、痛い思いをするのはごめんだったので、必死に抵抗した。左右の足首をからませて太腿をぴったり閉じ、彼の下で体をねじって、無理やりでなければ彼が思いを遂げられないようにした。

どうやらアレックスは無理やりしようと思うほど正気を失ってはいないらしく、少しのあいだ奮闘したあと、彼女の唇から唇を離して言った。「お願いだ、メリー」

「わたしはまだ準備ができていないの。痛いのはいやよ」メリーはふたたび襲いかかられるまえに言おうと必死になって金切り声をあげた。

アレックスはとたんに身をこわばらせ、上体を少し起こして彼女を見た。自分の目に恐怖が宿っているのがメリーにはわかっていて、彼がどういう狂気にとらわれているにしろ、彼の心に届くのではないかと思った。ふたりは小さくあえぎながら、身じろぎもせずに見つめあった。ほどなくして、アレックスが唇を引き結び、メリーはふたたび襲いかかられるのではないかと不安になった。そのとおりになったが、彼女が恐れていたようなことにはならなかった。彼は深く息を吸って一瞬止めてから吐き出すと、また唇を寄せてきた。とはいえ、先ほどより自分を抑えていて、彼女の唇にぴったり重ねられた唇は、欲望に満ちてはいたものの、それまでのように死にもの狂いでもなければ力任せでもなかった。自然と体が反応しはじめるのをメリーは感じた。全身が熱くほてってきて、しだいに興奮がつのってきた。

アレックスが攻め方を変えたことにほっとして彼の下で緊張を解いた瞬間、彼が彼女の唇から唇を離して、頬から首筋へと這わせはじめた。シュミーズの襟ぐりにたどりついても止めようとせず、そのまま布地のうえをすべらせて乳首をくわえ、布地が湿るまで吸った。

「ああっ」湿った布地越しに乳首をなめられ、メリーは驚いてあえぎ声をもらした。両手で彼を押しのける代わりに肩をつかみ、ゆっくり目を閉じたが、布地を引き裂く音にぱっと目を開けた。そのときアレックスがふいに頭を上げたので、彼がシュミーズの裾を持ってまんなかからふたつに裂いているのが見えた。

シュミーズを救うにはもう手遅れだとわかっていたので、唇を噛んでそのままじっとしていた。彼はシュミーズをうえまで裂いて、左右に開いた。メリーは今や彼のまえに裸で横たわっていた。アレックスは彼女の白い肌に視線を走らせてから、その顔に目を向けた。そして彼女が警戒の表情を浮かべているのを見てからふたたび攻撃を開始したが、それはこの夜いちばん初めにしたものとはちがっていた。彼がどういう狂気にとらわれているにしろ、彼女が傷つけられるのを恐れているということは彼の心に届いたらしい。ただひとつの目的を果たそうとしているのは変わらないが、その目的自体が少し変わったようだ。彼は今、ひたすら彼女の情熱をかき立てようとしているように見えた。

最初にあれだけ怖がらせたにもかかわらず、アレックスが彼女の情熱をかき立てるのは簡単だった。気づくとメリーは彼の指と口が織り成す魔法にかけられて身をくねらせ、うめき声をあげていた。それからすぐにアレックスは彼女のなかに身を沈めてきて、メリーは叫び声をあげて迎え入れたが、それは恐怖や苦痛からではなく歓びから出た声だった。けれども、あいにく彼は彼女の熱くほてった体に身を沈めるやいなや、全身をこわばらせて精を放った。アレックスがうなり声をあげてメリーのうえにくずおれると、彼女の唇から失望のため息がもれた。こんな状態のまま置いておかれるなんて、とてつもなく不公平に思えた。さんざん情熱をかき立てられ……

欲望を満たされないままで。メリーは彼の下で身をよじった。そうすれば彼が体のうえからおりてくれ、息ができるのではないかと思ったのだ。アレックスはなにごとかをつぶやいて、反射的に腰をまえに突き出した。彼女は身をこわばらせた。彼のものがまだ硬いままであることに気づいたのだ。いや、そうではなくてふたたび硬くなったのかもしれない。どちらにしろ、正常なことには思えなかった。ほんものの夫婦になった晩、アレックスは精を放ったあと回復して、彼女を五、六回は歓びの世界へといざなったが、毎回、回復するまでに少し時間がかかった。

メリーは欲求不満であることを忘れて、夫の目の黒い部分が大きくなっていることや、彼が何かを飲んだか食べたかしたせいで今のような状態になっている可能性について考えはじめた。

「あなた?」そう小声で言って首をめぐらせ、アレックスの顔を見ようとしたが、彼女の首筋にうめられていて見えなかった。メリーはかまわず尋ねた。「あなた、今晩何かいつもとちがうものを飲んだか食べたかした?」

アレックスはなおもじっとしていたが、少しすると両腕をついて上体を起こし、そこでまた動きを止めた。彼が上体を起こした拍子に、彼のものが彼女のなかにいっそう深く入った。

そのとたんメリーの全身に歓びが走り、表情から判断するに、彼の全身にも走ったようだった。メリーは歓びの波が押し寄せてくるのを感じて息をのみ、アレックスを見つめた。ようやく歓びの波が引きはじめたとき、彼がわずかに身を引いてから、ふたたび彼女のなかに深く突き入れた。

もう一度同じ質問をしようとしていた彼女の唇からうめき声がもれた。体が自然と弓なりになり、メリーは両手で彼の二の腕をつかんだ。

「あなた」体が彼のものを締めつけ、さらに奥へと導こうとするのを止めようとしながら言う。「あなたに——」

「なんだ?」アレックスはうなるように言うと、先ほどより勢いよく彼女のなかに突き入れた。

「ああっ」メリーはあえぎ、気づくと彼の腰の両側で膝を立てて、彼をいっそう奥に迎え入れようとしていた。「あなたに——話があるの——ああっ」アレックスは今度は角度をつけて突き入れてきて、彼女のいちばん感じやすい部分をこすった。

「あとにしてくれ」彼はうなり、ふたたび突き入れるために身を引いた。

「あとにするわ」メリーはうめき、むだな抵抗をするのをやめて、きっと大丈夫だと自分に言い聞かせた。アレックスが膝立ちになって彼女の腰をつかみ、一定の速度で深く突き入れはじめたので、どちらにしても何も話せなくなった。彼が薬や強壮剤の影響を受けているにしろ、命や健康をおびやかすような深刻なものではなさそうだ。少なくともメリーにはそう思えた。ききたいことはあとできけばいいと思いながら、彼の腰をつかみ、背中を弓なりにして秘めた部分を彼に押しつけているうちに、何も考えられなくなった。

アレックスはできるだけそっとメリーから離れた。寝ていないかもしれないが、寝ていたとしても不思議はないし、もしそうなら起こしたくなかった。彼は彼女をひと晩じゅう寝かさなかった。欲望に任せて何度も奪い、満足してぐったり身を横たえながらも、気づくとまた彼女に手を伸ばしていた。まるで自分ではどうすることもできない狂気にとらわれたかのように。

実際、初めのうちは自分が抑えられなかった、とアレックスは浮かない気持ちで認めた。メリーが抵抗したのを覚えていた。〝わたしはまだ準備ができていないの。痛いのはいやよ〟と叫ぶ声が耳によみがえり、恐怖に満ちた表情が目に浮かんだ。彼がいくらか正気を取り戻せたのは、その恐怖に満ちた表情のおかげだった。彼を駆り立てていたすさまじいまでの欲望を抑えられたのは、ひとえにその表情を見たからだった。

あれほどまでに強烈な欲望を抱いたのは初めてだった。欲望にわれを忘れ、メリーの体のなかに深く身を沈めて、満足するまで突き入れたいということしか頭になかった。だが、メリーの恐怖に満ちた表情を見てわれに返り、彼女の情熱をかき立てるあいだ、自分を抑えておくことができた。できるだけ我慢したつもりだったが、今になってみると、最初に突き入れたとき、メリーはまだそれほど興奮していなかったように思えた。それなのに彼は熱くうるおった体に包まれるやいなや絶頂に達してしまった。どちらにとっても満足のいく展開ではなかったが、それより悪いことに、彼女が彼の体の下で身をよじった瞬間、彼の欲望がふたたび限界まで高まった。

どう考えてもあれは正常ではなかったとアレックスは思い、唇を引き結んだ。さらに悪いことに、その異常な欲望は夜のあいだ何度も彼のなかでわき起こり、ふたりを休ませてくれなかった……つい先ほどまで。アレックスはそう力なく思いながら毛皮を離れ、手さぐりで服をさがした。夜が明けようとしている今になって、ようやく彼の体はもう充分だと見なし、すでにそれだけの体力がなくなった彼とその気の毒な妻には満たせない欲望で、彼を困らせるのをやめたようだった。

本当に助かったとアレックスは思い、暗闇のなかで服をさがすのをあきらめて膝立ちで歩いて、ろうそくと火打ち石がうえにのっているはずの衣装箱にぶつかるまで進んだ。そして少し手間取り、何度か小さく悪態をつきながらも、どうにかろうそくに火をつけた。それから振り返って、妻をさがした。メリーは毛皮のうえにぐったりと横たわっていた。青白い顔をして、目の下にくまをつくっている。その姿は疲れ果てているように見え、アレックスは夜通し彼女を攻め立てた自分を心のなかで蹴り飛ばした。

とはいうものの、彼女に歓びを与えなかったというわけではない。歓びを与えたのはわかっていたが、あまりにも性急に絶え間なく求めすぎた。

アレックスは大きく息を吐き出すと、メリーから視線を引きはがすようにして、ブライズをさがしはじめた。本当は妻に寄り添って一時間ほど眠り、今夜使い果たした体力を回復させたかったが、体はまたしても彼の望みに無頓着《むとんちゃく》だった。激しい尿意に襲われていたのだ。

ブライズを見つけて身につけ、チュニックも着ようかと考えたが、むだな体力は使わないことにしてそのままテントの外に出た。暗いなか、あたりに目を凝らして、だれもがまだ眠っていてなんの異常もないことをたしかめると、テントの裏にまわった。

一刻も早くテントに戻り、できることなら日がのぼるまでに少しでも眠りたかったので、急いで用を足した。そのあと自分のものをブライズのなかにしまっていると、背後で小枝が折れる音がした。はっと身をこわばらせて振り返ろうとしたとたん、頭に強烈な痛みが走った。すべてをのみこむかのようなすさまじい痛みに、アレックスは地面に倒れる間もなく気を失った。

10

メリーは疲れ果てていた。目が覚めてすぐに体じゅうの筋肉が痛むことに気づいた。とはいうものの、眠っていたとはっきり言い切れるわけではない。アレックスに最後に抱かれたあと、疲れて動けなくなり、目を閉じたが、ぐったり横たわっているあいだも、彼が起きて動きまわる音が耳に入っていた。少しのあいだ眠っていて、その音で目を覚ましたということもありえるが、どちらにしろぐっすり眠っていたわけではないようで、ふいにテントのなかが静まり返ると、逆に眠れなくなった。

そこでしょぼしょぼする目を無理に開けた。そして夫の姿が見えないことに気づくと、心からほっとした。初めて夫婦の営みをした晩も彼は貪欲《どんよく》に求めてきたが、少なくともあのときはあいまに少し眠れ、情熱的なキスや愛撫でふたたび起こされるまえに体力を回復できた。今夜のアレックスは容赦なかった。何度も繰り返し彼女のなかに精を放ち、そのたびにメリーはこれで休めるかもしれないと思ったが、またすぐに全身をさまよう手や口に情熱の炎をかき立てられた。

英国紳士のキスの魔法

キャンディス・キャンプ=著
山田香里=訳

940円(税込) ISBN 978-4-576-12109-3

目っ気あふれる
気シリーズ第二弾!

る伯爵の従妹の付き添い夫人にな
になった若き未亡人のイヴ。伯爵
らの迎えを待つある日、偶然出会っ
士に心奪われるが、彼こそが彼女を
来た伯爵の弟だと分かり…!?

8月の新刊 二見海外文庫

1208／illustration by 上杉忠弘

ROMANCE & MYSTERY

英国レディの恋の作法

キャンディス・キャンプ／山田香里＝訳／1,000円（税込）

両親を亡くし、伯爵である祖父を訪ねてアメリカからロンドンへ渡ったマリーは、ロイスという紳士に導かれ伯爵邸を訪れる。そこで淑女《レディ》になるための厳しいレッスンが始まり…

愛は弾丸のように

リサ・マリー・ライス／林 啓恵＝訳／890円（税込）

元SEAL隊員でセキュリティ会社を営むサムの向かいに、ある日絶世の美女ニコールが越してくる。ひょんなことからふたりの距離は急速に近づき……新シリーズ第一弾

光輝く丘の上で

マデリン・ハンター／石原未奈子＝訳／940円（税込）

兄が犯した罪のため、競売にかけられたロザリン。窮地に陥った彼女を大金で落札し、救い出したのは平民出身の実業家だった。やがてふたりは惹かれあっていくが…

夢を焦がす炎

ジェイン・アン・クレンツ／中西和美＝訳／900円（税込）

私立探偵のクロエは仕事にやりがいを感じながらも、特殊能力を持つゆえ恋人と長期的な関係を築けずにいた。そんな折、謎の男から先祖伝来の品を捜してほしいと依頼され…

くちづけは心のままに

スーザン・イーノック／阿尾正子＝訳／920円（税込）

女学院の若き校長エマに最大の危機が訪れる。領主の甥である公爵が地代の値上げを要求してきたのだ。学院の存続を懸け、エマは公爵とある勝負をすることに…!?

あなたに恋すればこそ

トレイシー・アン・ウォレン／久野郁子＝訳／940円（税込）

許婚《いいなずけ》の公爵に正式にプロポーズされたクレア。淡い想いを抱いていたものの、彼にとって結婚は義務でしかないと知るや、ふさわしからぬ振る舞いで婚約破棄を企てて!?

罪深き愛のゆくえ

アナ・キャンベル／森嶋マリ＝訳／1,000円（税込）

ロンドン一の魔性の女ソレイヤが、ある日、忽然と姿をくらました。裏切られたと感じた公爵は、彼女を見つけだし、荒涼としたハイランドへと強引につれさって…

黒騎士に囚われた花嫁

ジュディス・マクノート／後藤由季子＝訳／1,000円（税込）

宿敵であるイングランドの伯爵の捕虜となったジェニファー。強く反
しか互いに愛が芽ばえてしまったふたりの前に、さらなる試練が待

運命は花嫁をさらう

テレサ・マデイラス／布施由紀子＝訳／900円（税込）

準男爵の娘エマは没落した家を救うため、スコットランドの裕福な
だがその結婚式で美貌の黒髪の男が乱入、花嫁のエマを連れ

殺し屋　最後の仕事

ローレンス・ブロック／田口俊樹＝訳／920円（税込）

引退を考えていたケラーのもとに仕事の依頼がくる。現地へ赴いた
が暗殺され、ケラーが容疑者に。必死の逃亡生活がはじまるか

米本土占領さる!

ジョン・ミリアス、レイモンド・ベンソン／夏来健次＝訳／91

2025年、新指導者のもとめざましい発展を遂げた北朝鮮はつい
の苛烈な占領政策下、ベンはラジオ放送で全米のレジスタン

レッド・ドラゴン侵攻!〈上・下〉

ラリー・ボンド／伏見威蕃＝訳／各830円（税込）

2014年、肥沃な農地と豊富な石油資源を求めて中国
した。もっとも起こり得る恐怖のシナリオ！　近未来を描

レッド・ドラゴン侵攻! 第2部 南シナ海封鎖

ラリー・ボンド／伏見威蕃＝訳／各770円（税込）

中国軍奇襲部隊隊長・景悠はベトナム侵攻を撮影
く、ハノイに潜入。ジョシュたち米海軍SEAL一行は

レッド・ドラゴン侵攻! 第3部 米中開戦前

ラリー・ボンド／伏見威蕃＝訳／1,000円（税込）

ベトナム西部を制圧した中国軍がハノイ東の港
ム人民顧問軍は中国軍の侵攻を阻止すべく、

夫があまりにも容赦なく攻め立てるので、メリーはこんなふうに絶え間なく歓びを求めたために死ぬこともあるのではないかと思いはじめた。そしてある時点で、心臓がすさまじい速さで打ちだした。メリーは今にも気を失いそうになりながら、このままアレックスに激しく興奮させられて、心臓が止まるのではないかと思った。幸い、そうはならなかったが、今日一日疲れが取れず、筋肉が痛むことになりそうだ。実際、今までそんなところに筋肉があるとは思いもしなかった場所まで痛んでいた。

メリーは用を足す必要があることにようやく気づき、気合を入れて起きあがった。今夜はもう眠れそうになかった。夫の姿が見えないのは用を足しにいったからだろう。こんな時間では、ほかには考えられない。そして、これまでと同じようにものごとが進むなら、彼は戻ってきたらすぐに彼女に手を伸ばすにちがいなかった。

メリーの唇から自嘲的な低い笑い声がもれた。そんなふうに言うと、自分がまるで今夜の行為を楽しんでいなかったように聞こえることに気づいたからだ。それは言うなれば、しらじらしい嘘だった。彼女は行為を楽しんでいた。心ゆくまで。とはいえ、楽しいからといっていくらでもできるものでもない。今はとにかく眠って、体力を回復したかった。

体のあちこちが痛むのを顔をしかめてこらえながら立ちあがり、あたりを見まわした。衣装箱のうえでろうそくの火が揺れているのを見て、アレックスが少しまえに小さく悪態をついていたのをぼんやりと思い出し、きっとそのときに火をつけたのだろうと思った。ありがたく思っていると、自分のドレスとシュミーズの残骸が夫のチュニックの横に落ちているのが見えた。

その日身につけていたものは、もはやぼろきれ同然だった。メリーは眉をひそめて、ふたたび衣装箱に目をやった。衣装箱まで足を運んで、うえにのっているろうそくと薬種袋をどかし、なかからきれいで無傷なドレスを取り出そうかとも思ったが、今の時点では大仕事のように思えたので、そうする代わりに身をかがめてアレックスのチュニックを手に取り、すばやく身につけた。膝までしかこず、身だしなみがいいとはいえなかったが、大事な部分は隠れていたのでよしとして、出入り口に向かった。

外を見て、思わず唇をゆがめた。すでに空が白みはじめている。夫が戻ってきて彼女に手を伸ばそうが伸ばすまいが、今夜はもう眠れそうになかった。夫のことを考えたついでにあたりを見まわした。まだ暗く、眠っている男たちの姿が黒い影となって見えたが、夫とおぼしき歩いている人の姿はどこにもなかった。やはり彼は用を足しにいったのだと思った。

メリーは肌を露出した恰好をしていることを意識して、垂れ布のうしろからするりと外に出た。裸足《はだし》の足の下の湿った草の感触に顔をしかめながら、人目につかないテントの裏に急いだ。そしてテントの裏にまわり、そこにだれもいないのを見て足を止めた。アレックスはいなかった。

いったい彼はどこに行ったのだろうと思いながら、来たほうを振り返ったが、肩をすくめて、とりあえずは考えないことにした。とにかく今は用を足すのが先だ。彼のことを心配するのはそのあとにしよう。そう良心に言い聞かせながら、ちょうどいい場所を見つけてしゃがんだ。差し迫った状態から脱すると、ふたたび彼のことが頭に浮かんだ。

もしかすると昼に焼いて食べるための獲物を狩りにいったのかもしれない。そう考えてから、首を横に振って、その考えを退けた。いやちがう。彼女は今彼のチュニックを着ているのだから、彼はブライズしか身につけていないことになる。ブライズ一枚で狩りにいくことはありえない。

川に顔や体を洗いにいったのかもしれない。メリーはそう思いついた。あるいは――

そこで思考が止まり、立ちあがろうとしていた彼女自身も動きを止めた。右手の森からがさごそという音がすることに気づいたのだ。テントの裏に来たときから聞こえていたが、そのときは用を足すことに気をとられていたので、たいして注意を払わなかった。けれども用を足し終えて落ち着いた今、ふいにその音のことが気になりだした。メリーは音がするほうに目を凝らし、その正体をたしかめようとした。

野生の小動物がやぶのなかを動きまわる音ではなく、何か重いものが森のなかを引きずられていくような重々しく一定の音だ。そう思った瞬間、奇妙にも、意識のない夫が森のなかを引きずられていく光景が頭に浮かんだ。それも、彼女から遠ざかっていく光景が。彼女がここに来たときより音は小さくなっていて、しだいに遠のいているからだ。

メリーは頭に浮かんだ光景を追い払おうとしたが、どうしても追い払えなかったので、音を出しているもののところに行って、彼女の想像が外れていることをたしかめずにはいられなくなった。初めのうちは少し用心しながら、テントのうしろに広がる森にゆっくり近づいたが、森の手前に来ると、腰の高さまである草木がなぎ倒され、実際に何かが引きずられていったような跡がついているのが見えた。とたんに心臓が喉までせりあがり、メリーは足を速めた。

彼女が追っているものがなんであるにしろ、その進む速度は彼女よりはるかに遅く、じきに距離がつまってきて、先ほどより大きく音が聞こえるようになった。知らず知らずのうちにメリーは慎重な足取りになっていた。不用意に音を立てて彼女が近づいていることを知らせたくない。もし本当に夫が森のなかを引きずられていっているのだとしたら、夫を襲った人間になんの考えもなしに立ち向かうのは得策とは思えなかった。それどころか、距離が縮まれば縮まるほど、男たちを起こしていっしょに来てもらったほうがよかったのではないかと思えてきた。夫がだれかに引きずられているのだとしても、彼女に何ができるというのだろう？

「きっといい考えが浮かぶわ」メリーは自分に言い聞かせた。そうなるだろうとわかっていた。彼女は昔から賢かったのだ。実際、彼女が唯一大きな自信を持っているのが考える能力だった。メリーは必死に考えながらまえに進んだ。さまざまな考えを検討しては却下するのに夢中になっていたため、夫を襲った人間に知らないうちに追いついていて、夫には文字どおりつまずいた。近づいているのはわかっていたが、アレックスの足につまずき、その脚のうえに倒れるまで、それほど近くに来ていたことに気づかなかった。

「あなた?」メリーははっと息をのんで言った。

頭上で低く悪態をつく声がして、ひとりなのかもっといるのかわからないが、アレックスを引きずっていた人間はすぐさま彼を離し、騒々しい音を立てながら逃げていった。メリーは夫の体に両手をついて身を起こし、その姿を目で追おうとしたが、起きあがるまでに時間がかかり、あたりも暗かったので、黒々とした木々や茂みが見えるだけだった。夫を連れ去ろうとしていた人間は姿を消していた。

アレックスのうめき声にメリーは視線を夫に戻し、彼のそばにしゃがみこんで、暗闇のなか手さぐりで頭をさがした。

「あなた?」そうささやきながら、顔と頭にそっと手を這わせたが、何か温かくてねばねばするものが触れ、苦痛にうめく声が聞こえたので、手を止めた。

「血ね」暗い気持ちでつぶやき、ろうそくかたいまつがあれば傷が見えるのにと残念に思った。

「メリーなのか?」アレックスがうなった。その声は不安になるほど弱々しく聞こえた。

「ええそうよ。立てる?」メリーは尋ねた。とりあえずは彼をテントまで連れていかなければばならない。夫を襲った人間は彼女が現われたことに驚いて逃げていったが、いつ戻ってきてもおかしくないし、彼女がひとりだとわかれば、まちがいなく戻ってくるだろう。それに暗闇のなかでは頭の傷の手当てができない。安全で、ろうそくの光もあるテントに、早く彼を連れて帰りたかった。

「立てるかって?」アレックスが繰り返す。自信のなさそうな声にメリーの不安はいっそうつのった。

「ええそうよ」メリーは険しい声で言うと、彼の体の下に腕を差し入れて、上体を起こさせた。「さあ立って。テントに戻らないと」

「ああそうだな。テントに戻ろう」アレックスはぼそりと言い、メリーの助けを借りて立ちあがったが、その体重のほとんどは彼女にかけられていて、支えるのは大変だった。そう長くは立っていられないだろうとメリーは思い、せめてテントに着くまでは彼が持ちこたえてくれることを願った。

アレックスは何度かつまずき、そのたびにメリーはふたりいっしょに倒れて、もう二度と彼を立たせられなくなるのではないかと思ったが、どうにかテントに戻ることができた。

ふたりがよろよろとテントのなかに入ったとき、ろうそくの炎はまだ赤々と燃えていた。メリーは息を切らし、腕と脚の筋肉がぶるぶるとするのを感じながら、毛皮を敷いてつくった寝床までアレックスを連れていった。

「さあ」寝床のまえで足を止め、ぜいぜいと息をつきながら言った。「横になって――」

突然アレックスが倒れたので、彼女の言葉は心配そうなささやき声となって終わった。どうやら気力だけでここまで歩いてきたらしく、もう少しの力も残っていないようだ。驚くことではなかった。彼女自身も気力だけでここまで来ていて、すぐにも倒れこみたかったからだ。けれども彼女にはそんな贅沢《ぜいたく》は許されていなかった。

幸いアレックスは毛皮のうえに斜めに倒れていた。メリーにとってはそれで充分だった。まっすぐに寝てくれるほうがいいことはいいが、彼にさらに無理させて姿勢を変えてもらう気もなければ、自分で彼の体を動かす気力もなかった。

アレックスをそのままにして衣装箱に足を運び、薬種袋とろうそくを手に戻ってくると、かたわらに膝をついて頭の傷を調べた。血は出ているものの、傷自体はそう深くなく、深刻なものでもなさそうなのでほっとしたが、ほんの何日かのあいだに二度も頭に傷を受けたことを考えると安心はできなかった。

手早く血を拭いて傷をきれいにし、包帯代わりにきれいな布を押しあてた。そうしておいて身を起こし、夫を見つめた。彼は眠っているようにも気を失っているようにも見えた。彼女が頭の傷の手当てをしているあいだ、なんの声も出さなかったことから、きっと気を失っているのだろうと思ったが、もし眠っているだけなら起きるのではないかと思って、腕を軽く揺すり、彼の名前をささやいた。いったい何があったのか正確に知りたかった。彼が襲撃者の顔を見たのかどうかも。

あいにくなんの反応もなく、やはり彼は気を失っているようだった。

メリーはその場に尻をついて座って夫を見つめ、頭のなかに渦巻くさまざまな情報を検討した。考えなければならないことは三つある。今夜、夫は襲われ、連れ去られそうになった。夫を襲った人間が彼をどこに連れていこうとしていたのかも、どういう理由からそんなことをしたのかもわからないが、何かよくない理由からであることはたしかだ。

それからこのまえの事件。あのときも今夜のように、何者かがアレックスに気を失わせて連れ去ろうとしたのかもしれないが、一歩まちがえば彼は死んでいたかもしれないのだ。

そして今夜アレックスの目の黒い部分が大きくなり、酔っ払っているように見えたこと。彼が何かの薬を盛られたのはまちがいなかった。それも今夜が初めてではない。ふたりが結婚してからずっと、毎晩彼は酔っていると思ってきたが、今考えると、そうではなく薬を盛られていたのだろう。誤解して悪かったが、すぐにその思いを脇に押しやった。後悔したり夫にあやまったりするのはあとでできる。今は真相を突き止めなければならない。アレックスが何を盛られたのか、そしてどうしてなのかということを明らかにする必要があった。目の黒い部分を大きくするものにも、酒に酔ったような症状を引き起こすものにもいくつか心あたりがあったが、彼女が知る以外にも、そうした症状をもたらすものはたくさんあるはずだ。せめてアレックスに薬を与えた目的がわかればいいのだが。彼を殺すためでないのは明らかだ。三週間以上も飲んでいた薬を飲んで死ぬとは思えない。とはいうものの、彼に出ていた症状は目の異常と酔っ払っているように見えたということだけだ。いや、もうひとつある。今夜の彼はとてつもなく欲情していた。

あれは彼が与えられた薬か強壮剤の副作用なのではないかとメリーは思った。どう考えても正常とは思えない。滝のそばや昨夜テントのなかで過ごした情熱的なひとときとはまったくちがっていた。それらのときもアレックスは興奮していて情熱的だったが、やさしく時間をかけて彼女を抱いた。ところが今夜は欲望にわれを忘れ、何度も繰り返し彼女を抱いた……ふたりがほんものの夫婦になった、この旅に出るまえの晩のように。けれども、あの晩の彼は今夜のように必死でもなければ、恐ろしくなるほど激しくもなかった。今夜の彼は何かにとりつかれているかのようだった。

とはいえ、だれかがアレックスに彼女を抱かせようとして薬を与えるなんてばかげている。それに彼が襲われたこととどう結びつくのだろう?

そのとき咳払いが聞こえ、メリーははっと身をこわばらせてテントの出入り口に目を向けた。どうやら日がのぼったらしく、垂れ布の外に立つ人影が見えた。物思いから覚めた今、テントの外から男たちが動きまわる音や声が聞こえてくるのがわかった。みなすでに目を覚ましていて、いつ出発するのだろうと思っているにちがいない。

立ちあがって出入り口に足を運び、垂れ布をめくると、ガーハードが立っていた。

「よかった。起こしたくはなかったんですが——おっと」ガーハードはふいに言葉を切った。メリーの姿を見て彼の顔に浮かんだ安堵の表情が、彼女が身につけているものを見て、困惑し、決まり悪くさえ思っているような表情に変わった。

そのとき初めて、メリーはなおもアレックスのチュニックしか身につけていないことに気づいた。顔が熱くなるのを感じながらすぐに垂れ布をおろしてそのうしろに隠れ、衣装箱に駆け寄りながら叫んだ。「すぐに行くから。そこにいて」

「ええ……わかりました、奥方さま」垂れ布越しにくぐもった声がした。「じつを言うと、奥方さまではなくダムズベリー卿とお話ししたいんですが。もう起きておられますよね。姿が見えないので、もしかすると——」

「夫ならここにいるわ」メリーはガーハードの言葉をさえぎると、衣装箱のふたを開けていちばん初めに手に触れたドレスを取り出した。

「そこに？」ガーハードが尋ねる。いぶかしげな声だ。それならどうして彼ではなくて彼女が出てきたのだろうと思っているのがメリーにはわかった。ガーハードは咳払いすると、声を張りあげて言った。「領主さま？　もうみんな起きていて、出発の準備をするべきかどうか迷っています。みんなにどう言えばいいですか？」

メリーは顔をしかめて夫のチュニックを脱ぎ捨て、シュミーズを頭からかぶって着た。そして衣装箱から出したドレスを急いで身につけながら出入り口に戻った。

「領主さま？　あっ」メリーがふたたび垂れ布をめくると、ガーハードは目をぱちくりさせてあとずさった。口を開いて何か言いかけたが、彼女が腕をつかんでテントのなかに引き入れたので、はっと息をのんだだけに終わった。

「奥方さま、いったい――」メリーが彼を寝床に連れていくと、口にしかけた問いをのみこんでアレックスに目を向けた。「なんてことだ」

主人のかたわらに膝をつき、さっと手を伸ばして、メリーが頭の傷にあてておいた布を取る。

「いったい何があったんです？」布についた血を見て、驚いて尋ねた。それはアレックスが襲われたことを示す唯一の証拠だった。新たにできた傷は豊かなブロンドの髪に隠れてほとんど見えなかった。「これはこのまえの傷から出た血ですか？　傷口が開いたんですか？　いったいどうして――」

「いいえ」メリーはさえぎった。「それはゆうべ負った傷から出た血よ。正確には今朝ね。その傷を負ってから、まだ一時間も経っていないはずだから」

ガーハードは険しい目で彼女を見た。「領主さまに何をしたんです？」

「わたしを疑っているの？」メリーは目を丸くし、そのあとすぐにこみあげてきた怒りをこらえて首を横に振った。「わたしがやったんじゃないわ。テントの外にいたとき、何者かに頭を殴られて、どこかに連れていかれそうになったの。森を引きずられていくところに、わたしが追いついて、犯人たちは逃げていったわ。アレックスは気を失っていたんだけど、目を覚ましてわたしとここに戻ってきたの。でも、すぐに寝床に倒れこんで、また気を失ったのよ」

メリーがほっとしたことに、ガーハードは彼女の言葉を信じたようだった。少なくとも彼の顔に浮かんでいた責めるような表情は消えている。体の力を抜いて、ぼそりと言った。

「くそっ、スコットランドの盗賊のしわざか」

彼女が首を横に振ろうとすると、ガーハードはふいに顔を赤くして言った。「すみません、奥方さま。イングランドの盗賊のしわざかもしれませんよね。まだ境を越えていくらも来ていないんですから」

メリーはいらいらと舌打ちした。スコットランドの盗賊のしわざだと言われて気を悪くしてなどいないのだから、あやまってもらう必要はない。「盗賊のしわざとは思えないわ。今回もこのまえも」

「このまえって?」ガーハードは驚いてきき返したが、すぐに緊張をほどいた。「ああ、滝の近くで岩が落ちてきたときのことですね。領主さまは、あれは事故か、彼を楽に仕留められると思った盗賊のしわざだろうと言っておられましたよ。岩のそばにはだれもいなかった・ともね」

メリーはふたたびいらいらと舌打ちした。「でも、わたしは崖のうえに人がいるのを見たのよ。あれは絶対に事故なんかじゃないわ」
「あなたが見たのはどんな人間だったんですか？」ガーハードがすかさずきいた。
メリーは顔をしかめた。「わからないわ」
「スコットランド人でしたか？　それともイングランド人？　身につけているものを見れば
それぐらいわかるはずだ」彼は指摘した。
「それがわからないの」メリーは不本意ながら認めた。「逃げていくところをちらりと見た
だけだから。でも、岩がアレックスに向かって落ちてくるまえに、何か重いものがこすれる
ような音を聞いたの。彼も聞いたわ。そのおかげで命拾いしたのよ。音がしたからうえを見
て、岩が落ちてくるのに気づいて逃げたんだから。そうでなければ、まともに頭にぶつかっ
ていたわ」
ガーハードはアレックスを見て言った。「それは聞いていませんでした。だからてっきり
――」
彼が押し黙ると、メリーは彼をにらみつけて言った。「わたしがむだに騒ぎ立てていると
思ったのね。でも、今朝あったことを考えれば、そうでないことがわかるわ」少し間を置い
てから続ける。「盗賊のしわざではないと思うのも、今朝あったことのせいなの」
ガーハードが問いかけるように片方の眉を吊りあげる。メリーはアレックスを身ぶりで示
した。

「この人はブライズしか身につけていない。盗むものなんて何もないわ。それにどうして盗賊が彼をどこかに連れ去らなければならないの？」

ガーハードはアレックスに目をやり、心配そうに眉をひそめた。「あなたの言うことが正しくて、このまえのことが事故ではなかったとしたら――」

「これだけでは終わらないわね」メリーは彼が続けるより早く言った。

「これだけでは終わらない？」ガーハードが警戒した口調で言う。

「ええ」メリーは夫を見おろして打ち明けた。「夫はだれかに薬を盛られているんじゃないかと思うの」

「薬を盛られているって？」ガーハードは声を荒らげた。「いったい――」

「ダムズベリーにいたとき、毎晩彼のようすがおかしかったことにあなたも気づいていたはずよ。動作がにぶくなっていたり、ろれつがまわらなくなっていたりしたでしょう？」

「ええ。領主さまからそのことで相談も受けていました。彼自身、だれかに薬を盛られているのかもしれないと思っていたんです」ガーハードはそう打ち明け、しぶしぶつけ加えた。

「わたしは最初あなたを疑いました」

「わたしを？」メリーは驚いて言った。

「あなたは結婚したのを喜んでいるようには見えませんでしたから」ガーハードは申しわけなさそうに言ってから、すぐに続けた。「でも、領主さまはふた晩続けて何も飲まなかったのに同じ症状が出たので、城内ではやっている病にかかったんだろうと結論づけたんです」

「ええ、そのことは、この旅に出るまえの晩に彼から聞いたわ」メリーはゆっくり言った。

「でも、その晩を最後に、そうした症状は出なくなった」そこで言葉を切り、よく考えてから言った。「そうはいっても、旅に出た最初の晩は岩にぶつかって気を失っていたのよね。そしてゆうべは人が変わったようになっていた。またろれつがまわらなくなっていて、足もともふらついていて、まるで何かにとりつかれているようだったわ。ひと晩じゅう、わたしを寝かせてくれなくて――」頬を染めて口をつぐむ。夫が自分を執拗に求めてきたことを説明するのは気が進まなかった。

ガーハードは興味を引かれたような顔をしたが、こう尋ねるにとどめた。「おとといの夜はどうだったんです？　雨が降った晩のことですけど」

「ああ、あの晩はなんともなかったわ」メリーは彼の質問を手を振って退け、冷ややかにつけ加えた。「あの晩はゴドフリーが愚かな酔っ払いのようなまねをしたけど」

「あのゴドフリーが？」ガーハードは驚いてきき返した。

「具合が悪そうだったからアレックスが荷馬車で寝かせたんだけど、ひと晩じゅうユーナを……」メリーはふたたび言葉を切って、考えをめぐらせた。ゴドフリーがユーナを襲ったのはまったく彼らしくないことだ。彼は酔っ払っていたとユーナは言っていた。たしか、そう思ったのは、キスされそうになったときにワインのにおいがしたからだと言っていたが、それ以外の理由はなかっただろうか？　アレックスと同じように動きがにぶくなったり、ろれつがまわらなくなっていたりしたからだと言っていなかっただろうか？　昨夜ユーナは、今日のゴドフリーの目は澄んでいると言ったが、アレックスの目は澄んでいなかった。

「ユーナと話をしないと」メリーはふいに言って向きを変えようとしたが、動きを止めてアレックスを心配そうに見た。

「あなたが戻られるまで、わたしがそばにいます」ガーハードが請けあった。

メリーはうなずいた。「そう長くはかからないから」出入り口に足を運んで垂れ布をめくり、外に踏み出そうとした瞬間、危うく侍女にぶつかりそうになり足を止めた。「ユーナ。ちょうどあなたをさがしにいくところだったのよ」

「こっちはいったい何をぐずぐずしているのか見にきたところですよ。出発して先に進むんですか？　進まないんですか？」

「今日は――」おそらくここにとどまることになると思うと言いかけたとき、ユーナの一歩うしろにゴドフリーがいることに気づいた。

「アランに言われてガーハードを呼びにきました」ゴドフリーはメリーの注意が自分に向けられたことに気づいて言った。「ガーハードにききたいことがあるんだそうです」

「彼に知らせるわ」メリーは請けあった。ゴドフリーはいかにも気まずそうで、ユーナのほうを見ることさえできないでいる。おとといの晩のふるまいをなおも恥じているのだろう。

メリーにはどうすることもできないので、向きを変えてテントのなかをのぞきこんだ。ガーハードは話を聞いていたらしく、すでに立ちあがってこちらに向かっていた。

「話が終わりしだいすぐにまた戻ってきます。さしあたり、ふたりの者をこちらによこして領主さまの護衛にあたらせますから」ガーハードは彼女の横をすり抜けながら言った。

メリーは黙ってうなずくと、ユーナとゴドフリーの腕をつかんでテントのなかに引き入れた。

「いったい――」ゴドフリーは顔を赤くして言いかけたが、アレックスを見て言葉を切り、唖然とした表情になった。「領主さまはご病気なんですか?」

メリーは垂れ布をおろして彼に向きなおった。少年は心配そうな顔をして主人のもとに駆け寄った。「いいえ、襲われたの」

「襲われた?」ユーナが驚いてきき返し、寝床のそばに行った。「だれにです?」

「それはまだわからないの。突き止めようとしているところよ」メリーは言って、自分も寝床のそばに行った。夫の顔に視線を走らせたが、彼はここに連れてきたときとまったく変わらないように見えた。青白い顔をして、ぴくりとも動かない。メリーはその姿があまりにも無防備に見えることに気づいて顔をしかめ、ユーナに目を向けた。「ゴドフリーに荷馬車のうえで襲われたとき、彼は酔っていたと言ったわね。そう思った理由は、ワインのにおいがしたということだけだったかしら?」

「酔っていた？」ゴドフリーがわけがわからないというように言う。

「ええそうよ」メリーはユーナをじっと見つめて返事を待ちながら応じた。

「酔ってなんかいませんでしたよ」ゴドフリーは猛然と抗議した。「少なくとも自分では酔っていたとは思いません。奥方さまに飲まされた、マグに半分のワインしか飲んでいないんですから。そんな量では――」

「いいえ、それだけじゃありません」ユーナが少年の抗議をさえぎって答えた。「もちろんワインのにおいがしたからでもありますけど、それよりも、ろれつがまわっていなくて動きもにぶかったし、いつもは緑色の目がおかしな具合に黒くなっていたからです」肩をすくめる。「だから酔っていると思ったんですよ」

「おれは酔ってなんかいませんでした」ゴドフリーがいらだちもあらわに繰り返す。

メリーはとりあえず彼を無視して言った。「酔っ払っても目の黒い部分が大きくなったりしないわ」

「ご主人さまが酔っているときはそうなっていますよ。わたしたちがダムズベリーに来て以来、ご主人さまの目は毎晩そうなっていました」ユーナは食い下がったが、こう認めもした。「お父さまやお兄さまたちが酔ってそんなふうになっているのは、一度も見たことがありませんけど」

「領主さまは酒飲みではありません」ゴドフリーが主人に忠実に言った。「ここ何週間か毎晩飲んでいたなんてありえない」

「あら、よく言うわね！」ユーナはぴしゃりと言い返した。「わたしたちがダムズベリーに来た日から毎晩ろれつがまわっていなかったし、動きもにぶかったわ。あの人はスチュアート卿とその息子たちと同じ酒飲みよ」

「ちがうったら」ゴドフリーはときを告げるおんどりのように胸をふくらませて言い張った。「ダムズベリー卿は酒飲みなんかじゃない。ここ何週間か毎晩飲んでいたなんて信じないぞ」

「ええ、彼は飲んでいなかったわ」メリーは静かに認めた。

「はい？」ユーナとゴドフリーはそろって驚きの声をあげた。侍女が戸惑うのは無理もないが、従者があれだけ主人をかばっておきながら驚いたのを見て、メリーは苦笑した。どうやら確信があったわけではないらしい。彼を安心させてあげられることをうれしく思った。

「お酒を飲んで目の黒い部分が大きくなることはないわ」落ち着いた口調で言う。

「それなら何を飲めばそうなるんです？」侍女が尋ねた。

「そういう症状を起こす薬草や強壮剤がいくつかあるの」メリーはそう答えてから、ゴドフリーに目を向けて言った。「あなたがそうなってユーナに襲いかかったとき、どういう気分だったか正確に教えてちょうだい」

「えっ……それは……」少年は熟したリンゴのように真っ赤になった。彼にばつの悪い思いをさせるのはわかっていたが、どうしても教えてもらわなければならなかった。

「ばつの悪い思いをさせたくはないんだけど、大事なことなのよ、ゴドフリー」重々しく言う。

ゴドフリーは地面を見おろして首を横に振った。「最初は具合が悪くなっただけだったんです。体が熱くなったと思ったら今度は冷たくなって、咳が出てきました」

「そうだったわね。それでわたしがあなたに強壮剤を飲ませた」メリーは言った。

ゴドフリーは少しためらってから、しぶしぶという感じで打ち明けた。「なんだかおかしな気分になったのは、その少しあとなんです」

「わたしがあなたに飲ませたのは体力を回復させる強壮剤だけよ」メリーが請けあうと、ゴドフリーの顔に浮かんでいた疑いの表情が消えた。「でも、ワインに何か入っていたのかもしれないわね。どちらのマグにもワインが半分ほど入っていたわ。アレックスがほんのひと口かふた口しかワインを飲んでいないうちに、ビューティーに問題が起きたと知らされて、そのあと風邪をひいたあなたがテントにやってきた。わたしは片方のマグに強壮剤を入れてあなたに飲ませたわ。あとになって、それが夫のマグだったことに気づいたの」

「あの晩、領主さまのワインに薬が入れてあって、それをおれが飲んだというんですか？」

ゴドフリーが驚いて尋ねる。

「ええ、そうじゃないかと思うの。ねえ、なんだかおかしな気分になったというのは具体的にはどういうことだったのか教えてくれない？　強壮剤を飲んでからどれぐらいしてそうなったのかも」

ゴドフリーはワインに薬が入っていたのかもしれないということについて、もっと詳しくききたいらしく、少しためらっていたが、しばらくするとユーナをちらりと見て咳払いしてから言った。「そうですね、あれは荷馬車のうえに横になってすぐだったと思います。ユーナはまだ来ていませんでした。具合が悪いのに眠れそうになくて。それ以前は立ったまま眠ってしまうんじゃないかと思ったくらいだったのに、荷台にのぼったとたんに目がさえて、動きまわりたくなったんです。でも、そんなことをしたら奥方さまや領主さまに叱られるのがわかっていたので、おとなしく横になって眠ろうとしました。でも――」

「でも？」メリーはうながした。

「その、すべてがぼんやりとしか見えなくなっていたんです」ゴドフリーは言った。どうやらうまく説明できないようだ。「みんながたき火のまわりで動きまわるのを見ていたんですけど、まるでベール越しに見ているような感じでした」そのときのことを思い出したらしく、顔をしかめて続ける。「それに体がとても熱くなって。我慢できないぐらい熱かった。服を引き裂いて、ひと息つきたくなったぐらいです。そしてそのあと……」

「ええ、どうなったの？」メリーはふたたびうながした。

ゴドフリーはみじめっぽくうめいて言った。「おれのドラゴンが目を覚まして、えさを食べたがったんです……それはもうたくさん」

「なるほどね、あれはドラゴンでもあるんだ」ユーナが冷ややかに言う。「まあそれぐらい大きいものね」

ゴドフリーはその言葉に喜ぶどころか、このまま地面に沈んでしまいたいと思っているような顔をした。メリーはユーナに静かにするよう目で制してから、ゴドフリーの腕を励ますように叩いた。「続けて」

少年は決まり悪そうに肩をすくめた。「そのあとは知ってのとおりですよ。いったんそうなると、もうドラゴンにえさをやることしか考えられなかった。少しするとユーナが荷台にあがってきて……」首を横に振る。「それからは欲望を満足させることしか頭になかった。ユーナに抵抗されていることも含めて、ほかのことはみんな現実とは思えなくて。何もかもベールに包まれているようにぼんやりとしかわからなくなったんです」ゴドフリーは申しわけなさそうに侍女を見た。「本当に悪かった、ユーナ。いったい何が起きたのか、自分でもわからない。あんなふうに女性を力ずくでどうにかしようとするなんて、まったくおそれらしくないのに。でもそうしてしまった」

「まあでも……」ユーナは顔をしかめて肩をすくめた。「薬を飲まされてそうなったんだとしたら、それはあなたのせいじゃないし、幸いあなたはまだ痩せっぽちの子どもで、わたしのほうが大きくて力も強いから、身を守ることができたわ。なんの被害もなかったのよ」

「そういう状態はどれぐらい続いたの？」メリーは尋ねた。

ゴドフリーは顔をゆがめた。「ひと晩じゅうです。夜明け近くになってようやく興奮がおさまってきて眠れるようになったんです。そのころにはすっかり疲れていたし」

「そうそう」侍女はそのときのことを思い出して、いらだちもあらわに言った。「この子が荷台のうえで落ち着きなく寝返りをうつのが夜明け近くまで聞こえましたよ。おかげでこっちは一日じゅう荷馬車のうえでうつらうつらするはめになったんですから」

メリーは同情の言葉をつぶやいたが、頭のなかでは昨夜の夫のふるまいについて考えていた。どういう気分だったのか本人にきくことはできないが、そのふるまいから、おとといの晩ワインを飲んだあとのゴドフリーと同じ状態だったのだろうと思われた。そしてその状態はゴドフリーの場合と同じように夜明け近くにはおさまったようだった。アレックスが襲われずにテントに戻ってきたら、もう彼女に手を伸ばさなかったはずだと言い切れるわけではなかったが、たぶんそうだったのではないかと思った。最後に彼女を抱いたとき、そのまえのときほど性急でもなければ、激しくもなかったからだ。

結婚式の晩以来、夫はだれかに何かの薬を盛られていたのだという結論に達しかけたとき、メリーはその説の難点に気づき、それについて考えはじめた。

「じゃあ、ご主人さまは毎晩酔っ払っていたんじゃなくて、だれかに薬を盛られていたというんですか?」ユーナがそう尋ねて、メリーの思考をさえぎった。

「ええ、そうじゃないかと思うんだけど」メリーは言った。

「思うんだけど？」ユーナは好奇心に満ちた口調で言った。

メリーは自信のないまま首を横に振った。「いいえ、そうに決まっているわ。アレックスは三週間のあいだ毎晩ろれつがまわってなくて動きもにぶかったのに、強いお酒は飲んでいないと言っていたし、そのあいだ彼の目の黒い部分が大きくなっていたことに、あなたは気づいていたんだから」

「でも、そのあいだご主人さまはお嬢さまを抱こうとしませんでしたよ」ユーナが指摘する。

ゴドフリーがそれを聞いて眉を吊りあげたのにメリーは気づき、顔をしかめた。侍女をそばにおいてなんでも知られてしまっているというのは、こういうときに都合が悪い。

「そうね、ちょうど今、そのことについて考えていたの。アレックスはほかの点ではゴドフリーと同じだったけど、わたしを襲ったりはしなかった」

ユーナは少年をちらりと見て肩をすくめた。「ご主人さまは大男ですから。ゴドフリーほど薬が効かなかったのかもしれませんよ」

「そうかもしれないわね」メリーは言った。そう考えれば説明がつく……ゆうべのアレックスのふるまいは別にして。それをいうなら、ふたりが本当の夫婦になった晩もだ。もっとも、あの晩アレックスは何度も繰り返し手を伸ばしてはきたものの、ゆうべのように攻撃的ではなかった。ゆうべ彼女をテントに運んで猛然と襲いかかってきた男ほどせっぱつまってもいなければ恐ろしくもなかった。

けれども、いったいだれがベッドで激しくなる薬をアレックスに飲ませたがるだろう？

メリーは腑に落ちない気持ちで考えた。実際、夫に興味を持たれていない妻がやりそうなことだ。だが、彼女はそうした問題を抱えてはいないし、薬を飲ませてまで夫を興奮させたいとも思わない。

「領主さまが襲われたことは、それとどうかかわってくるんです？」ふいにゴドフリーが尋ね、メリーは自分の説の別の難点に気づいて、額を手でこすった。何者かが欲望を高める薬をアレックスに飲ませていたとしても、どうしてその人間が彼を襲ってどこかに連れ去ろうとするのだろう？

「わからないわ」メリーは力なく認めた。「アレックスが襲われたことと薬を飲まされていたらしいことは、まちがいなく関係があると思ったんだけど、実際、理屈に合わないわよね」

「理屈に合わないことだらけですよ」ユーナがいらだたしげに口をはさむ。「どうして人を欲望に満ちたけだものにする薬なんて飲ませようと思うんです？　お嬢さまが薬草をまちがえて、偶然そういう――」

「わたしが夫に薬を飲ませたのは崖から落ちてきた岩にあたって倒れた日だけだし、あの晩、彼はなんともなかったわ」メリーは少しとがった口調でさえぎった。

「それはそうかもしれませんけど」ゴドフリーが申しわけなさそうに言った。「おれは奥方さまがつくってくださった強壮剤を飲んだあとで、おかしな気分に――」

「あらかじめワインのなかに何か入っていたにちがいないわ」メリーは主張したが、ゴドフリーが納得していないような顔をしているのを見て、いらいらと両手を上げ、薬種袋のもとに足を運んだ。ゴドフリーとユーナが見守るなか、袋の口を開けて、少年に与えた強壮剤をつくるのに用いた二種類の薬草を見つけて取り出すと、彼のもとに戻って鼻の下に差し出した。「あなたの強壮剤をつくるのに使ったのはこのふたつよ」

「うっ」ゴドフリーは顔をゆがめてあとずさった。「はい。このひどいにおいには覚えがあります。味もひどかった」

「まあそうね。とにかくこれがあなたに与えたものよ。どちらの薬草も病と闘う元気をもたらすだけで、ユーナを襲いたくならせるような効果はないわ」メリーはきっぱり言った。

ゴドフリーは少しためらってから言った。「たしかですか？　そのつまり、薬草をまちがえた可能性はないんですか？」

「ないわ」メリーはいらいらと言い返して続けた。「それに、わたしがアレックスのエールにこれを入れたとして、彼がそのことに気づかないと思う？」

「あ、いえ、きっと気づくと思います」ゴドフリーは嫌悪感もあらわに言った。

「じゃあ、ご主人さまは薬を飲まされていなかったというんですか？」ユーナが尋ねる。

「アレックスはこの二種類の薬草でつくった強壮剤を飲まされていたのではないと言ってい

るのよ」メリーはうんざりしながら答えた。

「でも、エールがおかしな味がするのに気づいていたら、領主さまは飲まなかったんじゃないですか？」ゴドフリーがふいに尋ねた。「おかしな味がするのに気づかなかったんでしょうか？」

「すべての薬がひどい味がするわけではないわ。少しの量で効き目がある植物や薬草もあるから、味が変わっているのに気づかなかったのかもしれない」メリーは辛抱強く答え、もっと薬草に詳しければ、アレックスが何を飲まされていたのかわかるかもしれないのにと残念に思った。亡き母親から、知る必要がある治療に使う薬草については教わっていたが、それ以外のことはよく知らなかった。

出入り口の垂れ布がめくられる音がして、メリーがそちらに視線を向けると、ガーハードが入ってくるのが見えた。メリーは急いで薬草を薬種袋に戻し、ひもをぐいと引っぱってその口を閉めた。

「領主さまが回復するまでここにいるとみんなには言いました。それにふたりの者をテントの警備につかせました。夜になったら別のふたりと交代するよう指示してあります」

「その必要はないわ」メリーは静かに言った。「出発の準備をするようみんなに言ってちょうだい。準備ができしだい出発するから」

その言葉に驚いたのはガーハードひとりではなかった。ユーナとゴドフリーも目を丸くしてメリーを見た。

「夫は二度も襲われて気を失い、ゆうべはそのままどこかに連れていかれそうになったのよ。ここで三度目を待つつもりはないわ。次こそ本当に、どこかに連れていかれるかもしれないもの」メリーはだれかに反対されるより早く言った。「それに一刻も早く彼をドノカイに連れていったほうがいいと思うの。そこでなら、いったい何が起きているのか突き止めるまで、彼の身を守れるわ」

「でも気を失ったままでは旅はできませんし、ここに残って護衛をつけたほうが安全だと思います」

「護衛の者のひとりが犯人だとしたら?」メリーは言った。ガーハードは殴られでもしたかのように身をこわばらせた。

「領主さまを襲おうとする者などいません」忠誠心を示して請けあう。「みんなに慕われていますから」

「でも、実際に二度も襲われたのよ」メリーは指摘した。

「わたしたちのあとをついてきた盗賊かごろつきのしわざにちがいありません」ガーハードは頑なに言った。「たとえ領主さまの髪の毛一本でも傷つけようと思う者はダムズベリーにはおりません」

「でも、ダムズベリーの人間のしわざにちがいないわ」メリーは険しい声で言った。「この旅に出るまえの三週間、アレックスに薬を盛ることができたのは、ダムズベリーにいた人間だけだもの」

「そうしたことが始まったのは、あなたが来られてからです」

その言葉にユーナがはっと息をのみ、怒りに満ちた顔になったが、メリーは手を伸ばして彼女の腕をつかみ、黙っているよう警告した。ガーハードが言ったことは本当だ。彼にあやしまれるのも無理はなかった。実際、そうすることで夫の身を守れるのなら、ことの真相がわかるまで互いに疑いの目を向けあうのもいいと思った。

「ゴドフリーは信用できる?」メリーはふいに尋ねた。

ガーハードとゴドフリーはそろって驚いたような顔をしたが、ガーハードは少年を見てゆっくりうなずいた。「ええ。ゴドフリーはいいやつだし、領主さまを尊敬している」

メリーはうなずいた。「じゃあ、ゴドフリーをアレックスといっしょに荷馬車に乗せて、護衛にあたらせましょう。ことの真相がわかるまで、ゴドフリーがいないときには、だれもアレックスのそばに近づけないようにするの。とにかくドノカイに向けて出発するわ」

ガーハードはしばらく黙っていた。彼が反論したがっているのがメリーにはわかっていた。けれども今や彼女は領主夫人だ。アレックスが体調をくずすか何かして命令を下せなくなったときには、彼女が代わりに命令を下す。ガーハードはそれに従わなければならない。結局、ゆっくりうなずいて言った。「そうするしかないようですね」

11

「エッダのしわざよ」

メリーは首をかしげてイヴリンド・ダンカンを見つめた。アレックスの妹は小柄でブロンドの美しい女性だった。ダムズベリーの一行が、気を失った彼女の兄を荷馬車に乗せてドノカイ城の門をくぐったときからずっと、そして今この瞬間も、イヴリンドは憤慨していた。メリーに姉妹はいなかったが、アレックスと結婚してイヴリンドという妹ができたことをうれしく思っていた。会ってからまだ三十分も経っていないというのに、イヴリンドのことが大好きになっていた。彼女は温かく愛情に満ちた、賢い女性で、メリーを心から歓迎してくれた。彼女はまた、ドノカイの悪魔として知られる夫のカリン・ダンカンを深く愛しているようだった。そしてその悪魔も妻を愛していた。ふたりは人目もはばからずに互いへの愛情を示した。

とはいうものの、イヴリンドは兄のアレックスのことも深く愛しているようで、彼を階上の部屋に寝かせ、護衛役のゴドフリーを残して階下におりてきてから聞かされたことに関して、メリーと同じぐらい心配しているように見えた。

「そうよ」イヴリンドはきっぱり言った。「エッダが裏で糸を引いているにちがいないわ」

少し離れて同じテーブルについているユーナとイヴリンド付きの侍女のミルドレッドが、そろってうなずくのにメリーは気づいた。ガーハードとカリンもいて、侍女たちとともにふたりの会話を聞いていたが、メリーは気にしなかった。ことの真相を突き止めようとする者が多ければ多いほど、真相が明らかになる確率も上がるように思えたからだ。イヴリンドが言ったことを少し考えてから言った。「エッダから聞いたわ。あなたに嫌われているけど、それも無理はないことだって。ダムズベリーでの暮らしがあまりにもつらかったから、あなたにひどい態度をとったと言っていたわ」

「ええそうよ」イヴリンドは静かに言った。「わたしにも城に住む使用人や従者たちにもひどい態度をとったわ」

メリーは彼女の表情を見て話題を変えた。「とにかく、アレックスが飲まされていた薬がなんなのか、そしてどうしてその薬を飲まされていたのかがわかれば、真相を明らかにするのに役立つと思うんだけど」

「ちょっと待ってて」ふいにイヴリンドが立ちあがり、厨房に駆けていった。

メリーは驚いてその背中を見送ってから、問いかけるようにカリンを見た。大きな体をしたイヴリンドの夫は寛大な笑みを浮かべて肩をすくめ、エールを口に運んだ。そのすぐあとに厨房の扉が勢いよく開き、イヴリンドが年配の女性を引きずるようにして戻ってきた。

「カリンのおばさまのビディよ。今はわたしのおばさまでもあるわ」イヴリンドは愛情のこもった笑みを女性に向けてそうつけ加えると、彼女をテーブルにつかせて自分も座り、メリーのほうを向いて言った。「ビディはとても頭がいいの。お兄さまがなんの薬を飲まされていたのか、彼女にならわかると思うわ」

「さっきも言ったけど、わからないかもしれないわよ」ビディが冷静に口をはさんだ。「でも、精いっぱい考えてみるわ。まず、どうして彼が薬を盛られていると思ったのか教えてちょうだい」

メリーはうなずいて、結婚してからの三週間、アレックスに毎晩見られた兆候を手短に説明してから、アレックスのワインに強壮剤を入れてゴドフリーに飲ませた晩にゴドフリーがとった行動と、その次の晩の夫の攻撃的なふるまいについて話した。彼女が話し終えると、ビディは考えこむように唇をすぼめ、しばらくのあいだ宙を見つめてから、首を横に振って言った。「そうした症状をすべて引き起こすものには心あたりがないわ。たぶん、ふたつか三つのものを合わせているんだと思う。性的興奮をつのらせるものと、自制心を失わせるものと、体力を増進させて長いあいだ……その……相手ができるようにするものをね。あなたの話から判断すると、どうやら夕食の際のエールに入れられていたようね」

「それがちがうみたいなんです。少なくとも毎晩そうだったわけではないようです」メリーは重々しく言った。「アレックスも同じことを疑って、二日続けて夕食のとき何も飲まないようにしたんですけど、それでも同じ症状が出ていました。だから病にかかっているせいだと思いなおしたんだそうです。アレックスのワインに強壮剤を入れてゴドフリーに飲ませたときに、ゴドフリーが彼と同じ症状を見せたんで、やはり薬を盛られていたんだとわかったんです」

「その晩は、彼のワインに薬が入れられていたというの？」

「そうにちがいありません。わたしがゴドフリーに渡したのは彼のマグだったんですから」

「あなたのワインには入っていなかったのね？」

「ええ」メリーはそう答えてから唇を嚙んだ。

「どうしたの？」イヴリンドが身を乗り出した。

「でも、わたしの馬のことでガーハードが呼びにくるまえにほんの少し飲んだだけだし、戻ってきてからは飲む暇がなかったから」メリーは力なく肩をすくめた。

「じゃあ、ワインの瓶に入れてあったのかもしれないわね」イヴリンドは考えこむように言った。

「ええ、あの晩はそうだったのかもしれない」メリーは同意した。「でも、アレックスが夕食のときに何も飲まなかったふた晩は、飲みものに入れられていたわけではないわ」

「食べものに入れられていたんじゃない？　あるいはお兄さまが夕食のテーブルにつくまえ

に飲んだものに」イヴリンドは意見を言ってから尋ねた。「いつも夕食のまえに訓練場や宿屋でエールやハチミツ酒を飲んだりしないの？」

「さあ、わからないわ」メリーは悲しい気分になりつつ認めた。実際、ダムズベリーにおける夫の習慣や行動様式は、ほとんど知らないといってもいい。旅のあいだは夫とかなりの時間いっしょに過ごしたが、ダムズベリーでは新しい環境に慣れるのに忙しく、そうもいかなかった。アレックスが城の切り盛りやら使用人や従者たちの指導やらで忙しく働いていたのは知っていたものの、何を食べたり飲んだりしていたのかは知らなかった。

イヴリンドは眉をひそめ、重々しくうなずいて言った。「いつどうやって薬を盛られたのかを突き止めるより、裏で糸を引いている人間を突き止めるほうが簡単かもしれないわね」

メリーは顔をしかめた。そのほうが簡単だとはとうてい思えなかったからだ。ダムズベリーには三週間しかいなかったし、城に住む人々のこともよく知らない。もちろん侍女のユーナと、かなりの時間いっしょにいたレディ・エッダは別だが。そうした懸念は胸にとどめたまま尋ねた。「どうやって突き止めるの？」

イヴリンドは肩をすくめて問いかけた。「そうね、お兄さまに薬を飲ませて得をするのはだれかしら？」

「さあ、アレックスが事故に遭って得をする人間には心あたりはないけど、薬を飲まされて得をしたのはわたしひとりなんじゃないかしら」メリーは苦々しく言い、テーブルにつく人々の顔に訳知りげな笑みが浮かぶのを見て頬を赤らめた。カリン・ダンカンでさえ目を輝かせて微笑んでいる。メリーは気づかないふりして続けた。「でも、薬を飲ませたのはわたしではないし、どう考えても理屈に合わないわ。どうして彼にその手の薬を飲ませておきながら殺そうとするの?」

「でも、お兄さまはけがしただけで死んではいないわ」イヴリンドはゆっくり言った。

「運がよかっただけよ。最初のときは逃げるのが早かったおかげで命拾いしたんだから」メリーは険しい声で指摘した。「死んでいてもおかしくなかったのよ。とても大きな岩だったから、頭の骨を砕かれていたかもしれないわ」

「でもそうはならなかった」イヴリンドは静かに応じた。「それにへたに動いたらもっと大変なことになっていたかもしれないわ。犯人は二回目のときのように、ただ気を失わせようとしただけなのかも。初めからお兄さまを誘拐するのが目的だったんじゃないかしら」

「誘拐ですって?」メリーは疑わしく思いながら言った。

「そうよ」イヴリンドはその考えに興奮しているようだった。「ダムズベリーは裕福だもの。お兄さまと引き換えに大金を要求するつもりだったのかもしれないわ」

「それならどうして薬を飲ませたりしたの?」メリーは困惑して尋ねた。

イヴリンドは唇を噛むと、首を横に振って言った。「そのふたつはまちがいなく同じ犯人のしわざだと思う? 薬を飲ませたのと襲ったのはちがう人間かもしれないわ」

メリーはやりきれない思いでため息をついた。みんなで考えれば真相を突き止められるかもしれないと思っていたが、会話を始めたときからたいして進展していないようだ。

「奥方さま！」

甲高い叫び声にメリーはベンチのうえで身をこわばらせ、声がしたほうを向いた。ゴドフリーがあわてた顔をして階段のうえに立ち、小さな胸が張り裂けんばかりに叫んでいる。彼女の注意を引いたことに気づくやいなや金切り声で続けた。「領主さまが気づかれました。静かに寝ているよう奥方さまが言っていらしたと言っても聞き入れてくださいません」

メリーはすぐさま立ちあがり、階段に急いだ。

アレックスはベッドの足もとで立ち止まった。脚ががくがくして今にも倒れてしまいそうだ。すっかり体が弱っていて、衣装箱から取り出したブライズも重く感じるほどだったが、ゴドフリーの金切り声が廊下から聞こえてくると、目をぐるりとまわしてつぶやいた。「告げ口屋め」ゴドフリーは彼に寝ているよう言った。正直なところ、言葉よりも腕力に頼っていたら、言うことを聞かせられただろう。

すっかり弱ってしまった自分を情けなく思い、顔をしかめた。どれぐらい気を失っていたのかわからないが、最後にテントを張った場所からドノカイまで少なくとも二日はかかったはずだ。ここはドノカイだとゴドフリーは言った。どうやら旅の最後の行程のあいだ、ずっと気を失っていたらしい。ゴドフリーとともに荷馬車に乗せられ、馬に乗ったメリーとガーハードがその両脇について進んだそうだ。そうして三人で彼を守っていたらしい。初日の昼過ぎに体が動き、目を覚ましかけたが、メリーが何かの薬を飲ませて、ドノカイに着くまで起きないようにさせたとゴドフリーは言った。ガーハードは反対したが、メリーがアレックスに何かあったときにはその代理を務める領主夫人として彼を説得し、その後も何度か薬を飲ませたという。

そのことをメリーに感謝するべきなのか怒るべきなのか、アレックスにはわからなかった。薬を飲まされて起きないようにされたのは気に入らないが、襲われてから二日は経っているはずの今でさえこんなにも頭が痛いのだから、旅のあいだに目を覚ましていたら、きっとひどくつらかったにちがいない。とはいうものの、今はこうして目が覚め、決断も下せるのだから、ゴドフリーに呼ばれたメリーがここに来て、彼にベッドに戻るよう言おうが言うまいが、起きるつもりでいた。

片方の脚でよろよろと立ち、もう一方の脚をブライズにとおそうとしていると、ゴドフリーが部屋に駆けこんできた。アレックスは動きを止めて少年をにらみつけたが、そのすぐあとに女たちがぞろぞろと入ってきたので、穿くのはあきらめて、ブライズで股間を隠した。ざっと見ただけでも五人はいた。最初に入ってきたのはメリーと妹のイヴリンドだったが、そのあとにそれぞれの侍女と、初めて見る女性が続いた。アレックスは横目で彼女たちを見た。こんなに早く来るなんてきっと階段を駆けあがってきたにちがいない。

まともに考えられたのはそれが最後になった。アレックスはあっというまに女たちに囲まれた。彼女たちはブライズに手を伸ばして取りあげようとしたり、アレックスの腕をつかんでベッドに連れ戻そうとしたりしながら、口々に彼を責め立てた。みな同時に話すので何を言っているのかさっぱりわからず、アレックスの頭痛はいっそうひどくなった。

気づくとブライズを取りあげられ、裸のままベッドに寝せられていた。五人の女たちが彼の体を上掛けで覆おうとしながら、怒りもあらわに、もう起きて動きまわれると思うなんてどうかしていると責め立てている。

そのとき戸口から低い男の笑い声が聞こえてきて、女たちは静かになった。アレックスは援軍が来てくれたことを期待してそちらに目を向け、戸口に立つ男を見て唖然とした。彼がドノカイの悪魔にちがいない。アレックスはつねづね自分は大男だと思ってきた。まわりの男たちより優に半フィートは背が高かったからだ。だが、戸口に立つ男はアレックスより背が高く、横幅もあるようだった。戸枠に頭がつきそうになっていて、幅もわずかにしか残っていない。だが、室内に入ってくる彼を見て、大きな体をしているにもかかわらず動きはしなやかであることにアレックスは気づいた。カリン・ダンカンはひと目で状況を理解したらしく、おもしろそうに微笑みながらも、すなおに言うことを聞いたほうが身のためだとほのめかすような険しい目を女たちに向けて命じた。「出ていけ」

イヴリンドは夫におびえてはいないようだった。その言葉を聞いて顔をしかめ、夫のそばに行って反論した。「でもカリン、お兄さまと話して、いったい何が起こっているのか突き止めなければならないわ」

アレックスが驚いたことに、ドノカイの悪魔は怒りもせずにやさしい目で妻を見つめ、笑みを浮かべてその唇にキスしてから、身を起こして言った。「おれが話して、真相を突き止める」

「でも――」イヴリンドは言いかけたが、カリンが手を上げて制すると口をつぐんだ。

「おれはきみが新しくできた姉と話すのを許しただろう？　今度はおれが新しくできた兄と話すのを許してくれ」イヴリンドがなおもためらい、アレックスを心配そうに見るのを見て、カリンはつけ加えた。「ベッドから出させないようにするから」

妹がほっとした顔になり、まるで彼がとてつもなく賢いことを言ったかのように大男に微笑みかけるのを見て、アレックスは驚いた。イヴリンドは部屋を出るようほかの女たちをうながし、メリーにこう請けあいさえした。「カリンがわたしたちに代わってすべてを明らかにしてくれるわ」

アレックスは扉が閉まるのを見守ってから、新しくできた義理の弟に視線を移した。無言のまま彼を見つめて、この少しのあいだに目のまえで起こったことを考え、驚きながら言った。「妹はきみを愛しているようだな」

「ああ」カリンはにっこり笑ってから、まじめな顔になって言った。「そしておれも彼女を愛している」

アレックスは黙ってうなずいた。ふたりが愛しあっているのは明らかだ。どうやら心配することはなかったらしい。苦笑いして起きあがり、ベッドからおりようとしたが、驚いたことにカリンがすかさずそばに来て彼をベッドに押し戻したので、うなり声をあげてまた横になった。

「ベッドから出るんじゃない。さもないとおれと戦うことになるぞ」ドノカイの悪魔はうなるように言うと、唇をゆがめて笑ってつけ加えた。「妻と約束したんだ。おれは約束を守る男だからな」

アレックスは言われたことを少しのあいだ考えてから、観念した。いつの日か純粋に楽しみのために彼と戦って、どちらが勝つかたしかめてもいいかもしれないが、今この瞬間はどちらが勝つかはっきりしている。本調子ではないし頭も痛かったので、無言のままうなずき、カリンが彼から手を離して身を起こすと、ベッドのうえに置きあがった。

「よかった。戦いがいのある相手と一線まじえるのは楽しいが、今のきみはとてもそうは見えないからな」カリンは暖炉のまえの椅子を持ってきてベッドのかたわらに座り、アレックスと向きあった。

沈黙のなか、ふたりの男は互いを値踏みするように見ていたが、しばらくするとカリンが尋ねた。「チュニスはどうだった？」

「暑くて血にまみれていた」アレックスはそっけなく言い、カリンが笑い声をあげると笑みを浮かべた。

カリンも笑みを返してきて言った。「なんだか面倒なことに巻きこまれているようだな。気の毒に。きみの妹がここに来たころは、ここでも少々問題が起きていた。幸い、今ではすっかり解決したと言えるがね」彼はそう請けあってから尋ねた。「さて、ここで何があったのか話そうか？　それとも、それより先に、きみがいったいどういうことに巻きこまれているのか話してくれるか？」

アレックスは少しのあいだ黙って考え、これは公正な取引だし、この男のことは好きになれそうだと結論づけた。そして先にここで何があったのか話してほしいと頼み、新しく義理の弟となった男が、イヴリンドがドノカイに嫁いできたころの話をするのを静かに聞いた。カリンはすべてを包み隠さずに話し、身近な者が犯したあやまちや、それに気づかなかった自らの愚かさについて語った。実際、彼が起こったことをありのままに話すので、アレックスは知らず知らずのうちに何度も眉を吊りあげたり、ひそめたりしていた。やがてカリンの話は終わり、今度は彼が話す番になった。

正直に話してくれたカリンの誠意に応えようと、メリーがダムズベリーに来てから起こったことを同じように包み隠さず話した。カリンは黙って聞いていたが、用を足すために外に出て何者かに頭を殴られたことまで話したところで、アレックスも黙りこむことになった。そのあとのことはたいして覚えていない。森のなかを引きずられていく彼のうえにメリーが倒れてきたことや、彼女の心配そうな声や、激しい痛みに襲われながらよろよろとテントに戻ったことをぼんやり覚えているだけだ。

カリンがメリーから聞いた話をして記憶の穴を埋めてくれたあと、考えこむように顎をさすって言った。「きみに薬を飲ませていたのが奥方でないことはまちがいない」

「ああ、もちろんだとも」アレックスはすかさず言ったが、カリンにそう言われて自分がいくらかほっとしたことに気づいた。

カリンはすべてわかっているというように微笑んでから続けた。「そう思ったとしてもだれもきみを責めないぞ。彼女が嫁いできてからきみは薬を飲まされはじめたんだし、きみに薬を飲ませて得をするのは彼女なんだから」

「得をするだって？」アレックスは冷ややかに尋ねた。

「ああ、盛りのついた雄牛みたいに追いまわしてくる夫を持ちたいと思う女もいるだろう」

「その雄牛が互いの体が痛くなるまで容赦なく追いまわす場合は別だ」アレックスは言った。

「まあそうかもしれないな。とにかく彼女のしわざではない。きみのことをあんなに心配しているんだから」

「そうなのか？」アレックスは尋ね、自分の熱心な口調に気づいて頬を赤らめた。メリーが彼を心配してくれていると知ってうれしかった。今この瞬間まで、そんなことは期待してもいなかったのだ。ふたりの結婚生活は幸先のいいスタートを切ったわけではなく、彼女はずっと彼を酒飲みだと思っていたのだから……

「ああそうだ。彼女はきみを愛してもいると思う。まだ自分でも気づいていないみたいだがね。今は子を持つ雌犬《ビッチ》の段階だ」

アレックスは眉をひそめてカリンを見た。「子を持つ性悪女《ビッチ》?」

「子犬を産んで母親になったビッチだよ」

「ああ!」アレックスは緊張を解いた。「犬のことか」

「ああそうだ。ビッチというのは雌の犬のことだよ」カリンはそう言ってから、顔をしかめてつけ加えた。「きみはおれの愛しい妻の兄上だ。きみやきみの奥方を侮辱するようなことはしない」

「ああ、もちろんそうだろうな」アレックスは愉快に思いながら言った。気に入らない人間ならカリンは相手かまわず侮辱するだろうが、そうすることでイヴリンドが怒るなら、彼女のまえでは控えるにちがいない。もっとも、ここにはイヴリンドはいないが。アレックスは話題を変えようとして尋ねた。「つまり、メリーはおれを守ろうとしているというのか?」

「ああそうだよ」カリンはふたたび笑みを浮かべて言った。「スチュアートはここからそう遠くないから、彼女にはまえにも会ったことがある。メリーは父親や兄たちをまえにすると正真正銘のがみがみ女になるが、本当はいい女だし、彼女をがみがみ女にさせているのは彼らだからな」

アレックスはうなずいた。彼自身も早い段階でそう結論づけていた。

「メリーは父親や兄たちに対しては決して過保護にならず、おれが見るかぎりではつねに腹を立てているようだった。でもきみに対しては自分の母親に示したのと同じ気づかいを示している。メリーの母親はとてもすばらしい女性で、メリーは心から愛していた。まるで母狼みたいに母親のそばにいて、面倒なことに巻きこまれないよう気を配り、自分が子どもではなく母親にでもなったように世話をした」カリンはうなずいてから続けた。「きみに対してもそうなんだ。背筋を伸ばし、険しい目をして馬に乗り、きみが乗った荷馬車の横にぴったりついて、城の門を入ってきた。腰には短剣を差していたよ。おれに会いたいとすぐに要求して、あいさつもそこそこに、だれがきみを殺そうとしているのかわかるまで、見張りをつけた安全な部屋にきみを寝かせてゴドフリーをそばにいさせるよう頼んできた」

アレックスはそのようすを想像して頬をゆるめた。

「おかげでイヴリンドはひどく興奮している」カリンは笑い声をあげて言い、首を横に振ると、まじめな顔になって続けた。「おれにはいいことには思えないがね。イヴリンド自身もついこのあいだまで大変なことに巻きこまれていたんだから。でも、これぱかりはどうしようもない。メリーはきみを守ろうとしている。本当にいい女だよ」

「ああ、そうだとも」アレックスは微笑んで言った。カリンの言うようにメリーが自分を好きになってくれていることを心から願った。妻を知れば知るほど、彼女を愛しく思う気持ちが強くなる。愛する相手に愛してもらえないのは、とてつもなくつらいだろう。

「そうなると、いったいだれがきみにひと晩じゅう妻を抱かせたがるのか突き止めなければならない」カリンがふいに言って、しばらく考えてから尋ねた。「妻を抱くことで夜にできなくなることはあるか？」

「眠れなくなる」アレックスは答えた。

「つまりはそういうことなのかもしれないな。きみを疲れさせて集中力や考える力を失わせ、簡単に仕留められるようにする。あるいは……」口をつぐんで考えこむ。

「なんだい？」

「その、メリーは、きみは薬を飲まされていたせいで、まるで酔ってでもいるようにろれつがまわらなくなったり、動きがにぶくなったりしていたと言っていた。だから、初めのうちはきみも兄たちや父親と同じだと思っていたとね」

「そうだったようだ」アレックスは顔をしかめて言ったあと、カリンが考えていることに思いあたって目をしばたたいた。「つまり、何者かがおれに薬を飲ませていたのは、メリーを抱かせようとしてではなく、彼女の父親や兄たちと同じに見えるようにして彼女から嫌われるようにするためだったというのか？」

カリンはうなずいた。「メリーが酔っ払いのきみを喜んでベッドに迎え入れるはずがないからな」

「そして結婚式の晩のことを心から悪かったと思っていなければ、おれは薬の影響を受けてメリーを無理やり襲っていたかもしれない」

カリンは片方の眉を吊りあげた。「メリーは、結婚してからの三週間は、きみはろれつがまわっていなかったり動きがにぶくなっていたりしただけで、欲望を抱いているようには見えなかったと言っていたぞ」

「いや、抱いていたんだ」アレックスは淡々と言って、考えながら続けた。「でも、ゆうべ、いや最後にメリーと過ごした晩に抱いたものほど強い欲望ではなかった」強烈な欲望につき動かされた晩から少なくとも二日は経っていることに気づいて訂正する。「最初の三週間はどうにか自分を抑えられたんだが、その最後のときは……」いったんは口をつぐんだが、何もかも正直に話してくれたカリンに報いようと打ち明けた。「たとえメリーに拒まれたとしても無視していたにちがいない。彼女はおれを怖がっていて、まだおれを迎える準備ができていないと気づいて、かろうじて自分を少し抑えることができたんだ」

カリンはゆっくりうなずいてから指摘した。「薬を武器に用いるのは女であることが多い」

アレックスは目を細めた。「きみはメリーのしわざではないと言っていたはずだが」

「ああ。彼女のしわざだとは思ってない」カリンは彼を安心させるように言った。「でも、エッダならやりかねないと思う。あれは腹黒い女だ」

アレックスもそう思ったが、あえて反論した。「エッダはダムズベリーにいる。旅のあいだおれに薬を飲ませるのは不可能だ」

「でも、従者のひとりを抱きこんだのかもしれないだろう?」カリンは言いつのった。「もしそうだとしたら、そいつが薬の量をまちがえたのかもしれない。それなら、きみが最後に彼女と過ごした晩に極端な反応を示したことの説明もつく」

「そうかもしれない」アレックスはそう認めはしたが、従者のひとりがかかわっているとは思いたくなかった。「でも、どうしてエッダがそんなことをするんだ? おれとメリーを仲たがいさせても、城のなかに不穏な空気をつくるだけだ。結婚を解消するわけにはいかないんだから。それに、おれに薬を飲ませた人間と襲った人間が同じだとしたら、そのねらいはなんなんだ? 岩を崖から落としたときは、まちがいなくおれを殺そうとしたんだと思う。逃げていなければ頭にあたっていたんだから。だが、二度目のときは気を失わせて、どこかに連れ去ろうとした。ちょうど気がついて抵抗しようとしたところにメリーがやってきて、おれのうえに倒れてきたんだ」

「犯人の顔を見たのか?」カリンが身を乗り出して尋ねた。

アレックスは顔をしかめた。「いや。気がついたといってももうろうとしていたし、顔を上げられるだけの力もなかったから」

カリンはうなずいた。「最初のときも殺すつもりはなかったのかもしれないな。もしくは二度目のときはどこかに連れていって、事故に見せかけて殺すつもりだったか」

「ああそうかもしれない」アレックスは応じた。どちらもありえることだ。「事故に見せかけて殺すのが目的だったとしたら、あともう少しで成功するところだった……でも、そんなことをしてなんになる？　メリーは未亡人になるが領地を失うわけではない。王はできるだけ早く彼女を結婚させて、相手の男を新たな領主にするだろう。おれが死んでもエッダには得にならないんだ」

「きみたちふたりがどちらとも死んだら？」カリンは興味を引かれたように尋ねた。「ダムズベリーはエッダのものになるんじゃないのか？」

アレックスはそうなったときのことを想像して身をこわばらせたが、やがて緊張をほどいて首を横に振った。「いや、それはない。ダムズベリーはイヴリンドのものになって、きみたちふたりが領主夫妻となる」

カリンは顔をしかめた。「ドノカイだけでも手いっぱいだというのに。ダムズベリーはきみに任せるよ」

「それはどうも」アレックスはそっけなく言ったが、カリンが笑い声をあげるのを見て、気づくと苦笑いしていた。

「それにしても、わけがわからないな」カリンは渋い顔になって続けた。「どうやら妻を失望させることになりそうだ。ことの真相を明らかにする手助けができなかったんだから」

「少なくとも力になろうとはしてくれた」アレックスは静かに言った。「ありがたいと思っている」

「わかっている」カリンはうなずいた。「女たちもきみの力になろうとしている。メリーとおれの妻も階下で頭を悩ませていた。いちばんの問題は、きみを襲うことと、きみに薬を飲ませることのふたつが、同じ目的を果たすための行為には見えないことだ」首を横に振る。「引きつづきよく考えてみるが、さしあたっては、くれぐれも注意するんだな。つねに護衛の者をそばにおいて、おかしなものが入れられていないとわかっているもの以外は飲まないことだ」

「わかったよ」アレックスは同意した。

「よかった。これからもずっと生きていて、きみの妻はもちろんおれの妻も悲しませないようにしてくれ」

「そうすればおれたちみんな幸せになれるからな」アレックスは少し皮肉っぽく言った。

12

アレックスは悲惨きわまりない状況に置かれていた。

目を閉じ、頭を抱えて、室内に飛び交う言い争う声のせいでますますひどくなりつつある痛みをしずめようとする。ついには耳をふさいで話し声をさえぎろうとしたが、たいした効果はなかった。彼がカリンとの話を終えて以来、室内には人があふれていた。ドノカイの悪魔は部屋を出て妻と話をしにいったのだが、次にアレックスが気づいたときにはメリーがいて、そのすぐうしろにはガーハードとゴドフリーが控えていた。さらに少し離れたところにイヴリンドとその侍女のミルドレッド、そしてメリーの侍女のユーナと、カリンのおばだというビディという女性の姿があった。

最初はそう悪くなかった。おもに話しているのは女たちで、アレックスは妻と妹のあいだで交わされるおしゃべりやちょっとした冗談を楽しんでさえいた。ガーハードとゴドフリーが静かに耳を傾けるなか、イヴリンドは彼が十字軍に加わっていた三年間のあいだの出来事や、ドノカイでの暮らしについてアレックスに話した。彼女は見るからに幸せに暮らしているようで、アレックスは胸が温かくなった。さらにビディとは互いに深い愛情を抱いているらしいことに気づいてうれしくなったが、驚きはしなかった。ビディは人好きのする女性だし、カリンが子どもだったころのドノカイでの暮らしについて目をきらきらさせて話すのを見ているうちに、アレックスは彼女のことがすっかり好きになっていた。

だが、何よりもうれしかったのは、メリーが子どものころの話をしたことだった。おかげで彼女のことをもっと知ることができ、知れば知るほど彼女のことが好きになった。

やがて夕食の時間になり、アレックスは起きあがろうとしたが、すぐにベッドに押し戻され、メリーが彼の分はここに運ぶと主張した。さらに彼女が自分もここで食べるとつけ加えると、イヴリンドがみんなでここで食べようと提案した。ふと気づくと室内にはカリンもいて、侍女たちが列をなして、みんなの分の食べものを山のようにのせた皿を運びこんでいた。にぎやかな会話は食事中もそのあとも続いたが、少しまえにアレックスがあくびをしていることにメリーが気づき、そろそろ彼をひとりにして休ませたほうがいいと思うと言った。

するとガーハードが、自分はここに残って扉のそばにわらぶとんを敷いて眠り、アレックスの身を守ると申し出た。ガーハードがメリーとその侍女をまっすぐに見据えてそう言った次の瞬間、だれもがいっせいに話しだし、室内には非難や疑いの声が飛び交って、収拾がつかなくなった。

耳をふさいでもたいした効果はなかったので、アレックスはだらりと手をおろして膝のうえに置き、室内にいる人々をにらみつけた。ガーハードが辛辣な口調で言った。「お言葉ですが、奥方さま、領主さまが薬を飲まされたり襲われたりするようになったのは、あなたとあなたの侍女がダムズベリーに来てからだという事実は無視できません」

「その点はたしかに気がかりよね」イヴリンドが口をはさんで、唇を嚙んだ。

メリーが傷ついた顔を彼女に向けた。「あなたまでわたしがアレックスを傷つけるようなまねをすると思っているの?」

「いいえ、もちろん思っていないわ」イヴリンドはすかさず言ったが、言いにくそうに続けた。「でも、あなたの侍女はどうかしら。あなたが酒飲みと結婚してつらい思いをしていると思ったら――」

メリーはいらだたしげに手を振って、彼女を黙らせた。「あら、ユーナがそんなことをするはずないわ。わたしが彼のことを好きになりはじめていることに気づいている今となっては、なおさらよ」

「きみはおれを好きになりはじめているのか?」アレックスはベッドのうえで元気づいて尋ねた。

メリーは頰を赤くし、彼をにらみつけて小声で言った。「黙っていて」

「それでも」ガーハードがメリーに向かって指を振り立てて言いつのった。「領主さまが襲われるようになったのが、あなたが来てからであることは変わりないし、領主さまが亡くなって得をするのはあなただけだ」

「今度そんなふうにわたしに向かって指を振り立てたら、その指を嚙み切ってやるわよ」メリーは冷ややかに言った。「忘れたの？　気を失った夫の重い体を馬に乗せて、滝のそばから連れ帰ったのは、このわたしだということを。アレックスをどこかに連れ去ろうとしていた人間をわたしが追い払って、彼を抱えるようにしてテントに戻ってきた晩のこともね。彼の大きくて重い体を抱えて帰るために、殴り倒したりしないわ」

「いや、するかもしれない。次に領主さまが襲われてついに殺されたときに、疑いをほかに向けるためにね」ガーハードは嚙みつかんばかりに言った。「それに、あなたのような小柄な女性が領主さまを襲った人間を追い払ったなんて、だれが信じるというんです？　どうしてあなたは襲われなかったんですか？」

「わからないわ」メリーはこわばった口調で言った。「でも、わたしがアレックスに危害を加えていないことや、これからも加えるはずがないことはわかっている。あなたのほうこそわたしを犯人にしたくてたまらないようだけど、疑いの目を自分からそらそうとして、そうしているんじゃないの？」

「わたしを疑っているんですか？」ガーハードは声を張りあげ、信じられないというように言った。「どうしてわたしが領主さまに危害を加えるんです？　それにわたしには領主さまに薬を飲ませる理由がない……あなたとちがってね」

「あら、でも、わたしに疑いを向けさせるために薬を飲ませたのかもしれないじゃない。それから、あなたがアレックスに危害を加える理由だけど……」メリーは目を細めた。「わたしとその家族がダムズベリーに着いた日に、あなたが自分のことをどう説明するか迷っているみたいだったのを覚えているの。あなたは口ごもったあと、自分は彼の〝従者〟だと言ったわ。少しばかり苦々しい口調でね」

アレックスは驚いてガーハードを見た。「きみはおれの片腕だぞ、ガーハード。どうしてそう言わないんだ?」

ガーハードは決まり悪そうにしていたが、やがて顔をしかめて打ち明けた。「自分は領主さまの片腕だという確信がなかったもので」

「なんだって?」アレックスはますます驚いて尋ねた。

「いえその」ガーハードは苦々しい口調で言った。「片腕なら、領主さまが旅に出ているあいだ、ダムズベリーに残って留守を預かる役目を任されるはず。だから、あなたがほかの者を訓練して留守を任せ、わたしをこの旅に連れてくると決めたとき、わたしは年を取りすぎているからもう片腕にはふさわしくないと見なされているんじゃないかと思ったんです」

アレックスはいらいらと舌打ちした。「どうして直接おれにきいてくれなかったんだ? ほかの者に留守を任せてきみを連れてきたのは、ダムズベリーは比較的平和でさしあたりはどこかから攻撃を受ける恐れもないが、ここの状況はさっぱりわからなかったからだ。もしイヴリンドが不幸だったり虐待を受けていたりしたら、そのまま彼女をここに置いておくわけにはいかない。こちらの人間と戦って彼女を連れ帰らなければならない場合にそなえて、片腕のきみも含めて、最も優秀で信頼できる男たちを連れてきたんだ」

「まあ、お兄さま、そんなふうに思っていてくれたなんて感激だわ」イヴリンドがアレックスににっこり微笑みかけて言った。

カリンは妻ほど感銘を受けていないようで、そっけなく言った。「そのためにはもっと大勢の人間を連れてくる必要があったぞ」

アレックスは顔をゆがめた。「うちの者たちを全員引き連れて戻ってくるまで待っていられないような状況だったら、まともに戦わずに、どうにかしてこっそりイヴリンドを連れ出そうとしていただろう」

「なるほどね」カリンはうなずいて、ほかの者たちのほうを見た。「どうやらはっきり白だと言い切れる人間はいないようだな」

カリンが険しい口調でそう言いながらも、詫びるような目でメリーを見るのにアレックスは気づき、彼女はいい女だと彼が言っていたことを思い出した。アレックスを襲ったのがメリーだとはカリンは決して思っていない。アレックスはそのことをうれしく思った。

「それに」カリンが続けて、アレックスの物思いを破った。「アレックスにもおれにも充分な睡眠が必要だし、イヴリンドが夜通し起きて兄の身を心配していたら、おれも眠れないだろうから、ここで寝るのは彼ひとりにする。メリー、きみには廊下の先に部屋を用意する」メリーに向かってやさしく言うと、それほどやさしくはない目をガーハードとゴドフリーに向けた。「きみたちふたりはほかの者たちとともに階下で寝ればいい。すでに、うちで最も優秀な男をふたり、この部屋の外に立たせてある。彼らにひと晩じゅう見張らせるから。さあ、みんな出ていくんだ」

アレックスが見守るなか、メリーは少しためらってからうなずくと、戸口に行って足を止めた。カリンとイヴリンド以外の者が出ていくのを待ってから、おやすみのあいさつ代わりにこわばった顔で三人に向かってうなずいて、部屋を出ていった。

「わたしが言ったことのせいで傷ついていなければいいけど」イヴリンドが部屋を出ていくメリーを目で追いながら小さな声で言った。

「きっと大丈夫さ」カリンがぶっきらぼうに言って妻の肩を抱き、戸口に向かった。「兄上の身を案じるあまりの言葉だとわかってくれているはずだ」

「そうだといいけれど」イヴリンドは夫に寄り添って歩きながら言った。「なんだか悪い気がするわ。メリーのことは好きだし、彼女のしわざだなんて思ってもいないけど、ふたりが結婚してからおかしなことが起こりはじめたのはたしかだし。そのことに何か意味があるような気がするんだけど、それがなんなのかわからない。実際、理屈に合わないわ。どうしてお兄さまを欲情させたうえで殺そうとするのかしら？　本当に殺そうとしているとしての話だけど」頭を悩ませながら、いらだった口調でつけ加える。

カリンは妻の背中をなでながら、彼女をうながして戸口を出た。「そのぐらいにしておけ、妻よ。今夜はもう考えるな。あれこれ思い悩んでいると眠れなくなるぞ。ベッドのなかで思い悩むよりもいいことを、おれがきみにさせてやる」

「まあ、カリンたら。愛しているわ」イヴリンドがくすりと笑うと同時に、ふたりのうしろで扉が閉まった。

ありがたい沈黙があたりにおりる。アレックスは閉じた扉を見つめ、少しばかりうんざりしながら首を横に振った。どうやらみんな、頭を殴られたら何も考えられなくなると思っているらしい。だれひとりとして、彼がどう考えたり感じたりしているのか、気にしていないようだ。彼がここにはいないかのように激しく言い争い、妻には黙っているようにと言われた。それにカリンも、だれをどこで寝させるかという点について彼の意見を求めようともしなかった。カリンはここの領主でその言葉は絶対だが、アレックスやその従者たちまで従う必要はない。彼らに指示を出すのはダムズベリーの領主であるアレックスの仕事だが、ドノカイの悪魔はそうは思っていないようだ。それもこれも自分がまるで病人のように一日じゅうベッドに寝ていたからだろうとアレックスは思った。

明日になったらその印象をくつがえしてやろうと決意した。朝早くにベッドを出て、領主としての責任を果たすのだ。いったいだれがなんのためにおかしなまねをしているのかも突き止める。アレックスはそう固く心に誓うと、ナイトテーブルのうえに置かれたろうそくの火を吹き消して、上掛けのシーツと毛皮の下にもぐった。

とはいうものの、アレックスがようやく眠りについたのは、それからだいぶ経ってからのことだった。室内は静まり返っていて、メリーのいないベッドはとてつもなく広く思えた。アレックスはしばらくのあいだ落ち着きなく寝返りを打ったあと、ベッドを抜け出し、最初に起きあがろうとしたときほど体が弱っていないことにほっとしながら、暖炉のまえに足を運んだ。そこに置かれた椅子に座って、自分の身に起きたことを考えたが、夜明け近くになると考えるのをやめて、大きくて広いベッドに戻った。そして眠りに落ちながら思った。メリーがいないといやだ。もう二度とひとりでは寝るものか。そのためにはドノカイを去らなければならないとしても、と。


「本当にごめんなさい、メリー」イヴリンドが言った。メリーが朝食をとるために架台式テーブルについてから今までの三十分のあいだに、彼女がそう言うのは三度目だった。「あなたのことは大好きだし、お兄さまを襲ったのがあなたのしわざではないということはわかっているんだけど――」

「いいのよ」メリーは静かにさえぎった。「わかっているから。あなたはお兄さまを愛していて、彼の力になりたいと思っているだけだもの」

「それはそうだけど、あなたがわたしに疑われていると思いながら寝たんじゃないかと心配になって。わたしはただ――」

「正直言うと、少し傷ついたわ」メリーはおだやかに認めた。「でも、あなたの気持ちはわかっていたから。そんなふうに何度もあやまらなくていいのよ」安心させるようにイヴリンドの手を叩いて続ける。「それに、ゆうべだれがどこで寝るのかを決めたのはカリンだもの。彼は特定のだれかを疑ったりはしなかった。ガーハードもアレックスとは別の場所に寝させたわ。そのことには感謝しているの」

「そうね」

イヴリンドが心配そうな顔をするのを見て、メリーは片方の眉を吊りあげた。「どうしたの？」

「その……ガーハードはわたしが物心ついたときにはもうダムズベリー城にいたし、彼のことはよく知っていると思っていたんだけど……」

「だけど？」メリーはうながした。

「十字軍に加わっているあいだに、なんだか変わってしまったみたいなの。わたしが覚えている彼よりある面では厳しくなって、ある面ではやさしくなったような気がするのよ」イヴリンドは顔をしかめて説明すると、堰《せき》を切ったように話しはじめた。「今朝わたしがこのテーブルに来たとき、ガーハードはカリンに今回のことはエッダのしわざだとはとうてい思えないと言っていたの。エッダはみんなが思っているような悪い人間ではないし、今度のことでなんの得もしないからって。彼女はみんなに誤解されている不幸な女性にすぎないなんて言っていたのよ」

メリーはわずかに眉を吊りあげ、大広間を見まわしてガーハードの姿をさがした。

「ガーハードはカリンといっしょにお兄さまのもとに行ってから、中庭に出ていったわ」イヴリンドが階段のほうに目をやって不愉快そうに言った。「ガーハードがそんなふうにエッダの味方をするなんてとても信じられないわ。エッダがうちの父と結婚したあとどんな態度をとっていたのか直接見て知っているのに。父が亡くなるまえにガーハードはお兄さまとともに十字軍に加わるために城を離れたし、父が生きているあいだはエッダもいくらか自分を抑えていたとしても、彼女がだれに対しても冷たい不愉快な人間だったことには変わりないわ。それなのにガーハードは、自分は不幸だったからみんなに冷たくあたってきたけど、今ではそれを後悔しているなんていう彼女の言葉にだまされているみたいなんだもの。あなたが彼女の言葉を信じるのは無理もないわ。ほんのひと月まえに会ったばかりなんだから。でもガーハードは――」イヴリンドは自分が一方的にまくし立てていることに気づいたらしく、ふいに言葉を切って苦笑いした。「ごめんなさい。朝食をとっているときにこんな話を聞かされたら、おいしく食べられないわよね」

メリーはかすかに微笑んで尋ねた。「エッダが変わったとは考えられない？」

イヴリンドは少し考えてから、しぶしぶうなずいた。「考えられないこともないわ。でも、彼女がカリンとわたしを結婚させてから何カ月も経っていないのよ」

「その結婚はとてもうまくいっているようだけど」メリーは指摘した。

「でも、エッダが縁談をまとめるよう国王に願い出たときには、そうなるのを望んでいたわけではないのよ」イヴリンドは重々しく言った。「わたしたちはばかげた噂がつくりあげたドノカイの悪魔としてのカリンしか知らなかったんだから」

メリーは頬がゆるみそうになるのをこらえなければならなかった。カリンがドノカイの悪魔と呼ばれるようになったのには、それ相応の理由があったからだ。彼は戦っているときのようすから、そう呼ばれるようになった。すさまじい速さで正確に剣をくり出すその姿は悪魔そのものだという。カリンは敵に恐れられるとともに尊敬される男だった。愛する者に対しては、かなりちがう顔を見せているようだが。

「そうよ」イヴリンドは険しい顔で断言した。「エッダがわたしをカリンに嫁がせたのは幸せにするためではないわ。わたしは運がよかっただけなの。エッダの本性が見たければ、ダムズベリーに帰ったときに、わたしはとても幸せに暮らしていたと言ってやればいい。すぐにいい人の仮面を脱ぐはずよ」

「きっと怒り狂いますよ」イヴリンド付きの侍女のミルドレッドが陰気な声で言った。メリーが彼女に目をやると、ミルドレッドは訳知りげに顔をしかめていた。メリーは暗い気持ちで目を伏せた。あんなにも親切にしてくれて、ダムズベリーでの暮らしを楽しいものにしてくれたやさしい女性が、このふたりが知る女性と同じ人物とはとても思えなかった。

「わたしたちが言っていることが、あなたの知るエッダの姿と一致しないのね」イヴリンドは悲しそうに言った。「でも、用心するに越したことはないでしょう？　お兄さまのためにそうしてくれる？」

「わかったわ」メリーは承知した。夫の命を守るためなら喜んで用心に用心を重ねるつもりだった。この旅に出るまえの晩以来、彼女は彼のことをどんどん好きになっていた。今ではアレックスは酒飲みではなく何かの薬の影響を受けていたのだと確信していて、彼のことをよく知るようになるにつれて、イヴリンドがカリンと幸せになれたように、自分もアレックスと幸せになれるのではないかと思うようになっていた。それはすばらしいことだった。ダムズベリーに着いた日、メリーは地獄にやってきたと思ったのに、今、彼女の未来は天国になりつつある。

夫もわたしを愛してくれればの話だけれど。メリーはふいに思った。夫が愛してくれなければ未来は明るいものにはならない。愛する相手に愛してもらえないのは、とてつもなくつらいだろう。とはいえ、アレックスは少なくとも彼女を好きでいてくれているようで、つねに好意や思いやりを示してくれる。それがいつの日か愛に変わることをメリーは願った。

今この瞬間、最も気がかりなのは、夫が何者かに薬を飲まされ、襲われたことだ。メリーはイヴリンドとカリンがつかんだ幸せを夫とともにつかむまえに彼を失うことを恐れる一方で、彼がガーハードの言うことを信じて犯人は彼女かもしれないと疑っているのではないかと不安でならなかった。信頼なくして愛は得られない。愛も信頼も欲しかった。

「具体的にはどうすればいいかしら？」静かに尋ねる。アレックスの信頼と愛を手に入れるためならどんなことでもするつもりだった。

「とにかく用心を怠らないで、ダムズベリーに戻ったら、エッダをどこかにやるようお兄さまに言うの」

メリーは浮かない顔でうなずいた。夫の信頼を得るためなら仕方ないが、そうすることで自分にとてもよくしてくれた女性が傷つくことになるかもしれないと思うと気が重かった。

「永遠にというわけじゃないわ」イヴリンドがメリーの表情に気づいてすかさず言った。「それに、もしかしたら本当に心を入れ替えたのかもしれないものね」

明らかにそうは思っていない口ぶりだったので、メリーは思わず笑い声をあげた。

イヴリンドは顔をしかめて続けた。「彼女の姉のもとに行かせてはどうかと持ちかけたら？」

「お姉さまがいるの？」メリーは驚いて尋ねた。

「ええ。レディ・デュケという方。二十年ほどまえにアルフレッド・デュケ卿のもとに嫁いだそうよ。エッダがわたしの父と結婚するよう命じられるかなりまえね」イヴリンドは言った。「でも、ふたりが仲がいいとは思えないわ。少なくともレディ・デュケは一度もダムズベリーに来たことがないし、エッダも彼女を訪ねてはいないはずよ。実際、わたしが知るかぎり、エッダはだれのもとも訪ねていないわ。友だちがいないんじゃないかしら。それもこれも彼女の不愉快な態度のせいだと思うけど」

メリーは小さくあいづちを打ったが、心のなかではどうしてエッダは姉がいることを話してくれなかったのだろうと不思議に思っていた。この旅に出るまでの三週間のあいだ、彼女とはかなりの時間いっしょに過ごした。エッダは子どものころの話や宮廷での暮らしについてメリーにいろいろ話してくれたが、きょうだいがいるとは一度も言わなかった。奇妙だとは思ったが、肩をすくめて深くは考えないことにした。イヴリンドが今言ったことから考えると、ふたりは明らかに親しくないようだ。だからエッダは姉のことを話さなかったのだろう。

「うまく話を持ちかければ、姉のもとに行かされてもエッダは気を悪くしないはずよ」イヴリンドは続けた。「それに永遠に行かせておく必要もないわ。あなたとアレックスがことの真相を明らかにして、彼女の共犯者とおぼしき人間——つまり実際に手を下した人間を突き止めて、単独犯なのか、それともだれかと共謀していたのかを明らかにし、彼女はなんの関係もないとわかったら、呼び戻せばいい」肩をすくめる。

「そうね」メリーは同意したが、心のなかではなおも、どうしてエッダは姉がいることを話さなかったのだろうと考えていた。その手のことを話さないのは少し奇妙に思えた。自分の身内はアレックスとメリーだけだと、エッダはつねにメリーに印象づけていた。おかしな話だと思ったが、そのときゴドフリーが横に来たので、問いかけるように彼を見た。ゴドフリーはいらだっているような顔をしていた。

「どうしたの、ゴドフリー?」メリーは心配になって尋ねた。

「領主さまがベッドを出られました」ゴドフリーは怒った口調で言った。「そんなことをしたら奥方さまに叱られると言ったんですが、いいから服を着せろとおっしゃって。仕方なく言われたとおりにしましたが、そのあとすぐこうして――」

そこで言葉を切り、はっとした顔になって、メリーの背後に目を向けた。次の瞬間、すさまじい音がした。

メリーが彼の視線を追ってベンチのうえで振り返ると、夫が階段を落ちてくるのが見えた。彼女はすばやく立ちあがって彼に駆け寄った。

アレックスは階段の下に落ち、悪態をついてから、頭以外にも何箇所か痛むところができそうだと体に告げられて、うめき声をあげた。そのあと、自分に賢明にも手すりをつかませてくれた幸運の星に感謝した。思っていたより足もとがふらついていた場合にそなえてそうしたのだが、頑丈な木の手すりをつかんでいたおかげで首の骨を折らずにすんだ。階段に落ちていた何かで足をすべらせたとき、手すりをつかんでいたおかげで頭から落ちずにすんだのだ。その代わりに背中と尻ですべり落ち、新たな痣をいくつもつくることになったが、首は無事だった。

「あなた！」

「お兄さま！」

妻と妹の動揺した声を聞いて、アレックスはまた小さく悪態をついた。ふたりは大広間を彼のほうに走ってくる。そのうしろにゴドフリーと侍女たちが続いていた。みっともないところを見られたのだ。これでまた彼は回復していないという印象を与えてしまったにちがいない。それはアレックスが今この瞬間、最も望んでいないことだった。今朝、彼はすっかり元気になったところを見せようと、ベッドを出て服を身につけた。彼がダムズベリーの領主としての務めを果たせるようになれば、もうだれもむだに騒ぎ立てたりしないだろうから。今夜もまたひとりで寝るつもりはさらさらないが、そのためにはすっかり回復した姿を見せて、彼の決断を通せるようにする必要があった。幸先のいいスタートとは言えなかった。

「あなた？」

「大丈夫だ」アレックスはきっぱり言って、どうにか上体を起こした。メリーとイヴリンドが彼の両脇でそれぞれ膝をついた。「嘘じゃない。階段に落ちていた何かで足をすべらせただけなんだから。だれにでも起こりえることだ」

「まだ歩けるだけの力が脚に戻っていないんじゃない？」イヴリンドが静かに言った。「もう一日か二日はベッドでおとなしく――」

「いや」アレックスは険しい声で言ったあと、声のきつさを笑顔でおぎなおうとして無理に笑みを浮かべた。立ちあがり、おだやかな口調で続けた。「いや。その必要はまったくない。起きて動きまわらなければならないんだ。おれは病人じゃないんだからな、イーヴィ」

イヴリンドは昔懐かしい愛称で呼ばれてかすかに微笑んだが、彼の右腕の下に体を入れようとし、それと同時にメリーが左腕の下に肩を入れようとした。アレックスは心のなかでため息をつき、ふたりからあとずさった。

「おれの脚はもうなんともない。ほんの少し動きがにぶくなっているだけだ」まじめな顔でふたりに請けあったが、必ずしも本当のことではなかった。階段から落ちてから、脚に少し震えが残っていたが、そう認めてベッドに連れ戻されるぐらいなら、死んだほうがましだった。「きみたちふたりをテーブルにエスコートさせてくれ、ご婦人方」

アレックスは妻と妹が腕を差し入れられるように左右の肘を曲げた。ふたりは少しためらったあと、そうしてきた。アレックスはほっと安堵の息をついて、彼が派手に登場したときふたりがついていたテーブルに彼女たちを連れていった。

「気分はどう？」三人がテーブルに着き、腰をおろしはじめたところで、メリーが心配そうに尋ねた。

「いいよ」アレックスは妹の椅子の隣に置かれたベンチに妻と並んで腰かけながら答えた。

「頭が少し痛むが、それ以外はなんともない」

「痛みをやわらげる薬をつくるから、それを——」メリーは立ちあがろうとしたが、アレックスに腕をつかまれて動きを止め、問いかけるように彼を見た。

「薬はいらない」彼はきっぱりと言った。そして、それを聞いた彼女の顔に不安とともに傷ついたような表情が浮かんだことに気づいた。

わけがわからずにいると、メリーがふたたび腰をおろして、少しこわばった声で言った。

「じゃあイヴリンドかビディおばさまにつくってもらえばいいわ」

そう言われて、メリーが自分自身のことを疑われていると思っているのだと気がついた。ほかの者たちもいるまえでそのことについて話したくはなかったので、アレックスはこう言うにとどめた。「だれがつくった薬も飲みたくないんだ。頭痛はじき治まるだろうし、旅のあいだ頭をはっきりさせておきたいからね」

「旅ですって?」メリーとイヴリンドが声をそろえて尋ねた。

ふたりが目を丸くして左右から彼を見つめるのがアレックスにはわかったが、どちらの顔も見ようとはせず、彼の朝食のハチミツ酒とパンとチーズを運んできた侍女に微笑みかけて言った。「ああ。今ガーハードが男たちを集めてダムズベリーに戻る準備をさせている」

そのあとメリーに目をやって、その反応をうかがった。妻は一瞬、驚いた顔をしたあとすぐに眉をひそめた。いったいどういうことなのだろうと考えているようだ。反対したのはイヴリンドだった。「でも着いたばかりじゃない」

「そうだな」アレックスは重々しく言って、詫びるように妹を見た。「おれだって本当はもっと長くいたい。でも、おまえが幸せに暮らしていることがわかって、いちばんの気がかりがなくなったし、今回の旅で、おれがおまえと同じように幸せになるためには片づけなければならない問題があるとわかった。だれかはわからないがおれを襲った人間が目的を遂げるまえに、解決しなければならない。すべてはダムズベリーで始まったんだから、解決するには向こうに戻る必要があると思うんだ」

イヴリンドはなおも何か言いたそうだったが口に出すのは思いとどまってくれたようで、アレックスはありがたく思った。妹ががっかりしているのはわかっていたが、このままここにいてはますます面倒なことになるだけだ。ことの真相がはっきりするまで、ガーハードはメリーとその侍女を、メリーはガーハードと残りの従者たちを、それぞれ疑い、責め立てるだろう。真相を突き止めないかぎり、妻といい関係を築くことに集中することはできない。

そう考えてあらためてメリーに目をやると、彼女は暗い顔で何かを考えこんでいた。だが、アレックスが何を考えているのかと彼女に尋ねるより早く、イヴリンドが言った。「いつ出発するつもり？」

これから言うことが、彼がダムズベリーに帰るという事実にも増して妹を動揺させるだろうとわかっていたので、アレックスは息を吸いこんでから打ち明けた。「ガーハードから出発の準備ができたと報告を受け取りしだいだ」

メリーが横でびくりと動く。アレックスが目をやると、彼女は驚いた顔をしていた。

アレックスは片方の眉を吊りあげて、静かに尋ねた。「出発のまえに何かしておきたいことがあるのか？」

「いいえ」メリーは小声で答え、ふたたび目を伏せた。

アレックスはどうかしたのかと尋ねようと口を開いたが、そのとき城の玄関扉が開いたので、何も言わずにそちらに目を向けた。カリンが入ってきて、そのすぐあとにガーハードが続いた。ふたりはテーブルに向かって歩いてきた。カリンはアレックスにあいさつ代わりにうなずいただけで、そのままイヴリンドのもとに行っておはようのキスをしたが、ドノカイの領主に敬意を示してその一歩うしろを歩いてきたガーハードは、アレックスのかたわらで足を止めてうなずいた。

「準備ができたのか？」アレックスは尋ねた。

「はい。荷物は荷馬車に積み、馬には鞍をつけました。男たちも外で待っています」

「じゃあ先に馬に乗っていてくれ。おれたちもすぐに行くから」アレックスは言った。そしてガーハードが向きを変えて大広間を突っ切り、玄関扉を出ていくのを待ってから、立ちあがってメリーにも手を貸して立たせ、妹のほうを見た。

アレックスが彼女とカリンのほうを向いたときには、イヴリンドはすでに立っていた。少したらめったあと、彼の腕のなかに飛びこんできて、その体をきつく抱きしめて言った。

「すべてが片づいたらまた来てね。それまではたびたび手紙を書いて無事を知らせて」

「もちろんだとも」アレックスはそうささやくと、イヴリンドを強く抱きしめてから離した。

カリンがすぐに彼女を胸に抱き寄せ、たくましい腕で包みこむようにしながら、もう片方の手をアレックスに伸ばして握手を求めた。

「旅の安全と問題が無事に解決することを祈っている。真相が知りたくてたまらないよ」

「おれもそうだ」アレックスは苦々しく言って、カリンとともに微笑みあった。

手を引っこめようとしたが、カリンがそれを許さず、彼の手を握る手にいっそう力をこめると、真剣な口調で言った。「いつでも好きなときにあらためて訪ねてきてくれ。イヴリンドとともに待っている」

そのまじめな言葉に自分の眉がかすかに吊りあがるのをアレックスは感じた。新しくできた義理の弟から最大の敬意を払われたことが彼にはわかっていた。男同士にしかわからないやり方で、カリンは彼が好きだと告げたのだ。それはアレックスも同じ気持ちだったので、お返しに申し出た。「それを言うならきみたちもだ。いつでも好きなときにダムズベリーに来てくれてかまわない。きみのことをもっとよく知りたいからな」

カリンは笑みを浮かべて彼の手を放すと、イヴリンドを見おろした。「きみの家族にスコットランド人の血が流れているのがよくわかる。純粋なイングランド人の両親から、きみたちふたりのようなすばらしい子どもが生まれるはずがない」

「まあ、カリンたら」イヴリンドは笑い声をあげ、夫をぎゅっと抱きしめてから、兄に向かって首を横に振った。「この人の言うことは気にしないで。イングランド人は弱くて愚かだと思っているの」

「ああ、たしかにそう思っている。だから、きみたちふたりは純粋なイングランド人ではないと思うんだ」カリンはからかうように言った。

 イヴリンドがいらだったふりをして舌打ちする。気づくとアレックスは微笑んでふたりを見ていた。するとイヴリンドが彼をそっと押しのけてその横を通ろうとしたので、脇にどいて道を空けた。イヴリンドがメリーを抱きしめるのを眉をかすかに吊りあげて見守り、妻が妹を抱きしめ返すのを見てうれしく思った。そのまま見ていると、イヴリンドがメリーに何かをささやき、メリーはまじめな顔でうなずいた。それからふたりの女は腕を組み、頭を寄せあうようにして扉に向かった。

「あのふたりは気が合うようだな」カリンがアレックスとともにふたりのあとを追って歩きながら言った。

「ああ」アレックスは微笑んで同意し、ふたりのうしろ姿に目をやった。ひとりは小柄でブロンド、もうひとりはそれより少し背が高く、長くて艶やかな栗色の髪をしている。昔からずっとイヴリンドは美しい髪をしていると思ってきたが、こうして見ると、メリーの髪はこれまでに会ったどの女性の髪よりも美しかった。健康的に輝く長くて豊かな髪。彼女が中庭に出ると、その髪が昼の太陽の光を受けて赤や金色にきらきらと輝いた。

「酒に酔った気分になって、ろれつがまわらなくなってきたんじゃないか？」カリンがふいに尋ねた。

アレックスは驚いて彼を見た。「いや。どうしてだい？」

「いやらしい目でメリーを見ていたから、また薬を飲まされたんじゃないかと思ってね」カリンはからかうように言った。

アレックスはくすりと笑って首を横に振った。「いや、彼女をそういう目で見るのに薬は必要ない」

カリンは小さく微笑んでうなずいてから、真顔になって言った。「近いうちにそのことをメリー本人にわからせたほうがいいかもしれないな。女というのはおかしな生きものだ。ときとして突拍子もないことを考える。きみが彼女を抱いたのは薬を飲まされていたからにすぎないとメリーが思っていたとしても、おれは驚かないね」

「それは思いつかなかった。どうもありがとう、カリン」アレックスは言って、考えこみながら妻を見た。今度のことで、彼女は疑いの目を向けられていると思っているのではないかと心配はしていたものの、薬を飲まされなくても彼が自分に興味を持つのか不安に思うとは考えもしなかった。とはいえ、彼女がそう思っているのなら、なんとしても誤解を解かなければならない。彼が彼女に惹《ひ》かれていることを疑ってほしくないし、彼女を抱いたのは薬を飲まされたせいにすぎないとは思ってもらいたくなかった。

今日ドノカイを発つことにして本当によかったと思った。みなの心配や不安をやわらげるために別々に寝させられては、妻に惹かれていることを証明できない。

13

　メリーは故郷のことを考えていた。スコットランドにいるのだから無理もないと思ったが、自分でも驚いたのは、少々憂うつな気分になっていて、子ども時代を過ごした城を懐かしく思っていることだった。あんなにも長いあいだ一刻も早くここを離れたいと思いながら過ごしたスチュアートを、恋しく思っているとは皮肉だった。けれども実際のところ、スチュアートでだれかを殺そうとしていたのは彼女の父親と兄たちだけだし、その彼らも自分自身を殺そうとしていたにすぎなかった。彼女が子ども時代を過ごした城では、不可解な事件は起こっていなかったし、父親や兄たちから最も身分の低い使用人にいたるまで、彼女がだれかに薬を盛ったり、だれかを殺したりするかもしれないとは思いもしなかっただろう。いや、父親や兄たちを殺そうとする可能性はあると思われていたかもしれないが、それはさんざん挑発されたうえでのことだと見なされていたにちがいない。

　とはいえ、メリーが考えていたのは故郷のことだけではなかった。今や夫もガーハードと同じように、このばかげた事件の犯人は彼女ではないかと思っているかもしれないと思うとつらかったが、それにも増してメリーを苦しめているのは、イヴリンドと抱きあって別れのあいさつをしたときに彼女に言われた言葉だった。イヴリンドはダムズベリーに戻ったら忘れずにエッダを姉のもとに行かせるよう言うのよ、と耳もとでささやいたあと、こうつけ加えたのだ。「それからよけいな心配はしないこと。お兄さまは薬を飲まされていたせいであなたを……その……あんなふうに求めたんじゃないと思うわ。まちがいなくあなたに惹かれているのよ」

そのあとイヴリンドは身を引いて、励ますように微笑みかけてきたが、メリーは啞然として彼女を見つめ、導かれるままに城の外に出た。イヴリンドがメリーを馬まで送りながら、彼女とアレックスが次にドノカイを訪れたときにしたいことについてあれこれ話すのも、ろくに聞いていなかった。メリーの心はなおも、イヴリンドが彼女を安心させようとして言った言葉にとらわれていた。その瞬間まで、彼女に対する夫の欲望が薬によってもたらされたものだとは考えもしなかったのだ。たしかに、あの晩、彼の目の黒い部分は大きくなっていたし、攻撃的な態度をとったのは薬のせいにちがいなかったが、ほかのときは……いや、ほかのときも薬の影響を受けていたのだろうか？　ユーナによると彼の目の黒い部分は旅に出るまえの三週間のあいだずっと大きくなっていたというのに、彼は自分に見向きもしなかった。けれども、そのころより薬の量が増やされていて、そのせいでアレックスはああした行動をとったのではないかとも思われる。彼が彼女を抱いたのは薬を飲まされたからにすぎないのだろうか？　メリーは思い悩んだ。

「ずいぶん長いあいだ考えこんでいるんだな」

メリーは驚いて目を上げ、夫が馬の速度をゆるめて隣に来たのに気づいた。ふたりは馬を並べて旅を始めたのだが、メリーは物思いにふけるあまり、アレックスの言葉や、会話を始めようとする度重なる努力に応じられなかった。ほどなくしてメリーは馬を後退させ、ガーハードが彼女の代わりに夫の横に来て彼と話しはじめるのに任せた。けれども今アレックスはふたたび隣に来ている。メリーは自分ではどうにもできないことについて思い悩むのをやめて、どうにか彼に微笑みかけた。

「このあたりの景色に見覚えはないか？」アレックスがふいに尋ねた。メリーはたいした興味もなくあたりの森に目をやった。この一時間あまり通ってきた森と変わらないように見えたが、行く手に見える丘に気づいて鞍のうえで身をこわばらせ、首をかしげて目を凝らした。

「スチュアートね」恋しいと思っていた場所を見られたことに驚き、ささやくように言った。

「ああ」アレックスはやさしく微笑んだ。「せっかく近くを通るんだから、城に立ち寄って家族や友人にあいさつしたいんじゃないかと思ってね。でもそうすることでつらい記憶がよみがえるなら、もちろんやめてもいいんだぞ」

メリーは、なんて思いやりのある人なのだろうと思いながら、微笑み返すと、行く手の丘を見つめて、どう返事しようかと考えた末、結局うなずいて言った。「時間が許すなら、ちよっと寄ってお父さまとお兄さまたちの顔が見られたらうれしいわ」

「じゃあそうしよう」アレックスが笑みを浮かべて言い、メリーも微笑み返したが、そのとき彼の向こう側にいるガーハードが馬のうえで顔をしかめているのが見えた。どうやら寄り道するのを快く思っていないらしく、その表情から察するに、彼女は断わるべきだと考えているようだ。とはいうものの、驚くにはあたらない。きっと、彼女がなじみの土地で夫を殺そうとしているとでも思っているのだろう。ガーハードの考えを変えることはできないので、メリーはただ彼を無視して、前方の丘と城を見つめた。

当然のことながら、近づいてくる一行に気づいたのは、城壁のうえで警備につく男たちだった。彼らがそれぞれの持ち場で身をこわばらせて、彼女たちを見ているのがメリーにはわかった。一行が城壁のそばまで行くと、男たちは彼女が先頭で夫と並んで馬を進めているのに気づいて、とたんに態度を変えた。体の力を抜き、歓迎の笑みを浮かべる。なかには彼女に向かって手を振り、声を張りあげる者もいた。

メリーは幸せな笑い声が唇からもれるのを感じながら、手を振り返した。一行が門をくぐって城壁のなかに入ったとたん、城に住む人々が彼女に向かって駆け寄ってきたので、少しずつしか進めなくなった。

「帰ってきたんですね！」

「泊まっていかれるんですか？」

「お元気そうですね！」

「この方がお嬢さまの夫君ですか？　なかなかいい男じゃないですか」

あらゆる方向から声がかかる。メリーは笑い声をあげ、馬をゆっくりまえに進ませながら質問に答えた。ええ、帰ってきたのよ。いいえ、泊まるつもりはないわ。ええ、この人がわたしの夫。スチュアート城に住む人々の温かい歓迎は、ここ何日か緊張と疑いに満ちた日々を過ごしたメリーの心を癒してくれた。自分が疑いをかけられてひどく動揺していたことにメリーは初めて気づいた。疑われても仕方がないと思っていたからといって、傷ついていないわけではなかったのだ。

一行は城に続く階段のまえで馬を止めた。馬からおりるやいなや、メリーは門を入ったところで彼女を出迎えてそのあとをついてきた女たちに取り囲まれ、次から次へと抱きしめられた。「お元気そうでなによりです」とか「お嬢さまがいらっしゃらないとさびしいですよ」といった言葉を何度も繰り返しかけられて、彼女たち全員を荷馬車に乗せてダムズベリーに連れて帰れたらどんなにいいかと思った。そうすれば少なくともさびしくはなくなるだろう。ユーナがいてくれたにもかかわらず、イングランドに嫁いでからの三週間はとてもさびしかった。ひどく孤独に感じて、エッダが示してくれたやさしさにしがみついた。けれども今メリーはそのやさしさとそれを示してくれた女性に疑いを抱いていて、自分には味方がいないと感じていた。

メリーがあらためてそのことに気づいたとき、アレックスが女たちをおだやかではあるが決然とした態度でかき分けて彼女のそばに来て、片方の腕でその肩を抱いた。彼は彼女が女たちのなかに消えて二度と戻ってこないのではないかというような、不安そうな顔をしているように見えたが、すぐに笑みを浮かべて肩をすくめた。「早く城のなかに入ろう。きみの父上と兄上たちはなかにいるそうだ」

メリーがうなずくと、アレックスは彼女の肩を抱いたまま女たちのあいだを縫って城に向かい、階段をのぼった。メリーは相手をできないことを女たちに詫びながらそれに従い、彼とともに城のなかに入った。ふたりの背後で扉が閉まり、外の喧騒と日射しをさえぎった。アレックスといっしょに足を止めて目を慣らしていると、ふいにダムズベリーに到着した日のことが脳裏によみがえった。一瞬、目が見えなくなったものの耳は聞こえていたので、室内にいる男たちの姿を見るまえに声が聞こえた。騒々しい笑い声やろれつのまわらない言葉が耳に入るやいなや、気持ちが暗くなり、今しがた感じたうれしい気持ちがきれいさっぱり消え去った。心のなかで背筋を伸ばし、覚悟を決めていると、アレックスが彼女の腕をとり、しぶしぶというようすでゆっくりまえに進みはじめた。

室内の薄暗さに目が慣れ、空の水差しをいくつもまわりに転がらせて架台式テーブルにつく三人の男の姿が見えると、アレックスの気づかいに心から礼を言うだけにしてここに寄るのは断わるべきだったと思いはじめた。先ほど郷愁に襲われたとき、メリーは子ども時代を過ごした城と、そこに住んで働く人々のことしか思い出さなかった。母親の死後、彼女をさんざん困らせてきた三人の男のことはすっかり忘れていたのだ。

大広間のなかほどまで歩いたとき、ふいに足がまえに動かなくなった。アレックスがすかさず立ち止まり、問いかけるように彼女を見る。メリーは暗い気持ちで言った。「このままお父さまたちには会わずに旅を続けたほうがいいかもしれないわ」

「わたしもそう思います」背後からガーハードの声がして、メリーは彼もいっしょに城のなかに入ってきていたことに気づいた。

体がこわばり、父親と兄たちを恥ずかしく思う気持ちで顔が赤くなるのを感じながらも、アレックスがガーハードをにらみつけたのは見逃さなかった。彼はおだやかな表情に戻って言った。「そのほうがいいならそうしよう、メリー。きみがしたいようにしていい」

「そうね」メリーは重々しく言った。「じゃあ――」

「メリー！　こいつは驚いたな！　ちょうどおまえの話をしていたときに、そのおまえが魔法のように現われるとは！」

父親の叫び声を聞いて、メリーはがっくりと肩を落とした。もう手遅れだ。ここまで来たら後戻りはできない。深呼吸して向きを変え、重い足取りでテーブルに向かった。スチュアート家の三人の男たちは彼女たちを迎えようとよろよろと立ちあがった。

「やあ、メリー！」ブロディが言い、真っ先にメリーのもとに来て、彼女をきつく抱きしめた。「元気そうじゃないか。みんなで心配していたんだぞ。亭主にちゃんとやさしくしてもらっているかってな。そいつに困らされていないか？　もしそうならそいつとその従者たちを殺して料理人の香草畑に埋めてやる。そうすればだれにも気づかれないさ」

メリーはその言葉を冗談と受け止めて無理に笑みを浮かべたが、たぶん兄は本気で言っているのだろうと思った。どうにか彼の腕から逃れて、安心させるように言った。「その必要はないわ。夫はとてもやさしくしてくれているから」

「そうか、それならよかった」父親がブロディに代わって彼女を抱きしめながら言った。「そういうことなら殺すのはやめておこう。それでいいんだな？」

「ええ」メリーはきっぱり言って、どうしてここに寄ろうなどと思ったのだろうと後悔した。こんなことではガーハードが彼女に抱いている疑いを強めるだけだ。案の定、ガーハードの表情から彼が思ったとおりだと思っているのが見て取れた。アレックスはといえば、あいかわらずおだやかな表情を保っていて、何を考えているのかわからなかった。

次にガウェインが父親に代わってメリーをきつく抱きしめ、テーブルに連れていきながら言った。「おれたちといっしょに祝ってくれよ、メリー。すばらしい知らせが届いたんだ」

「そうなの？」メリーはベンチに座らされながら、力なく尋ねた。

「ああ」ブロディが言って彼女の隣に座り、もう片方の隣にはガウェインが腰をおろした。

アレックスがそばにいることをたしかめようとしてメリーが首をめぐらせかけると、彼がうしろに来て両手を肩に置き、自分の脚を椅子の背代わりにして背中をあずけるよううながした。メリーはうえを向いてアレックスの顔に目をやり、彼が安心させるような、やさしさと同情に満ちた表情をしているのを見て、ほっと息をついた。すると彼が言った。「そのすばらしい知らせとやらを聞かせてもらおう」

メリーは胸がいっぱいになった。アレックスが彼女をベンチから立たせて扉に引き立てていかなかったことをありがたく思った。そうされても文句は言えなかっただろうし、心のどこかではそうされることを望んでいたものの、彼らは彼女の家族なのだ。

「ケイドが戻ってくる」

父親の言葉にメリーは首をめぐらせ、架台式テーブルの向かい側に立つ彼に目を向けた。父親は片方の手にウイスキーがなみなみと入った水差しを、もう一方の手にはマグをそれぞれ持って、幸せに満ちた笑みを浮かべながら彼女の返事を待っていた。メリーは啞然とした顔で父親を見つめて、死んだのではないかと思いはじめていた兄が生きているという事実を受け入れようとしてから、ようやく言った。「死んでいなかったのね」

「そうだとも」ブロディがやさしく言うと、メリーの体に腕をまわして、ぎこちないが愛情たっぷりの仕種で彼女を抱き寄せ、アレックスから引き離した。「生きていたんだよ、メリー。ケイド兄さんは生きていて、もうじき帰ってくるんだ」

「でもいったいどういうことなの？」メリーは困惑して尋ねた。「今までどこにいたの？

どうして——」

「異教徒の王子に幽閉されていたんだ」父親が険しい声で言った。「かわいそうに、三年ものあいだ異国で檻のなかに入れられていたんだよ」

「そうなんだ」ガウェインが重苦しい口調で言ったあと、明るい声になって続けた。「でも逃げ出したんだ。スチュアートの男をいつまでも閉じこめておくことなんてできないのさ。まんまと逃げ出して、今は友人のもとで体が回復するのを待っている。旅ができるぐらいに回復したら、船に乗って帰ってくる」

「体が回復するのを待っているですって?」メリーは心配になって尋ね、背筋を伸ばして座りなおすと、手を伸ばしてアレックスの手を握った。彼はふたたび彼女の肩に手を置いた。

「けがでもしたの?」

「いや、そうじゃない」父親が言って、いくらか心配そうな顔になって続けた。「少なくともけがをしたとは書かれていなかった。わしらが受け取った手紙には、ろくに食べていなかったから体が弱っていると書かれていただけだ。だからすぐに戻ってくるだろう」

メリーはアレックスの脚にもたれて、今聞いたことについて考えた。ケイドは生きている。これで何もかもうまくいくはずだ。少なくともここスチュアートでは。ケイドが戻ってきて彼女に代わって父親と兄たちの面倒を見、城を切り盛りしてくれる。これで心配事がひとつ減った。三人の酔っ払いのもとでこの先スチュアートはどうなってしまうのだろうと心配でならなかったのだ。でもケイドが戻ってくれば……そう、これは彼女が結婚してから今までのあいだに聞いた、最もいい知らせだった。

メリーは顔をうえに向けて夫ににっこり微笑みかけた。「いい知らせだわ。これで何もかもうまくいくはずよ」

「そうだな」アレックスは唇に小さな笑みを浮かべて静かに同意した。

「そうだとも！」エイキン・スチュアートが声を張りあげた。「このうえなくいい知らせだ。おまえたちふたりもいっしょに祝ってくれるだろう？」

アレックスはためらっているような顔で彼を見てから、メリーを見おろして片方の眉を吊りあげた。「そうしたいか？　今夜はここに泊まって明日の朝出発してもいいぞ？」

メリーはゆがんだ笑みを浮かべた。アレックスが彼女と同じようにその考えに気乗りしていないのはわかっていた。父親の誘いに応じようかと言ってくれたことをありがたく思いながらも、首を横に振った。「このまま旅を続けたほうがいいと思うわ。ダムズベリーまでは長い道のりだもの」

アレックスはうなずいて彼女の父親を見た。「残念ながらメリーの言うとおりだと思います。できるだけ早くダムズベリーに戻らなければならないんです。今日のところはちょっと寄らせてもらってごあいさつし、またあらためて今度は長いあいだ泊まらせてもらいにくるとお伝えしにきただけなんで。そうしてよろしければの話ですが」

「ああ、もちろんだとも、いつでも来てくれてかまわない」エイキン・スチュアートは寛大に言ってから、ほがらかにつけ加えた。「そのときにはケイドも戻ってきているだろうから、きみに紹介できるかもしれないな」

「楽しみにしています」アレックスはまじめな顔で応じると、手を伸ばしてメリーの腕をつかみ、彼女が兄たちのあいだから抜け出すのに手を貸した。兄たちは祝い酒にすっかり酔っ払っていて、妹が出られるように脇にずれようとは思いもしないようだった。結局アレックスは彼女をベンチから抱えあげて床におろした。ふたりは向きを変えてその場を去ろうとしたが、ブロディがふいに彼女の手をつかんで引き止めたので、メリーは足を止めた。振り返り、兄の真剣な顔を見て、いったいどうしたのだろうと眉を吊りあげた。

「おまえがいなくなってここはめっきり静かになった」ブロディは陰気に言った。

「ああそうだ」ガウェインが同意して続ける。「こんなことになるとは思わなかったが、おれたちみんな、おまえが恋しくてならないんだ」

メリーは兄たちの言葉に心を打たれ、衝動的にふたりのもとに戻ってその体を抱きしめた。

「またすぐに来るから」左右の腕をふたりの兄の体にそれぞれ巻きつけて、きつく抱きしめながらささやくと、ぶっきらぼうにつけ加えた。「わたしたちが来るまえに飲みすぎて死んだり、酔っ払って首の骨を折ったりしないでね」

兄たちはおもしろい冗談でも聞いたかのように笑った。メリーはやれやれと首を振って身を起こし、アレックスが伸ばした手をとって、子ども時代を過ごした城を出た。扉の外にいた人々のあいだを通り抜けるのにしばらくかかった。メリーたちがなかにいたあいだにその数はふくれあがっていて、そのだれもが彼女がもう行ってしまうことを嘆いた。メリーは少し罪悪感を覚えるとともにうれしくなった。ダムズベリーで何が起こっていようとも、彼女には戻れる場所があって、両手を広げて歓迎してくれる人がいるとわかったからだ。

「ケイドが戻ってくるのはいいことだな」ようやく一行が城壁の外に出るとアレックスは言った。

「ええ」メリーは同意した。自然と唇に笑みが浮かぶ。本当にこれほどいい知らせを聞いたのは久しぶりだった。

「彼が戻ってきて父上や兄上たちの面倒を見てくれれば、きみはもう彼らのことを心配しなくていい」

メリーはアレックスが彼女の思っているとおりのことを言ったので驚いて彼を見たが、うなずいてこう言うにとどめた。「ええ、そうね」

そのあとふたりはなごやかな沈黙のなか、馬を進ませた。メリーはケイドのことや彼が戻ってきたあとのスチュアートのことに思いを馳せた。まちがいなくケイドは城の切り盛りをするようになるだろう。父親はそうすることに興味がないのだから。ケイドが三人に酒をやめさせるか、少なくとも飲む量や頻度を少なくさせるかしてくれることを願った。彼が戻ってくれば、ブロディとガウェインも心を入れ替えるかもしれない。父親よりも頼れる存在ができるのだから。充分にありえることだ……今回は父がケイドに城の切り盛りを任せ……ケイドがつらい経験によって気力をくじかれることなくスコットランドに戻ってきてくれたらの話だけれど。メリーは暗い気持ちで認め、実際のところ彼の体調はどうなのだろうと考えた。

兄の身を案じ、物思いにふけっていたので、日が落ちはじめたことに気づかず、どうしてこんなに遅い時間まで馬を進ませているのだろうと不思議に思いもしなかった。アレックスが一行に止まるよう命じたのを受けて、それ以上考えるのをやめ、あたりに目をやって初めて夜になっていることに気づいた。彼女たちは湖畔の開けた場所にいて、水面に反射する月の光があたりを照らしていた。

問いかけるようにアレックスを見たが、彼はすでに馬からおりようとしていた。地面におり、長いあいだ馬に乗っていたためにこわばった脚の筋肉がほぐれるのを待ってから、メリーのそばに来て両手を差し伸べた。

「もうかなり遅い時間よね」メリーは彼に馬から抱きおろされながら言った。

「ああ」アレックスは同意したが、今まで馬を進めていた理由を説明することもなく続けた。「すぐに歩かないで脚を慣らすんだ。長いあいだ馬に乗っていたせいで筋肉がこわばっているだろうから」

メリーは黙ってうなずいて彼の両腕につかまり、体を支えた。そして問題なく立っていられるようになると、ほっと息をついて言った。「ありがとう」

アレックスは湖に沿って歩いてメリーを人目につかない場所に連れていった。彼には水浴びをしてもいいと言われたが、水が冷たかったので、メリーは手早く顔と体を洗うだけにした。それから一行のもとに戻ってふた手にわかれ、アレックスは男たちに指示を出しにいき、メリーはテントのなかを整える手伝いをしにいった。

ユーナが忙しく働いてくれたようで、テントのなかはすでに整えられていた。毛皮の寝床が用意され、メリーとアレックスの持ちものが広げられている。メリーはガーハードがそう遠くないところから彼女をじっと見つめているのに気づいて、テントの出入り口でいったん足を止めてから、なかに入って彼女の衣類が入った袋を手にした。彼女といっしょに寝たら眠っているあいだに殺されるかもしれないとガーハードがアレックスに言うのはわかっていた。アレックスにどこかほかの場所で寝るよう言われるのも、彼が自らほかの場所で寝ると決めるのもいやだった。今彼女がほかの場所で寝ることに決めれば、そのどちらも避けられる。メリーはそう考え、衣類の入った袋を手に急いでテントを出た。

荷馬車に足を運ぶと、ユーナとゴドフリーが荷台のうえにいて寝床をつくっていた。ゴドフリーはユーナがテントのなかを整える手伝いもしたのだろうとメリーは思った。だからすでにすべての用意がすんでいたのだ。ゴドフリーがユーナを襲ったことをいまだに申しわけなく思っていて、償いのしるしにそうした細やかな気づかいを見せているのをメリーは知っていた。今ふたりは身をかがめて、寝床にする毛皮を広げている。メリーは咳払いして言った。「よかったら、その二枚のうちの大きいほうをわたしに使わせてくれないかしら、ユーナ」

侍女とゴドフリーはそろって身を起こし、目を丸くしてメリーを見た。ユーナが尋ねた。「ご主人さまといっしょに寝ないんですか？」

メリーは顔をしかめた。「ええそうよ。だって、そんなことをしたらガーハードが自分もいっしょに寝ると言うに決まっているもの。そんなのごめんだわ。だから、あなたといっしょにここで寝させてちょうだい」

ゴドフリーとユーナは視線を交わしただけで何も言わずに、毛皮を敷きなおす作業に取りかかった。メリーはふたりがそれ以上何も尋ねもしなければ言いもしないことにほっとして、衣類の入った袋を荷台の隅に置いて荷台にのぼり、膝をついて歩いて、ふたりを手伝いにいった。

三人が荷台をおりたときには、男たちは安全かつ快適に一夜を過ごすのに必要な準備を終えていた。罠にかけられたか弓矢でとらえられた何匹かのウサギと一羽か二羽の鳥が、たき火で焼かれていた。三人がたき火を囲む男たちの輪に加わったとき、メリーのおなかが大きく鳴り、彼女は食事の支度がほとんどすんでいることをありがたく思った。夫に手招きされて隣に座ったが、言葉少なにそそくさと食事をすませ、先に寝ると言って荷馬車に向かった。寝床の自分の側に寝て上掛けのシーツと毛皮をかけたところにユーナがやってきた。彼女と「おやすみなさい」と静かに声をかけあったあと、メリーはひとり物思いにふけった。ともすれば襲ってくるみじめな気持ちを振り払おうとして、ここで寝ることを選んだのは自分であって、追い払われたわけではないと自分に言い聞かせていると、荷台にかけられている防水布ががさがさと音を立てた。

「ユーナ?」暗闇からアレックスのいらだった声が聞こえてきた。「妻がどこにいるのか知らないか?」

隣で侍女が　動きするのが聞こえたが、メリーはすでに身を起こしていた。「わたしならここ　ったい何をしているんだ?」アレックスが怒りに満ちた口調で問いただ

っと口を開いたが、アレックスがいきなり荷台のうえにのぼってきたまま閉じた。

かけたが、彼がふいに彼女を抱きあげて、もと来たほうに戻りは　んだ。荷台のうえを膝をついて歩きながら彼女を運ぶのはかなり　にかやってのけ、彼女を胸に抱いたまま地面に飛びおりた。

メリーをテントに運んだ。そのあいだ彼女はひと言も口をきかなかったが、なら彼もそうだった。テントに入ると、アレックスは少しばかり手荒く彼女を毛うえにおろした。

彼は明らかに怒っていた。「おれといっしょに寝るんだ。そこがきみの寝床だ」と言った険しい声がそれを物語っていた。

メリーはその場にじっと横になり、不安な気持ちでアレックスを見たが、彼は彼女を見ていなかった。どうやらテントに入って服を脱ぎはじめてから彼女が寝床に入ってないことに気づいたらしく、ブライズしか身につけていない。彼は手早くそれを脱ぐと、寝床の横に置かれた衣装箱のうえのろうそくを吹き消して、彼女の隣に寝た。

メリーは彼が何か言うかするかするのを落ち着かない気持ちで待ったが、アレックスはしばらくごそごそと動いて寝心地のいい体勢になると、片方の腕を伸ばしてきて彼女を抱き寄せ、満足そうに低くうなった。そのあとテントのなかは沈黙に包まれた。

メリーはこのまま何も言わずに眠ろうかとも思ったが、体に巻かれた腕をとおして彼のいらだちが伝わってきたので、そっと言った。「わたしといっしょじゃないほうが、あなたは安心して眠れるんじゃないかと思ったの」

長いため息が彼女の後頭部の髪の毛を揺らした。アレックスは言った。「おれがあんなに早くドノカイを出発することにしたのはどうしてだと思う？」

「一刻も早くダムズベリーに戻って、ことの真相を明らかにするためでしょう?」メリーは彼が妹やカリンに言ったことを思い出して答えた。

「それもある」アレックスは認めて続けた。「でも、メリー、きみを別の部屋で寝かせたのはおれじゃないんだ」

「でも、あなたは反対しなかったわ」メリーは静かに指摘した。

「おれは目を覚ましたばかりで、ひどい頭痛を抱えていた。みんな好き勝手なことを言うばかりで、おれを病人扱いし、だれもおれの言うことを聞こうとしなかった。きみでさえ、おれに黙れと言ったんだぞ」アレックスは冷ややかに言い返した。

そのすねたような口ぶりに、メリーは思わず笑いそうになるのを唇を噛んでこらえた。

「反対してもむだだとわかっていたからしなかったが、きみがおれのベッドにいないのはいやだった。そしてもう二度ときみのいないベッドでは寝ないと決めたんだ。だからガーハードを説得したり、みんなに平等にことを運ぼうとするカリンに反対したりする代わりに、出発することにした。そうすればだれがどこで寝るのか、おれが決められるから。そして——」カリンは断固とした口調で続けた。「おれは、きみはつねにおれと寝るものと決めた。わかったな?」

「わかったわ」メリーは従順に言った。

「それでいい」

メリーはアレックスの息に耳をすまし、彼がおれはきみを疑っていないとかなんとか、彼女の頭のなかを大きな岩のように転げまわっている不安をしずめてくれることを言うのを待ったが、彼はそれ以上何も言う気はなかったようで、少しすると息づかいが深く一定になって眠りに落ちたのがわかった。いったいこれはどういうことなのだろうとメリーは思った。彼は彼女を抱こうとしなかったが、彼女はこうして彼のベッドにいる。後半の部分はいいことのはずだったが、本当にそうなのだろうか？　メリーは思い悩んだが、やがてまぶたが閉じるのに任せて、眠りに落ちた。

14

アレックスは煙で目が覚めた。炎がはじける音がして、だれかが咳きこみながら彼を引っぱっている。ひどい起こされた方だ。よろよろと立ちあがろうとして彼自身も咳きこみ、そこで完全に目が覚めて、自分が炎に包まれているテントから運び出されようとしていることに気づいた。

初めのうち、彼を運び出そうとしているのはメリーだと思って、これで彼女に命を救われるのは三度目だと思ったが、ひんやりとした夜の空気のなかにふらつく足で踏み出しながら、彼を支えている人間の体が小柄な妻のそれよりはるかに大きいことに気づいた。

煙でいっぱいの肺に新鮮な空気を吸いこんだとたんにまた咳の発作が起こり、気づくとアレックスは身をふたつに折るようにして咳きこみながら、いつのまにかまわりを取り囲んでいた人々の手に押されたり引っぱられたりしていた。アレックスと彼を救った人間はそうして炎の届かない安全な場所に連れていかれた。そのあとアレックスは乱れた息を整えられるよう岩に座らされた。

「よかった」ガーハードが激しく咳きこみながら言って、彼の横に腰をおろした。「もうだめかと思いました」

アレックスは最後に一度咳をし、首を横に振ってから、ガーハードを見た。彼は煤《すす》に汚れた顔をしかめていた。そのあとテントに目をやり、あたりを見まわして妻の姿をさがした。メリーは彼よりだいぶ体が小さいから、もっと煙の影響を受けているのではないかと思った。だが、すぐには見つからなかったので尋ねた。「妻はどこだ?」

「なんですって?」ガーハードは鋭くきき返した。「奥方さまはユーナといっしょに荷台で寝ているはずです。彼女はそのつもりでいるとゴドフリーが言っていましたし、わたしも彼女が夕食のあと荷馬車に向かうのをこの目で見ました」

アレックスは顔から血の気が引くのを感じながら、彼に向きなおった。「ちがう! おれが荷馬車にいるのを見つけてテントに連れて帰ってから寝たんだ。だれかがテントから連れ出したんじゃないのか?」

ガーハードは驚いた顔をして首を横に振った。「テントにはだれもいませんでした。あなたはひとりで寝ていたんです」

アレックスは悪態をついて、はじかれたように立ちあがり、テントに向かって走りだした。

「領主さま!」ガーハードが彼の腕をつかんで引き止めようとした。「テントにはだれもいませんでした。奥方さまがあそこにいるはずはありません。もしいたとしても、もう手遅れです。あなたを連れ出すのが精いっぱいだった。もう助けられません」

アレックスは彼の手を振り払って、テントに突進した。なんとしても妻の命を救ってやる。救えなければ自分も死ぬまでだ。彼女ひとりを炎のなかで死なせはしない。今ごろメリーは目を覚まして恐怖に泣き叫んでいるだろう。焼け死ぬなんて最悪の死に方だ。

彼が目を覚ましたときテントはすでに炎に包まれていたし、今ではいっそうひどいことになっているはずだったが、アレックスは気にも留めず、最後に一度、新鮮な空気を吸いこむと、燃え盛る垂れ布に突っこんだ。なかの熱さに耐えられずになかば目を閉じたが、寝床の場所はわかっていたのでそこに向かって突進し、毛皮と上掛けのシーツの下にいる妻のうえに危うく転びかけた。

「メリー！」アレックスは叫び、メリーとおぼしきふくらみの横に膝をついたが、彼女はぴくりとも動かなかった。生きているのかどうかたしかめずに毛皮やシーツごと抱えあげ、一目散に出入り口に駆け戻る。テントの外に出たちょうどそのとき、抱えている毛皮のなかからくぐもったいびきが聞こえてきて、ほっとするとともに笑いだしたくなった。妻は生きている……この騒ぎのあいだずっと寝ていたのだ。

メリーは起こされたのが気に入らなかった。アレックスの身を案じてよく眠れない日々が続いたうえ、今日は遅くまで馬を進めていたのだから。しかもアレックスが突然彼女を抱えあげて運びたくなったせいで起こされたとあっては、いっそう気に入らなかった。彼の大きな胸が耳もとで震え、いつものように頭までもぐって寝ていた毛皮越しに笑い声が聞こえてこなければ、彼に抱えあげられたままでも眠れていたかもしれないが。

無視してまた眠ろうとしたが、いったい彼は彼女をどこに運ぶつもりなのだろうと気になった。荷馬車が頭に浮かび、一度連れ出しておいてまた戻すつもりなのかと、彼の腕のなかで身をこわばらせた。つねにいっしょに寝ようと言っていたのに気が変わったのだろうか？

メリーは憤慨し、毛皮のなかでもがいて、これから生まれようとする赤ん坊さながらに手や顔を外に出した。すかさず首をめぐらせて夫のほうを見る。彼は黒く汚れた顔をして、たいまつが放つ明るい光を背に立っていた。

いや、たいまつの光ではない。メリーはそう気づいて、夫の顔から、彼女がつい先ほどまでいたテントへと視線を移した。テントが炎に包まれているのを見て、信じられない思いで目を見開き、夫に視線を戻して叫んだ。「わたしがやったんじゃないわよ！」

アレックスは即座に笑うのをやめて、申しわけなさそうな表情になったが、彼が何か言うより早く、ふたりは何人かの男たちに取り囲まれた。ガーハードもそのなかにいた。ガーハードがなおも燃えているテントからふたりを遠ざけようとし、ひどい騒ぎになったが、やがてここまで来れば大丈夫だろうとアレックスに立ち止まることを許した。メリーはアレックスがおろしてくれるだろうと思ったが、ガーハードが彼女を受け取ろうとすると、彼は彼女をきつく抱きしめて首を横に振った。

「おふたりがやけどやけがをされていないか調べる必要があります」ガーハードがもっともなことを言った。

「おれは軽いやけどをいくつか負ったが、それ以外はなんともない」アレックスは静かに言うと、メリーを見て続けた。「どうやら妻は毛皮にくるまれていたおかげでけがをせずにすんだようだ」

メリーが黙ってうなずくと、アレックスは小さく安堵の息をついて、彼女を腕に抱いたまま近くの岩に座りこんだ。メリーが彼から燃えているテント、そしてガーハードに視線を移すと同時にアレックスが彼に尋ねた。「いったい何があったんだ？」

それまで心配そうな顔をしていたガーハードは、ふいに怒りに満ちた表情になり、嚙みつかんばかりに言った。「だれかがテントに火をつけたに決まっているじゃないですか……あなたがわたしの言うことを聞いて、夜のあいだテントに見張りを置くことを許してくれていれば、こんなことにはならなかったはずだ」

ガーハードの顔と声に表われた激しい怒りに、メリーは目を丸くした。彼は怒り狂っていてそれを表に出すのをためらっていない。けれどもアレックスはすなおにうなずいた。「ああ、そのとおりだ。きみの言うことを聞いていれば、こんなことにはならなかっただろう。でもいったいどうして放火だってわかるんだ？」

ガーハードはいらいらと息を吐き出した。「あなたはろうそくの火を消すのを忘れて寝てしまうような間抜けではないと思うからですよ」

「ああそうだ」アレックスが同意し、メリーもうなずいた。彼が寝床に入るまえにろうそくの火を吹き消したのを、彼女ははっきり覚えていた。彼女が眠りについたとき、テントのなかは真っ暗だったのだ。

「それならだれかが火をつけたとしか考えられない」ガーハードは険しい声で言うと、怒りに任せてふたりのまえを行ったり来たりしはじめた。「あなたを殺そうとするなんてばかげているが、もう少しで成功するところだった。幸い、馬が炎におびえて暴れたりいななたりしたのでアランが目を覚まし、馬をなだめようとしてテントが燃えているのに気づいて、わたしを起こしたんです」

「そしてきみはおれを助けにきてくれた」アレックスはおごそかに言った。「どうもありがとう、友よ」

ガーハードはうんざりしたようすで手を振り、彼の言葉を退けた。「もちろん、わたしはあなたを助けにいった。あなたの命を守るのがわたしの仕事なんですから。でもあなたがわたしの言うことを聞いて護衛をつけていたら、助けにいく必要もなかった。何者かがテントに火をつけてあなたを殺そうとしたんです。単なる事故のはずがない」

ガーハードはそう言いながら彼女に視線を移した。メリーはアレックスの膝のうえで背筋を伸ばし、すかさず言った。「わたしが火をつけたんじゃないわ」

「メリー」アレックスがやさしく言って、メリーに自分のほうを向かせると、彼女の顔にかかった髪の毛をうしろになでつけて、まじめな声で続けた。「きみのしわざでないのはわかっている。そうだろう、ガーハード？」険しい口調で問いかける。

メリーはガーハードに目をやり、彼が返事をためらっているのを見て、心のなかでため息をついた。てっきり、彼女がまた疑いの目をそらそうとして火をつけたにちがいないと言われるかと思ったが、驚いたことに、彼は重々しくうなずいた。

「ええ。あなたのしわざでないのはわかっています」礼儀正しく言って続けた。「テントに火をつけておいて、そのなかで眠りこみ、あんなに長いあいだなかにいられるはずがないですから」首を横に振る。「どうして死なずにすんだのかわかりませんよ。熱も煙もそうとうひどかったから、あなたがまだなかにいるとわかったときには、てっきり死んだものと思った」

「妻は毛皮にもぐって寝ていたんだ」アレックスが言った。「頭まですっぽりなかに入っていた。そのおかげで助かったんだろう」

「なるほどね」ガーハードはうなずくと、メリーに目を向けてまじめな口調で言った。「そうされていて幸いでした。今夜あなたが死なずにすんだのは、ひとえにそのおかげですよ。あなたはユーナといっしょに荷馬車で寝ているものと思っていたし、テントのなかには煙が充満していたから、あなたがいるのがわからなかった。毛皮に火が燃え移るまえに領主さまがあなたはなかにいると気づいて助け出すことができたのは、本当に運がよかった。今夜は天使がおふたりを守ってくれたにちがいありません」

メリーが重々しくうなずいてテントに目を戻すと、ちょうど燃え落ちるところだった。たしかに今夜、天使は忙しく働いてくれたようだ。

「奥方さま」

メリーがガーハードを見ると、彼は真剣な表情をしていた。

「これまであなたを疑っていたことをお許しください」ガーハードは厳粛に言った。「お詫びのしようもありませんが、わたしは――」

「あなたはもう何年ものあいだアレックスの身の安全を守ってきたんだもの」メリーは同じぐらい厳粛な口調でさえぎったが、心のなかではおおいにほっとしていた。アレックスに危害を加えているのではないかと疑われるのは気持ちのいいことではなかったので、疑いが晴れてよかったと思った。安堵の気持ちがあまりにも大きく、あやまってもらう必要はないと思って言った。「それにおかしなことが始まったのはわたしがダムズベリーに来てからだもの。あなたがわたしを疑っていたのも無理はないわ。気にしないでいいのよ」

「ありがとうございます」ガーハードは言った。そして男たちが三人を取り囲んで一部始終を見たり聞いたりしているのに気づいて声を張りあげた。「おい、何をぼんやりしているんだ？　もう朝だぞ。出発の準備をしたらどうだ？」

男たちはすぐに動きだし、ガーハードはふたりに向かって小さく頭を下げてからあとを追った。

メリーは大きな重荷が肩からおりたように感じながら、ガーハードが去っていくのを見送った。実際、それで疑いが晴れたのだから焼け死にそうになった甲斐はあったと思った。もっとも助け出されるまでのあいだずっと眠っていたのでなければ、そうは思わなかったのかもしれないが。あらためて考えると恐ろしくなった。熱や煙で起こされていたらそんなふうに思えただろうか？　思えなかったにちがいない。

「メリー？」

メリーはアレックスに向きなおり、彼が先ほどのガーハードよりもさらに真剣な表情をしているのを見て驚いた。

彼は彼女の顔を両手ではさんで言った。「これだけは知っておいてほしい。おれはきみが一連の出来事にかかわっているのではないかと思ったことは一度もない」メリーがいぶかしげに目を細め、口を開いて、それはとても本当とは思えないと言おうとすると、アレックスは手を上げてそれを制して言った。「もしあるとしても、それはほんの一瞬のことで、きみのふるまいからすぐにそんなことはありえないと思った」

「わたしのふるまいから？」メリーはアレックスの言うことを信じたいと思いながら尋ねた。

「ああ」アレックスは言って、小さく笑ってから続けた。「メリー、きみがスチュアートのがみがみ女と呼ばれるようになったのには、それ相応の理由がある」

メリーは頬が赤くなるのを感じたが、恥ずかしさや怒りがわいてくるより早くアレックスが言った。「でも、だれかにこっそり薬を盛ったり、だれかを背後から殴り倒したりして、そう呼ばれるようになったんじゃない。父上や兄上に対するきみの接し方を見れば、そんなことは一目瞭然だ」

「そうかしら？」メリーは疑わしげに言った。

「きみが訓練場で兵士たちを訓練しているのをおれが見つけたときのことを覚えているか？」

「ええ」メリーはゆっくり言った。彼が何を言おうとしているのかさっぱりわからなかった。

「ほら、メリー、あのあと、父上と兄上たちが大広間で酒を飲んでいると知ったとき、きみは背筋を伸ばして彼らにつかつかと歩み寄り、正面から戦いを挑んだ。何かの手を使ってこっそり懲《こ》らしめようとはしなかった」

メリーは顔をしかめて言った。「あなたをがっかりさせたくないし、一連の出来事の犯人はわたしではないかと疑われるのもいやだけど、これは言っておいたほうがいいと思うわ。あのときわたしは背後からブロディに近寄って頭を盾で殴ったのよ」

「彼の注意を引くためにそうしただけだ」アレックスは彼女の言葉を手を振って退けた。

「見ていたの？」メリーは困惑して尋ねた。

「ああ。きみを追って大広間に行き、一部始終を見て聞いた。きみは恥ずべきことは何もしていない。ブロディの頭を殴って彼の注意を引き、叱りつけて、正々堂々とまえから殴った」

メリーががみがみ女の本領を発揮しているところを彼に見られていたという事実に動揺していると、アレックスが彼女の顔を持ち、自分のほうに向けさせて続けた。「メリー、きみは何をするにも正々堂々としている。父上と兄上たちに対してもウイスキーを隠すのではなく、食料庫に入れて扉に鍵をかけ、その鍵を肌身離さず持っていた。そして鍵を持っていることを隠さなかった」首を横に振る。「ああそうとも。おれを殺したいと思ったら、きみはおかしな薬を盛ったり、背後から襲ったりせずに、もっと正々堂々とやるだろう」

「ありがとう、あなた」メリーは彼が彼女をそんなふうに思ってくれていたことに感動して静かに言った。それから眉をひそめてつけ加えた。「と言うべきかしらね」

アレックスはメリーの不満そうな表情を見てくすりと笑ってから、彼女を抱き寄せた。「テントに火をつけられて、かえってよかったような気がする。おかげできみの疑いを晴らすことができたし、それに——」

アレックスが口ごもったので、メリーは首をそらして彼の顔を見た。「それに何？」

彼は顔をしかめて言った。「今度はおれがきみを助けることができた」

「あら……」メリーは戸惑い、眉をひそめて言葉を切った。

アレックスは笑みを浮かべて説明した。「大きくて強い戦士であるはずのおれが、きれいで小さな妻に二度も命を救われて、誇りが傷つきかけていたんだ」

「まあ！」メリーは目を大きく見開いて、彼の肩をなだめるように叩いた。「あなたは大きくて強い戦士よ。それはまちがいない。あなたはいずれわたしの命を救ってくれるとわたしにはわかっていたわ」

アレックスは激しく笑いだし、彼女を抱いたままうしろ向きに草のうえに倒れた。メリーは小さく悲鳴をあげて彼の肩にしがみついた。気づくと彼にきつく抱きしめられ、その胸に顔を押しつけていた。アレックスがささやいた。「ああ、メリー、きみはおもしろい女だな」

何がそんなにおもしろいのかメリーにはわからなかった。あくまでも真剣に言ったのに。けれども深くは考えないことにして言った。「これでもうガーハードに疑われずにすむのなら、わたしもうれしいわ。でも、あなたの話を聞いて思ったことがあるの」

「なんだい？」アレックスは彼女の背中をなでながらきいた。

「そうね、あなたの言うとおりよ。今まで気づかなかったんだけど、言われてみれば、一連の事件はなんだかこそこそしたやり口に思える。ガーハードも正々堂々としているから、そういうやり方はしないと思うの」

「そうだな」アレックスは静かに同意した。「彼もこそこそしたタイプじゃない。ときには少しばかりずるいやり方を覚えてもいいんじゃないかと思うぐらいだ」

メリーが興味を引かれた顔で彼を見ると、アレックスは説明した。「きみも気づいているかもしれないが、ガーハードは賢いし、剣の腕もたしかだが、外交的手腕に長けているとはいえないんだ。もう少し如才《じょさい》なかったら、むだに相手を侮辱することもないんだが」

「なるほどね」メリーはつぶやくように言って続けた。「あなたはダムズベリーの人たちのことをわたしよりよく知っているわ。だれが今回のようなこそこそした手口を使いそうだと思う？」

アレックスはしばらくのあいだ黙っていたが、やがてメリーとともに起きあがった。彼女が手早く毛皮やシーツを体に巻きつけなおして肌が見えなくなるようにするのを手伝ってから言った。「きみは気に入らないかもしれないが」

メリーは顔をゆがめた。「エッダだと言いたいのね」

アレックスは重々しくうなずいた。「きみが彼女のことを好きなのも、彼女がきみによくしてくれたのもわかっているが、昔の彼女は卑劣な人間だったんだ。父がまだ生きていて城にいたときは、今おれやきみに見せているのと同じ態度をとっていたが、父が旅に出ると、がらりと態度を変えた。おれやイヴリンドも含めて、みんなに冷たくあたり、ときには残酷にふるまいさえした。そして父が城門を入ってくると、とたんにやさしくて忠実な妻に戻るんだ。まるでエッダがふたりいるみたいだったよ。善良なエッダと邪悪なエッダだ」

メリーはエッダが自分のまえでは本性を隠しているかもしれないことに動揺しながら打ち明けた。「じつはイヴリンドに約束させられたの。ダムズベリーに戻ったら、エッダを姉のもとに行かせるようあなたに頼むって」

「姉だって？」アレックスは驚きもあらわに言ってからうなずいた。「ああ、そうだった。エッダに姉がいるのをすっかり忘れていた」

「わたしはイヴリンドに聞くまでエッダにお姉さまがいることを知らなかったの。毎晩のようにふたりで暖炉のまえに座って繕いものをしながらあれこれおしゃべりしたのに、知らなかったなんて驚きだわ」

「エッダが話さなかったのは奇妙だな。戻ったら彼女を姉のもとに行かせてもかまわないか？」

「ええ」メリーは静かに言った。「エッダがいなくなるのはさびしいけど、ことの真相がはっきりして、彼女はこのばかげた事件とは無関係だと明らかになるまでのことだもの」

「そうだな」アレックスは彼女を抱きしめて同意した。

「お嬢さま！」

メリーがアレックスから身を引いてあたりを見まわすと、ユーナが駆けてくるのが見えた。侍女はひどい恰好をしていた。髪は乱れ、ドレスのまえを留めるひもはねじれている。どうやら急いで身支度をすませたらしい。

「ゴドフリーに起こされて火事のことを知らされたんです。ご無事でなによりでした」ユーナはあえぎ、ふたりのかたわらにがっくりと膝をついた。「やけどはしておられないんですよね？　ゴドフリーはそう言っていましたけど――」

「わたしなら大丈夫よ」メリーはすばやく言ったが、夫がまた胸を震わせて笑いはじめたので、驚いてその顔を見た。

「驚きだな。スチュアートの女たちはあんな騒ぎの最中に眠っていられるのか。男たちが大声をあげて大騒ぎしていたのに、よく寝ていられたな、ユーナ」

「あら」侍女は顔を赤くしたが手を振って言った。「わたしは眠りが深いんです。スチュアートの人間はたいていそうですよ。長年ご主人さまや坊ちゃまたちがひと晩じゅう酒を飲んで大騒ぎするなかで寝てきましたからね。うるさいなかで寝るのは慣れているんです」

「なるほど、そういうわけか」アレックスはふいに納得したように言うと、メリーを膝からおろして立ちあがった。「おれたちもそろそろ出発の準備をしたほうがいいだろう。すべてが焼けてしまった今となっては何を着たらいいのかわからなかったから、今まで何もしなかったが、男たちはもうすぐ出発する準備ができるだろうから、おれたちも身支度を整えたほうがいい」

メリーは口を開いて、自分の衣類はゆうべ寝るつもりだった荷馬車に置いてあるから無事だと言いかけたが、目を上げると夫の鶏の首が視界に飛びこんできたので、言葉といっしょに舌までのみこみそうになった。彼が生まれたままの姿でいることに今まで気づかなかった。ゆうべ寝床に入ってきたときに裸だったのだから、気づいて当然だったのに。

「あらまあ、大剣を持っているのはゴドフリーだけではないようね」ユーナがつぶやく。メリーはぱっと立ちあがり、自分がくるまっていた毛皮を夫の腰に巻きつけた。

「メリー、やめるんだ。きみがくるまれ」アレックスはきっぱりと言って、彼女の体に毛皮を巻きつけようとしたが、メリーはその手を押しとどめた。「ちゃんと隠さないと」

「わたしも見苦しい恰好をしているかもしれないけど、少なくともシュミーズは身につけている。でもあなたは素っ裸なのよ」メリーは彼がその事実を忘れている場合にそなえて、同じくきっぱりした口調で言った。

「おれの従者たちはおれが裸でも気にしない」アレックスが言って、毛皮を彼女に突き返す。

「わたしも気にしませんよ」ユーナが彼をじろじろ見ながら言った。

メリーは彼女をにらみつけた。「わたしが気になるの。それに彼らはわたしがシュミーズ姿でいるのも気にしないわ」

「彼らはそうかもしれないが、おれは気になる」アレックスはうなるように言うと、メリーの体に毛皮を巻きつけるのをあきらめて、彼女を毛皮にくるんで抱きあげ、荷馬車に向かいながら頑なに言いわたした。「ダムズベリーに着くまでユーナのドレスを借りるんだ」

メリーは自分のドレスがあるとは言わなかった。彼の肩越しにユーナをにらみつけるのに忙しかったからだ。侍女は立ちあがり、アレックスの尻をじっと見つめながら、ふたりのあとをついてきていた。その表情から判断するに、彼女はながめを楽しんでもいるようだった。

メリーはなんて無作法なのだろうといらだたしく思った。

15

その後、数日間つらい旅が続いた。テントがなくなったので、アレックスとメリーは男たちとともにたき火のまわりで眠ることを余儀なくされ、彼は連日遅くまで一行を進ませた。自分の命のみならず妻の命まで危険にさらされたことが気になってたまらず、ダムズベリーに戻るのを急いでいるのはそのせいでもあった。男たちを疲れさせ、荷馬車の車輪を失う危険を冒しているのはわかっていたが、そうすることで正体不明の犯人も疲れて、ふたたび彼を襲おうとはしないのではないかと思った。犯人は次こそ成功するかもしれない。彼の命は助かったとしても、代わりに妻が命を失うかもしれないのだ。メリーとの関係がよくなりつつある今、彼女を失うのは耐えられなかった。

最終日には、彼がやたらと先を急がせたせいでみな不機嫌になっていた。だから、あと四、五時間でダムズベリーに着くというところで日が沈むと、アレックスはそこで馬を止めてもうひと晩野宿して翌朝また旅を続けるのではなく、そのまま進むことを選んだ。まばらな木々のあいだにダムズベリー城の塔に掲げられたたいまつの炎が見えてくると、疲れ果てた一行は一様に胸をなでおろした。アレックスはメリーを見おろしてもうすぐ着くと伝えようとしたが、彼女は彼の膝のうえでぐっすり眠っていた。行きとはちがって、帰りはほとんどのあいだメリーは彼女の馬に乗っていたが、一時間ほどまえに鞍のうえでうつらうつらしだしたので、彼が自分のまえに乗せて眠るよう命じたのだ。メリーが反対することも雌馬の心配をすることもなくすなおに従ってすぐに眠りこんだのは、ひどく疲れているあかしだろうとアレックスは思った。

「死んだように眠られていますね、お気の毒に」ガーハードが横で静かに言い、アレックスは彼に目をやった。ガーハードの馬の鞍の前部にはメリーの馬の手綱がつながれている。アレックスがメリーを自分の馬に乗せたとき、ガーハードがそうしたのだ。

「ああ」アレックスは言ってつけ加えた。「でも死んだように眠っているほうが死んでいるよりはるかにいい」

ガーハードはうなずいた。「ここ何日かはつらい旅でしたが、一刻も早くダムズベリーに戻って、旅のあいだにこれ以上何も起こらないようにしたほうがいいですからね」

「おれもそう思っていたんだ」アレックスは同意した。

「そうじゃないかと思っていました」ガーハードはそう言ったあと、顔をしかめて続けた。「でも奥方さまが目を覚ましたら、そう説明したほうがいいかもしれません。奥方さまとその侍女は、こんなふうに急がせるなんて、あなたはどうかしてしまったんじゃないかと思っているようですから」

アレックスが苦笑いしてうなずいた。一行は森を抜けて城門に続く道をのぼりはじめた。

ここでの歓迎はスチュアート城で受けたものとはかなりちがっていた。一行が門に近づいても、城壁を守る男たちは笑みを浮かべもしなければ手を振ってあいさつの言葉を叫びもしなかったし、だれも中庭に駆け出して彼らを迎えにはこなかった。

今は夜中だからだとアレックスは自分に言い聞かせたが、到着したのが昼だったとしてもメリーが子ども時代を過ごした城で歓迎されたようには歓迎されないだろうとわかっていた。彼は何年も城を離れていてついこのあいだ問題を抱えた城に戻り、またすぐに旅に出たのだし、メリーもここでは新参者だ。それでもいつの日かここに住む人々が、スチュアートの人々がメリーを見て喜んだように、旅から戻ってきた彼らを見て喜んでくれるようになることを願った。

とりあえずはそれを目標としよう、とアレックスは思った。城に住む人々の信頼と愛を得て、旅から戻ってきたときにはつねに歓迎されるようにするのだ。

城に続く階段のまえで馬を止め、メリーを胸に抱いたまま鞍からおりた。メリーはもぞもぞと体を動かし、不満そうに何かをつぶやいただけで眠りに戻った。アレックスはどんなときでも眠れる妻に感心して首を横に振り、ガーハードやほかの男たちに特に指示や命令を出すことなく、あとのことを彼らに任せた。彼らが必要なことをすませ、荷馬車の片づけや馬の世話を終えてから寝床にいくのはわかっていた。アレックスはメリーを抱いて城のなかに入り、眠っている人々のあいだを縫って階段に向かった。階上のふたりの部屋に行くまでだれにも会わなかった。部屋に入ると、メリーをベッドにおろし、その隣に倒れこんだ。疲れ果てていたので、服を脱ごうとも思わなければ、彼女のドレスを脱がせようとも思わなかった。ふたりとも今夜は服を着たまま寝ることになりそうだと思いながら、眠りに引きこまれていった。

目が覚めると、メリーはアレックスとふたりで使っているダムズベリー城の部屋にひとりでいた。真っ先に、冷たく硬い地面のうえで身をこわばらせて寝ていたのではなく、温かいベッドで寝ていたことにほっとした。次に、いつ城に着いたのだろうか、夫はどこにいるのだろう、そもそも夫はこのベッドで寝たのだろうか、と疑問に思った。最後の疑問は彼女を暗い気持ちにさせた。ドノカイを出発してから毎晩メリーはアレックスの隣で寝ていたが、まさに寝ていただけだったからだ。薬を飲まされたせいで攻撃的になった晩以来、彼は彼女に性的な愛撫をしてこず、キスさえしてこなかった。

考えると気が滅入る。結婚初夜にエッダに床入りについて聞かされたときまったく感銘を受けなかったことを考えると皮肉だった。あのときはアレックスが彼女をあまり煩わせなければいいのだがと思っていたのに、今こうして同じベッドに横になって、彼に煩わされていないことを悩んでいる。人生はこの手のちょっとしたいたずらを仕掛けてくるのが好きなようね、と力なく思いながら起きあがろうとしたが、部屋の扉が開いたのでふたたび横になり、上掛けのシーツを引きあげた。

アレックスが入ってくるのを見て、メリーはつめていた息を吐き出した。彼はきれいな服を着ていた。髪は洗ったばかりらしく、まだ湿っている。彼のあとには浴槽と熱い湯や水が入っているとおぼしき手桶を手にした召使たちが続いた。夫が召使たちに風呂の用意をさせるのをメリーは横になったまま見守った。アレックスは彼女のほうを見ようともしなかったので、彼が仕事を終えた召使たちを送り出して扉を閉めながら声をかけてきたときには少し驚いた。「おれが起こしにいくまでそうして寝ているつもりか？　それとも自分で起きて風呂に入るかい？」

メリーは少しためらってから起きあがり、自分が昨日身につけていたドレスを着ていることに驚いた。裸で寝ていたとばかり思っていたのだ。上掛けのシーツをめくって、足を床におろした。

「ゆうべは疲れていたからきみのドレスを脱がさなかったんだ。おれも服を着たまま寝た」

アレックスがそう言いながら浴槽に戻り、湯の温度をたしかめた。どうやら満足したらしく、湯に香油を垂らしはじめた。

「何時ごろに着いたの？」メリーはベッドのうしろをまわって彼のそばに行きながら尋ねた。

「さあ、わからない」アレックスは香油を入れ終えて身を起こした。「夜中の三時か、四時になっていたかもしれないな」

「まあ」メリーの目は湯気が上がる浴槽に釘づけになった。もう何日もまともな風呂に入っていない。夜に馬をおりるころには疲れ果てていて何もする気になれなかったし、何度か朝に水浴びをする機会は持てたが、いずれのときも急いでいて、とても満足できるものではなかった。たっぷりした湯に浸かって思う存分体を洗えるかと思うとうれしくてたまらなくなり、夫に感謝の笑みを向けた。

「どうもありがとう。あなたはもうお風呂に入ったの？　髪の毛が濡れているけど」

アレックスはうなずくと、香油を脇において彼女のほうに近づいてきた。「厨房で入浴した。そのほうが手間もかからないし、きみを起こしたくなかったからね」

厨房で働く女たちが興奮したにちがいないと思い、メリーは眉を吊りあげた。そのあと、火事のあとユーナが裸の夫をじろじろ見ていたことを思い出して顔をしかめた。きれいな侍女たちが厨房で同じことをしているのが目に浮かんだ。

「ちゃんとついたての陰で入浴したから、そんなふうに顔をしかめるのはやめろ」アレックスがおもしろがっているように言って、メリーのまえで足を止めた。「さあ、風呂に入る手伝いをさせてくれ」

彼が手を伸ばし、彼女のドレスのひもをほどきはじめたので、メリーは顔が熱くなるのを感じながらその手を振り払った。「自分でできるわ」

けれどもアレックスはハチのように追い払われはしなかった。ぎこちなく動く彼女の手を無視して、あっというまにひもをほどき、ドレスを脱がせると、今度はシュミーズを脱がせにかかった。メリーは脱がせやすいようにもぞもぞと動きながらも、頭のなかではこのあとどうなるのだろうと考え、期待に胸をふくらませていた。

だが、その期待は裏切られた。アレックスはメリーを裸にすると子どものように抱きあげて浴槽に入れ、くるりと向きを変えて扉に向かいながら言った。「ゆっくり入るんだな。今日は特に大事な用事はないから」

夫のうしろで扉が閉まるのを、メリーはがっかりして見守った。風呂に入らなければならないのはわかっていたが、彼がそれを手伝ってくれて、そのあとにお楽しみが待っていればいいと思ったのだ。けれども薬を飲まされていない今、彼はそうしたことにまったく興味がないようだった。

「彼が何を飲まされていたのか突き止めて、自分でつくってみるいいきっかけになるわ」メリーは小さくひとりごとを言ったが、自分の冗談に笑えもしなかった。あまりにも悲惨でみじめな状況に置かれている気がして、笑う気にもなれない。彼は彼女に夫婦の営みの歓びを教えておきながら、今ではそれを彼女とともに味わうことに興味がないのだ。悲しくてたまらず、自分が醜く、男性を惹きつける何かに欠けている存在であるような気がした。自分がなんの価値もない人間に思えたが、それは彼女が長年にわたってたびたび感じていたことだった。

メリーは母親に愛されているのはわかっていたが、ずっと母親の力になったり元気づけたりしてきたので、母親が愛しているのは彼女自身なのか、そうしたことをしてくれる彼女なのか、わからなくなっていた。それに父親と兄たちのこともある。彼らは今は彼女に愛情を示してくれているが、彼女がスチュアート城の切り盛りをしていた当時は、そうではなかった……そしてまだ少女だったメリーは、父と兄たちが彼女を愛しているのなら自分たちの酒癖の悪さを治して、彼女の負担を減らそうとするのではないかと思っていた。

そして今、薬の力を借りないかぎり、自分は夫にとっても満足のいく妻ではないらしい。唇に涙が伝い、メリーは自分が泣いていることに気づいて、ふいに腹立たしくなった。わけもなく涙を流すような感傷的で意気地なしの女を夫が愛するはずがない。

歯ぎしりしながら両膝を立て、尻をまえにすべらせて、顔まで湯に浸かって自分の弱さのあかしを洗い流そうとした。ほどなくして起きあがり、頭や体を洗うことに集中して、胸の痛みを無視しようとした。どうにかそれに成功して、おだやかな気持ちで入浴を終えようとしていると、部屋の扉がふたたび開き、アレックスがトレイを手に入ってきた。メリーはトレイのうえの食べものや飲みものに無関心な目を向けてから、今度は髪についた石鹸を洗い流すためにふたたび湯にもぐった。

湯から起きあがると、アレックスが暖炉のまえの毛皮のうえにトレイを置き、自分は浴槽の横に立って乾いた清潔な亜麻布を広げているのが見えた。

「さあおいで。髪が乾くのを待つあいだ、暖炉のまえに座って食事をすればいい」

メリーは彼のまえに裸で立つのを一瞬ためらったあと、彼にはもう体の隅々まで見られているのだからと思いなおして立ちあがった。彼が彼女の体を醜くてなんの魅力もないと思っているのなら、今さら隠したとしても仕方がない。メリーは顔をしかめ、アレックスが彼女の体を亜麻布でくるんで浴槽から抱えあげると、ほっとした。

アレックスはメリーを床におろしてざっとその体を拭くと、ふたたび亜麻布でくるんで炉辺に行くよううながした。

メリーはたくさんの食べものとともにマグがふたつ置かれているのに気づき、首をめぐらせてアレックスもいっしょに食べるのかと尋ねようとしたが、彼が扉に向かうのが見えたので思いとどまった。きっと出ていくのだろうと思ったが、アレックスが扉を開けると、召使たちがどやどやと入ってきて、浴槽の湯がほとんどなくなるまで手桶ですくってから、浴槽と手桶を運び去った。すべてはあっというまにおこなわれ、メリーが暖炉のまえに座ってアレックスが運んできた食べものをながめはじめたときには、すでに彼は最後のひとりを送り出して扉を閉めていた。そして部屋を突っ切って彼女のもとに来た。

「おいしそうね。ありがとう」アレックスが来たのを見て、メリーは笑みを浮かべて言った。

アレックスはうなずいて毛皮のうえにあぐらをかき、彼女と向かいあうと、苦笑いして言った。「多すぎたかもしれないけど、何を持ってくるか選んでいたときおなかが空いていたものだから」

メリーは小さく微笑んだが、なんと言えばいいのかわからなかったので、ただ食べて、今になって彼といっしょにいるとこんなに落ち着かない気持ちになるのは、いったいどうしてなのだろうと考えた。彼に初めて会った日よりも、結婚初夜よりも、今この瞬間のほうが居心地が悪かった。とはいえ、あのころはまだ彼をこんなにも好きではなかった。彼のことをよく思っていなかったので、彼にどう思われようがかまわなかったのだ。けれども今は彼をこんなにも愛している――

メリーははっと息を吸いこみ、口のなかに入れたばかりのブドウを喉につまらせそうになった。こんなにも彼を愛している？

そう、メリーは認めた。いまいましいが、わたしはこの男を愛している。彼はやさしく思いやりがあり、聡明でユーモアもある。これ以上は望めないほどすばらしい夫だ。わたしを欲しがっていないことを別にすれば。メリーは悲しい気持ちでそう思った。その事実は、簡単に伸ばせるしわのようなものではないとメリーにはわかっていた。それはふたりのベッドのなかにひそみ、いつかは彼女をその牙で切り裂くであろう大きな狼であり、彼女の自尊心や自信をずたずたにして、自分は彼に好かれていないと思わせ、孤独にさせて、自分はなんの価値もない人間だとふたたび思わせるものなのだ。

「メリー？　どうしたんだい？」ふいにアレックスが尋ねた。その心配そうな声から、彼女の恐怖や悲しみが顔に出てしまっていたことにメリーは気づいた。

「なんでもないわ」安心させるように言ったが、こみあげてきた涙をこらえようとしたためにかすれた声が出た。「ブドウが喉につまりそうになっただけ」

ふたりのあいだに置かれた食べものに顔を向けたが、アレックスが鋭い目で考えこむように彼女を見ていることに気づいていた。

リンゴを手に取り、用意されていたナイフで慎重に皮をむいていると、アレックスがふいに言った。「ドノカイを発つときにカリンに言われたことがあるんだ」

「そうなの？」メリーは皮をむくのに気をとられているふりをして尋ねた。

「おれはきみに惹かれているし、きみを抱いたのは薬を飲まされていたせいではないと、きみに話したほうがいいかもしれないと言われた」

ナイフがすべって親指を切った。メリーははっと息をのんで親指をくわえ、目を大きく見開いて夫を見つめた。

「見せるんだ」アレックスはいらだった口調で言うと、食べもののまわりをまわって彼女の横に来た。口から親指を出させて、メリーが自らつくった傷を見て悪態をつき、自分の親指を押しあてて血を止めようとしながら叱りつけた。「もっと気をつけるんだな。きみはしょっちゅう自分の体を切っているようだが、そんなばかげた傷がもとできみを失うのは――」

アレックスはふいに言葉を切って彼女の目を見つめた。メリーはこんな小さなことで怒っている彼にびっくりして、その目を見つめ返した。するとアレックスは目を閉じて、首を横に振った。「きみはそんなふうに思っているのか？」

メリーは何を言われているのかわからなくなって目をぱちくりさせたが、やがてアレックスが先ほどまでの話題に戻って、彼が〝彼女に惹かれていたのは飲まされていた薬のせいにすぎないと思っているのか〟ときいてきていることに気づいた。嘘をついて、そんなふうには思っていないと言いたくなったが、ふたりは夫婦でこの先の人生をともにする仲だ。この先うまくやっていくためには本当のことを言うほうがいい。メリーは不安と羞恥心が喉につくったかたまりをごくりとのんでから、小さな声で言った。「あなたは薬を飲まされていたとわかって用心するようになってから、わたしを抱こうとしなくなったわ。だから、薬を飲まされていない今はもうわたしに興味がなくなったんじゃないかと思って――」

突然、毛皮のうえに押し倒されて、メリーの言葉は驚きに満ちたあえぎ声に終わった。アレックスが彼女のうえに覆いかぶさってきて、その口を口でふさいだので、あえぎ声も彼に吸いこまれた。メリーは驚いて彼の腕をつかもうとしたが、ナイフを持っていることに気づいて床に落としてから手を伸ばした。彼の腕をつかんでキスを返しはじめた瞬間、アレックスがキスを始めたときと同じぐらい急に唇を離して、顔を上げ、彼女を見つめた。

「おれの目を見ろ」アレックスが険しい声で命じる。メリーが戸惑いながらもそうすると、彼は言った。「黒い部分が大きくなってはいないだろう？　今は薬を飲んでいないが、きみが欲しい、メリー」脚のあいだで硬くこわばっているものを彼女に押しつけて、それが本当であることを示してから続けた。「ここ何日かきみを抱かなかったのは、その機会がなかったからだ。ドノカイを出て最初にテントで寝た晩は、頭がまだひどく痛んだし、一日馬に揺られただけで、すっかり疲れてしまっていた」

「もう一日出発を遅らせるべきだったのよ」メリーはいらいらと言った。「イヴリンドもわたしもまだ起きるのは早いって言ったのに」

「そうだったな」アレックスは認め、いらだっている彼女を見て笑い声をあげた。「たしかに早かったのかもしれないが、きみのいないベッドで寝るのはいやだったし、たとえ疲れ果ててほかのことはできなくても、きみを腕に抱いているだけでよかったから」

メリーは身をこわばらせた。「本当？」

「ああ、本当だとも」

メリーはアレックスの表情を見てから言った。「じゃあ二日目の晩は？　どうして――」

「メリー、テントは燃え落ちてしまっていたじゃないか」アレックスは冷静な口調で彼女に思い出させた。「残骸はそのままにしてきたし、おれたちは男たちとともにたき火のまわりで寝なければならなかった。みんなの見ているまえでおれに抱かれたかったのか？」

「スコットランドに行く途中にしたみたいに、どこかふたりだけになれる場所に行くこともできたわ」メリーは指摘した。

「そしてまた頭を殴られる危険を冒すのか？　もしかしたらきみがけがをするかもしれないのに？」アレックスは首を横に振って打ち明けた。「おれもそうしようかと思ったが、結局は思いとどまったんだ。欲望に負けたためにきみを失うのはごめんだったから」

「荷馬車で寝ることもできたわ。ユーナは気にしなかったはずよ」

「その場合も男たちから離れることになるから襲われやすくなる。とにかく危険は冒したくなかった。火のそばで男たちとともに眠ったほうが安全だからね。だからできるだけ早くダムズベリーに戻ったほうがいいと思ったんだ」アレックスは苦笑いして続けた。「おれがとてつもなく急いでいたことに気づいただろう？　あれはおれやきみの身を案じてのことじゃない。もちろんそれもあるが、何よりも、きみとふたりだけになれる城に一刻も早く帰りたかったからなんだ」

「本当に？」メリーは尋ねた。胸に希望がわいてきた。

「ああ、本当だとも、メリー」アレックスは重々しく言って続けた。「よく考えてみろよ。薬のせいで普通のときより欲情していたとしてもそれだけだ。薬でおれをきみに対して欲情させることはできない。おれがだれに欲情していたとしてもおかしくないんだから。そうだろう？」

メリーはその考えに顔をしかめながらもうなずいた。

「でも、おれはそうならなかった。おれが惹かれているのはきみだけだったからだ」アレックスはまじめな顔になって言った。「メリー、きみは美しく優雅なうえに強くて賢い女性だ。きみを妻に持てて誇りに思うし幸せだ。父がまだ生きていたら、一日に十回はこの縁談をまとめてくれた礼を言っていただろう。おれはきみが欲しい。きみだけが。実際……」そこで言葉を切って息を吸ってから打ち明けた。「おれはきみを愛しているんだ」

「わたしを愛しているの？」メリーは聞きまちがいではないかと不安になりながら尋ねた。

アレックスは彼女の表情を見て唇をゆがめたが、すぐにまじめな顔に戻って言った。「ああ、メリー。愛している。愛さずにはいられないだろう？　きみは強くて決然としていて、必要なことであれば、ほかの者がやりたがらないようなことも引き受ける。でも、表に見せている頑丈な殻《から》のなかには、やさしい心がつまっていて、まわりの人間のことを深く気づかう。ああ、おれはきみを愛している、メリー・ダムズベリー」

メリーはアレックスを見つめた。胸が締めつけられるように痛むのは、彼を愛しているからだとわかっていた。彼とひとつになってもう二度と離れずにすむように、きつく抱きしめたかったが、目にこみあげてきた涙をこらえるのが精いっぱいだったので、アレックスと同じぐらいまじめな顔で言った。「わたしもあなたを愛しているわ。あなたはハンサムでやさしくて、とても思いやりがある人よ。それから――」

アレックスが彼のいいところを挙げる彼女の口をキスでふさいで黙らせた。メリーは抵抗しなかった。彼がどんなにすばらしい人であるかは、あとで伝えればいい。今はこの新しく見つけた愛を彼女が知る最も満足できる方法でたしかめたかった。彼を自分の体のなかに迎え入れて、満たされているという感じを味わいたい。心も体もひとつになるまで。

翌朝、メリーが目を覚ますと、部屋にはよろい戸を開けた窓から入ってくる日の光と鳥の鳴き声が満ち……ユーナがおもしろがっているような顔をして、彼女をのぞきこんでいた。

「どうやら何もかもうまくいったようですね」メリーが目をしばたたきながら微笑みかけると、ユーナは唇をゆがめて言った。

「ええ」メリーはにっこり笑って言い、起きあがってあたりを見まわした。「わたしの旦那さまはどこ?」

「もう何時間もまえに起きて仕事をしていますよ」ユーナはそう言うと、衣装箱に足を運んでメリーが今日着るドレスを選びはじめた。「お嬢さまを起こそうとしたら、好きなだけ眠らせてあげるよう言われたんです」ダークグリーンのドレスを手にして立ちあがる。メリーのほうに戻ってきながら、冷ややかに言った。「ご主人さまもばかみたいににこにこしていましたよ。どうやら昨日はずっとこの部屋に閉じこもって、お楽しみだったようですね」

「うらやましいの?」メリーは笑みを浮かべてからかった。

「ええまあ」ユーナは不機嫌な顔で認めた。「わたしには大剣を持った男が必要なんです。近ごろではゴドフリーまで魅力的に見えてきて困っているんですよ」

メリーは笑い声をあげて上掛けをはねのけ、ベッドから飛びおりた。「あなたがスチュアートを発つまえに感じたことは正しかったわ、ユーナ」顔や手を洗いに水の入った洗面器に向かいながら言う。「ここでならスチュアートにいたときよりはるかに幸せに暮らせそうよ」

「そうですか」ユーナは言って、真顔になって続けた。「わたしもうれしいですよ。お嬢さまはいい方と結婚された。かわいいお子さんにも恵まれて、きっと末永く幸せにお暮らしになるでしょうよ……おふたりのどちらかに深刻な危害が加えられるまえに、今回のおかしな事件を解決することができればね」

メリーはその言葉でこの楽園にはヘビがいることを思い出した。彼女の顔からまたたくまに笑みが消えた。

「すっかり忘れていたわ」メリーは言って、どうして忘れていられたのだろうと不思議に思った。

「まあ、わたしならそのことで罪の意識を感じたりしませんけどね。ご主人さまも今朝はすっかりそのことをお忘れのようでしたから。バラ色に輝く愛とやらのせいですよ。頭をぼんやりさせ、不愉快なことは覆い隠してしまうんです」

「そうね」メリーは言って、もう二度と忘れないようにしようと心に決めた。それどころか、できるだけ早くことの真相を突き止めようとふいに思い立って尋ねた。「エッダはどこ？」

「大広間のテーブルにつかれています」ユーナは物憂げに答えた。「使用人たちはいつにも増して彼女のまえではおかしな態度をとっていますよ。ベットは特にそうです。わたしたちがいないあいだ、エッダにつらくあたられたんじゃないですか？」

メリーは何も言わなかったが、顔や手を洗ってドレスを着るあいだもそのことを考えていた。いろいろな人に話を聞けば聞くほど、エッダが怪しいように思えてくる。やはり、少なくとも真相が明らかになるまでは、彼女を遠くにやったほうがよさそうだ。

ユーナは黙ったまま彼女の身支度を手伝い、ベッドを整え、室内の掃除をするためにあとに残った。メリーはひとりで階段をおりて大広間に行った。エッダはすでにテーブルを離れ、暖炉のまえに座っていた。けれどもメリーを見ると立ちあがり、にっこり笑いながらテーブルにやってきた。

「お帰りなさい！」

メリーは微笑み返した。エッダが身をかがめて、座っている彼女を抱きしめると、疑っていることを悪く思った。それで本心よりもうれしそうにエッダを抱きしめ返した。「ありがとうございます。わたしたちが留守にしていたあいだ、何も問題が起きてなければいいんですけど」

「あら、大丈夫よ」エッダはベンチに腰をおろしながら答えた。「そもそも、あなたたちは何か問題が起こるほど長くは留守にしていなかったじゃない」

「旅のあいだにちょっと問題が起こって、アレックスが早く帰ることにしたんです」

「ええ、そうなんですってね」エッダは首を横に振った。「アレックスが事故に遭ったり、薬を飲まされていたりしたんですって？　テントに火がつけられたとも聞いたわ。とても信じられないけど」

「そうなんです」メリーは言って、食事を運んできた侍女のライアに微笑みかけた。

「イヴリンドは元気だった？」エッダが、侍女がいなくなるのを待って尋ねた。

イヴリンドは幸せだと告げたときのエッダの反応を見るよう彼女に言われていたのを思い出し、メリーはエッダの表情に気をつけながらにっこり笑って言った。「ええ、それはもう。とても幸せそうでした。彼女とカリンは深く愛しあっているようです。まさに相思相愛という感じで。見ていてうらやましくなるほどでしたわ」

「それはよかったわ」エッダは言った。その言葉は心からのものに思えた。どうやら本気で心配していたらしい。「あの子のことが心配でならなかったの。あの子とはそれほど親しくなかったけど、わたしの夫の娘であることに変わりはないし、何よりもドノカイの悪魔とうまくやっていけるのか心配だったのよ。彼は冷たくて思いやりのかけらもない男だと聞いていたから」そこで言葉を切って、首を横に振った。「でもその手のあだ名はスコットランドではたいした意味を持たないようね。それに噂というのは自然と大きくなって真実を覆い隠してしまうものだわ。あなただってスチュアートのがみがみ女と呼ばれているけど、的外れもいいところだものね」エッダは笑い声をあげた。

メリーは微笑んで食べものに目をやった。すっかりわけがわからなくなっていた。エッダはイヴリンドが幸せだと聞いて心から喜び、ほっとしているように見える。イヴリンドの想像以上にうまい役者であるか、本当に改心したかのどちらかだ。エッダが疑いをかけられているのを許していることにメリーは罪悪感を覚えた。彼女自身あらぬ疑いをかけられていたので、それがどんなに傷つくことかわかっている。エッダを姉のもとにやると約束したことが気にかかっていた。そうするつもりではいたが、そのことを考えると胸が痛み、気づくとエッダの相手がまともにできなくなっていた。幸い、黙りがちなのは食べたり飲んだりしているせいにできたが、食事を終えて、留守のあいだに何か変わったことがなかったか、たしかめにいくと言って席を立てたときにはうれしかった。

メリーは罪の意識と戸惑いから、その日はずっとエッダを避けていた。ふたたび彼女と話したのは夕食のときだった。エッダは朝会ったときと同じくほがらかで機嫌がよかったが、イヴリンドと同じぐらいエッダを疑っているアレックスが隣にいるのが気になって、食事のあいだじゅうずっと落ち着かなかった。

食事が終わり、暖炉のまえで繕いものをいっしょにどうかとエッダに誘われると、メリーは無理に笑みを浮かべてすぐに行くと約束し、彼女がテーブルを離れるのを待って、アレックスに向きなおった。

「エッダのことをどう考えればいいのかわからなくなっているみたいだな」継母が声の届かないところに行くやいなや、アレックスが同情するように言った。

メリーは彼の鋭さに驚いたが、黙ってうなずき、彼が身を寄せて唇に軽くキスしてくると、弱々しいが心からの笑みを浮かべた。アレックスは身を起こし、まじめな顔で彼女を見て言った。「きみが言うように、エッダを姉のところに行かせるのがいちばんいいのかもしれないな」

「わたしじゃなくてイヴリンドの提案よ」メリーはすかさず言った。エッダを遠くにやろうと言いだしたのが自分でなくても、充分に裏切り者になったような気がしていた。とはいうものの、その決断にまったく責任がないふりはできなかった。「でも、そうね、それがいちばんいいのかもしれないわ」

「じゃあ、おれからエッダに姉の名前を尋ねて、姉のもとを訪問するように言うよ」アレックスは簡単に言った。

「名前ならイヴリンドから聞いたわ」メリーはいったん言葉を切った。扉が開く音にアレックスが首をめぐらせ、入ってきた人物を見て唇をゆがめたからだ。メリーは彼の視線を追い、それがゴドフリーであるのに気づいて眉をかすかに吊りあげた。ゴドフリーは夕食の席にいなかったので、アレックスに用事を言いつけられたのだろうと思っていた。だが、夫のいらだった表情を見て、彼女の想像どおりゴドフリーがアレックスの用事を片づけていたのだとしても、時間がかかりすぎたのだろうと思った。

「なんだってこんなに長くかかったんだ？」少年が彼のまえに来ると、アレックスはいらいらと問いただした。「おまえを村にやったのは昼過ぎだぞ。もう何時間もまえに帰ってきていいはずなのに」

「申しわけありません」ゴドフリーはあわててあやまり、恥ずかしそうな顔になって言った。「途中で配達人に会って森のなかを引き返してきたんですが、道に迷ってしまって。何時間もさまよっていたんです。はいこれ――領主さまあての手紙です。配達人から預かってきました」

アレックスは顔をしかめたが、手紙を受け取り、少しは怒りがおさまったような声で言った。「夕食を食べそこねたぞ。厨房に行って何かもらってこい」

「はい、領主さま。ありがとうございます」少年は一目散に厨房に走っていった。できるだけ早く食べものを手に入れたいからではなく、一刻も早く主人の怒りに満ちたまなざしから逃げたかったからのようだった。

メリーが夫に視線を戻すと、彼は巻物に巻かれたひもをほどいて、巻紙を開こうとしていた。「なんなの？」

「ゴドフリーの父親からの手紙だ。彼が無事でやっているか尋ねてきている」アレックスは言った。「必要以上に息子のことを心配しているんだ。きっと年のわりには体が小さくて幼く見えるからだろう」メリーを見て、にやりとしながら続ける。「おれたちの息子はおれに似て体が大きくなるといいな」

メリーは小さく微笑んだ。わたしとこの人のあいだにはどんな子どもが生まれるかしらと思いながら尋ねる。「ゴドフリーは何歳なの？」

「十六歳だ。大人といってもいい年齢だな。普通はもっと早く従者になるが、さっきも言ったように小柄で幼く見えるから、両親が過保護になっているんだろうな」アレックスは言って、手紙に目を戻した。

メリーは驚いて目を丸くした。「本当に年のわりには体が小さくて幼く見えるわね。せいぜい十二か十三ぐらいだと思っていたわ。ろくに肉もついていなければ筋肉もないじゃない」

「ああ、でも見かけよりは強いけどな」アレックスはそう言って手紙をテーブルに置くと、メリーにすばやくキスしながら立ちあがり、厨房に向かおうとした。「ちょっと失礼するよ。ゴドフリーに頼んだ用事についてきくことがあったんだ。エッダを姉のもとへやるかどうかについては、だれかに聞かれる恐れのないおれたちの部屋で話すとしよう」

メリーは承諾のしるしにうなずき、厨房に向かう彼の姿を目で追ってから、約束どおりエッダのもとに行った。

「アレックスは怒っていたようね」メリーが彼女と向かいあって座り、いつまでやっても終わらない繕いものに取りかかろうとしたとき、エッダが言った。「ゴドフリーが何か失敗でもしたの？」

「いいえ。たぶん、そうではないと思います。アレックスは彼を昼過ぎに使いに出したから、もっと早く帰ってくるものと思っていたようなんです。ゴドフリーは帰りに道に迷ったと言っていました」

「村からの帰りに？」エッダは大声で笑いながら、信じられないというように言って、首を横に振った。「あの子は道に迷ってばかりいるのよ。また迷うまえに方角を見きわめる訓練をしたほうがいいわね。そうでもしないと都合の悪いときに都合の悪い場所にいて、盗賊に襲われるはめになるわ」

「そうですね」メリーは言って、今夜部屋で夫とふたりきりになったら、そのことも話そうと心に決めた。

「ハチミツ酒のお代わりが欲しいわ」エッダがふいに言って、繕いものを脇に置いた。「あなたもどう？」

「いいえ、わたしはけっこうです。でも、よろしければ、わたしが取ってきますけど」メリーは繕いものから逃げたい一心で申し出た。繕いものは好きな仕事ではなかった。

「いいえ、いいのよ」エッダは立ちあがりながら言った。「ずっと針を動かしていたものだから指がこわばって痛くなってしまったし、脚も伸ばしたいから。あなたはどうぞ始めていて。すぐに戻ってくるから」

メリーはエッダを見送ると、膝のうえのブライズに目を落として顔をしかめた。繕いものをする気分ではなかったが、しないわけにはいかなかった。仕事に取りかかり、物思いにふけりながら針を動かしていると、厨房に続く扉が開く音がしたので、ぱっと顔を上げた。エッダが戻ってくるのが見えた。

「今夜はもう疲れたからこれぐらいにするわ、メリー」エッダはメリーの横に来て言った。

「今日は早く寝て、明日の晩、仕上げることにする」

「ええ、わかりました」メリーは言って、笑みを浮かべた。「じゃあ、どうかぐっすり眠ってください、エッダ」

「どうもありがとう。あなたもね。明日の朝会いましょう」

メリーはうなずいて、エッダのうしろ姿を見送ると、繕いものに目を戻したが、わずかにひと針縫っただけでいやになり、ブライズを脇に置いて架台式テーブルに向かった。そこで夫が戻るのを待ち、もう部屋に下がろうと言うつもりだった。疲れてはいないが退屈だったし、部屋に下がったほうが、エッダを姉のところに行かせるにはどう話を持ちかければいいか、ふたりきりで相談できる。

テーブルにつき、ゴドフリーの父親からの手紙を手にして、テーブルのうえを転がしながら待った。しばらくしてから、退屈しのぎに巻紙を広げて、手紙の文面にぼんやりと目を通した。アレックスが言っていたとおり、ゴドフリーの父親が息子のようすや従者としての仕事ぶりを尋ねてきた手紙だった。署名に目をやると、退屈な気持ちがあっというまに消え去った。

「アルフレッド・デュケ卿」ささやくような声で読みあげる。ふいに頭のなかが大騒ぎになった。イヴリンドはエッダの姉はデュケという男のもとに嫁いだと言っていた。ゴドフリーはエッダの甥《おい》なのだろうか？　もしそうならアレックスが教えてくれていたはずだと思ったが、そのあとで彼がエッダに姉がいることも忘れていたし、名前も思い出せないと言っていたことを思い出した。アレックスは知らないのだ。そしてゴドフリーもエッダも甥とおばであることを彼に告げていない。いったいどうしてなのだろう？

よくない理由からにちがいない。メリーはそう確信して厨房に向かった。このことをすぐにアレックスに話さなければならない。ゴドフリーがエッダの甥だとしたら、旅のあいだにアレックスを襲ったのは彼にちがいなかった。ふいに滝のそばからアレックスを運んできたときに最初に会ったのがゴドフリーだったことを思い出した。ゴドフリーは用を足しにきたと言って、彼女もそれを信じたのだが、今思うと、自分のもくろみどおり主人が死んでくれたかどうかたしかめにいこうとしていたのではないだろうか。メリーが知るかぎりでは、ゴドフリーは用を足さずに野営地に戻った。

メリーはゴドフリーのことが好きだったので、頭に浮かんだ考えを信じたくはなかったが、ゴドフリーがエッダの甥だという新たにわかった事実によって、彼とエッダを疑わないわけにはいかなくなった。メリーは悲しくなった。彼女がここに来てからずっとやさしくしてくれていたのは、ただの見せかけだったのだ。エッダが改心するはずがないとイヴリンドは信じていたが、メリーはそれはまちがいだと思っていた。けれども今になってみると義理の妹が正しかったように思われた。まだわからないことだらけだが、この新たにわかった事実をもとにアレックスとともに考えれば、真相を明らかにできるのではないかと思った。あるいはゴドフリーとエッダを問いつめれば、すべてがはっきりするかもしれない。メリーはそう思いながら厨房の扉を押し開けて、夫の姿をさがした。

アレックスもゴドフリーもいなかったので、がっかりして唇を引き結んだが、そのときユーナが年老いた侍女のベットと話しているのが見えた。メリーはふたりのほうに向かった。

「ユーナ? アレックスを見なかった?」

「ええ、見ましたよ。ゴドフリーを塔に連れていかれました」

「どうして?」メリーは驚いて尋ねた。

「ご主人さまがここでゴドフリーに頼んだ用事のことで何かきいておられたときに、エッダさまがやってきてゴドフリーの方向音痴ぶりをからかったんですよ。村から帰ってくる途中に道に迷うなんて、よっぽどのばかか、まったくの方向音痴にちがいないって。そしてご主人さまに、昼間は木についた苔《こけ》で、夜には空の星で方角を見きわめる方法を教えていないのかって尋ねたんです」ユーナは顔をしかめた。「まったくいやな女ですよ。ただからかっているようなふりをして、ご主人さまを非難していたんですからね」

メリーは唇を固く引き結んだ。エッダの言葉はアレックスには痛烈に聞こえたにちがいない。従者たちをろくに訓練もせずにドノカイに向けて発とうとしている彼の無責任さを責め立てた、彼女自身の言葉のように。

「ご主人さまがエッダさまを怒鳴りつけるところを見られるんじゃないかと思ったんですけど、そううまくはいきませんでした」ユーナはむっつりして言った。

ユーナががっかりしたような声を出すのを聞いて、メリーは片方の眉を吊りあげた。どうやらユーナはアレックスの継母に対していい感情を持っていないばかりか、ますます嫌いになっているようだ。いったいどうしてなのか、メリーにはさっぱりわからなかった。ユーナ自身も、ただ嫌いだというだけで、説明できないようだった。

「とにかく」ユーナが言った。メリーは彼女の話に注意を戻した。「ご主人さまは今夜できることを教えようと思い立たれて、星で方角を見きわめる方法を教えるためにゴドフリーを塔に連れていかれたんです」

「大広間を通るのは見なかったけど」

「ええ、裏階段を使われましたから」ユーナが振り返って、部屋の隅にある階段を身ぶりで示した。「途中で二階からの階段といっしょになるんです」

「塔に警備の者はいる？」メリーは険しい声できいた。いやな予感がしてきた。

「いいえ。いえ、いたんですけど、エッダさまが入ってきたときに、ちょうど温かい飲みものを飲みにおりてきていて、ご主人さまがゴドフリーを塔に連れていかれることにしたとき、自分が見張るから、休憩しているよう警備兵に言われたんです。用がすんだら呼ぶからとおっしゃられて」

「じゃあ塔にはアレックスとゴドフリーしかいないのね？」メリーはふいに心配になって尋ねた。

「ええ」ユーナは言った。「いったいどうなされたんです？　顔が真っ青ですよ？」

「ゴドフリーはエッダの甥なの」メリーは言って、階段に急いだ。夫はゴドフリーとふたりきりではないだろうと確信していた。

16

メリーが塔のらせん階段を半分ほどのぼったところで、暗がりから突然エッダが一段か二段うえの段に進み出てきた。階段を猛然と駆けのぼっていたメリーははっと足を止め、エッダを警戒の目で見ながら石の壁に手をついて体を支えた。

「エッダ」どうにか礼儀正しい口調を保って言った。

「まあ、メリー、そんなに急いでどこに行くつもりなの？」エッダはにっこり笑いながら陽気に尋ねた。

メリーはエッダを見つめて答えた。「塔のうえにいるアレックスとゴドフリーのもとに行こうと思って」

「いい考えね」エッダがすかさず応じる。「わたしも新鮮な空気を吸いにいきたいわ。いっしょに行かない？」

メリーがどうしようかとためらっていると、ふいにエッダが背後に隠し持っていた剣を差し出した。宝石で飾られた柄の、小ぶりだが殺傷力の高そうな短剣だった。エッダは笑顔から一転して険しい顔になって言った。「あなたが先にのぼってくれない？」

メリーは唇を引き結んだが、言われたとおりにするしかなさそうだったので、階段をのぼりはじめた。エッダのかたわらを通ったときに初めて彼女が扉のまえに立っていることに気づいた。二階に続く扉だろうと思ったが、次の瞬間、エッダが短剣の切っ先を背中に突きつけてきたので、はっと身をこわばらせた。

「あなたがテーブルにあった手紙を読んでいたときの表情を見て、面倒なことになりそうだと思ったの。ゴドフリーは父親からの手紙だと言っていたわ。名前に気づいたのね。そうでしょう？」

メリーはうなずいた。「あなたのお姉さまはデュケ卿という方に嫁がれたとイヴリンドから聞いていたんです。ゴドフリーの父親も偶然同じ名前だなんてことはそうそうないですから」

「そうね、わたしもそう思うわ」エッダは言った。いつもの愛情に満ちたやさしい声が、冷たくおつにすました声に変わっていることに、メリーはいやでも気づかされた。

「あなたは部屋に下がったものだとばかり思っていたわ」メリーは険しい顔で階段をのぼりながら言った。

「部屋には行ったわよ。短剣を取りにね。部屋を出て階段のうえを通りかかったときにたまたま下を見たら、あなたが大広間の架台式テーブルについて、ゴドフリーの父親からの手紙を読んでいるのが見えたの」

「つまりあなたの義理のお兄さまからの手紙ということね？」メリーは冷ややかに尋ねた。

「ええ、そうでもあるわ」エッダは認めた。「昔から彼のことも姉のこともあまり好きじゃなかったけど。ふたりとも青白い顔をした口先だけの人間よ。お似合いのふたりという以外はなんのおもしろみもない」

「ゴドフリーは？」メリーは険しい声で尋ねた。

「ああ、少なくともあの子はいくらか見込みがあるわ」エッダは言うと、舌打ちしてつけ加えた。「あいにくまだ若いから、へまをすることも多いけど」

ありがたいことにね、とメリーは思った。アレックスが今も生きているのは、ひとえにそうしたへまのおかげだ。運がよければ、今夜またゴドフリーはへまをして、彼女とアレックスはこの危機を抜け出せるかもしれない。

「甥の話をされて思い出したわ」エッダが言って、短剣の切っ先でメリーをつついた。「もっと急いでくれないかしら、メリー。一刻も早く塔のうえに行って、うまくことが運んでいるかどうかたしかめたいの。ゴドフリーがまたへまをしてなければ、今ごろアレックスは何本もの骨を折って、塔の下の石畳に横たわっているはずよ」

メリーはどうかそんなことにはなっていませんようにと祈りながら足を止め、肩越しに振り返って尋ねた。「どうしてこんなことをするの？」

「ずっとレディ・ダムズベリーでいたいからよ」エッダは簡単に言った。

「アレックスを殺してもむだよ」メリーは指摘した。「わたしたちふたりを殺しても同じ。ダムズベリーはイヴリンドとカリンと、ふたりの跡取りのものになるだけだわ」

「いいえ、そうはならないわ」エッダはきっぱり言って、短剣の切っ先でいらだたしげにメリーの背中を突き、さっさとのぼれとうながした。

背中に浅い傷ができたのがわかってメリーは顔をしかめたが、首を横に振っただけで、ふたたび階段をのぼりはじめた。メリーの考えでは、エッダの計画はうまくいくはずがなかった。今夜エッダがアレックスと彼女をまんまと殺したとしても、ダムズベリーはイヴリンドとカリンのものになるだけだ。エッダは明らかに正気を失っている。そして正気を失っているということはますます危険な存在になっているということだと自分に言い聞かせた。エッダの考え方を理解しようとするのはあきらめ、その代わりにこれから起こることを予測して、自分自身とアレックスの身を守る方法を見つけようとした。

あいにくメリーには考える時間があまりなかった。すでに階段は残り少なくなっていて、ほどなくしてふたりは星空の下に歩み出た。メリーはすばやくあたりを見まわして夫の姿をさがしたが、彼がゴドフリーのまえに倒れているのを見た瞬間、心のどこかで彼に寄せていた期待はきれいさっぱり消え去った。アレックスはゴドフリーにふいをつかれて胸壁に覆いかぶさるようにして倒れたか、胸壁のまえに倒れていたのをゴドフリーが抱えあげてその体勢にさせたかのどちらかだった。夫が死んでいるのか気を失っているだけなのかメリーにはわからなかったが、そのどちらかなのは明らかだった。ゴドフリーが彼のぐったりした体を押しあげて胸壁を越えさせようとしているあいだも、ぴくりとも動かず、うめき声ひとつあげなかったからだ。

「おやまあ、ゴドフリー！　おまえは何ひとつまともにできないの？」エッダがメリーをふたりのほうに追い立てながら嚙みつかんばかりに言った。「今ごろはもうアレックスは何本もの骨を折ってこの下の石畳に横たわっているはずだったのに」

「ああ、来たのか」ゴドフリーはアレックスの体を押しあげる手を止めず、振り返りもせずにうなった。「そんなに楽な仕事だと思うんだったら、こっちに来て自分でこいつを押しあげてくれよ。どちらにしろ、おれはこの手のことには向いてないんだから」

「言われなくてもわかっているわ。スコットランドに行って帰ってくるまでのあいだに、おまえはその男を何度も殺しそこねたんだから」エッダは冷ややかに言うと、メリーの腕をつかんで、ゴドフリーたちのもとに引っぱっていき、彼らから少し離れたところで止まらせた。

「あいにくわたしは今、手が空いていないから、おまえひとりでやってもらうしかないわね」

「へえ、そうかい」ゴドフリーは言い返した。メリーがダムズベリーに来たときから知っている、やさしくて内気な少年の声とは似ても似つかない。どうやらエッダの家系には役者がもうひとりいるようだ。「それなら――」

ゴドフリーがようやく肩越しに振り返り、メリーがエッダといっしょにいるのを見て口をつぐんだ。アレックスを押しあげるのをやめて彼女たちのほうを向き、恐怖に満ちた目でメリーを見つめる。アレックスは胸壁のまえにどさりと倒れた。

「その人はいったいここで何をしているんだ？」ゴドフリーは警戒するように尋ね、小さな体でアレックスを隠そうとするかのように、彼のまえに進み出た。

「何をしていると思うの？」エッダはうんざりしたように問い返した。「この人はおまえの父親からの手紙を読んで、ふたつの名前を結びつけたのよ。わたしの姉はレディ・デュケだとイヴリンドから聞いていたそうよ」冷ややかな声で続ける。「アレックスは何も気づいていなかったようだけど」

ゴドフリーは唇を噛んで、メリーに目を向けた。「奥方さま、おれは――」

「ちょっと、勘弁してちょうだい」エッダが嫌気がさしたようにさえぎった。「許しを請うつもりじゃないでしょうね。おまえはこの女の夫を殺そうとしたのよ。この愚かな女はその男にお熱のようだから、おまえに礼を言ってはくれないでしょうね」

ゴドフリーは黙りこみ、気乗りのしないようすで、うつ伏せに倒れているアレックスに視線を戻した。メリーは彼がふたたびアレックスを胸壁から投げ落とそうとするのではないかと思い、すばやく尋ねた。「旅のあいだの事故や放火はあなたのしわざだったのね？」

「テントに火をつけたとき、あなたはユーナといっしょに荷馬車にいるものだとばかり思っていたんです」ゴドフリーはあわてて言った。

「この人はそんなことをきいているんじゃないのよ」エッダがおもしろがっているように言ったあと、メリーに告げた。「ええ、この子のしわざだったのよ。本当にいい子だわ。秘密を守ることと少しのお金と引き換えに、喜んでおばさんに力を貸してくれるんだから」

その言葉にメリーは注意を引かれ、エッダに向きなおって尋ねた。「秘密って?」

「わたしたちのかわいいゴドフリーは賭け事にはまっているの。今年の初めに姉夫婦に連れられて宮廷に行ったときに大きく負けちゃって、高利貸しに多額の借金をつくったのよ」

「アレックスといっしょにチュニスに行っていたんじゃなかったの?」メリーは驚いて尋ねた。

「ええそうよ。ゴドフリーは、アレックスといっしょにチュニスに行って、戻ってくると同時に訓練を終えた従者のあとを継いだんだもの」エッダは説明した。

アレックスはそのことを話してくれなかったとメリーは思い、かすかに眉をひそめた。とはいうものの、どうして話す必要があるだろう? アレックスが彼女に話しておらず、彼女のほうでもきこうとも思わなかったことがいくらでもあるにちがいない。

「とにかく」エッダは続けた。「アルフレッドがゴドフリーの借金を返して賭け事はやめるよう説いたの。当然ながらゴドフリーはやめると約束したんだけど、アルフレッドと姉はこの子がまた誘惑に負けてしまうんじゃないかと心配していた。それでわたしがこの子をここによこしてアレックスの従者にしてもらったらどうかと勧めたの。ここなら宮廷からも遠いし、近くに大きな町もないから、ゴドフリーも誘惑されることなく約束を守れるだろうからってね。もちろんわたしも目を光らせておくとも言ってやったわ」エッダはにやりとした。愚かにも息子をエッダにゆだねてしまった彼女の姉にメリーは同情した。

「だれもあなたとゴドフリーの関係をアレックスに話さなかったのね」メリーは静かに言った。

エッダは考えこむように唇をすぼめてから、舌打ちした。「話すのを忘れてしまっていたような気がするわ。話さないほうがいいと姉に言ったような気もする……へたに話してアレックスにあれこれ質問されたら、ゴドフリーが賭け事にはまっていたことがばれて、従者にしてもらえないかもしれないからよ。言うまでもないけど」

「ええ、そうでしょうね」メリーは冷ややかに言った。

「姉夫婦は名案だと思って、すぐにアレックスにゴドフリーを従者にしてくれるよう頼んだの。アレックスは承諾して、ゴドフリーはあなたがここに来た前日にやってきたのよ」エッダがゴドフリーに微笑みかけると、彼は顔をしかめた。エッダはそれを見て笑い声をあげてから、メリーに向きなおった。「あいにくこの近くの村でも賭け事はできるの。闘鶏もあるし、だれでも賭けられる小規模な賭場もある」肩をすくめて続ける。「ゴドフリーはすぐにまた誘惑に負けて賭け事を始め、自分ではとても返せない額の借金をしたの。当然彼はわたしのもとに来たわ」

「彼を助けてあげたのね」メリーは言った。

「もちろんよ。彼はわたしの甥だもの。借金は返してあげるし、父親にも言わないと約束したわ。父親に知られたらまちがいなく廃嫡《はいちゃく》されてしまうでしょうからね。その代わりにちょっとした頼みごとを聞いてもらったの」

「ちょっとした頼みごとですって？」メリーはあざけるように言った。「あなたはゴドフリーを脅迫して人を殺させようとしたのよ。それからあなた！」ゴドフリーに向きなおる。「地元の金貸しに殴られるより人殺しの罪で縛り首になるほうがましだって、本気で思っているの？」

「いいえ、そんなことは思っていません」ゴドフリーは顔をゆがめて言った。「でも廃嫡《はいちゃく》されて、爵位も持っていなければ住む家も財産もない貧乏人になるよりはましです……それにおれがやったってばれなければ縛り首にはならないし」

「もうばれているのよ」メリーは冷たい声で言い、ほんの一瞬ではあったものの少年の目に恐怖の色がよぎるのを見て満足を覚えた。ゴドフリーはおばに目をやった。

「ええ。ばれてしまったわ」エッダは同意した。「どうすればいいかしら？」

ゴドフリーはためらい、ふたたびメリーに目を向けた。その顔に内心の葛藤が表われるのをメリーは見たような気がしたが、次の瞬間、彼は言った。「この人も殺す」

「それはだめよ。そんなことをしたら、まちがいなくわたしは住む家もお金もない貧乏人になってしまうわ」エッダは言って、冷酷に続けた。「もしそんなことをしたら、おまえがここでも賭け事をしていたことを話すからね」

「でも生かしておくわけにはいかないよ」ゴドフリーは言い張った。迷っているようすはみじんもない。「おれたちふたりとも縛り首にされちまう」

「この女が跡継ぎを産まずに死んだら、城はイヴリンドとその夫のものになるのよ。わたしは追い出されるに決まっているわ」エッダはぴしゃりと言い返した。「忘れたの？　もともとそういう計画だったでしょう？　この女が身ごもったらアレックスを殺して、赤ん坊が生まれたら、この女も殺す。わたしは赤ん坊の後見人になり、レディ・ダムズベリーとして二十年か、できればそれ以上ここに住みつづける。そう、わたしはレディ・ダムズベリーでありつづけるのよ」

メリーは目を大きく見開いた。今までどうしてもわからなかったことが、ついにわかったのだ。「アレックスに薬を飲ませたのは、酔っ払っているように見せて夫婦仲を悪くするためではなく、彼を欲情させるためだったのね」

エッダはいらだたしげに手を振った。「ろれつがまわらなくなったり足もとがふらついたりしたのは単なる副作用よ。アレックスには性欲を高めて子どもができやすくなる薬を飲ませたの。アレックスがスコットランドに行くのを遅らせるために、兵士たちのエールに嘔吐をもよおさせる薬を入れて具合が悪くなるようにもしたわ。それからあなたにも、子どもができやすい体になる薬を飲ませたのよ」小さく笑みを浮かべてつけ加える。「あなたに飲ませた薬には副作用はなかったけど」

メリーは目を細めて言った。「だからあなたは、わたしがスコットランドに発つまえに、子どもができたんじゃないのかときいてきたのね」

エッダは微笑んだ。「あなたは結婚初夜に月のものは二週間まえに終わったと言っていたわ。初夜から三週間発っても月のものがこなかったし、そのあいだ何度もアレックスに抱かれていただろうから、薬が効いて妊娠したんだと思ったの」肩をすくめて続ける。「アレックスを殺すのを遅らせる理由はなくなった。スコットランドに向かうあいだに事故に見せかけて殺すのが、最も安全な方法に思えたわ」怒りに満ちた目を甥に向けて、辛辣な口調でつけ加えた。「でも、何をやらせてもだめなこの子がみごとにしくじってくれた」

ゴドフリーが身をこわばらせ、憤慨した表情になったが、メリーは気にせずに尋ねた。

「でも、わたしが妊娠していると思っていたのなら、どうして旅のあいだもアレックスに薬を飲ませたの？」

「薬があまっていたからよ」エッダは肩をすくめて言った。「もっと長いあいだ飲ませなければならないだろうと思っていたから、たくさんつくっておいたの。それに副作用のせいでアレックスの動きがにぶくなったり頭がまわらなくなったりしていたほうが、こちらにとっては都合がいいんじゃないかと思って。ゴドフリーの仕事が楽になるだろうから。ところが」ゴドフリーをにらみつけて続ける。「この子はまたしくじって、アレックスに飲ませるはずの薬をうっかり自分で飲んでしまった」

「話しただろ、うっかり飲んだんじゃないって。この人の馬におれがつけた傷をふたりが見にいっているあいだに、テントに忍びこんで領主さまのワインに薬を入れたんだけど——」

「あれはあなたがつけた傷だったの?」メリーはゴドフリーの言葉をさえぎった。

ゴドフリーはうなずいた。「たいした傷じゃないよ。ちっぽけな傷さ。アランがなかなか気づかないから教えてやらなきゃならなかったほどだ」うんざりしたように言う。「それでふたりが案の定馬の傷を見にいったから、テントに忍びこんで領主さまのワインに薬を入れたんだ」

「量をまちがえてね」エッダは怖い顔で言い、メリーに向かってぼやいた。「この子はわたしが言った二倍の量を入れて、それを愚かにも自分で飲んでしまったのよ」

「二目盛りって言ったじゃないか」ゴドフリーは言い返した。

「一目盛りって言ったのよ」

「二目盛りって言った」少年は頑なに言ってから続けた。「それにおれは渡されたのが薬の入ったワインだってわかってた。でも、どうすることもできないだろ? これには薬が入ってるってばらして、飲むのをやめればよかったのか?」

エッダは言い返そうとして口を開いたが、メリーが突然笑いはじめたので、戸惑ったような顔になり、いぶかしげに彼女を見た。「何がそんなにおかしいの、メレウェン・スチュアート?」

「メレウェン・ダムズベリーよ」メリーは訂正し、少しだけまじめな顔になって説明した。「笑っているのは、あなたたちふたりがばかみたいだからよ。何ひとつまともにできない不器用で愚かなふたり組み」

「そうかしら?」エッダが険しい声で尋ねた。「そのふたりの手にかかって、あなたの夫は死にかけているのよ」

「アレックスが死んだら、あなたたちは何も手に入れられないわ」メリーは肩をすくめて言ったが、アレックスが死にかけていると思うと胸が張り裂けそうになった。彼を死なせるわけにはいかないが、どうすればこの場を切り抜けられるのかわからず、見通しは明るいとは言えなかった。

「わたしたちはあなたと、あなたのおなかの子を手に入れるのよ」エッダが指摘し、メリーが口を開いたのを見て急いで続けた。「わたしたちがしたことをみんなにばらすとでも言おうとしたんでしょうけど、その機会は永遠にめぐってこないのよ。わたしはアレックスに飲ませた薬以外にもいろいろな薬の調合法を知っているの。わたしの母は薬草や強壮剤に詳しくて、体にいいものも悪いものも知り尽くしていたわ。赤ん坊が生まれるまで、あなたには口がきけなくなって頭のなかが混乱する薬を飲ませておくつもりよ。そしてあなたは子どもを産んですぐに死ぬ……わたし自ら手を下してあなたを窒息させなければならないとしてもね」

メリーはゆっくりうなずいてから言った。「あなたたちがしたことをみんなにばらすと言おうとしたんじゃないの。わたしは妊娠なんてしていないと言おうとしたのよ」

エッダは言われたことが理解できないらしく何度か目をしばたたいたが、やがて信じられないという顔になって、首を横に振った。「そんなはずないわ。月のものが——」

「月のものは普段からいつくるかわからないの。よく遅れるし、まったくこない月もあるのよ」メリーは肩をすくめて言った。「以前はそのことで悩んでいたんだけど、わたしの母もそうだったと聞かされて、妊娠するにはなんの問題もないとわかったわ。まだしていないけど」強調するように言う。

「でも——」

「スコットランドに発った日のまえの晩まで、アレックスはわたしを抱きもしなかったのよ」メリーは勝ち誇ったように言った。

「でも、シーツに血がついていたわ」エッダが不安に満ちた顔で反論する。

「脚に傷があるって言ったでしょう?」

「でも、あなたの話では——」

「わたしはあなたが聞きたがっていたことを言っただけなの、エッダ」メリーはそっけなく言った。「実際は、あなたたちが出ていったあと、アレックスがちゃんと閉まっていなかった扉を閉めにいって、その帰りに床に落ちていた服に足をとられて転び、頭をぶつけて気を失ったの。だから床入りの儀はできなかったわ」メリーはおつにすました笑みを浮かべて言った。「そういうわけだから、どうするのもあなたの勝手だけど、あなたをレディ・ダムズベリーのままでいさせてくれる赤ん坊は生まれてこないのよ。ここはイヴリンドのものになるんだから、あなたは住む家もお金もない貧乏人になる。イヴリンドはあなたをよく知っていて、甘い微笑みややさしい言葉にだまされるはずもないから、アレックスとわたしが埋葬されてもいないうちに、あなたを追い出すでしょうね」

エッダの顔に激しい怒りがよぎったが、次の瞬間には消え、決意に満ちた表情がそれに代わった。「それはどういうわけか怒りに満ちた表情よりも恐ろしく見えた。「あの女はわたしを追い出すことなんてできないわ。赤ん坊は生まれてくる」険しい声で言う。「あなたのおなかが大きくなりはじめるまで、計画どおりあなたに薬を飲ませて、毎晩ゴドフリーをあなたのもとに行かせるわ。そして――」

「そんなことはさせないぞ！」

メリーは夫に目を向け、彼がすでに気がついていたことを知った。実際、その表情と、すでに立っていることから判断して、彼は彼女がここに来たすぐあとに気づいて、ほとんどの会話を聞いていたのではないかと思った。アレックスは激怒していた。ゴドフリーはその激しい怒りに圧倒され、目を大きく見開いてあとずさった。

「アレックスを止めるのよ、この間抜け、さもないとわたしたちはおしまいよ」エッダが叫ぶと同時にメリーの腕をつかみ、自分の胸のまえに引き寄せて、首筋に短剣を突きつけた。メリーの背中にエッダの胸が押しつけられる。首筋に突きつけられる冷たい刃の感触にメリーは顔をしかめた。反射的に夫の姿をさがすと、アレックスは剣をなかば抜いた状態で動きを止め、エッダに短剣を突きつけられているメリーを見つめていた。アレックスに剣を捨てさせるわけにはいかなかった。それはふたりの死を意味する。

そのときゴドフリーが動くのが見えた。アレックスがメリーに注意を引かれている隙をつき、剣を振りかざして襲いかかろうとしている。メリーは首筋に突きつけられている短剣を無視して警告の叫びをあげ、エッダの腕をつかんで遠ざけると同時に片方の足を思い切り踏みつけた。メリーの動きは本能的なものだった。十六歳のときからスチュアートの男たちの訓練を手伝って身につけた動きだ。何も考えずに訓練で身につけた動きを応用し、エッダの手首を押しのけながら身をひるがえして、彼女と短剣のあいだから逃れようとした。当然エッダはメリーを逃がすまいと短剣をくり出してきた。メリーはエッダと短剣のあいだから逃れた瞬間にはずみをつけて彼女の体を押した。エッダは自らを刺した恰好になった。

ふたりの動きが止まり、短剣がエッダの喉に深々と突き刺さる。気づくとメリーはエッダの驚きと怒りに満ちた目をのぞきこんでいた。やがてその目から命が失われ、メリーが手を放すとエッダはその場にくずおれた。

すぐに夫に目を向けると、彼は自らの従者と剣を交えていた。敵には意識の半分しか向けておらず、残りの半分はメリーに向けているようだ。彼女が危機を脱したのを見て、彼が安堵の表情を浮かべるのが見えた。アレックスはゴドフリーにすべての意識を向けた。

「おまえに勝ち目はない。わかっているはずだ。降参して生きるんだ」

「どうやって生きろっていうんです？」ゴドフリーは辛辣な口ぶりで尋ねた。「ダムズベリーの地下牢のなかで生きろっていうんですか？　そんなのごめんです。いっそ殺してくださ い」

「そう言うなら仕方ない」アレックスが静かに言い、メリーは顔をそむけた。夫がゴドフリーを殺すところを見たくなかった。足もとに横たわる女性に目をやり、唇をきつく引き結ぶ。何もかもこの女のせいだ。エッダは自らの死だけでなく甥の死も招いた。デュケ卿夫妻にどう説明すればいいのかメリーにはわからなかった。

次の瞬間、剣と剣がぶつかる音が苦痛に満ちたうめき声に終わり、あたりに沈黙がおりた。メリーは唇を嚙み、ゴドフリーが幸運の一撃をくり出しておらず、予想どおりの結末になったことをたしかめるために首をめぐらせた。アレックスがゴドフリーのかたわらに膝をつき、顔から髪をそっと払いのけてやりながら、彼のささやき声に耳を傾けているのが見えた。じやましたくなかったのでその場を動かずにいたが、夫が肩を落とし、頭を垂れたので、少年が息を引き取ったのがわかった。

メリーは夫のもとに足を運んで、その肩に手を置いた。アレックスは少しのあいだなんの反応も見せなかったが、やがて手を上げて彼女の手をつかんだ。ふたりはしばらくのあいだそのままの恰好でいた。少ししてガーハードが駆けつけてきたときもまだそうしていた。金属がぶつかる音にメリーは首をめぐらせ、ガーハードの姿を見て片方の眉を吊りあげた。ガーハードはぴたりと足を止め、うつ伏せになっているエッダの死体からゴドフリーの死体へと視線を移した。

「あなたが手紙を見て導き出されたことをユーナから聞いて、ようすを見にきたんです」ガーハードは無言の問いかけに答えてから続けた。「なるほど。すべてはエッダとゴドフリーのしわざだったんですね」

メリーは黙ってうなずいたが、夫が彼女の横で立ちあがり、こう言うのを聞いて、彼に驚きの目を向けた。「ゴドフリーはおれたちをおばから守ろうとして死んだんだ」

その言葉を聞いてガーハードは少し驚いたようすを見せ、アレックスから彼女へと視線を移した。メリーは自分の表情で夫の言葉が嘘であることがばれてしまうかもしれないと思ったが、すぐには表情を変えられなかった。

アレックスもそれに気づいたらしく、剣をさやに収めると、メリーを抱きあげ、その目をちらりと見てから、ガーハードに向かって言った。「ゴドフリーはエッダに脅迫されて協力させられていたんだが、最後は正義の側につくことに決めて、主人の命を守ろうとして死んだんだ。彼の両親にもそう話すつもりだ」

ガーハードは何を命じられているのか理解したらしく、ふいにうなずいた。「それがいいですね」

アレックスは黙ってうなずくと、メリーを抱いて彼のかたわらを通り、らせん階段に続く出入り口に向かいながら言った。「ふたりの遺体をデュケ卿のもとに届けさせろ。息子の遺体は手厚く葬りたいだろうし、エッダの遺体をどうするかは向こうで決めてもらえばいい。もうエッダのせいでダムズベリーに暗い影が落ちることはない。彼女の墓石がつくる影も落とさせない」

ガーハードがうなずくのがメリーには見えた。アレックスは出入り口を抜けてらせん階段をおりはじめた。メリーは彼の首に両腕をまわして、いかめしく静かな顔を見つめた。そして彼が階段をおり終えて廊下に踏み出し、ふたりの部屋に向かって歩きはじめるのを待って言った。「とても思いやりのある行為だったわ」

「恐怖というのは恐ろしいものだ。ゴドフリーは親の愛と支援を失うことを何よりも恐れていた」

「でも――」メリーは言いかけたが、アレックスが続けたので黙った。

「ゴドフリーは死ぬまえにこう言ったんだ。〝お願いです、領主さま、おれがしたことを両親には話さないでください〟」アレックスはゴドフリーの言葉を口にして続けた。「ゴドフリーはまだ少年だった。堕落したおばに惑わされて道を誤ってしまったんだ。彼はまちがった選択をしたが、その責めを負うのは彼ではなくエッダだと思う。彼の両親に悲しみとともに恥を負わせる必要はない」

メリーは黙ってうなずいてアレックスの胸に頭をあずけ、わたしの夫はなんていい人なのだろうと思った。

エピローグ

「どうしておれの妻はそんなに険しい顔をして憂うつそうにしているんだ？」

メリーは物思いを振り払い、ベッドの端に腰をおろしたアレックスを見あげた。塔のうえでエッダとゴドフリーが命を落としてから八カ月が経っていた。メリーは一連の事件についてなるべく考えないようにしていたが、今日はどういうわけか、気づくとエッダとそのたくらみのことを考えていた。けれどもアレックスにはそう言わず、そっけなく言った。「さあ、どうしてかしら。脚はむくんでいるし、体は荷馬車のように大きくなっているし、何よりも困ったことにあなたの子どもはおなかを蹴るのが大好きときている。どうしてわたしは険しい顔をして憂うつそうにしているのかしらね？」

アレックスはくすりと笑うと、身をかがめて上掛けのシーツ越しにメリーの大きくなったおなかにキスし、そのあと唇にもキスしてから尋ねた。「おなかを蹴らないようおれから息子に言い聞かせようか？」

「そうしたいなら娘に言い聞かせてくれてかまわないけど、あなたと同じで、この子も人の言うことをすなおに聞くとは思えないわ」メリーは辛辣に言ってから尋ねた。「それはそうと、どうしてわたしより先に赤ん坊にキスするの？」

アレックスは少しためらってから笑みを浮かべて言った。「美人より赤ん坊優先だからかな？」

メリーは思わずくすりと笑って、首を横に振った。「まあ、あなたって憎めない人ね、アレックス・ダムズベリー。あなたの息子もそうなることを祈りましょう」

アレックスは片方の眉を吊りあげた。「きみは娘だと確信していたんじゃなかったのか？」

「気が変わったの」メリーはおもしろがって言った。「またいつ気が変わるかわからないけど」

アレックスは小さく笑うと、ベッドのうえにのぼってメリーの横に座り、片方の腕をその体にまわした。そして隠し持っていた巻物を見せた。「なんだと思う？」

「イヴリンドとカリンからの手紙？　こっちに来ると書いてあるの？」メリーは期待に満ちた声で言ってから、指摘した。「今度は向こうが来る番だもの」

「ああ、そのとおりだ」アレックスは同意して続けた。「それに彼らは実際に手紙をよこして、こっちに来ると言ってきた。でもこの手紙は彼らからのものではない」

メリーは義妹夫婦がやってくるといううれしい知らせに、にっこり笑ってから尋ねた。

「じゃあ、その手紙にはそれより大事なことが書かれているの？」

アレックスは口を開きかけたがそのまま閉じて、片方の脚を彼女の両脚のうえに置いてから言った。「きみの父上からの手紙だ。ケイドがついにスチュアートに帰ってきたと知らせてきたんだよ」

メリーは長々と息を吸いこみ、とっさにアレックスの脚をどかそうとした。一刻も早くベッドを出て、荷づくりを始めたかった。「脚をどけて、アレックス。荷づくりを始めなきゃ。すぐにスチュアートに向けて出発するわよ。そして——」

「メリー」アレックスがさえぎり、彼女を自分のほうに向かせた。その顔は真剣だった。「ケイドが戻ってくるのをきみが首を長くして待っていたのは知っているし、彼に会いにいきたい気持ちもわかる。でも、おれたちの赤ん坊がいつ生まれてもおかしくないんだ。旅なんてとんでもない」

「でもアレックス、ケイドお兄さまが帰ってきたのよ」メリーは訴えた。

「わかっている。でも彼は、赤ん坊が生まれたあとも、ずっとスチュアートにいるだろうし、赤ん坊が生まれるまえにこっちに来てくれるかもしれない。来られない理由はないんだから」

「そうね」メリーは明るい表情になって言った。「イヴリンドとカリンに同じときに来てもらってもいいわね。きっと楽しいわよ」

「ああ、そうだろうな」アレックスは同意した。そのあとふたりはそろって黙りこみ、メリーは考えをめぐらせた。みんなで何をしよう？　料理人に何をつくらせようかしら？　それから――

「さてと」アレックスがメリーの物思いを破り、彼女を胸に抱き寄せて言った。「おれが入ってきたとき、本当は何を考えていたのか教えてくれないか？」

メリーは少しためらってから打ち明けた。「エッダのことを考えていたの」

「そうだと思った」アレックスは静かに言った。メリーが驚いた顔で見ると、彼は肩をすくめた。「あの晩以来、きみはめったにエッダのことを考えていないようだが、考えているときにはいつもそうとわかった。決まって、彼女の死にかかわったことを後悔しているような顔をしていたからね」

「ええ」メリーはため息をついた。死んだのが自分たちではなくエッダでよかったと思っているし、もしその必要があれば、あのときとまったく同じことをするだろうが、命を終わらせるのにかかわったというのはつらいことだった。とてつもなく重い責任を負わされたような気がして、ふと気づくとだれも死なずにすむ方法はなかったのだろうかと考えている。重苦しい思いを振り払って続けた。「でもさっき考えていたのはそのことじゃないの」

「そうなのか？」

アレックスの驚いた顔を見て、メリーは笑みを浮かべた。「ええ。あなたはわたしが何を考えているのかよく言いあてるけど、ときにはまちがっていることもあるのよ。今回もそうだわ」

アレックスは微笑んでメリーをそっと抱きしめた。「じゃあ何を考えていたのか教えてくれよ」

「わたしはどうして男はみんな罪人で女はみんな聖人だと考えるようになったんだろうと思っていたの」

アレックスは重々しくうなずいた。「きみの家族がそうだったからだろう?」

「ええ。でも、そうじゃなかったのよ」

アレックスが身を離して、わけがわからないというように見つめてきたので、メリーは笑い声をあげて説明した。「父も兄たちも大酒飲みで愚か者かもしれないけど、エッダのように邪悪な人間ではないわ」

「もちろんだとも」アレックスは真顔で同意した。

メリーはうなずいて言った。「それに男はみんな罪人で女はみんな聖人だという先入観を持っていたせいで、エッダの本性が見抜けなかったんじゃないかと思えてきたの」

「きみは知らなかったんだから――」

「エッダは卑劣な人間だと何度も聞かされていたのよ」メリーはアレックスに思い出させた。「あなたやイヴリンドがエッダをどう思っているのか知っていたのに、あの最後の晩でさえ、例の手紙を読んでゴドフリーが彼女の甥だとわかるまで、エッダが悪い人間だなんて信じられなかった。先入観のせいで危うくわたしたちふたりとも死ぬところだったんだわ」

「でも死ななかった」アレックスはきっぱり言った。「たとえきみがエッダを疑っていたとしても、ゴドフリーの両親がだれなのか知らなければ、塔のうえで起ころうとしていることを予測できなかっただろう。実際きみはゴドフリーの両親がだれなのか知らなかった。おれが言わなかったから」

メリーは彼に言われたことを考え、少し気持ちが楽になるのを感じた。けれども、ゆっくりうなずいて言った。「そのとおりね。わたしに話していなかったあなたが悪いんだわ」

「そうだな」アレックスは言った。そして自分が何を言ったのか気づいて顔をしかめたが、メリーの目がいたずらっぽく光るのを見て、くすくすと笑いはじめた。「きみは悪い女だな」

「そしてあなたは聖人ね。こんなわたしに我慢してくれているんだから」メリーはにっこりした。

「じゃあ、おれたちは似合いの夫婦だな」アレックスはそう言って、ふたたびメリーにキスをした。

訳者あとがき

十三世紀後半のイングランドとスコットランドを舞台にした、リンゼイ・サンズのヒストリカル・ロマンスをお届けします。本作は『ハイランドで眠る夜は』（二見文庫）で始まるシリーズの二作目です。前作をお気に召し、それに続く本作の邦訳紹介を心待ちにしてくださっていた方もいらっしゃるのではないでしょうか。

『ハイランドで眠る夜は』では、イングランド北部の領主の娘イヴリンド・ダムズベリーと、〝ドノカイの悪魔〟と称される悪名高きスコットランドの領主カリン・ダンカンの物語が描かれていました。両親を亡くし、いじわるな継母エッダのいじめに耐えながら暮らしていたイヴリンドは、ある日、肉親や妻を殺したと噂されるハイランドの領主カリンに嫁ぐよう命じられます。けれども、それと知らずに出会ったカリンは、たくましく魅力的で、思いやりのある男性でした。あわただしく結婚式を挙げて夫の領地であるドノカイに戻ったイヴリンドは、過去の出来事の真相を明らかにして彼の汚名をそそごうと決心します。行動力に富むイヴリンドと無骨で無口ながらも愛情あふれるカリンが愛を深めていくようすは同書でお楽しみください。

本作のヒロインは、ドノカイの近隣の領地であるスチュアートの領主の娘、メリーことメレウェン・スチュアートです。十六歳のときに母親を亡くしてから六年間、ひとりで城を切り盛りし、飲んだくれでなんの役にも立たない父親とふたりの兄の面倒を見てきました。三人にしじゅう小言を浴びせているせいで〝スチュアートのがみがみ女〟というありがたくないあだ名までつけられています。そんな彼女のもとに、うれしい知らせが届きます。婚約者のアレックスことアレクサンダー・ダムズベリーが十字軍遠征から戻り、彼女と結婚したがっているというのです。メリーはこれでようやく幸せになれると心躍らせながら、父親とふたりの兄に連れられてイングランドにあるダムズベリーに向かいます。

ところが、ダムズベリー城に着いたメリーが目にしたのは、酔っ払って取っ組みあいの喧嘩をするいいなずけの姿でした。夫になる男性も父親や兄たちと同じように酒に目がなく酔って暴れる傾向があるらしいと、メリーは深く落ちこみます。

そんな彼女を慰めてくれたのは、アレックスの継母であるエッダの存在でした。そう、すでにお気づきの方もいるでしょうが、アレックス・ダムズベリーの兄なのです。前作でさんざんイヴリンドをいじめていたエッダは、本作ではやさしく理解のある義理の母となってヒロインのまえに現われます。

夫となったアレックスはこともあろうか新婚初夜も酔いつぶれて床入りの儀をおこなえず、メリーは自分の体を傷つけ、そこから出た血をシーツにつけて、彼と無事、夫婦になったふりをしなければならなくなります。

アレックスと本当の夫婦になっていないまま、やがてメリーは、自分が留守のあいだに〝ドノカイの悪魔〟に嫁がされた妹を心配する彼に連れられてドノカイに向かいます。ところがその道中で、アレックスが何者かに命をねらわれ、メリーはあらぬ疑いをかけられるはめに。

本作には前作のヒーローとヒロインであるカリンとイヴリンドも登場します。深く愛しあうふたりを見て、メリーは自分もイヴリンドが手にしている幸せを手に入れたいと強く願うのです。

十九世紀初めのイングランドを舞台とした『いつもふたりきりで』（二見文庫）で日本の読者のみなさんのまえに華々しくデビューしたリンゼイ・サンズは、ヒストリカルやパラノーマルを中心にすでに三十冊以上のロマンス小説を発表し、多くの国で愛されている作家です。読者が自分の作品を読んで、日々のストレスや心配事から解放されることを願ってやまないと語り、ユーモアあふれる描写を得意としています。

本シリーズは本国では三作目まで刊行されています。三作目のヒーローは、メリーのいちばんうえの兄のケイドです。長子である彼が父親から悪影響を受けることを恐れた母親によって幼いころにおじにあずけられ、弟たちふたりとはちがう頼れる男に育ったケイド。十字軍遠征に加わったまま長らく行方不明になっていた彼のロマンスが語られるようです。そちらもおおいに気になるところではありますが、まずは結婚そうそう波瀾に満ちた日々を送ることとなったメリーとアレックスの物語を存分にお楽しみください。

二〇一二年七月